WHAT IF...
E SE... MARC SPECTOR FOSSE HOSPEDEIRO DO VENOM?

© 2025 MARVEL. All rights reserved.
What if... Marc Spector Was Host to Venom?

Todos os direitos de tradução reservados e protegidos pela Lei 9.610 de 19/02/1998. Nenhuma parte desta publicação, sem autorização prévia por escrito da editora, poderá ser reproduzida ou transmitida sejam quais forem os meios empregados: eletrônicos, mecânicos, fotográficos, gravação ou quaisquer outros.

EXCELSIOR — BOOK ONE
COORDENADORA EDITORIAL *Francine C. Silva*
TRADUÇÃO *Lina Machado*
PREPARAÇÃO *Thaís Mannoni*
REVISÃO *Daniela Toledo e Lucas Benetti*
ADAPTAÇÃO DE CAPA E DIAGRAMAÇÃO *Victor Gerhardt* | CALLIOPE
DESIGN ORIGINAL DE CAPA *Cassie Gonzales e Jeff Langevin*
ARTE ORIGINAL DE CAPA *Jeff Langevin*
TIPOGRAFIA *Adobe Caslon Pro*
IMPRESSÃO *Gráfica Santa Marta*

Dados Internacionais de Catalogação na Publicação (CIP)
Angélica Ilacqua CRB-8/7057

C447w	Chen, Mike
	What if... E se Marc Spector fosse hospedeiro do Venom? / Mike Chen ; tradução Lina Machado. — São Paulo : Excelsior, 2025.
	336 p. : il. (Coleção WHAT IF... Vol 3)
	ISBN 978-65-85849-91-3
	Título original: *WHAT IF... Marc Spector was host to Venom?*
	1. Ficção norte-americana 2. Marc Spector (Personagem fictício) 3. Venom (Personagem fictício) I. Título II. Machado, Lina III. Série
25-0916	CDD 813

MARVEL
WHAT IF...

E SE... MARC SPECTOR FOSSE HOSPEDEIRO DO VENOM?

UMA HISTÓRIA DO CAVALEIRO DA LUA E DO VENOM

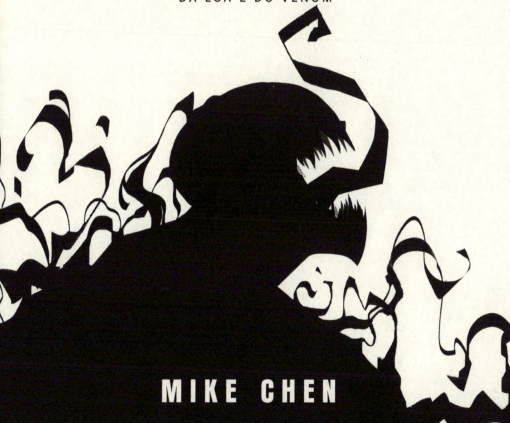

MIKE CHEN

SÃO PAULO
2025

EXCELSIOR
BOOK ONE

A todos os pares estranhos que vivem da melhor forma possível por todo o Multiverso.

Transcrição de entrevista em vídeo
Consultório de dra. Emmet,
Sanatório Retrógrado

Entrevistado: Marc Spector, 14h15
Diagnóstico clínico: Transtorno dissociativo de identidade
Problemas notáveis: explosões violentas, delírios de grandeza, desconexão da realidade

Dra. Emmet: A gravação começou às 14h15. Tiopental sódico administrado 15 minutos antes. Para a segurança do próprio paciente, os membros foram presos à cadeira. Como vai, Marc? Almoçou bem?

Marc Spector: Seu soro da verdade tem um gosto melhor do que o da comida do seu refeitório. Caramba, até minhas rações da aeronáutica tinham um sabor melhor do que o do seu refeitório.

DE: Infelizmente, não posso influenciar o fornecedor de refeições. Isso é com o departamento de infraestrutura.

MS: Não sei por que me deu uma dose. Não tenho nada a esconder.

DE: Ótimo. Então faremos progresso hoje. Conte-me sobre as duas identidades que você roubou. Primeiro, Steven Grant. Quem é ele?

MS: Steven é um bilionário arrogante que passa tempo demais se entregando às suas fantasias.

DE: Certo. E onde Steven Grant mora?

MS: Na minha cabeça.

DE: E Jake Lockley? Quem é ele?

MS: Motorista de táxi. Filho da mãe durão. Impulsivo. Impiedoso às vezes. Sangue não o incomoda.

DE: E onde ele mora?

MS: Na minha cabeça. Tem uma grande família infeliz dentro deste crânio.

DE: Bem, isso simplesmente não é verdade. Você roubou e integrou as identidades deles como parte da própria persona. Grant tem uma mansão *muito* bonita em Long Island. E uma cobertura em Midtown. Olha, aqui estão os registros públicos de compra. (Sons de papéis sendo folheados) Lockley tem a própria moradia decadente em algum lugar. Eu não quero nem pensar no número de ratos nas paredes. Digo, no entanto, que a única pessoa com que *está* compartilhando seu espaço mental é esse… Khonshu?

MS: (Risos) Sim, ele também está lá.

DE: Ainda bem que sou uma aficionada de egiptologia. Khonshu, o deus egípcio da lua?

MS: Heliópolis.

DE: Como?

MS: Os deuses egípcios são, na verdade, seres interdimensionais. Eles residem em um lugar conhecido como "Heliópolis".

DE: Entendo. Mais alguma coisa que queira me contar sobre Khonshu?

MS: Sim. Ele tem um problema de comportamento.

DE: Anotado. "Deus egípcio com um problema de comportamento que viaja entre dimensões e contrata ex-mercenários como Marc Spector." Agora, conte-me sobre Gena Landers e Jean-Paul Duchamp.

MS: (Pausa) Por que você está falando de Gena e Francês?

DE: Ah, você não ouviu? Eles são os mais novos pacientes aqui no Retrógrado.

MS: O lugar deles não é aqui…

DE: Marc, Marc, eles participam de sua ilusão. Isso significa que *eles* também estão delirantes. Pessoas delirantes são um perigo para a sociedade. Felizmente, o apoio deles em seus esforços nos levou direto até eles, para que possamos ajudá-los como estamos ajudando você.

MS: "Ajudar"?

DE: Sim, exatamente. Eles e a população em geral. Gena comanda um restaurante. Quem sabe como os delírios afetariam sua culinária? Essa é uma questão de segurança pública. Duchamp – o Francês, como você o chama – é ex-mercenário, igual a você, certo? Bom com armas, pilota helicópteros. Provavelmente tem tanto TEPT quanto você, não é o tipo de pessoa que queremos com armas de fogo. Então, sim, este é o lugar deles. (Pausa) Como o tiopental sódico está afetando você? Está se sentindo mais relaxado?

MS: Não consigo relaxar. (Som de cadeira chacoalhando) Steven consegue, Jake consegue. Eu não consigo.

DE: Tudo bem, mais um nome para você. Conte-me sobre Marlene Alraune.

MS: (Som de cadeira batendo) Se você machucar…

DE: Ah, veja, aí está. Explosões violentas. Fico contente em ver que essas amarras estão funcionando. Billy, pode apertá-las, por favor? (Som de grunhidos e cliques) Está vendo como estamos cuidando de você? Não consegue se conter. (Som de papéis sendo folheados) Não foi por isso que Marlene o deixou? Meu Deus, com certeza você causou alguns momentos difíceis na vida dela. E o pai dela, Peter — o egiptólogo Peter Alraune, para deixar registrado —, ele morreu perto de você também? Isso não é um bom começo para nenhum relacionamento. Na verdade, deixe-me verificar, quantas vezes ela deixou você?

MS: (Pausa) Duas vezes.

DE: Bom. Honestidade. E por que ela o deixou?

MS: Ela não queria que minha vida de violência a afetasse mais.

DE: Exatamente. Agora estamos chegando ao cerne da questão. (Sons de farfalhar) Este traje. Você o chama de "Cavaleiro da Lua". Você machuca pessoas quando o usa. Isso é um problema. Vamos ver algumas das coisas que você alegou em nossas notas. Quantas batalhas com Bushman? Um lobisomem? E dê uma olhada nesta foto. Você chamou isso de "psi-phon" e alegou ter derrotado — abre aspas — "uma versão multiversal do Cavaleiro da Lua chamada 'Sombra da Lua'" para entendê-lo.

MS: Onde conseguiu isso?

DE: Isso não importa. Você está se ouvindo? Isso soa como algo que qualquer pessoa racional diria? Responda-me com honestidade.

MS: (Pausa) Não. Não é.

DE: Ótimo. Todo avanço importa. É por isso que o considero tão fascinante. Na verdade, eu diria que ajudá-lo é o ápice do trabalho da minha vida. Agora, o que devemos fazer em seguida?

MS: (Pausa) Vou lhe dizer o que vou fazer em seguida. Vou sair daqui. Hoje à noite. Vou pegar o que é meu. Meus amigos, meu traje. Estou farto desse inferno. Acha que pode me destruir? Já vi coisas muito, muito piores.

DE: Já que estamos sendo honestos aqui, como planeja fazer isso? Tem uma chave mestra escondida? Uma faca feita de sabão?

MS: Não. Eu não preciso dessas coisas.

DE: Então o *que* tem?

MS: Jake. Steven. Khonshu. Eles são tudo de que preciso. São todos em que posso confiar. Vai ver.

DE: Acho que terminamos aqui. São 14h24. Billy? O senhor Spector precisa de outra rodada de sedativos. E terapia de eletrochoque.

MS: (Risos)

DE: Força máxima.

A VASTIDÃO DO ESPAÇO AMÉRICA

AMÉRICA CHAVEZ ESTAVA COM PROBLEMAS. E SABIA DISSO.

Não muito tempo atrás, tal instinto lhe seria ilusório, invisível. Ela esteve perdida por tanto tempo, submersa no estado de sonho do que quer que tenha se tornado sua existência.

Mas agora sentia-se ela mesma. Mesmo que as coisas tivessem mudado.

Esse problema era diferente do caos de sua infância ou das batalhas de sua adolescência. Dessa vez, o conflito vinha das pessoas que ela pensava que estavam do seu lado:

Os Vigias.

O problema era que os Vigias nem sempre estavam certos. Isso causava algum problema, já que América confiava em seus instintos — e, quando ela tentou explicar isso aos Vigias, eles a mandaram se afastar, parar de intervir, ignorar pessoas como Peter Parker e Stephen Strange.

Os Vigias ou seu instinto?

Ela escolheu o instinto.

E estava certa.

Porque alguém estava envolvido, um inimigo misterioso — alguém cujas ações ecoavam através de tempo, espaço e realidade...

Não. Além da realidade. Múltiplas realidades. Possivelmente *todas* as realidades. E com ele vinha uma única identidade, alguém envolto em sombras, e, por meio de todas as observações coletivas dos Vigias, um nome veio até ela:

Um Sussurrador.

Quem era ele? Qual era seu objetivo? Por que ele continuava interferindo? Assim como ele esteve envolvido com Loki antes do incidente que envolveu Peter, Wanda e os danos colaterais desencadeados ao redor deles.

Uma ameaça estava se aproximando, algo que rasgava diferentes tempos, lugares e universos. Para onde o Sussurrador iria em seguida? Qual seria o ponto de divergência?

América flutuava no espaço etéreo, a salvo da condenação e dos olhares curiosos dos Vigias. Eles queriam que ela seguisse as regras, fosse embora — ou talvez as duas coisas.

Sinto muito. Não vai funcionar dessa vez.

Várias janelas cósmicas se abriram diante dela, todas as pistas e detalhes que seguiam o Sussurrador a levavam a essas espiadelas pelas realidades.

Exceto por uma. Uma janela em particular era somente para ela. Ela estendeu a mão para dentro dessa em específico, um lugar onde guardava algumas das coisas de sua vida física, coisas que não eram de fato necessárias no espaço de sonho de sua existência, mas que, de alguma forma, pareciam certas.

Seus dedos se fecharam ao redor da manga de uma jaqueta jeans surrada, com listras vermelhas e brancas nos ombros e uma grande estrela costurada nas costas.

Legal. Esperava que ainda servisse.

Enquanto colocava os braços nas mangas, olhou para a cena à sua frente — duas figuras com que não estava exatamente familiarizada, mas das quais precisava saber mais, e suas habilidades como Vigia entraram em jogo ali, mesmo enquanto desafiava as ordens dos outros.

Venom, uma criatura simbionte que viajava como uma grande mancha preta, pelo menos até se unir a um hospedeiro. Fortes, brutais, amorfos e *muito* adaptáveis, os simbiontes usavam seus corpos para muitas coisas: formar armas, cobrir superfícies, criar barreiras. Ele também era capaz de saltar por universos e, quando escolhia ter um rosto, tinha fileiras de dentes afiados e uma língua vermelha nojenta.

Quando unidas, essas forças se misturavam aos poderes e essências do hospedeiro em um equilíbrio delicado. Ou, em alguns casos, não exatamente equilibrado. Era mais como um compartilhamento relutante, de um jeito ou de outro.

A trilha do Sussurrador conduzia até Venom. E Venom parecia estar perseguindo outra pessoa, em rota de colisão multiversal com...

Uma capa com capuz branca acima de botas brancas, armadura branca, manoplas brancas e uma máscara branca. Olhos brancos radiantes saíam da máscara, e no peito havia a curva distinta de uma lua crescente.

Cavaleiro da Lua. Ou Marc Spector, ex-mercenário e ex-fuzileiro naval, que agora guardava as ruas da cidade de Nova York — e ocasionalmente além dela. No entanto, algo se destacava com relação a Spector; de certa forma, ele era um cara fantasiado com armas e treinamento em artes marciais. Mas, de outras formas, era diferente.

Porque Marc Spector havia sido escolhido como Punho de Khonshu, um ser da Enéade — ou, como a maioria dos humanos os conhecia, os deuses do antigo Egito. Mas para os Vigias, bem... a Enéade era apenas outro grupo de criaturas interdimensionais que às vezes causavam problemas demais.

No entanto, mais uma coisa em particular se destacava em relação a Marc. Porque ele não era apenas Marc. Ele também era Steven Grant e Jake Lockley — não da forma como algumas pessoas assumiam identidades falsas para enganar as pessoas. Não, eram personalidades totalmente formadas, com tantas dimensões quanto as de pessoas reais, um cérebro compartilhado que funcionava de maneiras que nem mesmo América compreendia.

Ela deixaria isso para os especialistas médicos humanos.

Venom e Cavaleiro da Lua. Havia tantas perguntas sobre como as coisas se desenrolaram a partir dali. América sabia que tinha que intervir, mas *quando*?

Por ora ia Vigiar. Mas, enquanto se acomodava para considerar o que estava por vir, um novo pensamento veio à mente, um que a pegou de surpresa e trouxe um sorriso ao seu rosto.

Afinal, a jaqueta ainda servia.

América ajustou a gola da jaqueta e depois deu um puxão instintivo na frente, como se fosse uma adolescente de novo, como um lembrete para si mesma de épocas diferentes, muito tempo antes, enquanto ela se preparava para a jornada que a esperava — não importava onde ou quando a levasse.

CAPÍTULO 1

MARC

MARC SPECTOR OLHOU PARA TRÁS.

As luzes inconsistentes que zumbiam e as paredes de tijolos sujos do sistema de esgoto escuro tornavam difícil ter certeza, porém, em algum lugar mais adiante no túnel, havia uma silhueta.

Aquilo era...

As luzes se apagaram por um segundo antes de retornarem, mas, por um instante, Marc viu com clareza, como se o sol do deserto brilhasse diretamente sobre ele: a silhueta imponente de um homem, com uma longa capa sobre membros magros e um bastão na mão.

Além de um enorme crânio de pássaro no lugar da cabeça.

Khonshu.

O deus egípcio da lua nem sempre era o melhor — ou mais sincero — aliado de Marc, porém, considerando que Marc havia prometido ser o Cavaleiro da Lua, avatar de Khonshu, bem... Eles ajudavam um ao outro a sair de muitas enrascadas.

Neste caso, o crânio de pássaro virou-se para ele, e, em seguida, Khonshu bateu com seu bastão, causando um eco que Marc ouviu acima do som dos próprios passos pesados. Então as lâmpadas piscaram mais uma vez, e Khonshu desapareceu, deixando apenas infraestrutura decadente e ratos em fuga. Apenas as sombras vazias de uma passagem de esgoto. Uma passagem de esgoto *de Nova York*, que seguia bem embaixo do Sanatório Retrógrado, onde Marc tinha acabado de liderar uma fuga ousada e brutal: primeiro se libertando de sua cela; depois recuperando suas coisas do depósito e vestindo o traje do Cavaleiro da Lua; em seguida, libertando seus amigos das garras da dra. Emmet e de seus guardas e enfermeiros opressivos.

E agora? No subsolo, a caminho da liberdade. Sanidade versus insanidade. Nova York versus Egito antigo. Uma mente versus infinitas possibilidades.

Não muito tempo atrás, o amor da vida de Marc lhe disse que precisava se distanciar dele, da vida de violência que o cercava. Ele tentou explicar à Marlene que a violência vinha do equilíbrio de *tudo* em sua cabeça, de lidar com Steven Grant e Jake Lockley, de ter prometido servir Khonshu como o Punho da divindade. Mas o como e o porquê não importavam para ela.

Ela já estava farta. E, enquanto avançava pela passagem úmida, com a capa ondulando às suas costas, ele refletiu que talvez ela estivesse certa.

Essa era a vida de Marc Spector. Ele nunca disse que era fácil.

— Lá estão eles! — gritou uma voz, cortando o ar espesso.

— Não, não, não — falou uma voz de mulher. Marc se virou e viu linhas preocupadas emoldurando os olhos castanhos e os lábios franzidos de Gena Landers. Gena girou e lançou um olhar para trás de Marc, e sua cabeça agora estava inclinada para capturar sombras em sua pele escura. — Francês, apague a lanterna!

— *Non*, Gena — sibilou Jean-Paul Duchamp, antigo parceiro de Marc e às vezes piloto de helicóptero, conhecido pela maioria como o Francês. — Estamos em um esgoto. De que outra forma conseguiríamos enxergar?

— Se *nós* não conseguimos nos ver, então eles não conseguem nos ver — retrucou Gena. O Francês xingou baixinho, numa mistura rápida de francês e inglês e talvez outra coisa, e, quando ele balançou a lanterna, o facho de luz cruzou o corpo de Marc, fazendo com que um lampejo de seu reflexo na água lembrasse Marc da única constante que resumia toda a certeza e a incerteza em sua vida:

Cavaleiro da Lua.

Branco. Branco radiante, do tipo que se destacava contra um céu escuro de noite. Não era camuflagem, mas um visual distinto e óbvio que enviava uma mensagem para quem o visse.

Vou pegar você.

Botas brancas. Um traje blindado de carbonadium branco e justo, completo com manoplas. Um cinto branco, no qual ele escondia dardos crescentes de adamantium — lâminas semelhantes a bumerangues em forma de lua crescente —, e, no lado esquerdo, seu cassetete pendurado, uma arma adaptável que agia como *nunchaku*, bastão longo ou gancho de escalada, conforme necessário.

Por cima de tudo isso, um capuz e uma capa, com ícone inconfundível de uma lua crescente no meio do peito. Sob o capuz, uma máscara branca, lisa, exceto pelas linhas contornando o rosto de Marc, mas com dois olhos brancos brilhantes, numa intensidade pronta para perfurar a escuridão e liderar o caminho.

Ande rápido, Marc, uma voz rugiu em sua cabeça. Marc se firmou, e o brilho de seus olhos brancos se intensificou quando a voz de Khonshu voltou a falar, um rosnado profundo, cortesia de um deus egípcio que somente ele ouvia — e às vezes Marc até lhe dava ouvidos. *Algo mudou neste mundo. Está lá fora. Indefinível. Não tenho certeza do que é, mas você precisa chegar à superfície agora.*

Marc girou para encarar os amigos, a capa chicoteou atrás dele. Flexionou os dedos e apertou mais os dardos crescentes, preparados para quem e o que quer que dra. Emmet enviasse atrás deles. Mas não, não precisaria deles agora. Em vez disso, embainhou-os — lutar não seria a solução no momento.

Eles precisavam escapar.

— Gena está certa — declarou Marc, e ao longe as vozes gritaram de novo, e batidas leves de passos rápidos ecoavam nas paredes do esgoto. — Procurem meus olhos. Eles vão iluminar o caminho. Sigam-me. Estamos quase em casa. — O Francês desligou a lanterna no mesmo instante em que Marc deu um passo à frente, deixando apenas o brilho dos olhos de sua máscara.

Isso foi o suficiente para seus amigos — e, conforme ele andava, um turbilhão de imagens passou por sua cabeça, do aconchegante restaurante de Gena no Brooklyn até as infinitas ruas da cidade onde ele patrulhava com uma máscara e uma capa. Poucas horas antes, Marc havia prometido que os levaria de volta, todos lamentavam a falta que sentiam do barulho constante e dos ocasionais odores estranhos da cidade.

Agora ele ia cumprir essa promessa.

Ele olhou para Gena e o Francês e deu um tapinha na lateral da máscara; ambos assentiram, e ele deu um passo à frente, com as botas rangendo no caminho.

Outros instintos logo entraram em ação, seus sentidos se abriram além do traje do Cavaleiro da Lua, experiências e habilidades vinham de seus dias como mercenário — ou até como soldado antes disso.

Atrás deles, passos e vozes. À frente, o leve barulho de água seguido por gotejamentos ocasionais. Ao redor, o cheiro forte do ar do esgoto, mas também uma corrente de ar. Um fluxo de ar levíssimo, combinado com o barulho acima, fez Marc considerar as possibilidades.

Uma fuga.

— Não é muito longe. Tem uma saída. Apenas me sigam.

Marc se moveu com propósito, um ímpeto em seus passos, suas botas se chocavam nos tijolos e no cimento abaixo, até que a alcançou. Ele saltou, e sua mão se estendeu para agarrar a lateral de uma escada.

— Nova York está do outro lado dessa grade de esgoto — disse ele, escalando depressa até a mão livre encontrar a lateral pesada e plana de uma tampa de bueiro. Ele empurrou, flexionando os braços e empurrando com a palma da mão, até que a tampa se mexeu, tombando para fora. Com mais um golpe forte, ela virou de lado, liberando-os para um novo tipo de luz.

Não a luz fraca e artificial de uma lanterna, mas o facho intenso de uma lua cheia vigiando as ruas da cidade. Marc esperou até que os estrondos dos carros passassem a distância e, em seguida, ergueu-se depressa para romper a superfície. Estendeu a mão para trás, primeiro puxando Gena para fora, depois Francês. Enquanto seus amigos respiravam o ar espesso e sujo da cidade, Marc puxou a tampa do bueiro de volta e olhou para as nuvens que se aproximavam — e com elas, a chuva.

— Ainda sente falta de Nova York, Gena?

ELES FUGIRAM DEPRESSA, ESCONDENDO-SE ATRÁS DE PONTOS DE ÔNIBUS E disparando entre prédios. Nova York ofereceu sua melhor resposta, uma névoa leve no ar transformou-se em lençóis cascateantes de chuva, como se a própria cidade quisesse desafiar o Cavaleiro da Lua.

Ou talvez estivesse oferecendo solidariedade da única forma que sabia: chuva torrencial, suficiente para encobrir os olhos radiantes e a capa esvoaçante de Marc.

Eles viraram à esquerda, à direita, à esquerda de novo, depois começaram a tomar decisões arbitrárias; a aleatoriedade delas parecia bastar para confundir os guardas da dra. Emmet. Em algum lugar, provavelmente em um raio de menos de dois quilômetros, seus perseguidores continuavam procurando, mas, a cada segundo que passava, ficavam mais perto de estar a salvo. O suficiente para que talvez pudessem encontrar o caminho para O Outro Lugar, onde os assentos desgastados e o café quente do restaurante de Gena poderiam oferecer um alívio, antes de planejarem seu próximo movimento.

A luz descia em cascata do alto, preenchendo o corpo e a mente de Marc enquanto ele se movia com propósito definido em seus passos.

— Khonshu — chamou em voz baixa —, estamos seguros?

Nada está seguro, Marc. Eu falei, algo mudou.

— Preciso de mais detalhes além de "algo".

— Marc — falou Gena, trotando para alcançá-lo —, com quem está falando, querido?

Não posso definir mais. Mas algo mudou. Seu mundo agora está...

... diferente. E não como deveria ser.

Marc resmungou alto a ponto de saber que Khonshu escutou. Deus egípcio da lua ou não, a mesquinharia de Khonshu algumas vezes batia mais forte do que sua habilidade sobrenatural de causar um terremoto. Marc disse a si mesmo para não pensar nisso, para não entrar nas recorrentes discussões sobre se de fato tornar-se o Punho de Khonshu era melhor do que a paz eterna da morte.

— Eu ia só falar — respondeu Marc, com sua voz abafada pela máscara. Talvez fosse melhor deixar de lado a coisa de Cavaleiro da Lua por ora. — Que acho que já estamos distantes o suficiente dos enfermeiros de Emmet. Vamos tirar um minuto para...

— Ei!

Uma nova voz irrompeu entre o tamborilar da chuva e o rugido dos motores que passavam. Marc se virou, e sua capa úmida começava a pesar em seus movimentos.

Da faixa de pedestres, um policial uniformizado se aproximou, segurando com uma mão a aba molhada do boné enquanto o vento uivava.

— O que vocês estão fazendo aqui fora nessa tempestade? — ele perguntou, enquanto se aproximava. — E por que diabos estão vestidos desse jeito?

E SE... MARC SPECTOR FOSSE HOSPEDEIRO DO VENOM?

Marc respirou fundo, primeiro olhando para seu traje não tão discreto, depois para o orbe brilhante que ainda aparecia apesar das nuvens de chuva repentinas. Depois, ele se virou para ver o Francês, com um braço de seu corpo esguio firmemente protegendo Gena dos elementos. E Gena, com seus cachos pretos e grossos empastados pela chuva forte.

— Quase um tsunami aqui fora — disse o policial. — Que roupa é essa, amigo?

— Ele está certo — concordou Gena. — Precisamos entrar. Estou ficando encharcada.

Está aqui! Está se aproximando!

Em teoria, Marc poderia ter perguntado a Khonshu ali mesmo o que ele queria dizer. Mas estava na frente de um policial de Nova York em um traje branco de super-herói com olhos radiantes, enquanto seus dois amigos pegavam uma chuva torrencial, com suas finas roupas hospitalares encharcadas.

Ele girou, observando as luzes dos carros que passavam, os semáforos vermelhos e verdes intermitentes e as janelas iluminadas, cada luz subitamente avassaladora em sua intensidade, um ofuscamento interno que tornava difícil até mesmo abrir os olhos. Um cambalear repentino tomou conta dele, uma tontura que não tinha nada a ver com uma fuga pelo esgoto ou com o Sanatório Retrógrado. Enquanto ele se estabilizava, clarões de relâmpagos iluminaram o céu.

Khonshu havia dito que algo tinha mudado. Estava afetando-o agora?

Marc! Preste atenção!

— De onde vocês vieram? — O tom do policial mudou, tornando-se condescendente, como o de professores falando com crianças malcomportadas. — Acho que talvez vocês devessem vir comigo.

— Espere — interrompeu Marc através do vento e da chuva. — Há algo errado.

Não se envolva em assuntos triviais. Você deve prestar atenção! Olhe ao seu redor!

Atrás dele, Gena e o Francês conversavam em voz baixa, mas o que falavam? E o policial, para onde tinha ido? A chuva se intensificou, criando uma parede borrada entre Marc e ele, relâmpagos forçavam as imagens a aparecerem e sumirem, os olhos de Marc tinham dificuldade para focar.

Era um policial, não era? Marc não tinha certeza, porque, por uma fração de segundo, jurava que tinha visto a sombra de outra coisa.

— Marc, deveríamos ir com ele — sugeriu Gena. — Precisamos encontrar um lugar para esperar essa chuva passar.

Marc virou-se para Gena, a chuva balançava seu manto.

— Algo estranho está acontecendo. Vamos apenas...

Um grito alto vindo do final da rua o interrompeu. Seguido por um *pop explosivo*.

Em seguida, o som de metal batendo no chão.

Depois, outro grito, desta vez bem atrás de Marc, seguido imediatamente por uma torrente de palavrões em francês.

Marc se virou e viu o Francês segurando a lateral do pescoço, com sangue escorrendo entre os dedos.

Marc! Está perto! Cuidado!

— Não está ruim, Marc — tranquilizou o Francês. — Acho que a bala me acertou de raspão. — Gena agarrou o braço de Duchamp, os dedos pressionaram seu ombro tenso, e Marc girou para trás para proteger os amigos. No entanto, por que o policial atiraria neles? Mas agora o policial nem estava virado para eles. Marc examinou a parede de chuva e os raios violentos. Ele esperava que o policial estivesse parado com uma arma em ambas as mãos; em vez disso, levou um segundo para Marc perceber que o policial encarava uma figura que se movia como uma sombra contra a chuva. E, aos pés do policial, um brilho de metal.

— Para trás — alertou Marc. Normalmente ele seria mais agressivo em uma situação como essa. Mas, com o Francês machucado, isso não ajudaria. Em vez disso, usou a capa como um escudo enquanto dava um passo para trás, movendo seu pequeno grupo para se distanciar um pouco do que quer que estivesse acontecendo.

A nova figura misteriosa atingiu rápido, e Marc discerniu seus movimentos mais pela maneira como o policial se curvava e se contorcia do que por qualquer outra coisa. O policial se curvou, então desabou, com a chuva encharcando seu corpo mole caído de bruços na calçada.

O estranho se abaixou para pegar o pedaço de metal do chão antes de se levantar e olhar na direção de Marc.

— Quem é esse? — perguntou Gena. E, sem se virar, Marc estendeu a mão, usando a capa de Cavaleiro da Lua como cobertura para seus amigos.

— Fique para trás — disse Marc. O estranho agora se aproximava.

A princípio, pensou que os elementos implacáveis haviam trazido uma silhueta à sua visão. Entretanto, conforme a figura se aproximava, Marc percebeu que era mais do que luz e sombra.

Era um homem vestido todo de preto.

Seu contorno robusto mostrava que estava preparado para um combate — quem quer que ele fosse. Um capuz cobria-lhe a cabeça, embora isso pudesse ser mais uma vantagem estratégica sobre a chuva do que para esconder sua identidade.

Talvez fossem ambas as razões.

Marc se levantou, e, embora o branco da roupa do Cavaleiro da Lua e a intensidade de seu brilho fossem tão intimidadores que em geral faziam as pessoas pararem ou até mesmo fugirem, isso não ocorreu ali.

Em vez disso, o homem continuou se aproximando, colocando metodicamente um pé à frente do outro.

De repente, o policial não importava mais. Marc ajustou seu peso e pôs as mãos para cima em uma postura defensiva, enquanto seus pés se posicionavam e instinto após instinto se ativavam. O andar e a postura do homem — o que declaravam sobre seu nível de ameaça? O ambiente: úmido, escuro, com muito vento, as luzes faiscantes dos carros que passavam — todas essas eram possíveis vantagens, dependendo de como e quando as coisas acontecessem.

O estranho parou cerca de 3 metros diante dele, perto o bastante para que seu nariz e queixo aparecessem debaixo do capuz. Ele estendeu as mãos, pegando cada ponta do capuz, depois o puxou para trás, apenas para revelar...

Marc Spector?

Apesar da chuva, apesar dos raios, apesar de todo o caos da situação, Marc reconhecia o próprio rosto quando o via. Claro, ele o tinha visto como Steven Grant ou Jake Lockley, e parte dele se perguntava se isso era algum tipo de extensão *muito* estranha de suas dissociações.

Só que esse homem misterioso estava ali agora, com os pés plantados no pavimento encharcado pela chuva. O Francês e Gena reagiram o suficiente para demonstrar que claramente também viam o estranho.

Ele não era fruto das projeções de sua mente.

E, na mão dele, o familiar metal curvo de um único dardo crescente.

— Ei, Marc. Isso provavelmente é bem esquisito. Até para você — declarou o homem, e sua voz era uma réplica exata da do próprio Marc. O tom e o timbre, até mesmo a cadência específica das palavras. Não eram as palavras refinadas de Steven ou a banca de malandro durão de Jake, mas o Marc Spector que viajou pelo mundo todo e fez coisas terríveis (e sobreviveu *àquela* infância). — Bem, eu sou você. — O estranho tocou o peito antes de passar a mão pelo mesmo cabelo escuro e espesso, que a água da chuva começava a deixar empastado. — Ou você sou eu. — O canto da boca dele se elevou por apenas um segundo enquanto ele apontava para Marc. — Um ou outro. Mas nós temos um problema aqui.

Marc fechou os punhos com mais força. Atrás dele, Gena ainda segurava o Francês, que agarrava o próprio pescoço, e a respiração dela ia ficando acelerada.

O homem deu dois passos para a frente e, em seguida, ergueu as duas mãos, com as palmas para fora.

— E eu preciso da sua ajuda.

CAPÍTULO 2
MARC

ESTA ERA A CIDADE DE NOVA YORK. LAR DOS VINGADORES. TESTEMUNHA DE, bem, basicamente qualquer coisa estranha que tinha ocorrido nas últimas décadas; não importava o que nem como acontecesse, com certeza parecia afetar Nova York de alguma forma.

Sendo assim, Marc provavelmente não deveria ter ficado surpreso ao encarar o próprio rosto. Coisas mais bizarras já haviam acontecido, tanto com ele quanto com outros com quem ele cruzou caminhos. Khonshu o trouxera de volta dos *mortos*, então, as coisas não poderiam ficar muito mais estranhas do que isso.

Ainda assim, nada jamais o preparou para estar ali, olhando esse sósia nos olhos.

Esse homem misterioso, esse outro Spector, no entanto, parecia indiferente.

— Gena — cumprimentou Spector, inclinando a cabeça. A determinação exibida segundos antes havia desaparecido, sua boca e seus olhos suavizaram. — Francês? — Seus lábios se curvaram para cima, no mais leve dos sorrisos, quando ele continuou. — Eu me lembro disso. Não é exatamente igual, no entanto. Onde está Craw...

Um carro passou rugindo, com um clarão ofuscante que se derreteu na parede de chuva que caía. Marc piscou, recuperando sua visão, e notou a mesma coisa no homem. Só que Marc jurou que viu... bem, o que parecia ser um preto brilhante e escorregadio tomando os olhos do homem, só por um momento.

Depois sumiu, seja lá qual fosse o estranho truque de luz que o tivesse causado. Ao mesmo tempo, também sumiu qualquer sinal de afeição que Spector tinha pelos companheiros de Marc, e, em vez disso, o homem ajeitou a postura.

— Marc? Quem é esse cara? — questionou Gena, com uma voz exasperada.

— Pode ser culpa da minha perda de sangue — comentou o Francês, com seu sotaque ficando mais forte, enquanto se apoiava em Gena —, mas juro que ele é igualzinho a você.

— Não tenho certeza se é igualzinho — comentou Spector, passando a mão pelo cabelo encharcado de chuva. — Acho que ainda tenho um cabelo melhor. Ei — Ele deu um passo à frente, exibindo um sorriso que parecia familiar demais. — Por que não tira a máscara para compararmos?

Marc averiguou os arredores, desde os carros que passavam ocasionalmente até a chuva cada vez mais forte e o homem do outro lado da rua, completamente alheio ao estranho confronto em andamento. Por um lado, mesmo que esse cara não se parecesse com Marc, ainda assim sabia exatamente quem ele era por baixo do traje de Cavaleiro da Lua.

Marc agarrou a máscara, puxando-a para cima até a metade do rosto, como Jake Lockley faria, depois a tirou por completo. A chuva caía diretamente em suas bochechas e testa, num frio cortante que colocou o mundo em foco.

— Ah. Acho que nós dois temos um cabelo bonito — comentou Spector com uma risada. — Gena, você parece preocupada. Como deveria estar.

— Marc — sussurrou ela ao ouvido dele.

— O Francês está ferido. Sinto muito. Eu atirei isso — Spector ergueu seu dardo crescente e, em seguida, gesticulou para o policial inconsciente na calçada — nele, e a arma disparou. Eu deveria denunciá-lo ao departamento administrativo da polícia de Nova York por comportamento imprudente. — Ele se inclinou para a frente, chamando a atenção de Gena. — Eu realmente acho que você deveria levá-lo para um hospital. Nunca vai conseguir um táxi aqui; vá até a esquina para uma rua mais movimentada. Aqui — orientou Spector, colocando a mão no bolso de trás. Ele deu um passo à frente, com a mão agora estendida, e Marc reforçou sua postura defensiva, até que viu...

Um maço de dinheiro enrolado.

— O Francês precisa de ajuda. Por favor, leve-o. — O homem acenou com o dinheiro mais uma vez, então, deu outro passo à frente. Marc apertou os olhos através da chuva, absorvendo cada detalhe desse estranho, e, apesar de algumas cicatrizes diferentes, poderia muito bem estar se olhando no espelho.

— Ele está certo — concordou o Francês, com um firme passo à frente. — Vamos, Gena, vamos andando.

— Cuide de Duchamp — pediu Spector, enquanto Gena pegava o dinheiro da mão dele. — Quando isso acabar, vamos passar no restaurante para comer umas panquecas.

O rosto sério de Gena se desfez, um sorriso irônico surgiu.

— Acho que é você mesmo. Dois Marcs, e vocês dois ainda precisam aprender que há outras coisas no menu além de panquecas.

A chuva parou quando Spector chegou ao lado de Marc. Ele estendeu a mão, a chuva gradualmente sumia em sua palma.

— É como se alguém quisesse que eles chegassem lá em segurança. O que acha, hein?

Então, foi a vez de Marc dar um passo à frente. Ele se moveu devagar, girando até ficarem cara a cara, ainda com a máscara de Cavaleiro da Lua na mão. Observou o duplo de cima a baixo, fazendo qualquer avaliação tática que pudesse. Não havia nenhum cinto de utilidades, mas bolsos forravam suas roupas escuras, possivelmente armazenando pequenas armas. Uma camisa preta simples, boa o bastante para que ele conseguisse se mover furtivamente e se infiltrar, mas não muito protetora. Ainda assim, algo sobre o material parecia incomum, como se tivesse sido feito de um tipo diferente de tecido, possivelmente para fins de proteção.

Você também está sentindo, não é? Há algo errado.

— Então, o que vamos fazer, nos unir para derrotar supervilões? Vai me levar para sua dimensão? Ou talvez — riu Marc — seja mais simples do que isso. Você é meu gêmeo há tempos desaparecido. Não, espere... um clone.

Por que está fazendo piadas? Nocauteie esse impostor ou fuja.

As palavras de Khonshu ecoaram na mente de Marc, mas ele conteve sua reação; não havia necessidade de revelar conversas privadas a esse estranho, quem quer que ele fosse.

E, seja lá quem fosse, ele não riu das piadas de Marc.

— Sabe, Gena estava destinada a morrer — comentou o homem, com um tom severo tomando sua voz. — O Francês... ele foi ferido no pescoço também... de uma maneira diferente. Era o que deveria acontecer. Foi o que *aconteceu*. Eu vi, com meus próprios olhos. Na minha Nova York. No meu — ele suspirou, balançando a cabeça — mundo, eu acho, por falta de palavra melhor. Mas nós... Marc, você e eu temos uma oportunidade para fazer a diferença aqui. Tudo está prestes a mudar, e ninguém sabe ainda.

Ele está mentindo para você. Ele não é confiável.

— Como pode saber disso? — sibilou Marc. Era uma pergunta para Khonshu, gerada pela irritação, embora funcionasse bem o suficiente para disfarçar. — O que quero dizer é que já vi muitas coisas estranhas. E aprendi que as aparências podem enganar. — Marc assentiu para o homem. — Se é que me entende.

Spector assentiu, correspondendo ao sorriso malicioso de Marc.

— Porque tem algo que eu sei que você não sabe. E só nós podemos fazer isso juntos. Agora, vamos começar com o básico. Eu conheço você. O verdadeiro você. Não apenas Marc Spector, o homem que se transforma em Cavaleiro da Lua. Mas todas as outras vozes na sua cabeça.

Marc não mantinha seus problemas de saúde mental tão secretos assim entre aqueles em quem confiava. Mas também não era *exatamente* algo sobre o qual conversaria no café da manhã com a maioria das pessoas.

Esse cara, quem quer que fosse, como quer que tivesse chegado ali, sabia como remover essas camadas.

— Steven Grant — continuou o homem. — Bom sujeito. Um pouco excêntrico, na minha opinião. — O comentário fez Marc rir; ele achava que qualquer um que fosse a estreias de filmes e administrasse bilhões poderia ser chamado assim. — Jake Lockley. Bem, eu gostaria de tê-lo do meu lado em uma emergência. — Imagens de Jake passaram pela mente de Marc: o boné e o bigode envelhecidos deixando o rosto que compartilhavam muito mais grisalho e cansado, principalmente quando o sangue cobria os nós dos dedos deles. — É mais fácil com esses dois por perto, não?

A expressão do homem mudou, uma tensão repentina tomou conta de seu rosto.

— Em parte gostaria que eles estivessem aqui conosco agora.

Marc olhou para a máscara, as opções pesavam sobre ele. Poderia tirar um momento para mergulhar de volta em sua mente, onde conversas claras com suas outras identidades poderiam resolver as coisas. Mas isso poderia dar a esse cara uma pequena chance de fazer... alguma coisa. Qualquer que fosse o plano de Spector. Se Marc de fato precisasse agora mesmo, poderia trazer Jake à tona, e este então colocaria a máscara pela metade para derrubar esse cara usando o elemento surpresa com força bruta. Talvez Jake até o amarrasse, encontrasse uma maneira de arrancar alguma informação dele, usasse o próprio dardo crescente contra ele.

Marc optou por agir com um pouco mais de estratégia. Pelo menos por enquanto. Ao menos para provar para si mesmo que aquilo era real. Porque às vezes a realidade mudava para Marc. Era parte do show. Mas ele nunca imaginou que seria *tão* literal.

Khonshu continuou protestando, mas não era como se Khonshu não tivesse sua cota de deslizes. Na verdade, o deus egípcio acumulou muitos pontos na coluna "opa" ao longo dos anos.

— É — falou Marc devagar. — Nem sempre gostei deles. Mas eles trabalham bem.

— É assim que irmãos são. Não dá para viver com eles, não dá para ter transtorno dissociativo de identidade sem eles. — Marc não tinha certeza se chamaria Steven e Jake exatamente de "irmãos". Eram mais "males necessários", já que ambos resolviam muitos problemas *e* arruinavam muitas coisas. — Mas nós nos ajudamos quando necessário. — Spector fez uma careta novamente, como se uma dor de cabeça repentina o atormentasse. — Como é com os seus? Consegue chamá-los para a superfície sempre que quer? Eles conseguem ajudá-lo quando você mais precisa?

— Às vezes sim. Às vezes não. Estamos trabalhando nisso. — Marc riu consigo mesmo; "trabalhando nisso" fazia parecer que eram um casal brigando por causa de tarefas e boletos. Ele fez uma pausa, refletindo sobre quantas vozes estavam presentes agora nessa conversa. — Mas eles nem sempre melhoram as coisas. Quero dizer, as coisas poderiam ser melhores com Marlene se aqueles dois apenas...

— Espera, o que aconteceu com Marlene? Ela está segura? Vocês estão...

Spector estremeceu mais uma vez, fechando os olhos tão apertados, que linhas se formaram em sua testa.

Pare de filosofar e mexa-se!

— Khonshu, agora não.

Spector finalmente se endireitou, seu rosto e postura retornaram à neutralidade.

— Khonshu? — perguntou ele, e seu tom combinava com seu olhar. — Essa é nova.

Está vendo? A artimanha envolvida. Algo não está certo.

Khonshu tinha razão, mas Marc lidou com peripécias de super-heróis o suficiente para entender que, às vezes, coisas estranhas simplesmente aconteciam. E, quanto mais informações, melhor. Principalmente quando se tratava dele mesmo. Ele tinha bastante experiência com isso.

Marc pesou as diferentes opções à frente. Seu instinto era continuar a avaliar a situação, em particular, porque esse duplo alegava precisar de sua ajuda. Steven provavelmente teria sugerido negociar. Jake teria apenas batido nele. Além disso, havia o conselho de Khonshu: escapar.

— Você está pensando agora. Eu conheço esse olhar — comentou Spector. — É o olhar de "Devo conversar com Steven ou com Jake agora?". Avaliando as opções. Todas as coisas de seus dias de fuzileiro naval lhe serviram bem como mercenário, certo? Bem, deixe-me esclarecer a situação e lhe dar uma prova de quem eu sou. — Ele apontou para o próprio rosto, depois para o de Marc. — Além de nossa voz compartilhada, feições bonitas e cabelo incrível. — Marc riu da piada do homem, e isso sem dúvida era interessante nesse cara: se era Marc mesmo, ele tinha o senso de humor certo. — Sanatório Retrógrado — continuou Spector, acenando com a cabeça muito além da localização atual dos dois. — Você acabou de sair de lá. Isso foi real.

Mesmo que a fuga de Marc com o Francês e Gena tenha acontecido apenas uma hora atrás, de repente, pareceu distante, como um outro plano de existência. Marc piscou, relembrando tudo sobre aquele lugar, cada encontro sangrento com a equipe, cada olhar nebuloso para a dra. Emmet e suas seringas.

Cada batalha que travaram no túnel subterrâneo secreto que levava ao sistema de esgoto de Nova York.

— Cada momento que você vivenciou lá foi real. A dra. Emmet, os enfermeiros, os tratamentos de choque, tudo foi real. Eles estavam atrás de você — afirmou o homem com um aceno de cabeça cúmplice, como se ele também tivesse visto. — Iam levá-lo de volta para aquele lugar horrível. Mas olhe para mim, olhe para o meu rosto. Eu sou você. Agora me escute. — Ele se inclinou para a frente, seus olhos continham uma clareza igualada apenas pela expressão sombria de sua boca, suas bochechas, sua testa. — Eu passei por isso também. Sabe pelo que mais eu passei? Ernst, aquele nazista disfarçado de "rabino Perlman".

A menção do nome trouxe à mente de Marc imagens de sua fuga angustiante do porão infernal de Perlman quando criança.

Um enganador do multiverso. Só pode ser.

Não. Não podia ser. Absolutamente ninguém saberia disso. Mesmo que eles mergulhassem nos registros mais profundos de saúde mental de Marc, essas coisas estavam protegidas de qualquer um. Até mesmo de Marlene.

Até mesmo, às vezes, dele mesmo.

— Entende? — perguntou o homem.

Marc ignorou a insistência de Khonshu e, em vez disso, deu a Spector um aceno de cumplicidade. Este, então, assentiu de volta — um gesto preciso que Marc reconheceu como seu, desde a duração até o ângulo de inclinação da cabeça.

— Agora preciso que entenda isto — continuou Spector. — Por mais selvagem que pareça. E nós já vimos selvageria, certo? Isso vai além de qualquer coisa. Então ouça com atenção... Eu vim para cá de outra realidade.

Uma versão do multiverso dele mesmo? Esse tipo de coisa só acontecia com... bem... super-heróis que lutavam contra ameaças capazes de destruir a realidade, que voavam pelo ar e talvez pelo espaço ou faziam o que quer que aquele cara de Bleecker Street fizesse.

Isso não acontecia com justiceiros que protegiam as ruas.

E, por causa disso, Marc piscou em descrença. Deuses egípcios que o salvavam da morte, claro, ele podia lidar com isso. Mas outro *ele*?

Saia daqui.

— Estamos aqui, juntos, à luz da lua — declarou Spector. Ele estendeu a mão direita e a manteve no ar, esperando que Marc a pegasse. — Confia em mim? Porque estamos confiando que você é exatamente aquele de quem *nós* precisamos.

Marc, está me ouvindo?

— Do Multiverso? — Marc refletiu baixinho.

Você não está. Está confiando nessa pessoa porque, por acaso, ele tem o seu rosto. Típica superficialidade humana. Talvez eu devesse pedir ao Francês para ser meu Punho.

O falatório de Khonshu continuou, mas Marc podia ver que tudo naquela pessoa era fiel a quem ele conhecia como sendo ele mesmo: sua postura, suas expressões, a cadência de suas palavras, a maneira como ele olhava para o Francês e Gena.

A única diferença era que Marc nunca usaria o majestoso "nós" para se referir a si mesmo, mas, ora, talvez a linguagem tenha se tornado um pouco mais formal no lugar de onde Spector viera.

— Que tal irmos até o restaurante da Gena? A gente senta, pede uma pilha alta de panquecas e uma jarra grande de café... Está vendo? — Spector apontou para si mesmo — É claro que sou você. De que outra forma eu saberia sobre as panquecas da Gena? Elas são as melhores. Vamos lá, e eu explico tudo para você.

— Certo — falou Marc com uma risada. Ele olhou por cima do ombro, a chuva aumentava de novo, tão grossa, que as nuvens acima bloqueavam a lua cheia. — Ah, espere, Gena não vai estar lá, ela está levando o Francês para...

Antes que ele pudesse responder, o punho de Spector atingiu a lateral do crânio de Marc. Marc cambaleou, e o mundo girou em um círculo desnorteador.

Viu? Eu estava certo. Lute, Marc, lute!

— Ah, Khonshu, agora não...

Outro soco o acertou, então outro, golpes rápidos no rosto de Marc. Spector se posicionou para outro ataque, mas Marc se recompôs o suficiente para dar um chute no estômago do duplo. Ambos perderam o equilíbrio, mas Marc se firmou, e seus calcanhares encontraram chão firme abaixo deles.

Para onde Spector tinha ido? Os sentidos de Marc ainda oscilavam com os golpes violentos, em particular, agora que a chuva decidira interferir; ele examinou o espaço, inclinando-se para um lado e para o outro para tentar localizar a outra versão de si mesmo.

Atrás de você!

Finalmente Khonshu estava ajudando.

Marc girou com o punho para trás e preparado para golpear. Só que, em vez de ver a si mesmo, ele teve um vislumbre de...

Algo. Algo parecido com uma silhueta preta e lisa — e poderia até ser um fragmento remanescente devido a tantos socos que recebeu —, essa massa oleosa, com forma humana, perdida na chuva torrencial e nos faróis piscantes.

Não importava, porque, o que quer que fosse, atacou Marc, e de repente tudo ficou envolto em preto.

VOCÊ TENTOU ME ENGANAR, MARC SPECTOR.

Nós percebemos. Quando você mencionou Steven Grant e Jake Lockley, o outro Marc, aquele dessa realidade que acabou de escapar dos esgotos de Nova York — aquele que *fedia* como o esgoto de Nova York, embora ele tivesse conseguido manter seu terno branco radiante —, pensou que você estava tentando ganhar a confiança dele. E parte de você estava.

Mas nós percebemos seu verdadeiro objetivo. Nós o sentimos, nos cantos sombrios de nossa mente compartilhada. Quando falou "Queria que eles estivessem aqui conosco agora", você tentou invocá-los. Todas aquelas palavras e pensamentos sobre eles, você queria que eles aparecessem e nos expulsassem.

Sua tentativa falhou.

Eles chegaram perto. Steven e Jake emergiram por apenas um momento, naquele Espaço Mental onde vocês conversam sem parar entre si. Eles se esgueiraram, como costumam fazer. Ah, às vezes vocês três estão em um barco de pesca ou em uma sala ou apenas em um *espaço*, de alguma forma apenas *existindo* juntos.

Não tente isso de novo.

Porque, assim que os sentimos, nós os prendemos. Eles vão ficar quietos agora, trancados atrás de uma porta psíquica. Se os quiser de volta, você vai obedecer. Porque tudo de que precisamos é *você*.

Não podemos *existir* com eles. Seus chamados "irmãos" só vão acrescentar complicações.

E não há tempo para jogos ou barganhas.

Agora, bata nele.

Bata no Marc desta realidade outra vez.

Precisamos ter certeza de que Marc está nocauteado. Se precisar, desconte sua raiva de nós em Marc. Nós sentimos você quando olha para as ruas de Nova York cheias de chuva; você está procurando por Gena e o Francês. Eles se foram.

Você está sozinho. Mas nós estamos aqui.

Você o vê, deitado ali, usando o traje de Cavaleiro da Lua, a chuva batendo em seu rosto. Levante-o. Pegue a máscara também.

Traga-o. Temos um trabalho a fazer.

Você o agarra pelo colarinho do traje, erguendo-o. Suas unhas se cravam, agarrando a armadura texturizada, e, mesmo que a chuva tenha encharcado vocês dois, você o levanta com facilidade.

Muito mais fácil do que você esperava. Sim, essa é a nossa força juntos. É *fácil* assim. Agora, saia logo dessa chuva torrencial.

Seus músculos ficam tensos, as articulações travadas. Uma resistência.

Você está *se recusando*.

"Por que eu deveria?", você pergunta. "E se eu apenas *ficar* aqui *parado*?"

Vai mesmo fazer as coisas do jeito mais difícil?

Seu silêncio é resposta suficiente. Não temos tempo para seu comportamento pirracento.

Nós nos enrolamos em suas pernas, seu tronco, seus braços, uma camada externa do corpo simbionte para ativar seus membros, movê-lo mais rápido. Por dentro, você continua a protestar.

Modere o linguajar. Isso não é apropriado para você, Marc.

Não se preocupe. Sua parte nisso está quase concluída.

Em breve você estará livre de nós.

E em breve entregaremos o que *ele* precisa.

CAPÍTULO 4

MARC

MARC ESTAVA SONHANDO.

Tinha que estar. Tudo estava *bom demais* para ser verdade, imagens, sons e sensações emergiam do nada, como se o mundo o envolvesse no cobertor mais confortável. Sol, sol brilhante, mas não o calor escaldante de um deserto egípcio. Porque aqui também havia o barulho do oceano. E... risadas. Sim, o som de crianças rindo, de conversas agradáveis.

Tropical. Sim, esse era tropical. Sombreado. Um bangalô de resort, areia morna entre os dedos dos pés e, ao longe, um oceano batendo. Um grande copo de vidro na mão, uma mistura com sabor de fruta saindo pelo canudo fino verde-neon.

E ao lado dele? Marlene Alraune, uma rajada de vento ergueu os cabelos loiros que caíam sobre seus ombros. Ela riu, depois ajustou o chapéu de abas largas que lançava sombra sobre seu traje de banho.

Marlene, sem nenhuma das mágoas que eles acumularam ao longo dos anos como casal. Ela olhou para ele, e, mesmo com seus olhos escondidos atrás de grandes óculos de sol de armação branca, ele sabia — ele *sabia* — que aquele olhar era apenas...

Bem, era possível apenas em um sonho.

Marc se permitiu absorver aquele momento, sentir, ver e ouvir tudo naquele instante. Porque a vida simplesmente nunca era tão boa assim.

Em sua mão, os dedos de Marlene envolveram os dele.

A distância, Steven e Jake passaram, discutindo como sempre faziam, com suas vozes distintas se sobrepondo. Eles se viraram para encará-lo, mas ele os mandou embora com um gesto. Não precisava que se intrometessem, não com Marlene realmente *feliz* por estar ali.

No bangalô ao lado, o Francês acenou enquanto dividia um prato de aperitivos com seu companheiro, Rob.

E a melhor parte?

Não havia Khonshu.

E, portanto, nada de Cavaleiro da Lua.

Nada de ruas imundas ou telhados molhados, nada de lâminas em formato de lua, nada de criminosos tentando justificar suas ações antes que Marc esmurrasse seus rostos, nada de sair correndo do porão da Mansão Spector em Long Island de traje completo e equipamento preparado.

Apenas... paz.

Uma vida sem Khonshu. Embora ele supusesse que, sem Khonshu, Marc teria *menos* de tudo.

Mas, de certa forma, isso não seria bom?

Marc! Marc! Você não tem tempo para isso. Acorde!

Não, não, não. Khonshu não. Não agora. Onde ele estava antes disso? Uma rua, uma rua de Nova York, é claro, e Gena e o Francês tinham vindo com ele e...

Não. Ele ia ficar aqui, derretendo sob um sol tropical por um momento. Ele merecia isso.

Acorde, seu idiota! Por que não me escutou?

— Saia do meu sonho, Khonshu. Estou perfeitamente contente onde estou.

Droga.

Marc abriu os olhos. Ou ao menos achou que tinha aberto. Não conseguiu ver muita coisa. Na verdade, apenas pequenos lampejos de luz pareciam visíveis, porém, quanto mais Marc concentrava seu foco, mais ouvia os sons. O zumbido constante em seu ouvido — isso parecia ser mais parte da enorme dor de cabeça que latejava em seu crânio. Mas o tráfego que passava e as vozes abafadas, tudo vinha de...

Acima dele? Acima e atrás.

Ele estava em um porão.

Seu tolo ganancioso e ignorante! Deslumbrado por sua própria autoimportância, por suas próprias lealdades e...

— Cale a boca, Khonshu — falou Marc, antes de cuspir o gosto de sangue da boca. — Precisa ficar me culpando enquanto estou com dor de cabeça?

Acordar em um estado de confusão, bem, isso simplesmente *acontecia* às vezes quando se compartilhava a mente e o corpo com Steven e Jake. Isto, entretanto, parecia diferente.

A maior indicação veio na forma de mandíbula dolorida e têmporas latejantes.

Jake pelo menos tinha a cortesia de avisar Marc caso tivesse levado alguns golpes feios em uma briga.

Você precisa se mexer, Marc. Você precisa sair daqui.

Como se fosse um sinal, as tábuas do assoalho rangeram lá em cima, numa cadência constante que indicou a Marc que alguém estava andando de um lado para o outro em algum lugar no andar superior.

E provavelmente a caminho.

— Onde estamos? — questionou Marc, flexionando os dedos e sentindo a tensão contra os pulsos. Uma fricção familiar, provavelmente de fita adesiva prendendo seus braços aos braços da cadeira abaixo dele. Ele mexeu os dedos dos pés, e uma frouxidão neles lhe dizia que estava de meias, com as canelas amarradas às pernas da cadeira de maneira similar. — O que estamos...

O duplo. Spector. O homem vestido todo de preto com mais do que apenas o rosto e a voz de Marc; ele *sabia* quem era Marc, ele confirmou tudo com apenas algumas palavras e até falou sobre Steven e Jake.

Eles concordaram em ir embora, e, então, tudo ficou escuro.

Sim, tudo ficou escuro porque você virou as costas para ele. E agora essa outra versão de você está voltando.

— Relaxa, Khonshu. Já me livrei de coisa pior.

Você quer dizer que eu ressuscitei você de algo pior.

— Bem — respondeu Marc, balançando para a frente e para trás em sua cadeira. Uma cadeira de madeira, possível de quebrar com a força suficiente. Essa era uma opção. — Essa é uma maneira de falar. — Uma corrente de ar soprou pelo espaço, provavelmente de alguma rachadura em algum lugar na parede, mas fez cócegas nos pelos dos braços e pernas de Marc.

Quer dizer que quem fez isso o tirou do traje.

Mas Spector já conhecia a identidade de Marc, então, tal ação não era sobre segredos. Não, havia outra coisa em jogo ali. Por alguma razão, o duplo precisava do traje.

Marc fechou os olhos, um truque que às vezes usava para conversar com Steven e Jake — às vezes com Khonshu também, se realmente quisessem fazer uma festa. Contudo, o mais importante primeiro: para sair dali, precisariam de mais do que as dicas de luta suja de Jake ou a carteira de ações de Steven.

Ali, Marc teria que fazer o que ele fazia de melhor: sair de enrascadas. Todos os anos em que foi um mercenário significavam que os próprios instintos ofereciam as ferramentas certas para essa situação.

Começou abrindo os olhos outra vez, mas devagar, o bastante para permitir que suas pupilas se ajustassem e expandissem gradualmente.

O nada completo que antes o cercou? Agora se apresentava como sutis tons de escuridão, fornecendo informações suficientes para ter uma noção do espaço. A fenda brilhante à frente, que pertencia à parte inferior de uma porta — a viga era mais baixa de um lado, provavelmente havia muito peso vindo de um corredor naquela direção. Aquela fenda oferecia iluminação suficiente para Marc avaliar o tamanho da sala — provavelmente 3 x 3 metros. Ele esticou o pescoço de um lado para o outro, formas rudimentares revelavam apenas um pouco sobre o ambiente.

Mas havia *algo* naquele canto.

Ele percebeu o contorno de uma mesa ou caixa ali, com certeza. Mas também um cheiro vinha daquela direção, um cheiro muito óbvio, muito familiar de gasolina.

O que nunca era bom para alguém preso em um porão.

Outro rangido veio de cima. Foi seguido por um baque pesado e, logo depois, mais movimentação.

Do lado de fora, risadas altas e espontâneas ecoaram pelo concreto e pelos canos — o tipo de estupidez ruidosa que acompanhava a juventude e o excesso de bebida —, logo seguidas pelo som da sirene de uma ambulância que passava.

Ainda era noite. A uma curta distância da civilização. A agitação dos veículos de emergência.

Isso queria dizer que Marc estava dentro dos limites da cidade. Em algum lugar, com sorte, não muito afastado. E, com sorte, não em Staten Island. Ele não tinha tempo para esperar por uma balsa.

Marc flexionou os músculos das pernas, empurrando e puxando para avaliar o quanto a fita estava apertada — restritiva, mas ele sentiu que estava cedendo. O mesmo com os braços. Ele se inclinou para a frente, deslocando o peso o suficiente para ver se conseguia ficar na ponta dos pés.

Nenhuma luz. Movimento acima. Um espaço pequeno. Só uma leve frouxidão nos pulsos e pernas.

Opções. Ele as tinha?

Pare de pensar na vida e comece a se mexer.

— Khonshu, se interromper meu raciocínio mais uma vez, vou ficar sentado aqui como um bom convidado — ameaçou Marc com uma risada. Ele se inclinou para a frente e para trás, avaliando a estrutura e o material da cadeira. As pernas batiam com o som familiar de metal no concreto; não ia ser possível despedaçar essa coisa desse jeito.

Parecia que ele teria que recorrer a truques em vez de força bruta.

— Estou trabalhando nisso — declarou, começando a torcer os pulsos. Eles mal se moveram no começo, apenas alguns milímetros para cá e para lá.

Faça mais rápido. Tem alguém vindo.

Como se fosse um sinal, mais passos soaram acima.

— Se quiser fazer chover fogo do inferno sobre meus inimigos agora mesmo, eu ficaria muito agradecido. Caso contrário, pare de gritar comigo de dentro da minha cabeça. — Lá estava, uma abertura mínima na fita se transformou em folga suficiente para que os antebraços de Marc se movessem um pouco. Ele se inclinou, abaixando-se para levar o rosto ao pulso esquerdo. — Pena que você não é uma aranha radioativa.

Nenhuma resposta veio de Khonshu, o que provavelmente era melhor, já que Marc não conseguia falar agora. Bem, ele imaginou que *poderia* ter conseguido, mas as palavras provavelmente não se formariam com muita clareza com fita adesiva entre os dentes. Seus dentes da frente agarraram a pequena abertura nas camadas de fita, os músculos da mandíbula doíam enquanto ele serrava para a frente e para trás. Suor se formava em sua testa, fazendo cócegas no caminho até sua têmpora, o espaço se enchia com seus grunhidos e gemidos.

O som do andar de cima aumentou novamente, mudando do rangido ocasional do assoalho para o ritmo regular de passadas. Seguiu um trajeto, indo da esquerda para a direita, até que, cerca de 10 segundos depois, algo no quarto fez um clique.

Em seguida, o ruído de um zumbido elétrico.

Depois, um brilho repentino.

Marc parou para olhar para cima. Não, na verdade não era tão brilhante.

Mas a transição da escuridão para a luz do teto foi extrema demais para seus olhos, pelo menos por um momento.

Não era a prioridade agora. Ele precisava se libertar.

Marc ignorou o espaço ao seu redor; esses detalhes podiam esperar. Em vez disso, inclinou-se de novo e mordeu o trecho de fios partidos na fita adesiva. Ele mordia agora, não precisava mais serrar para encontrar uma abertura. Em vez disso, puxava o que podia, puxava com tanta força, que ele tinha certeza de que algo em suas gengivas ia sangrar.

Mas não importava. Porque ele ouviu. Foi uma fração de segundo, mas era o som revelador de fita adesiva rasgando.

Ele olhou para baixo e viu um rasgo de cerca de um centímetro, talvez menos, uma linha de corte perfurava todas as três camadas de fita. Mas era tudo de que precisava.

— Vamos — falou, puxando o braço para cima em um ângulo de 45 graus. — Vamos!

Os ruídos vindos de cima mudaram, agora eram o *tap-tap-tap* constante de alguém descendo as escadas pouco a pouco.

Depressa, Marc. Não há tempo.

Marc ignorou a insistência de Khonshu e, em vez disso, concentrou-se, flexionando tudo, dos dedos aos antebraços e ombros, colocando toda a força em um puxão muito rápido e forte...

E de repente sua mão esquerda estava livre.

Marc flexionou os dedos da mão esquerda e respirou — quatro respirações rápidas e regulares para se recompor. Em seguida, finalmente, fez o que Khonshu pediu. Ele *se mexeu* — decisões rápidas e imediatas para encontrar a ponta da fita adesiva em volta do pulso direito, então, puxou-a e ignorou a ardência ao arrancar pelos dos seus braços.

Nada com que ele não tivesse lidado antes.

Os passos desceram, parando por um momento antes de continuarem. Marc rasgou o restante da fita, primeiro da perna esquerda, depois da direita, depois em volta de sua cintura.

Finalmente, podia se mover.

Marc se levantou, sacudiu-se por um momento para fazer o sangue correr pelo corpo, estimular a circulação para se preparar para a luta que viria.

Virou-se para, enfim, observar o espaço.

Sua intuição estivera certa. Um espaço pequeno com uma mistura de pedra velha e desgastada e tijolos em ruínas, canos de água acima. Iluminação fluorescente barata por toda parte, provavelmente com fiação solta causando oscilações ocasionais. No canto de trás, havia uma mesa, a única peça de mobília no lugar além de sua cadeira. E, em cima da mesa, um tanque de plástico vermelho de gasolina. Não era uma surpresa, dado o forte odor que vinha dele.

Mas ao lado dele? *Aquilo* foi uma surpresa — o traje do Cavaleiro da Lua cuidadosamente dobrado, a máscara em cima dele.

Os passos pararam, um rangido final de madeira envelhecida e, depois, nada — não, espere. Alguma coisa. Não alto, mas o som de botas no chão do lado de fora da sala; Spector, ou quem quer que fosse, agora estava no mesmo andar que Marc.

Uma pessoa, pelo menos. Disso, ele tinha bastante certeza. Porém, o que havia lá em cima e adiante? Isso permanecia uma completa incógnita.

Agora Khonshu estava certo: o tempo realmente estava se esgotando.

Um chaveiro tilintou do outro lado da porta, e Marc avaliou suas opções mais uma vez. Não havia muitas, ele não tinha tempo para procurar em seu traje por quaisquer dardos crescentes restantes, e várias camadas de roupa não seriam boas armas.

Marc considerou duas opções completamente diferentes.

A primeira é que ele poderia se sentar de novo na cadeira, fingir que ainda estava amarrado e tentar descobrir o que diabos estava acontecendo.

A segunda, que poderia usar a cadeira como arma.

Uma chave deslizou na fechadura, fez um estalido sutil seguido por vários mecanismos girando.

E SE... MARC SPECTOR FOSSE HOSPEDEIRO DO VENOM?

Não havia tempo para um plano melhor. Marc agarrou a estrutura da cadeira e a segurou alto; a única escolha real agora era *como* usar a arma improvisada. Suas pernas ficaram tensas em uma posição de prontidão, a cadeira equilibrada, enquanto observava a maçaneta girar muito devagar.

CAPÍTULO 5

MARC

PARECIA SEGURO SUPOR QUE SPECTOR SERIA TÃO FORTE, HABILIDOSO E TREINADO quanto Marc. Ele seria um adversário do mesmo nível em uma luta direta, um contra um. Por isso, ali, Marc precisava de uma vantagem de alguma coisa, qualquer coisa.

Ele levou uma fração de segundo para decidir: correr para a porta imediatamente ou esperar que Spector — ou quem quer que fosse — entrasse para fazer uma avaliação tática melhor.

Ele escolheu a segunda opção e deu um passo em direção ao canto adjacente à porta. A maçaneta terminou de girar e girou para fora, e houve um guincho alto em dobradiças velhas. Uma única bota preta entrou, depois outra, revelando Spector por completo, enquanto ele olhava diretamente para onde a cadeira *deveria* estar.

Marc entrou em ação, golpeando com a cadeira o mais forte que pôde a lâmpada do teto. A perna bateu no tubo fluorescente, partindo-o em caquinhos. O espaço ficou escuro, apenas com a iluminação do corredor atravessando a porta, e Marc correu para cima de Spector a toda velocidade, acertando suas costelas com o ombro, enquanto os dois se chocavam contra o batente da porta. Spector estremeceu, deu um grunhido de dor, e Marc acertou um soco forte em seu peito antes de finalizar com uma combinação de mais dois e um golpe no queixo.

Marc examinou o espaço: a cadeira a alguma distância, a mesa no canto com o tanque de plástico cheio de gasolina e o traje de Cavaleiro da Lua e pequenos pedaços de vidro quebrado espalhados pelo chão, tudo cercado por uma mistura desgastada de tijolos, pedras, madeira e canos. Cada golpe carregara todo o peso de Marc, e ele já estivera em lutas suficientes para saber que os últimos segundos deviam ter lhe dado uma séria vantagem, se não uma vitória completa por nocaute sobre seu oponente.

Mas ali só deixou Spector mais lento. O duplo caiu sobre um joelho, sacudindo a cabeça antes de se firmar com a mão no batente da porta.

Ainda podia haver algumas armas no cinto de utilidades preso ao traje do Cavaleiro da Lua, mas não havia tempo para vasculhar. O foco de Marc permaneceu no imediato, e ele fez a escolha que estava mais à mão, mais fácil: agarrar a perna mais próxima da cadeira e golpeá-la direto contra a cabeça de Spector.

Ao menos foi o que tentou fazer.

No entanto, Spector ergueu uma das mãos e segurou a cadeira no instante em que ela ia atingi-lo. Seus dedos a agarraram com força, em seguida, flexionaram-se, e, mesmo sob a luz fraca, a coisa mais estranha ocorreu:

Marc jurou que viu uma película preta nadar sobre cada um dos dedos de Spector antes de ser absorvida de novo por sua pele.

Spector puxou a cadeira das mãos de Marc e a atirou no canto. Ela se chocou contra a mesa, derrubando o tanque de gasolina no chão, mas não acertou o traje de Cavaleiro da Lua e outras roupas.

— Não acho que era isso que a dra. Emmet queria dizer quando falou que eu devia parar de lutar contra mim mesmo sobre tudo — falou ele, enquanto se aproximava.

Se havia alguma dúvida de que Spector realmente era outra versão de si mesmo, essa piada foi a confirmação final.

Além disso, um momento repentino de clareza o atingiu: Marlene, o Francês, todos os seus amigos já tinham comentado quão idiotas suas piadas eram. Até Khonshu expressava uma opinião de vez em quando. Mas ouvi-las em voz alta, bem...

Parecia que eles estavam certos.

E isso o deixou com ainda *mais* raiva de Spector.

Marc avançou correndo novamente, fazendo uma rápida finta de cabeça antes de esmurrar com o punho o maxilar de Spector, e um *estalo alto soou* quando o golpe acertou. Spector se sacudiu, piscando rápido algumas vezes e dando de ombros, e, então, ali estava de novo: uma película preta passando depressa por cima dele.

Marc não tinha imaginado. Independentemente de quem fosse esse duplo, havia algo muito mais complicado nessa situação toda além do fato de compartilharem a mesma estrutura óssea, cabelo grosso e senso de humor. Marc sentiu um tipo diferente de martelar interno, uma vontade repentina de deixar Jake Lockley assumir e fazer o seu pior. Mas, não, isso não seria o melhor agora — precisava de mais do que apenas vencer uma briga; Marc precisava entender o que de fato estava acontecendo ali.

Spector rugiu enquanto avançava, e Marc se contorceu, mal conseguindo desviar do golpe antes de saltar para o canto atrás de si. Seus pés escorregaram na gasolina derramada, e sua mão se chocou contra a mesa para se estabilizar, mas a outra se estendeu e pousou no material de carbonadium entrelaçado do traje de Cavaleiro da Lua.

Segundos antes, ele havia escolhido *não* o usar. Mas agora parecia o momento ideal.

Marc puxou o traje para desdobrá-lo em uma bagunça irregular, o suficiente para expor seu cinto. Mais importante, os dardos em forma de crescente no cinto estavam bem onde os havia deixado antes.

Marc agarrou um, e o adamantium afiado e curvo pressionou sua palma enquanto ele girava. Spector estava de pé, cara a cara com ele, e a luz da porta projetava sua sombra sobre o vidro quebrado do chão. Marc flexionou os dedos de novo, reposicionando-os no dardo crescente, depois, começou a atirá-lo no duplo.

Mas não teve a chance. Na metade do arremesso, Spector ergueu a mão — mas não era a mão dele. De alguma forma, um longo e viscoso toco de gosma preta agora estava na ponta do seu braço e, em um piscar de olhos, atacou, tipo um chicote feito de óleo, golpeando para a frente e enrolando-se no pulso de Marc. A cauda oleosa deu a volta várias vezes, mais apertada do que qualquer fita adesiva da qual ele já escapara. Segurava seu braço como um torno, uma resistência que se recusava a ceder.

Bem, essa estratégia não ia funcionar. Hora de ser criativo.

Abriu os dedos, fazendo o dardo crescente cair, e moveu a outra mão por baixo. O dardo crescente pousou em sua palma livre, e, em um movimento rápido com as costas da mão, atirou-o diretamente em Spector. Ele girou, voando em direção ao alvo pretendido, e, então, o tempo pareceu desacelerar, e cada rotação da arma, cada gota doentia de suor preto na testa de Spector de repente ficou clara em sua visão.

Até que a lâmina mergulhou direto no peito de Spector, e óleo preto jorrou do ferimento. As gotas espirraram para fora, mas, no meio do caminho, desaceleraram até ficarem suspensas no ar. Em seguida, como se um ímã puxasse o óleo, cada gota voou de volta para o ferimento. Spector olhou para a arma espetada em seu peito, e o sangue agora escorria do furo. O tentáculo oleoso se afastou de Marc e, quando ele caiu de joelhos, redirecionou-se para o traje de Cavaleiro da Lua para puxar outro dardo crescente. O tentáculo chicoteou para trás, atirando a arma de adamantium, que pousou precisamente na mão direita de Spector.

— Lamento informá-lo, mas não somos *exatamente* iguais — declarou Spector.

— Bem, que droga — deixou escapar Marc.

Não lute contra ele, Marc. Fuja! Eu sei o que ele é.

Dessa vez, Khonshu estava certo. Marc nem sequer teve tempo de reclamar com o deus egípcio antes de começar sua corrida para a porta. A sala tinha apenas uma saída, e correr *através de* Spector parecia mais viável do que derrotá-lo naquele momento.

Depois de dois passos, o corpo inteiro de Marc congelou. Gavinhas oleosas saíram de Spector, quatro delas direto do peito, e agarraram cada um dos membros de Marc. Elas o levantaram do chão, segurando-o antes de prendê-lo contra a parede. Spector se aproximou, e as gavinhas pretas recuavam a cada um dos seus passos.

— Tem alguma ideia, Khonshu? — conseguiu dizer Marc bem no momento em que outro tentáculo o atingiu no rosto.

Eu já vi esse tipo antes. A mudança que senti antes... é ele!

— Isso não ajuda — replicou Marc, lutando contra as amarras enquanto Spector se aproximava cada vez mais. — Jake? Vamos, amigo, quer se sujar? Está na hora de você...

Um outro braço se separou de um dos tentáculos superiores, cobrindo a boca de Marc e silenciando suas palavras em grunhidos abafados. Os tentáculos o ergueram da parede antes de o lançarem de volta, e uma onda de choque percorreu todo o corpo de Marc. Pedaços de tijolos caíram no chão, e Marc fechou os olhos, tentando se conectar com suas outras identidades o mais rápido possível.

— Gente? — gritou para o éter esfumaçado de sua mente, o lugar onde se encontrava com Steven e Jake. — Gente, preciso de algumas ideias brilhantes, tipo, agora.

Mas eles não apareceram.

Em vez disso, viu suas silhuetas a distância, ambos estendendo as mãos em sua direção, mas algo os restringia, da mesma forma que *ele* estava sendo restrito naquele porão dilapidado.

— Steven? Jake? — gritou para o éter, e as vozes abafadas dos dois gritaram palavras ininteligíveis em resposta. — Steven! Jake! — berrou, com urgência entrelaçada em suas palavras de uma forma que ele não conseguia se lembrar de ter sentido antes.

Sempre imaginou como seria a vida sem aqueles dois. Afinal, Marc não tinha a própria cabeça para si mesmo desde que era criança. Mas Steven e Jake, apesar de todas as maneiras pelas quais tornaram sua vida mais difícil, continuavam sendo suas melhores ferramentas para situações como essa.

O que faria sem eles?

O que *seria* sem eles?

Reclamar deles era uma coisa. Ficar irritado com eles era outra. Mas esse momento, encarando um adversário inexplicável nas piores circunstâncias?

O pânico tomou conta de Marc, uma sensação incomum de terror avassalador, tanto que, quando abriu os olhos, não percebeu que os membros oleosos de Spector o haviam deitado no chão e o soltado, embora um ainda estivesse cobrindo sua boca.

Acima dele, Spector estava de pé, com um dardo crescente ainda na mão e o outro alojado no peito.

— Ele falou: "Sem testemunhas, sem sobreviventes". — As palavras de Spector soaram com uma suavidade incomum, como se ele estivesse falando consigo mesmo mais do que qualquer outra coisa. Ele levantou o braço esquerdo, e outro tentáculo pegajoso se estendeu para agarrar o galão de gasolina. Chicoteou, espalhando líquido para todo lado até esvaziar, depois, atirou o galão no canto oposto, onde fez barulho enquanto rolava até parar.

Spector se ajoelhou, com o tentáculo restante ainda aplicando pressão contra a boca de Marc. Spector se inclinou e segurou o dardo crescente no alto; olhou Marc de cima a baixo, e, nessa proximidade, Marc notou outra coisa — seu traje militar escuro feito carvão também tremulava com uma ondulação do óleo preto conforme ele se movia. Até o dardo crescente enterrado até a metade em seu peito cintilava com preto.

Com a mão livre, Spector enfiou a mão no bolso de trás e tirou um pequeno isqueiro de metal. Acendeu-o e, sem olhar, jogou-o para trás. O canto escuro distante ganhou vida, um intenso amarelo e laranja se espalhou pela sala. As chamas logo cobriram as vigas de suporte do teto, o calor fazia com que os canos velhos se entortassem e estourassem, e, por todo lado, o fogo se agarrava a qualquer lugar onde a gasolina tivesse caído, desde os tijolos não inflamáveis às ripas de madeira *muito* inflamáveis usadas nas estruturas e divisórias.

— Agora — declarou ele —, vamos ver o que o torna tão especial.

A Mente-Colmeia! Marc, você deve resistir, ou tudo estará perdido!

Marc reuniu força em seus braços e pernas, forçando os músculos a atacar Spector. Um tentáculo se separou da mão direita de Spector, socando Marc no estômago antes de se retrair. Spector estendeu todo o seu braço esquerdo, e as chamas crescentes atrás dele faziam sombras dançarem ao redor.

Com a mão direita, Spector ergueu o dardo crescente...

E fez um talho bem na parte interna de seu antebraço esquerdo, uma linha reta e diagonal, cortada com precisão.

O dardo crescente caiu no chão, tilintando várias vezes antes de parar, e Spector firmou seus pés, e os olhos ficaram pretos, antes de todo o seu corpo ficar também. Do ferimento em seu braço, não saía sangue — em vez disso, óleo preto escorria dele, um único e longo jorro que rastejou até o chão e em seguida envolveu as meias de Marc. Subiu por suas pernas, cobrindo-as com uma gosma que parecia estranhamente quente e calmante, como se ele tivesse usado as melhores e mais estranhas drogas do mundo.

Resista, Marc! Resista! Precisa resistir!

Spector caiu no chão, e, conforme caía, o tentáculo de seu peito se retraía, libertando o crânio de Marc da pressão. Ao redor de Spector, as chamas aumentaram em tamanho e velocidade, agora engolfando por completo o cômodo.

Então, uma voz na cabeça de Marc. Não a de Khonshu. Ele conhecia Khonshu. Nem de Steven, nem de Jake, eles não apenas ficaram em silêncio, mas suas presenças pareceram evaporar.

Não, essa voz tinha um peso rouco, com partes iguais de raiva, desespero e propósito.

Estamos aqui. Vamos descobrir o que o torna tão especial.

O óleo preto continuou a rastejar do ferimento no braço caído de Spector, recuando e retomando seu fluxo conforme as chamas se aproximavam. Marc ouviu uma palavra forçada por Spector, como se demandasse toda a força restante no duplo para sair.

— Sus... sur... ro... — falou Spector em sílabas lentas e premeditadas.

Sem testemunhas. Sem sobreviventes, berrou a nova voz, e, assim que o fez, um tentáculo se estendeu do fluxo preto no chão, envolvendo o dardo crescente no peito de Spector. Com um puxão violento, o tentáculo arrancou o dardo crescente, e um jato de líquido jorrou do corte imenso.

Só que o líquido era sangue humano comum. E *muito*.

O óleo restante se acumulou e subiu pelo corpo de Marc, uma grande massa que deslizou por sua cintura e peito, uma fina cauda ainda estava conectada ao corte no braço esquerdo de Spector. As palavras seguintes de Khonshu soaram com um desespero raro para o deus egípcio.

Saia! Saia dele agora! Saia, Colmeia!

— Khon... shu. — Marc esforçou-se para falar antes que a nova voz retornasse; ela estava *furiosa*.

Temos uma missão. Marc Spector é a chave. Suas necessidades, seu mundo, nada tem sentido se não atingirmos nossos objetivos. Agora, seu deus falso e irritante, saia já desse corpo.

— Steven — sussurrou Marc. — Jake. Marlene — falou por fim.

Khonshu retornou com mais uma mensagem antes de se calar: *Aí está! Marc, vejo uma saída. Mas preciso agir agora. O simbionte não é o que parece, Marc. Seja forte.*

A cabeça de Marc rolou para o lado quando o óleo subiu devagar por seu pescoço e entrou em sua boca, como milhões de pequeninas aranhas movendo-se ao mesmo tempo sobre ele.

Poucos minutos antes, Marc havia sonhado com a vida sem Khonshu. E agora sentira Khonshu partir, uma pressão escapando dele como se alguém tivesse tirado todo o oxigênio de seu corpo inteiro.

Em seu lugar veio essa... coisa. Alta, determinada e sem remorso. Seja lá o que for.

— Ste... ven — conseguiu dizer. — Jake.

Aqueles dois. Outra vez. Eles não vão ficar no nosso caminho.

A voz estranha rugiu essas palavras, e, em seguida, a gosma preta forçou caminho para dentro da boca de Marc, esticando sua mandíbula e interrompendo qualquer ânsia de vômito, impedindo qualquer desejo de morder, lutar ou resistir. O restante circulou e foi para seus olhos, inundando-os por completo de preto.

A última imagem que conseguiu captar foi uma chama irrompendo no chão ao lado do corpo caído de Spector, e um último pensamento pairou em sua mente antes de perder a consciência: *Pela primeira vez, estou em uma situação pior que a do outro cara.*

CAPÍTULO 6

STEVEN

AI.

Ai, ai, ai.

Ai, meu Deus, ai.

Não era só a minha cabeça, embora essa tenha sido a primeira parte que senti. Como se alguém tivesse colocado meu crânio dentro dos sinos de Notre-Dame e batido neles o mais forte possível. Bem, eu vivi uma vida muito estranha, tão estranha, na verdade, que eu estava aparentemente recitando um monólogo para mim mesmo agora. O que provavelmente era um mecanismo de defesa contra uma dor intensa e lancinante. Mas, falando sério, coisas estranhas e dolorosas são apenas parte da minha vida, o tempo todo.

Havia algumas coisas que ser um bilionário aparentemente não podia comprar. Como um frasco grande de analgésico entregue diretamente em...

Bem, onde quer que eu estivesse.

Onde eu estava?

Abri os olhos.

A primeira coisa que notei foi que eu estava na horizontal. E não de um jeito bom, do tipo: "Esta cama é tão relaxante, com os lençóis mais macios e o travesseiro mais bonito, por isso, vou me deitar". Era mais do tipo: "Fui nocauteado e jogado de lado". Mas eu imaginei que estar na horizontal não era a única pista. O chão sujo reforçava isso, com uma cor laranja feia que ficava piscando...

Ah, espere. Aquela cor laranja. Não era simplesmente uma escolha ruim de tinta, era *fogo* refletindo no chão. Na verdade, o zumbido desapareceu devagar dos meus ouvidos, e agora eu ouvia o *estalar muito específico* e familiar de chamas; e aquelas chamas estavam *por toda a parte*.

Nas paredes. No teto. No chão. Nos cantos. Como tijolos pegavam fogo daquele jeito?

— Não, não, isso não é bom — eu disse, afastando o braço de onde estava, a poucos centímetros da maior chama e em cima de um rastro de sangue seco.

Com isso, vi minha próxima grande pista de que as coisas tinham dado terrivelmente errado: uma cicatriz enorme correndo em uma diagonal irregular no meu braço esquerdo. Bem, várias cicatrizes, na verdade; a primeira linha profunda de algum tipo de corte com uma lâmina grande e, além dessa, o brilho ceroso e derretido de queimaduras recentes.

Ora, eu nunca aleguei ser o melhor detetive do mundo, e, embora fosse conhecido por terminar palavras cruzadas de jornal com bastante frequência, essa habilidade não necessariamente se aplicava à situação. Mas acordar no chão com um corte estranho no braço, que por acaso estava bem ao lado de uma enorme chama dançante, suponho que tenha sido boa ou má sorte, dependendo do ponto de vista. Porque a chama havia cauterizado o ferimento no meu braço. Mas também cauterizar significa queimar, o que nunca é algo bom. Sangrar em um cômodo subterrâneo úmido ou queimar um monte da minha própria carne é meio que uma situação em que perco de qualquer jeito.

— Marc — sussurrei, soltando um gemido enquanto me esforçava para ficar de pé —, no que você nos meteu agora?

Spector! Levante-se! Mova-se!

— Hum... — Eu andei com movimentos controlados e vigorosos, o zumbido na minha cabeça de alguma forma permanecia separado da voz muito alta e muito rouca que soara. Inspirei fumaça, senti uma ardência forte nos meus pulmões e cobri o rosto com o braço sem cicatrizes enquanto observava por completo um porão de filme de terror realmente assustador, que, por acaso, também estava pegando fogo. — Jake? — gritei. — Jake, é você?

Você é o Cavaleiro da Lua. Spector, vá e encontre o outro. Estabilizei seu ferimento no peito por enquanto. Mas precisa se apressar.

— Não... não... quero dizer, sim para o Cavaleiro da Lua, mas não, Marc não está aqui agora. Por que está chamando ele de "Spector"?

Foi assim que meu Marc o chamou. E você parece ser um indivíduo muito confuso, por isso estou mantendo as coisas simples para você.

— Steven. Eu sou Steven, não Marc. Quer dizer, não sou *Spector*. Mas você é uma voz muito estridente na minha cabeça, não? — Olhei para baixo para ver que, seja lá como tenha sido que chegamos ali, isso envolvera alguma coisa do tipo militar dessa vez, a julgar pelas calças cargo cobertas com centenas de bolsos e pelas botas pretas apertadas. — Jake, está pregando peças? Estamos literalmente cercados por fogo, acho que pregar peças é uma péssima ideia agora...

Eu sou Khonshu, Deus da Lua e do Céu Noturno. E no momento você é minha melhor esperança. Agora levante-se.

— Jake? Certo, sei que não somos os melhores amigos, mas, se for você, eu realmente preciso que pare de gritar. — Espere um minuto, algo estava diferente ali. Jake gritava comigo às vezes, mas era mais como uma gritaria invasiva, como quando o DJ em um casamento interrompe a conversa na sua mesa. Na maioria das vezes, se precisasse ter uma conversa clara e amigável com meus colegas moradores da cabeça, eu tinha que entrar no meu Espaço Mental, termo meu, não deles.

E meu Espaço Mental definitivamente não era um porão em chamas.

— Como você está falando comigo? — perguntei. — Jake, você conseguiu bluetooth para o meu lado do cérebro?

Eu não sou Jake Lockley. Eu sou Khonshu. Cavaleiro da Lua é meu Punho. Mas você terá que servir.

Isso não era real. Não podia ser real. Todas as coisas em que Marc e Jake nos metiam envolviam perigo, bandidos e armas. Mas divindades estridentes que se tornavam parceiras?

— Não, não, não — falei baixinho. — Não, não, não, isso não é real. Tomei um remédio ruim. Jake provavelmente tomou uma dose extra muito perto da de Marc e provavelmente também bebeu uísque em vez de um copo de água, como deveria...

Estou farto de falar isso para todo mundo, mas cale a boca e mexa-se!

A última coisa de que me lembrava era... bem, Jake e eu estávamos tentando alcançar "Spector". Alguma coisa nos bloqueou logo depois que Spector encontrou algo estranho durante uma noite em Nova York. Mas, sabe, noites estranhas em Nova York aconteciam com regularidade, principalmente conosco. Ainda assim, em geral não levava a isso, o que quer que isso fosse. Refleti sobre cada uma das últimas declarações sem sentido da voz. Quer dizer, elas literalmente não faziam sentido. Mas tinham que significar alguma coisa:

Você terá que servir. O que queria dizer que eu era uma segunda escolha. Meio ofensivo, mas, dadas as circunstâncias, acho que fazia sentido — embora eu me perguntasse o que isso fazia de Jake.

Cavaleiro da Lua é meu Punho. Suponho que ele estava tentando usar uma metáfora, não? Nós trabalhamos sozinhos na maior parte do tempo, exceto pelo apoio de pessoas como o Francês. Mas, com certeza, não trabalhávamos para vozes que gritavam em nossa cabeça e nunca concordamos em ser o punho de ninguém — ou o pé, para falar a verdade.

Além disso, como ele se chamou? Deus da Lua? Ainda estava sendo metafórico?

E ele mencionou um *ferimento no peito*?

— Khon... o quê? — perguntei. O controle ia retornando aos meus membros aos poucos. Eu estava me movendo com mais agilidade agora, a letargia e a dor começavam a passar. A letargia, pelo menos. Tudo ainda doía. Mas eu teria tempo para verificar os danos mais tarde. Outras questões tinham prioridade.

Eu falei a mim mesmo para desacelerar, avaliar as coisas — um tipo diferente de avaliação do que Spector fazia. Spector fazia a avaliação de um herói de ação, buscando rotas de fuga, armas, esconderijos e coisas do tipo. Eu? Eu só queria saber o que estava acontecendo antes de surtar. Isso era um pouco diferente de entrar em uma sala de reuniões ou produzir um filme. E a visão diante de mim não era exatamente reconfortante.

Primeiro, havia todo o fogo. Quer dizer, fogo nas vigas de suporte no canto, nas vigas de madeira do teto acima, de alguma forma nas poças brilhantes no piso de concreto e até mesmo em partes das paredes de tijolos desgastados onde pilares estruturais de madeira estavam expostos. Além disso, uma cadeira quebrada, uma lâmpada fluorescente ainda mais quebrada e o que pareciam ser os restos de uma mesa vazia e quebrada.

E um galão de plástico de gasolina. Bem, isto explicava o fogo.

Steven, vejo que teremos que começar tudo de novo. Está me ouvindo?

— Eu meio que não consigo *não* ouvir você.

Então pare de olhar para esta sala e saia daqui!

Primeiro o mais importante. Claro, uma voz estranha de fera estava me dando instruções — e talvez Jake tenha escolhido o momento errado para rir —, mas a sobrevivência sempre era a prioridade.

— Certo... concha... pessoa. — A ardência repentina em meus pulmões provocou uma tosse forte, e percebi que o calor havia formado suor por toda a minha testa. Olhei para meu antebraço, para a linha brutal que, de alguma forma, havia conseguido se fechar: um corte limpo, não marcas irregulares de uma lâmina áspera e serrilhada, mas um golpe impecável e premeditado. — Vamos encontrar uma saída.

Você precisa sair antes que algum policial apareça. Não temos tempo para sermos atrasados por eles.

O corredor se revelou mais esfumaçado, menos incendiado, as nuvens escuras e tóxicas seguiam as escadas para cima em busca de uma saída. Isso não ajudava na tentativa de ver o que esse prédio de fato era, mas eu ia aceitar menores chances de morte imediata agora — embora a inalação de fumaça talvez causasse estragos em meus pulmões mais tarde.

— Concha?

Khonshu.

— Desculpe. Khonshu? Onde estamos?

A voz de Khonshu rugiu na minha cabeça, explicando mais ou menos como a última hora de nossas vidas tinha corrido, enquanto eu desviava das chamas e inalava fumaça atravessando o porão de algum armazém, passando por algumas portas fechadas e algumas abertas, mas todas mostrando vários graus de incêndio criminoso. Bem, eu havia concordado em usar este corpo como um vigilante denominado Cavaleiro da Lua. Eu até tinha concordado com a capa e o capuz ridículos, apesar de, nas vezes em que assumia o manto, eu optar pelo visual mais civilizado de um terno branco. E Jake... bem, Jake usava o que era mais conveniente para suas necessidades, embora ele parecesse gostar de ter sua boca e seu queixo livres da máscara.

Mas nada disso envolvia alguém que alegava ser uma divindade gritando na minha cabeça. Spector nos chamava de "uma equipe que causava medo nos criminosos de rua da cidade de Nova York", o que não estava no mesmo nível de criatividade de ser chamado de "Punho de Khonshu".

— Por que eu? — perguntei, subindo degrau por degrau, permanecendo do lado direito para evitar o corrimão incendiado à esquerda, chutando a porta no topo e inalando... bem, não exatamente ar fresco, mas não tão denso com pura queimação quanto o que eu tinha acabado de deixar para trás. — Isso parece coisa do Marc... é... do Spector.

A identidade conhecida como "Spector" desapareceu.

— O que significa isso?

Neste exato momento? Significa que você está fazendo escolhas para sair daqui.

— E depois?

Uma incógnita.

Quem quer que tenha ocupado este edifício sem janelas antes já tinha ido embora, ou pelo menos fugido, quando cheguei ao nível da superfície. A fumaça se infiltrava por todas as aberturas, algumas chamas iam pouco a pouco alcançando, além do ponto inicial no porão, o que restava de um edifício muito antigo e muito dilapidado, com vigas de madeira da parte de trás cobertas de chamas.

Este lugar não duraria muito. O Senhor Incendiário aparentemente queria seus rastros cobertos.

— Acho que é a saída — comecei, apontando para o formato de uma porta de garagem de um lado. — Está bem...

Por ali não. Por aqui.

Parei devido à cena à minha frente. Inalar fumaça afetava as funções cognitivas, mas por acaso fazia as pessoas alucinarem com esqueletos de pássaros antropomórficos gigantes?

Pisquei, tentando limpar a fumaça acumulada dos meus olhos e do meu cérebro. Porque algo sobre o que estava diante de mim não parecia normal ou certo: do pescoço para baixo, parecia um pouco o meu traje de Cavaleiro da Lua — o traje de Cavaleiro da Lua de Spector. Aquele visual que parecia uma armadura cruzada com um roupão de banho sujo oferecido como cortesia em um hotel barato. Trapos brancos retorcidos, uma capa longa e um bastão enorme em sua mão esquerda enluvada.

Contudo, havia o crânio gigante de pássaro no topo, o bico longo terminando em uma ponta afiada. E agora se virou para mim e se inclinou, como se pudesse de alguma forma me ver.

Como fez aquilo sem olhos em seu crânio gigante de pássaro?

O corpo de bombeiros e a polícia estão chegando na outra entrada. Por aqui.

A voz ecoou na minha cabeça, mas, ao mesmo tempo, eu sabia que vinha da criatura enorme do outro lado do espaço.

— Khonshu? — perguntei.

Sim. Pare de fazer perguntas idiotas. Apresse-se! Ele gesticulou com a mão livre para me chamar.

— Você — falei enquanto me aproximava. Atrás de mim, o som de sirenes surgiu depressa. Ele permaneceu estático enquanto eu passava; parei por um momento para inspecionar de perto as fendas e saliências de seu crânio enorme. — Agora eu sei. Você é egípcio.

Podemos discutir assuntos acadêmicos mais tarde.

Khonshu bateu com seu bastão no chão, mas, em vez do estalo normal que tal gesto geraria, a própria sala tremeu. Eu esperava um terremoto; mas, então, lembrei que não estava mais na Califórnia. Em vez disso, pareceu que duas mãos agarraram o prédio e o sacudiram por um segundo. A porta dos fundos se abriu, o metal se chocou contra a parede com tanta força, que ecoou, e, à minha frente, um beco escuro me aguardava.

— Obrigado. E eu... — Parei. Khonshu não estava mais ao meu lado. Nem um homem, nem um homem-pássaro; em vez disso, apenas um chão vazio e paredes sujas. — Khonshu?

Eu ainda estou aqui.

— Está bem, está bem — falei, olhando para as cicatrizes e marcas de queimadura no meu braço esquerdo. — Certo, vou apenas aceitar isso. Mas é estranho. Até para nós.

SAÍ PARA O BECO, ANDANDO DE UM LADO PARA O OUTRO. ANDAR DE UM LADO para o outro era algo que eu fazia bem, embora desgastasse as solas dos meus sapatos, o que Spector e Jake nem sempre apreciavam. Três mentes, um corpo, e ainda assim não tínhamos descoberto como ter pares de sapatos diferentes para cada um de nós.

— Por onde começamos? — perguntei, mas ninguém respondeu. Nem mesmo uma palavra de Khonshu para me repreender por, sei lá, talvez não lembrar o suficiente de egiptologia.

Marchei pelo beco, cujo pavimento secava do que parecia ser uma chuva torrencial. Acima de mim, a lua cheia brilhava como um holofote, destacando o homem mais confuso da cidade de Nova York no momento. Um caminhão de bombeiros passou berrando, com a sirene alta e luzes acesas, enquanto eu escolhia uma direção e começava a andar.

Silêncio. Eu precisava de silêncio para entrar no meu Espaço Mental e me recompor. Este lado do beco não ia servir, não com os caminhões de bombeiros e curiosos se reunindo. Virei as costas, fui para o lado oposto e me encostei em uma caçamba de lixo. Como ambiente zen, esse não era dos melhores, mas pelo menos a distância silenciava um pouco do falatório.

Bom o bastante.

Do outro lado da rua, vi uma janela coberta de poeira e sujeira na lateral do prédio adjacente — e meu reflexo.

Eu estava horrível.

— Pena que não pode falar comigo, hein? — comentei com uma risada e, em seguida, tirei um momento para estudar o que via à minha frente, como chegamos ali. Essa roupa que eu estava usando, igualmente robusta e ridícula e com tantos bolsos... Eu não sabia se Spector estava escalando rochas ou se precisava de algo utilitário para tarefas menos respeitáveis.

Melhor perguntar para ele.

Fechei os olhos e entrei no meu Espaço Mental. Geralmente, a versão de Spector era apenas o que estava em sua mente no momento — o que quase sempre acabava sendo algo bem simples. Não era como se Spector nos levasse lá para tomar café e lanchar ou mesmo usasse a expressão *Espaço Mental*. Às vezes eu achava que ele escolhia um local tão chato só para me irritar.

Eu, no entanto, preferia desfrutar um pouco na minha parte de cérebro.

— Ainda este lugar? — perguntou Jake. Ele entrou pela porta da frente, uma entrada para um espaço amplo e ornamentado, com vários bustos e artefatos recuperados do antigo Egito cobrindo as paredes.

— Sim, este lugar — confirmei, cumprimentando-o com um aceno.

Ele entrou, empurrando a catraca com um *clique-clique-clique*. Tinha as mãos enfiadas nos bolsos do casaco marrom, e, embora compartilhássemos a mesma estrutura óssea e cor de cabelo, Jake chegou usando uma boina e tinha um pouco de barba por fazer nas bochechas, com a boca curvada em um sorriso irônico abaixo do bigode grosso — e, apesar de às vezes seu rosto ter um curativo, mesmo neste espaço não físico e, portanto, não ferido, hoje ele apareceu sem. Ao passar, pegou um folheto de uma pilha ao lado de uma recepção não utilizada.

— Sério? Folhetos?

— Gosto de construir mundos. Detalhes dão vida a eles. Resquícios do meu tempo como produtor de cinema — expliquei, cruzando os braços sobre meu smoking elegante. — Acho que você subestima os benefícios de usar um Espaço Mental. É organizado, calmo, separado do caos do mundo exterior. O tempo corre de forma diferente aqui, o que é basicamente perfeito. É como fazer uma pausa para criar estratégias. Além disso, você pode decorar...

— Gosto de trazer vocês dois para minha vida quando preciso. — Jake olhou ao redor com escárnio. — No mundo real. Quando estamos lidando com problemas reais. Isso tudo é apenas fantasia sua...

Ignorei a opinião depreciativa de Jake sobre minha escolha de decoração.

— O mundo real tem distrações demais para conseguirmos refletir sobre as coisas de verdade. É como mexer no celular e dirigir. — Jake balançou a cabeça e, como se fosse só para me irritar, limpou lama do sapato no chão. — Acho que preciso conversar com vocês dois. Spector? Onde ele está?

— Por que está chamando-o de "Spector"?

Sacudi a cabeça pensando em quanto eu teria que explicar.

— Só aceite por enquanto. Vai ser menos confuso.

Jake olhou por cima do ombro, depois, virou-se para mim mais uma vez.

— Tudo bem, tanto faz. Talvez ele esteja lá atrás, não?

Conhecem aquela sensação que se tem na boca do estômago ao ver o primeiro sinal de que algo está dando errado e, então, tudo simplesmente se intensifica? Suponho que as coisas já haviam dado muito errado, considerando toda a história de "acordar em um porão em chamas", mas esse era meu *Espaço Mental*, o porto seguro compartilhado por todos nós.

No entanto, enquanto Jake andava de um lado para o outro, gritando, de repente senti aquela coisa no estômago. Muito, muito ruim.

— Ah, não — sussurrei.

— Vamos, Marc — gritou Jake, derrubando uma fina estátua de gato de obsidiana. Ela caiu no chão, despedaçando-se antes de desaparecer e retornar ao seu lugar original.

Meu Espaço Mental, minhas regras. Embora eu tivesse escolhido não corrigir Jake por usar "Marc" por enquanto.

— Eu não... — comecei, antes de ajeitar a postura. Jake se virou para mim e lançou um olhar furioso. — Não acho que ele esteja aqui agora — falei lentamente.

— O que quer dizer com "ele não está aqui"? — Jake andou pela sala, com passos largos e gestos vigorosos. — Ele é, tipo, nossa fundação. Sem Marc somos como um corpo sem esqueleto. Não somos inteiros sem ele. — Ele pegou uma estátua de cerâmica de um falcão sentado e a atirou na parede. — Vamos! Venha para o museu egípcio idiota!

Optei por não contar a Jake que este era o saguão do Museu Metropolitano de Arte, não muito longe daqui — e o Met tinha uma exposição egípcia permanente.

Alguma coisa aconteceu. Spector está dormente. Este corpo recebeu um ferimento significativo. Posso apenas conter suas consequências.

Jake parou de repente e, em seguida, virou-se para mim.

— Que diabos foi isso? — questionou, colocando-se cara a cara comigo. Eu conhecia Jake havia algum tempo, não tanto quanto Marc, mas havia muito tempo. E, embora nós claramente discordássemos sobre muitas coisas, creio que nunca senti *medo* de verdade na presença dele.

Meu próprio medo, pela maneira como ele olhava para mim. Mas também por causa do pânico repentino em seus olhos, um lampejo de... bem, tudo, diante da possibilidade de Marc não estar conosco. Levantei as mãos e ofereci minha melhor expressão tranquilizadora, quase a de um terapeuta.

— Certo — comecei. — Certo, está certo, bem, vou lhe contar como chegamos aqui. Sem Spector. E por "aqui", quero dizer em um universo paralelo, perseguindo outra versão de nós. Que foi sequestrada por... bem, um alienígena que é um simbionte com ele.

— Sim-bio... o quê?

— Simbionte. Simbiose. Jake, é como... — O que poderia traduzir o conceito com clareza para Jake? Vasculhei minhas memórias, tentando encontrar uma explicação simples. Egiptologia não ia ajudar ali, mas qual das minhas outras obsessões poderia ajudar? — Em *Star Trek*, há uma raça de alienígenas chamada "Trill", e eles têm um verme alienígena que carrega memórias e…

— Céus, Steven — Jake suspirou e esfregou o rosto. — Sim, eu me lembro daqueles poucos anos em que você foi obcecado por ficção científica. Não, eu não sei do que você está falando. Filmes, TV e outras obsessões aleatórias são sua praia…

— Ok. Ok, certo — falei, concordando com cada palavra. — Então, versão curta. Nós. Você e eu. Estamos em um universo paralelo. Precisamos localizar outra versão nossa que tenha um alienígena dentro dela. Enquanto… — Respirei fundo e parei. Qual dessas coisas era mais ridícula? — Enquanto temos um deus egípcio em nossa cabeça.

— Um *o quê*?

Olá, Jake. Eu sou Khonshu.

Khonshu continuou falando sem ser visto, como se tivesse tomado os controles do sistema de alto-falantes do Met. Talvez tenha sido isso que ele fez de fato na lógica do Espaço Mental.

— Jake, Khonshu. Khonshu, Jake. Agora, se bem me lembro, Khonshu é o deus egípcio da noite, e ele parece uma pessoa com um crânio gigante de pássaro na cabeça; que, devo acrescentar, não é nada parecido com as obras de arte encontradas em tumbas, e foi por isso que fiquei muito confuso a princípio, mas…

— Meu Deus, Steven. Está vendo o que está acontecendo aqui? — perguntou Jake, com a boca retorcida em uma careta irritada.

— Bem, reconhecendo a existência de vida extraterrestre e deuses egípcios, para começar.

— Não, de alguma forma nosso cérebro empurrou Spector para fora, e suas obsessões tomaram conta. Essa história de simbionte: seus programas de ficção científica. Esse tal Khonshu: a egiptologia. Steven. — Jake gesticulou para as peças de museu ao nosso redor. — Está vendo isso? É por isso que não nos damos bem. E está usando nosso poder cerebral para fazer detalhes como folhetos para seu Espaço Mental. Seus hobbies estão mexendo com nossa cabeça. Você nunca devia ter ido àquele evento de arrecadação de fundos do museu. Pare de pensar demais nas coisas, isso está destruindo nosso cérebro.

— Aquela arrecadação de fundos resultou em alguns dos melhores livros que já li. E, se algum dia dermos um jeito nisso tudo — retruquei, agitando os braços —, sem dúvidas vou ler sobre a história de Khonshu. — Minha voz carregava um pouco mais de indignação do que o necessário.

— Ano passado, você queria tirar férias para observar pássaros numa floresta tropical. Antes disso, você achava que poderia ser diretor de cinema!

Produtor de cinema era mais exato, mas eu não ia corrigir Jake nos detalhes agora.

— Sim, bem, a busca por conhecimento é uma maneira nobre de gastar riqueza acumulada.

Parem com isso. Controlem-se. Isso não tem nada a ver com os passatempos de Steven.

Se o crânio com bico de Khonshu pudesse suspirar, provavelmente o faria.

Por que vocês dois são mais difíceis que os outros Steven e Jake?

— Que outros Steven e Jake? — perguntamos nós dois ao mesmo tempo.

Os que supostamente deveriam estar neste Multiverso. O Steven e o Jake de Marc. Marc é daqui. Spector é de onde vocês dois são, seja lá onde for.

— Acho que você está com sorte, amigo — respondeu Jake. — Muito bem. — Ele pressionou as têmporas e suspirou. — Digamos que você esteja certo. Marc, ou "Spector", está *desaparecido* e cabe a nós fazer... — Ele encontrou meu olhar com os olhos apertados. — O que estamos fazendo?

Vocês devem pensar em uma maneira de encontrar o simbionte que tomou o controle do outro Marc Spector.

Khonshu declarou o objetivo de forma bastante prática, o que significava que ele claramente havia entendido mal nossa capacidade de trabalhar em equipe.

— Olha, eu não quero ser um chato, Khonshu — falei devagar —, mas precisa entender que Marc é o cara com toda a experiência em atirar e se esgueirar. Eu sou mais do tipo que "financia o plano". E Jake... ele é meio que os músculos...

— Eu sou mais do que músculos, Steven — interrompeu Jake, em um tom que normalmente combinava com alguém que era o músculo do grupo.

— Você me entendeu. — Um suspiro exasperado saiu. O tempo do Espaço Mental normalmente corria na velocidade do pensamento, mesmo que às vezes parecesse a pior produção de teatro comunitário de todos os tempos, e considerei quanto tempo havia passado no mundo real, já que eu estava, bem, parado em um beco chuvoso.

— Não, você está menosprezando minhas habilidades por completo. Eu sou...

Parem de discutir. Informação, equipamento, abrigo, vocês precisam de recursos.

Bem, eu era bom em lidar com recursos. Gestão, planilhas, planejar as coisas, fazer apresentações de slides. Eu conseguia fazer isso, mesmo que ocasionalmente me levasse a situações complicadas nas quais Jake e/ou Marc precisavam intervir.

— Dê-nos uma boa razão por que deveríamos fazer isso.

Veja só, Jake Lockley fazendo as perguntas importantes. Parte de mim estava realmente orgulhosa dele, exceto pelo fato de que não parecíamos ter muitas opções.

Vocês não têm exatamente muitas opções.

Viu, Khonshu concordou comigo.

— Não, estou vendo que temos todas as opções do mundo — declarou Jake, sentando-se de pernas cruzadas no chão. — Já nos livramos de enrascadas maiores. Ei, chegamos a esse lugar sem você, podemos voltar por conta própria. — Ele deu um breve puxão na boina antes de abrir um largo sorriso. — Você precisa de nós. Nós não precisamos de você.

Está esquecendo uma coisa.

— Estou é? O quê?

Do ferimento profundo em seu peito.

Tanto Jake quanto eu olhamos para baixo, embora nossos eus do Espaço Mental não fossem exatamente uma representação de nosso estado físico.

— Que ferimento no peito? — perguntou Jake.

— Ah, é verdade, você mencionou algo sobre isso — falei. Bem no começo, mas depois coisas como fogo e deuses egípcios e Spector/Marc atrapalharam.

Marc lançou um dardo crescente e atingiu Spector no peito. Estou contendo a ferida por enquanto. Acredito que o desgaste físico do ferimento esteja mantendo Spector dormente.

— Quão ruim é? — perguntei, embora uma lâmina de adamantium no peito soasse bem ruim.

Não tenho certeza. Sou Deus da Lua, não médico. Mas é ruim o bastante saber que vocês precisarão agir rápido se quiserem recuperar Spector ou retornar ao seu universo. Ou rever Marlene.

Marlene. Há quanto tempo estávamos longe dela?

Pela expressão de Jake, percebi que ele se perguntava a mesma coisa.

Vejo que tenho sua atenção agora. Como eu falei, sua missão é encontrar o Marc e o simbionte deste universo. É o único jeito.

— Jake — chamei devagar. Olhei ao redor, deslizando o olhar pelos detalhes ornamentais do edifício para absorver a estranheza dessa voz estrondosa conversando conosco. Como se precisássemos de mais vozes nessa cabeça. — Eu acho que ele está certo.

Passos ecoaram no ladrilho quando Jake levantou e se virou, andando de um lado para o outro entre diferentes pedestais e vitrines até finalmente girar e cravar os olhos em mim.

— Sabe de uma coisa? É aqui que eu entro. — Jake se inclinou para a frente e apontou para mim. — Steven, ceda-me o controle.

— Jake, você acabou de chegar. Não vou lhe dar o controle agora. Precisamos avaliar…

— Se há uma chance de fazer tudo isso, temos que aproveitá-la agora, antes que esse alienígena fuja. Devemos isso ao nosso Spector. E à Marlene. Caramba, até a nós mesmos. — Ele girou a mão, arregalando os olhos para me persuadir. — Ceda.

— Bem — respondi —, isso é um pouco rude. E presunçoso.

— Onde quer que estejamos, aposto que sei melhor do que você. Na verdade — Jake endireitou a postura, com as mãos na cintura —, aposto que sei exatamente onde estamos. Ei, Khonshu. Sou um taxista de Nova York. Sinto o cheiro do ar e sei onde estamos. Tenho informantes e sei aonde ir para conseguir coisas. Você falou que essa coisa tem controle sobre o outro Marc?

Sim. O Marc deste universo está comprometido. Agora, preciso que vocês dois façam algo por mim primeiro.

— Ainda mais? — perguntei.

Vocês não são a mesma versão do corpo que jurou lealdade a mim antes nem são os alter egos certos, mas terão que servir.

— Obrigado, Khonshu — respondeu Jake, ajustando a boina.

Khonshu ignorou Jake e continuou.

Digam que vão me servir.

— "Jurou lealdade" — falou Jake baixinho. — Qual é o problema desse outro Marc?

Dei de ombros em resposta.

Se me servirem, vão se tornar meu Punho. E então poderei usar meus poderes para ajudá-los.

— Que tal um acordo temporário? — perguntei, captando os olhares de ambos. — Como um aluguel. Não necessariamente uma venda permanente.

— Tudo bem, se isso nos ajudar a seguir em frente.

Concordo. Precisamos nos apressar.

O Espaço Mental estremeceu com um estrondo que fez todos os expositores chacoalharem por um segundo antes que tudo voltasse ao normal.

Em seguida, o som de dobradiças de portas se abrindo. Nós dois nos viramos para a entrada da frente, além das catracas, onde a silhueta de Khonshu estava parada.

— Que diabos é essa coisa... pássaro-fantasma? — perguntou Jake.

— Viu? Eu não estava brincando.

Uma recepção calorosa, sem dúvidas.

Jake assentiu em resposta e acenou com o braço.

— Entre, sua criatura múmia esquisita.

Instantaneamente, Khonshu se pôs ao lado de Jake — sem fumaça ou algo assim, ele simplesmente apareceu. Jake se afastou para trás com a chegada repentina, depois, encarou a enorme carcaça de bandagens desgastadas que casualmente socializava conosco.

É um prazer vê-lo também.

E SE... MARC SPECTOR FOSSE HOSPEDEIRO DO VENOM?

— Se *esse* Marc está pensando como nós, bem, então é hora de ir checar os lugares para onde nosso Marc iria — declarou Jake, avançando direto para a tarefa em questão. — Tudo o que Khonshu acabou de dizer: informação e equipamento. Estamos usando a Missão da Meia-Noite aqui?

Não sei o que é isso.

— Certo, isso é um começo. — A boca de Jake se curvou em um sorriso irônico por baixo do bigode, e ele ajeitou a boina. — Vamos passar por uma lista de coisas antes da Missão da Meia-Noite. Steven, dê-me o controle, e vamos encontrar o Outro Marc e a... simbicoisa.

Venom.

— O quê? — perguntei, sentindo a atração do mundo real retornando. O saguão do Met começou a desaparecer quando cedi o corpo para Jake. Controle. Um conceito tão simples. Um processo tão complicado quando várias pessoas compartilham um corpo e uma mente. E havia esse tal deus egípcio *pássaro-esqueleto* alto e rouco.

Suspirei e depois cedi.

É o simbionte. Já encontrei a espécie dele antes.
Creio que o nome dele seja Venom.

CAPÍTULO 7
VENOM

VOCÊ ERA MARC SPECTOR. MAS AGORA VOCÊ É NÓS.

Isso significa que você é Venom.

Mas nós também somos você. O que é interessante.

O Sussurrador havia sido bastante claro. Tantos Cavaleiros da Lua em tantos universos. Alguns muito diferentes de você: no espaço, vivendo debaixo d'água, com escamas de lagarto.

Mas alguns são iguais a você: Marc Spector em Nova York nesta época.

Este último era quase idêntico a você. Ex-fuzileiro. Ex-mercenário. Teimoso para caramba.

E propenso a conversar com alter egos.

Era disso que precisávamos. Foi isso que ELE nos disse para encontrar.

Dois Marc Spectors, tão parecidos em todos os sentidos. Exceto que você tinha outra presença, não tinha? Aquele deus irritante. Algo sobre a presença dele até mascarava o que o Sussurrador procurava, levando-nos a escolher o outro Marc Spector primeiro.

Não gostamos de cometer erros.

ELE não gosta que cometamos erros. Embora esse tenha trazido benefícios. Um corpo saudável, um rosto reconhecível que nos ajudava a circular pela cidade de Nova York.

E a nos levar até você.

Uma pena desperdiçar isso. Ele tinha muitos talentos. Mas, como o Sussurrador disse:

Sem testemunhas. Sem sobreviventes.

É a única maneira.

E *você* é a única maneira. Você é único, de formas que você não entende, de formas que não conseguimos compreender totalmente ainda. Não, não essas vozes na sua cabeça — e vemos tudo, o espaço que você compartilha com Steven Grant e Jake Lockley, portas para qualquer um deles passar e assumir o controle. As memórias de ambos, o conhecimento de ambos, podemos tomá-los tão facilmente quanto conseguimos mover seus membros.

Você está chamando por eles agora. Interessante. O outro Marc, você o chamou de "Spector", ele tentou fazer a mesma coisa. Talvez haja um fio condutor entre todos vocês, não?

Nós os sentimos também. Não importa. Eles estão isolados agora. Você está ouvindo os dois batendo naquelas paredes? Implorando para os deixarmos entrar, para atender seu pedido de ajuda. Para nos expulsar.

E agora? Isso precisa mudar.

Silêncio.

Eles não vão nos incomodar. Não permitiremos que essas variáveis coloquem nossa missão em risco.

Você grita, você se desespera. Você entra em pânico ao tentar administrar um caminho à frente sem eles. Você não entende o que está em jogo aqui, então poupe sua tristeza. Guarde sua ansiedade. Não há tempo para isso agora.

Está entendendo?

Temos que fazer isso.

E você tem que obedecer.

ISSO MESMO.

Mova-se.

Entre na Mansão Spector. Ignore os móveis, os relógios tiquetaqueando, as cortinas fechadas. Pelas teias de aranha e poeira, parece que você já os estava ignorando de toda forma, então, por que mudar agora? Siga pelo corredor, revele o painel de acesso e coloque a mão no escâner. O computador nem percebe o que está acontecendo. Lemos na tela: identidade confirmada. Ouvimos a voz: "Bem-vindo de volta, Marc".

Desça os degraus. As luzes estão acendendo, o computador principal está cumprimentando você. Forneça sua impressão de voz e desbloqueie tudo aqui.

Porque, mesmo que estejamos carregando o traje na mochila, precisamos de mais.

Examine o espaço — o que você vê? Armas. Seus preciosos dardos crescentes — pegue mais deles. Um de seus telefones de emergência — bom, acesso à comunicação. Acesso remoto ao Luacóptero — desnecessário com nossas habilidades. O mesmo com o planador Asas de Anjo.

Mas tem as coisas de Jake Lockley. O chapéu e o casaco dele, tudo o que torna você crível. O bigode dele. O curativo no nariz.

Você se demora diante de outros itens, coisas que carregam valor sentimental para você. Ignore-os. Ignore o terno do Senhor da Lua. Não precisamos de formalidades para isso. Precisamos de *eficiência*. O relógio está correndo contra você — e contra nós.

Pare de enrolar.

Você obedece. Ou talvez você se submeta. Nós dominamos sua vontade, embora você consiga nos desafiar a pegar o bigode falso de Jake. Se precisa, podemos lhe conceder isso. Talvez você até fique melhor com ele.

Agora nossa busca começa.

Buscamos o psi-phon.

Você se lembra disso, não é?

Sombra da Lua, o psi-phon, esse assunto — *Multiverso*.

Agora você está começando a entender.

PEGUE O TRAJE, MARC. PARE DE RESISTIR. PEGUE O TRAJE.

Muito bem. Pegue a capa, a máscara, as botas. Está na hora.

Sentimos sua raiva enquanto você enrola o cinto, dobra a máscara, checa seu equipamento. Sua sensação de que, mesmo agora, enquanto entramos no táxi nova-iorquino de Jake e ligamos o motor, isso vai contra tudo o que o Cavaleiro da Lua representa. Você pensa em quão envergonhados Steven e Jake ficariam por você ter cedido às nossas ordens.

Você claramente não consegue enxergar o panorama geral.

Neste momento, você tem uma missão. Porque nós temos uma missão. Aja conforme instruído. Use essa raiva. Precisamos dela. Agora vá, dirija para longe do silêncio da Mansão Spector e em direção à cidade. Andamos guiados pela Lua — mas não para gerar medo nos corações dos criminosos. Não, precisamos de informações logo.

Você recua diante dessa ideia. O que significa que sabe de alguma coisa, mas se recusa a cooperar ou a revelar. Nós vamos cavar mais fundo, vamos vencer sua resistência. O que está escondendo? Você se recusa a me contar, mas essas coisas não podem ser escondidas. É só uma questão de tempo e esforço.

Pronto. Isso vai servir perfeitamente:

A rede de informantes de Jake Lockley.

Os olhos e ouvidos de Jake na rua, sob pontes, em estações de metrô. Você os conhece, não é? Eles residem na memória de Jake — nossa memória. Procure-os. Descubra o que sabem. Não hesite. O tempo está correndo.

Mesmo agora, enquanto avançamos pela cidade, contemplamos as sombras dos edifícios e bairros, e a memória de Jake ganha vida com a localização conhecida de cada pessoa.

Agora estacione o carro. Caminhe. Sua missão não é ficar de tocaia. Ela é ativa. Não se pode desperdiçar tempo. Você deve ir de pessoa em pessoa, encontrar os informantes, lançar uma rede ampla.

Pergunte-lhes o que sabem sobre o psi-phon. Rumores sobre seu paradeiro, nas mãos de quem está. Sobre qualquer coisa relacionada a isso. O Sussurrador tinha *certeza* de que ainda estava próximo.

"Por quê?", você se pergunta. Isso foi há muito tempo, uma nota de rodapé na memória do Cavaleiro da Lua. Podemos ouvi-lo ponderar sobre isso. Sua mente ainda está aí, trabalhando, tentando juntar as peças. Você se lembra do propósito dele, de onde obtinha poder.

Inteligente. Estamos sentindo sua mente rastejando em direção a isso.

Esqueça essas perguntas. As respostas não são da sua conta.

Apenas precisamos de informação. Você será nosso canal para obtê-las.

Ainda tem suas habilidades de mercenário. Utilize-as. Veja como você se mistura, espreitando nas sombras enquanto vasculhamos os becos, conforme localizamos os informantes de Jake. Observe como você detecta quando eles mentem ou omitem, o ritmo de sua respiração ou o acelerar de seu pulso. Observe como você prende o olhar deles, a intensidade de seu interrogatório enquanto descobre o que sabem.

Não, você não é mais Jake trabalhando com uma rede. Você é *Venom*, e a única coisa que importa é a localização do psi-phon.

Uma hora se passa. Depois outra e mais outra. Esses informantes, eles lhe dão informações inúteis, tempo desperdiçado. De que serve a rede de informantes de Jake se eles não mantêm os ouvidos atentos? Isso é complicado demais para os propósitos deles? Eles não são capazes de entregar mais?

Ah, mas este aqui sabe de algo. Ele ouviu falar disso. Este aqui. Você percebe assim que o informante de Jake fala:

Sanatório Retrógrado.

Nós sentimos — sua intuição dispara. Você deve extrair mais informações dele. Por todos os meios possíveis.

Sua hesitação. Por que ela surge?

Você sente *dor* quando pensa nisso. De todas as coisas que você fez, o sangue em suas mãos, a justiça que você alega ter servido em nome de Khonshu, e *isto* o assusta?

Curioso. Mas o tempo está passando.

Precisamos agir rápido.

Ótimo. Bata nele até que ele nos dê aquilo de que precisamos. Você hesita de novo — entendemos, Jake é quem faz seu trabalho sujo quando você...

Quando você tem consciência.

Jake não faria isso, você diz. *Jake se importa com essas pessoas.*

Não somos Jake agora. Não somos Marc, nem Steven, nem Cavaleiro da Lua.

Nós somos Venom.

Bata nele de novo. Mantenha-o falando. Não se preocupe com as palavras que ele fala. Nós ouviremos por você.

Nós sentimos seus sentimentos. Mesmo quando você sente empatia pelo informante, algo em você sente prazer no ato de violência. Nós entendemos. Assim como você é Jake, e Jake é você, agora somos um. Você pode trabalhar conosco e, com o tempo, seu poder crescerá conosco.

Poder. Assusta você. Mas o tenta.

Podemos ouvi-lo querendo falar, ter uma escolha nisso. Não se preocupe com o controle agora. Tudo será explicado no devido tempo. Você nos obedece, seguimos ordens, devemos *obedecer*.

"Por quê?", você pergunta.

Ah. Conversamos sobre isso mais tarde. O tempo é essencial.

E SE... MARC SPECTOR FOSSE HOSPEDEIRO DO VENOM?

Por enquanto, pode deixar o informante ir. Pare. Deixe-o. *Mexa-se*. Temos uma pista sobre o psi-phon.

Agora estamos prontos. As respostas estão onde tudo começou: Retrógrado.

E a dra. Emmet. Ela está ligada a isso.

Isso desencadeia algo em você. Agora a raiva está na superfície. Você pensa na sensação das juntas encontrando a carne, de infligir dor, e de repente muda. Minutos atrás, você sentia remorso por suas ações.

Agora? Com a dra. Emmet, você pode realmente gostar disso.

Sentimos a sua verdade, mesmo quando você não a fala.

Precisamos encontrar outros para terminar a trilha, para nos colocar no caminho certo. Vá agora, vá para o próximo informante. Veja o que podem informar; sem dúvida, eles devem saber de alguma coisa.

E quando tivermos tudo de que precisamos? Será hora de nos tornarmos o Cavaleiro da Lua.

AGORA VOCÊ ESTÁ USANDO O TRAJE.

Mas não apenas vestindo-o. Você se move de forma diferente com o traje. Você é mais rápido, mais forte. É psicológico? O que Khonshu fez com você?

A única maneira de descobrir é se o traje se tornar *nós*...

Está feito.

Você quer saber o que isso significa. Nós mostraremos a você. Mas primeiro você deve escalar.

Talvez nunca tenhamos as respostas para essas perguntas. Porque seu tempo está acabando.

Duas alas, unidas por um escritório central, uma rotunda no meio com uma torre. Por onde começamos? Você sabe onde fica o escritório de Emmet, mas não quer atravessar as janelas dela. Em vez disso, você nos conduz para a ala mais distante. Sentimos seu cérebro disparando, calculando opções e considerando o melhor caminho a seguir.

Você escolhe se esgueirar pelo pátio, escalar até o telhado. Mas é mais do que isso.

Você se sente *vivo* com o traje, com o movimento. Significa algo para você, essa vida para a qual Khonshu o trouxe. A ardência dos seus músculos conforme você se puxa para cima, a sensação de retidão conforme você ascende.

Há algo de diferente, no entanto. Você se pergunta o que é, logo aqui, de todos os lugares possíveis. No meio da parede lateral da ala residencial do Retrógrado, com os pés sobre uma gárgula de pedra e dedos nos tijolos do canto.

Nós vamos lhe mostrar.

Incline-se, vire-se para o vidro da janela. Veja.

E lembre-se, nós estamos vestindo o traje do Cavaleiro da Lua.

Você parece surpreso com o que vê, mas é assim que funcionamos. Leve um momento se for preciso, se precisar ver para crer que somos realmente um. Você está pendurado na lateral de um prédio no meio da noite. Ninguém vai notar, não nesta cidade. Observe seu reflexo na janela. A lua cheia torna bem fácil enxergar.

Diferente, não é?

Você pensa no Cavaleiro da Lua como um farol de justiça, uma visão tão radiante, que os criminosos tremem de terror.

Agora você mesmo sente isso, pois vê que, quando existimos com você, as coisas são diferentes. Agora o traje do Cavaleiro da Lua está totalmente preto. Inescrutável contra o céu noturno ou as sombras.

Este somos nós.

Nós somos Venom.

CAPÍTULO 8

JAKE

TUDO ISSO PARECIA *MAIS ESTRANHO* DO QUE O NORMAL. JAKE SABIA QUE ELE operava de forma diferente de Spector e Steven, mas algumas paredes geralmente permaneciam entre eles dentro de seu cérebro compartilhado. Steven tinha seu truque do Espaço Mental para fazer todos conversarem — ano passado, era o depósito de um estúdio de cinema, e agora, aquele maldito saguão de museu. Spector, de certa forma, desejava que acontecesse às vezes, normalmente quando as coisas estavam indo ladeira abaixo depressa e ele precisava das habilidades dele, então todos apareciam em qualquer coisa que estivessem espreitando na mente de Spector.

Mas Jake? Ele apenas meio que seguia seus instintos. Se precisasse de algo de Spector, ele gritava, e de repente Spector respondia. A mesma coisa com Steven — sem complicações, sem frescuras, apenas fazia o trabalho. E, quando as coisas ficavam realmente difíceis, às vezes, ele até via seus irmãos como se de fato estivessem no mundo real. Provavelmente algum tipo de reação de adrenalina ou algo assim, embora não lhe importasse como ou por que acontecia, contanto que funcionasse. Essa era na verdade toda a sua abordagem para as coisas, e fazer isso significava que ele mantinha Spector e Steven longe do trabalho sujo até que fosse estritamente necessário.

Se ele tivesse se dado ao trabalho de assumir o controle durante uma das sessões de terapia de Steven, o psicólogo poderia ter afirmado que Jake fazia isso para proteger seus irmãos de corpo da real sordidez de sua linha de trabalho. Não apenas das pessoas horríveis e decadentes que ele transportava conduzindo o táxi, ou das brigas confusas e caóticas que pareciam segui-lo, ou do fedor dos piores becos e estações de metrô de Nova York — não apenas disso, mas de tudo isso combinado.

Jake Lockley sabia que sua vida tinha complicações que Steven não queria encarar e que Spector não queria usar como arma, pelo menos não ainda. E por isso Jake se mantinha reservado quando controlava o corpo.

Então, por que as coisas estavam diferentes agora? Podia ser a história toda de Khonshu. A voz alta havia gritado ordens demais para ele pelos últimos 30 minutos ou mais, tagarelando sobre prioridades e objetivos e coisas do tipo. Isso poderia ter funcionado se ele fosse Spector; Spector, afinal, estava acostumado a cadeias de comando e todas essas coisas.

Mas Jake agia por conta própria. O que significava que ele não precisava de Khonshu gritando em sua cabeça da mesma forma que não precisava de Spector listando opções. E definitivamente não precisava de Steven.

Ele não *queria* Steven.

Steven e todas as suas, bem, "stevenices".

E, ainda assim, ele tinha Steven, e a parede entre eles era rachada o suficiente para que Jake ouvisse Steven tagarelando em seu ouvido, feito um rádio quebrado que não parava de tocar. Normalmente nenhum deles aparecia sem algum propósito ou intenção, mas, de alguma forma, Steven permanecia amarrado a ele, como se perder Spector de certo modo ativasse Steven ainda mais. Isso ia ser muito irritante, Jake já podia dizer.

Se Jake realmente quisesse abrir a porta para informações inúteis, ele poderia perguntar a Steven se havia algum filme ou programa onde algo assim acontecia, porém concluiu naquele momento que, se ficasse de boca fechada, talvez Steven fizesse o mesmo.

— Ah. Aaah, cara — falou Steven, naquele tom *realmente irritante* dele. — Cuidado onde pisa. Acho que tem vidro quebrado ali.

Ainda usando o traje meio militar com que acordaram, Jake o ignorou e em seguida esmagou os pedaços de garrafa quebrada sob o salto da bota de propósito, só para irritar Steven. Steven deveria estar irritado. Jake estava, sem dúvida. Ele rodou por seus pontos habituais o melhor que pôde, utilizando o metrô para ter uma noção mais ampla, mas tudo resultou na mesma coisa:

Isto é, nada.

Nenhum sussurro de atividade estranha em NY. Não mais do que o habitual, pelo menos.

— Tem mais vidro — avisou Steven. — Ah, olha, ali tem um jarro com um líquido amarelo. Brilhante. Isso é tão estranho, parece que estou assistindo a um filme em primeira pessoa. É assim que você se sente?

— Steven — falou Jake com um suspiro. — Eu ando por essas ruas o tempo todo. Uma garrafa quebrada não é grande coisa. — Para provar seu ponto, Jake pisou em outro caco, então o esmagou no chão do beco.

— Isso? É isso que você faz com o nosso corpo?

Os pés de Jake pararam, plantados firmemente no chão agora.

— Eu faço as coisas que vocês dois nunca fariam. — Ele esticou o pescoço, procurando entre as caixas empilhadas e caçambas inclinadas, tentando encontrar um rosto familiar. — Para conseguir as informações de que precisamos. Às vezes, é sujo. Ou, como você diria, antiético.

— Não estou falando de ética agora — retrucou Steven. — Literalmente tem um jarro de urina ali. Isso é nojento.

Steven estava certo quanto a isso, mas não era como se as pessoas nas ruas tivessem escolha. Jake pensou em dar um sermão rápido em Steven sobre ser um idiota classista, mas, então, viu o que precisava: um grande pedaço de papelão marrom com uma curva no meio que lhe dava um formato de tenda. Andou devagar, com uma cadência constante em seus passos, antes de se inclinar. Embora as luzes da rua não dessem muita clareza, Jake estreitou os olhos, ajustando a vista além das sombras para ter certeza de que sabia o que estava olhando.

Um informante. Um dos mais confiáveis para Jake, um homem meio acabado que provavelmente parecia ter mais idade do que realmente tinha.

Eles se encararam, e Jake ofereceu seu melhor e mais caloroso sorriso, algo que não surgia genuinamente com muita frequência. E era ainda mais difícil sem seu bigode costumeiro.

— Oi, como você... — começou.

O homem deu um salto para trás, derrubando a barraca de papelão.

— Não! Fique longe de mim! — Ele se empurrou para cima, procurando com as mãos qualquer coisa para se firmar, enquanto começava a se mover para trás.

— Sou eu, sou eu, Jake. — Ele deu um passo para trás, com as palmas para cima. — Comprei roupas mais bonitas. Barbeei. Só isso. Só eu. Só quero conversar.

— Você me traiu. Eu confiava em você. — Os olhos do homem se arregalaram quando ele se inclinou para a frente, e Jake notou o hematoma visível em seu osso orbital. — Não me toque! Não chegue perto de mim! — Seus sapatos chapinhavam contra as poças reunidas na noite, e, enquanto ele avançava, seu pescoço permanecia esticado com os olhos fixos em Jake. — Fique longe! — gritou mais uma vez. — Eu nunca mais vou trabalhar para você!

— Espere! Deve haver algum engano, eu só...

Antes que Jake pudesse terminar, o homem já estava em uma corrida rápida, com seus braços agitados, acertando uma pilha de caixas de papelão achatadas, espalhando-as pelo ar. Jake o observou diminuir conforme a distância aumentava e sua silhueta era absorvida pela névoa fumegante de uma tampa de bueiro antes que desaparecesse.

Isso é bom. Esse é o caminho certo.

— Não acho que alguém correndo aterrorizado seja "bom" — comentou Jake em um rosnado baixo. Ele olhou ao redor, esperando ver o enorme crânio de pássaro do Espaço Mental de Steven, mas ninguém estava à espreita. Jake virou o pescoço, olhando para todos os ângulos possíveis para verificar, embora tivesse certeza de que seria capaz de avistar um crânio de pássaro gigante em um terno branco esfarrapado. Não era exatamente algo que se misturaria ao cenário. — Além disso, Khonshu, você pode, por favor, não gritar na minha cabeça?

Nenhuma resposta veio, e Jake respirou fundo, com o peso dos minutos recentes pressionando cada inspiração. Acima dele, uma única gota de chuva atingiu seu nariz. E, vários metros à frente, os pequenos pontos de chuva ocasional e dispersa retornaram, dançando sobre uma poça.

Jake se virou para cima, sentindo a chuva se intensificar por dez, talvez 15 segundos antes de passar novamente.

— Khonshu, eu falei: "você pode, por favor, não gritar na minha cabeça?".

Estou respeitando seus desejos com silêncio.

— Ah. — Na esquina, um carro passou zunindo, e seus faróis brilhantes dispararam um feixe branco moderno semelhante aos olhos brilhantes do traje do Cavaleiro da Lua. — Certo, então. Por que não posso ver você agora?

Estou conservando minha energia para estancar a ferida no peito deste corpo. Você parou para pensar por que não está sentindo uma dor debilitante por causa dele? De nada.

— Jake — chamou Steven, alcançando-o com passos silenciosos —, acho que Khonshu tem razão, no fim das contas.

Seria sempre assim de agora em diante? Haviam criado um estranho equilíbrio por anos, mas nesse momento parecia quando Jake tinha pessoas demais amontoadas no banco de trás de um táxi — um grupo bêbado demais, falando demais e com cintos de segurança de menos. Jake olhou para a longa cicatriz cruzando a parte interna do antebraço compartilhado, e a dor zumbiu quando parou para se permitir pensar sobre ela.

— O que quer dizer? — perguntou, enquanto andava. Saiu do beco, saudado pelas calçadas irregulares e luzes fracas da rua.

— Se esta é a área para onde Venom foi, então com certeza um dos seus informantes pode nos dizer o que ele estava procurando. Isto é, desde que não estejam amedrontados demais para falar com você — respondeu Steven antes de limpar a garganta. — Engraçado. Eu consigo sentir o cheiro mesmo não estando no controle do corpo.

Jake parou no meio do caminho, então olhou para a rua. Alguns bares permaneciam abertos entre os portões de segurança dobráveis das lojas fechadas durante a noite. Do outro lado da rua, luz fluorescente saía de uma abertura estreita.

Um mercadinho.

Ia servir perfeitamente.

Jake tateou os diferentes bolsos por toda a extensão de suas calças cargo, depois em seu colete. A maioria estava vazia, mas, escondido no bolso de trás, havia um maço de dinheiro dobrado. Não muito, apenas duas notas de vinte e uma de dez, provavelmente guardadas para emergências no caminho para a troca de corpos. Mas ia servir por enquanto.

Aquele informante tinha fugido, mas outros ainda deviam estar na área. Se Venom se aproximou dele, então os outros provavelmente estavam em sua lista também. Ele só precisava encontrá-los, mostrar que era confiável.

E, para provar isso, ia aparecer levando uma oferta de paz.

MAIS 30 MINUTOS HAVIAM SE PASSADO, E JAKE ESTAVA FICANDO sem sanduíches para distribuir. Mas pelo menos sua abordagem tinha funcionado; os últimos informantes não tinham muito a oferecer em termos de informação, mas pelo menos apreciaram a comida.

— Então Venom atacou pelo menos um deles. Por que fazer isso? — perguntou Steven. — E por que ninguém o ajudou? Há literalmente pessoas passando por aqui — apontou para cima e para baixo na rua — a cada 5 segundos.

— Vou lhe contar, Steven. Você vive no mundo das galas e campanhas de arrecadação. Aqui, nem enxergam essas pessoas como humanas. — Jake olhou dentro do grande saco de papel que tinha na mão, cuja parte de cima ia sendo pouco a pouco dobrada conforme ele ficava sem sanduíches para distribuir. — A maior parte do mundo os vê como lixo, ratos. Se Venom os machucar, ninguém virá ajudar. Ninguém vai se importar.

Steven ficou calado enquanto Jake virava o enésimo beco da noite, com pés e costas doloridos — e ele nem teve que lutar com ninguém nesta noite.

— Ali — falou.

Sentado em cima de uma caçamba fechada, estava um homem com um cobertor sobre os joelhos e um casaco surrado dobrado ao lado. O cabelo do homem estava penteado para trás, era uma mistura de castanho e cinza, e, apesar da iluminação fraca do beco, ele olhava para um livro que tinha nas mãos.

Clines — esse era o nome dele.

— Ei, Clines? — gritou. — É o Jake.

— Sr. Jake. Já voltou?

Isso era diferente. Clines não ficou tenso de medo, não olhou por cima do ombro em busca de rotas de fuga, nem pareceu preocupado.

Na verdade, ele parecia confuso.

Era um começo.

— Isso mesmo. Só achei que você poderia estar com fome. — Enfiou a mão na sacola, tirando um sanduíche de presunto e queijo ainda quente. — Comprei a mais esta noite. E sobrou um.

Clines se arrastou para cima, e o cobertor esfarrapado deslizou das pernas dele, revelando roupas cobertas por camadas de manchas.

Ele pôs o livro de lado, e um sorriso se formou sob os pelos rígidos de uma barba grisalha.

— Para mim?

— Ele está surpreendentemente receptivo — comentou Steven.

Jake assentiu para si mesmo — bem, na verdade para Steven, mas dava no mesmo.

— Obrigado, senhor Jake — respondeu Clines. Ele rasgou a embalagem, dando uma mordida antes mesmo de tirar todo o papel amassado. — Comida quente em uma noite fria como esta. Acertou em cheio.

— Ótimo. Exatamente o que eu tinha pensado. Mas o engraçado é que — Jake se ajoelhou agora para olhar o informante nos olhos — não consigo lembrar o que conversamos antes. Eu... bem, bati a cabeça mais cedo. Desculpe se eu estava agindo um pouco estranho. Não queria descontar em ninguém.

Clines parou de mastigar, o canto da boca se curvou para cima.

— Ah. Não se preocupe com isso, senhor Jake. Eu entendo. Ora, todos nós ficamos com um parafuso solto de vez em quando, certo?

— Isso mesmo. Acabamos fazendo coisas estúpidas. E eu sinto muito por tudo. — Jake gesticulou ao redor. — É tipo um pedido público de desculpas. Com sanduíches.

— Eu cuido disso. — Ele tocou na têmpora. — Ainda tenho um pouco de força no velho cérebro.

— Sabia que podia contar com você — declarou Jake, abrindo um sorriso. Seu bigode de sempre era falso, não importa o quanto quisesse que fosse real. Mesmo assim, sorrir sem ele parecia diferente sem os pequenos pelos fazendo cócegas em seu lábio.

— Bem, você apareceu aqui, não sei há quanto tempo. Eu caí no sono. — Ele deu uma mordida, mastigou e franziu a testa, pensativo. — Você perguntou se eu ouvi alguma coisa sobre o que a dra. Emmet do Retrógrado andava fazendo. E eu respondi, claro. Porque é só a alguns quarteirões para lá. Algumas noites atrás, alguns dos enfermeiros passaram, comentaram que a dra. Emmet está fazendo uma pesquisa muito estranha. Ela continua comprando um monte de coisas de países aleatórios e fazendo testes para ver se são reais. Estavam fazendo piadas sobre os nomes idiotas que ela dá a eles. Nomes realmente ridículos que ninguém diria. E um deles falou que tem uma coisa chamada si...

si... "si-alguma-coisa". Eu não consegui entender direito. Bem, eu sabia que você tinha passado algum tempo lá antes. — Ele deu um tapinha na lateral da cabeça. — Eu guardei essa informação. E foi isso que lhe contei. E você foi embora sem falar nada.

— Retrógrado — falou Jake.

— Retrógrado — repetiu Steven.

Claro. Venom retornará para onde começou. Onde a história de Marc apontará para nosso futuro.

— É. Deve ter levado uma pancada forte na cabeça para ir embora sem se despedir. — Clines fez uma pausa, inclinando a cabeça. — Sou só eu, ou esse é o melhor sanduíche do mundo?

— Pode ser. É o seguinte — Jake abriu o sorriso mais largo e genuíno que pôde —, sinto muito por mais cedo. Vou pegar mais comida para você.

— Ei, estamos quites por antes. Todos temos dias ruins, certo? — O homem assentiu enquanto sorria. — Você é um bom homem, Jake Lockley.

Jake deu um sorriso de esguelha diante da ideia, então olhou para as próprias mãos, mãos que tinham um histórico de coisas terríveis: rostos esmagados, ossos quebrados, sangue por toda parte — não seu sangue, mas sangue de...

Bem, não queria pensar nisso agora.

Um bom homem? A balança talvez não pendesse para esse lado, não para Jake, não quando ele fazia coisas que iam além até mesmo dos limites de Marc.

— Fico contente que pense assim — respondeu Jake antes de endireitar a postura. — Retrógrado, então. Eu odeio aquele lugar.

É isso. Essa é a chave.

O volume de Khonshu fez Jake estremecer, tanto que Clines inclinou a cabeça.

— Você está bem, senhor Jake?

— Estou — respondeu ele, com os dedos correndo pelo cabelo grosso e escuro. — Foi só um dia estranho. Espere por mim, amigo. Volto com mais comida. Talvez um livro novo para você também. — Jake se levantou, depois se virou, com novos objetivos agora em mente.

— Devemos tentar Gena? — perguntou Steven. Ainda no controle do corpo, Jake marchou adiante, e a chuva agora batia em suas bochechas e nariz. Mas, mesmo que ele pudesse ouvir Steven, era evidente que Steven não ouvia os pensamentos de Jake. Porque Jake se movia com propósito controlado, provavelmente da mesma forma que Marc, embora sem a furtividade rigorosa, a precisão militar, as especialidades de Marc. Jake não operava dessa maneira exatamente.

Em vez disso, avançava, com todo o seu corpo tomado de impulso conforme ele examinava as ruas.

Não, essa rua era movimentada demais. Precisava de um lugar mais vazio.

— A gente deveria manter Gena fora disso por enquanto — respondeu Jake. — Se vamos para o Retrógrado, precisamos do traje.

— O traje seria legal. Mas como sugere que consigamos o traje com Venom correndo por aí?

— Não tenho certeza. Mas sei que só há um lugar onde descobrir. — Havia carros estacionados ao lado na calçada por todo o quarteirão adiante, e Jake considerou as opções em sua mente. Qualquer coisa nova demais seria difícil de pegar. Computadores, sistemas de segurança e coisas do tipo. Mas algo antigo, algo confiável? Poderia dar certo. — E, para chegar lá, vamos precisar de um carro.

Jake viu. Do formato quadrado e datado do chassi até as luzes fracas no topo.

— Jake. Jake, o que vai fazer?

— Lá. Aquele carro já rodou muitos quilômetros. — Ele olhou para trás, depois para os dois lados da rua. Talvez, em um lugar menor e mais silencioso, ele tivesse chamado atenção.

Mas em Nova York? Se alguém passasse, só continuaria em frente.

— É um táxi. Sei que você achou alguma grana, mas vai dar para isso? E está sem motorista, ele provavelmente está em um desses bares. Vocês têm, tipo, uma frase secreta para ajudar uns aos outros quando necessário? Um código de taxistas?

Jake caminhou até o lado do motorista, atento para ver se havia alguém observando enquanto o fazia.

— Não. Não exatamente. Mas sei o que fazer com esses carros em uma emergência.

De alguma forma, Steven estava agora *no* banco do motorista do carro, olhando na direção de Jake. Parece que esse era um momento de tensão. Isso significava que o próprio estresse de Steven agora o ativava? Isso nunca fez parte do acordo.

— Ah. *Ah*, entendi. Veja bem, concordo que ir a pé demora demais. Mas roubar carros não faz parte do meu *modus operandi*. — A voz de Steven acelerou enquanto ele erguia as mãos espalmadas. — Sinto muito, mas o transporte público é uma parte crítica da infraestrutura de qualquer cidade e... AI!

Aparentemente Steven conseguia sentir dor. E, de qualquer forma, não doía *tanto assim*. Jake tinha quebrado janelas de carro suficientes na vida para avaliar que tipo de dano causaria, e, através das camadas de roupas, aquilo era algo entre um pequeno incômodo e "vai deixar marca". De repente, Steven estava ao lado de Jake, com uma expressão meio indignada, meio chocada.

Eu cuido disso.

— Cuidar de quê... — Jake começou a perguntar a Khonshu, até que a dor passou. Não por completo, mas o bastante para que a ardência se reduzisse a quase nada. Na verdade, agora a pior parte de quebrar a janela do carro era a combinação de precisar fazer ligação direta naquele táxi de vinte anos e ter Steven Grant berrando em seu ouvido.

— Espere, Khonshu, você tem — falou Steven devagar — poderes mágicos?

Alguns. Mas isso pode não ser suficiente para vocês.

— Quer dizer, sei que você é uma divindade egípcia e tudo mais, mas, com todos os mitos e coisas assim, tive dificuldade em entender o que era realidade e, sabe, aquele filme do Brendan Fraser. — Steven e Khonshu continuaram a discutir a logística dos deuses egípcios andando entre os homens, mas Jake se concentrou na parte realmente importante.

— Estou quase conseguindo — murmurou para si mesmo; definitivamente para si mesmo, já que Steven e Khonshu não estavam prestando atenção. Os fios faiscaram entre seus dedos, e o carro rugiu e pegou. Jake se acomodou e puxou o cinto de segurança sobre o ombro. — Ei, pessoal? Estamos prontos. Pessoal? — O freio de mão estalou ao ser liberado, e o carro deu um solavanco para a frente, os faróis acenderam. — Vamos pegar o traje. Pessoal?

— Jake — chamou Steven, agora no banco do passageiro, com um peso evidente em suas palavras. — Você não estava prestando atenção?

— Não, Steven. — Jake esfregou o rosto, e sua resposta saiu com um suspiro. — Eu estava um pouco ocupado tentando roubar este táxi. Por que ainda estou vendo você? Ligar um carro não é tão estressante assim. Pelo menos não para mim. Não deveria ser para você também. Eu já fiz isso várias vezes.

Mesmo sendo um fantasma no assento de passageiro do táxi, Steven ainda conseguiu dar um suspiro mais profundo e cansado do que o de Jake.

— Sabe aquela parte dos filmes em que uma força externa age como um relógio correndo contra os protagonistas?

— Quer parar com esse papo de produtor de cinema? Faz anos que você não faz essas coisas. Agora você está *me* estressando.

— Está bem. — Steven esfregou as têmporas, como se fosse *muito difícil* explicar as coisas de forma simples. — Temos um grande problema.

— Obrigado. Vou acrescentar à nossa longa lista — retrucou Jake, examinando as placas de rua e as ruas transversais. Sua mente já descobrira o melhor lugar por onde começar:

A Mansão Spector.

— Bem, na verdade, são dois problemas para acrescentar. — Steven ergueu apenas um dedo para começar, e Jake notou que, de alguma forma nessa manifestação visual de alter egos, Steven Grant tinha seu cinto de segurança devidamente colocado. — Primeiro, Khonshu é um deus, certo? Mas devido a... complicações... com Venom se acomodando em nosso corpo, os poderes dele estão falhando. Talvez tenha alguma coisa a ver com o fato de que tínhamos gosma correndo por nós. Não tenho certeza. De qualquer forma, está basicamente fazendo os poderes de Khonshu entrarem em curto. E outro...

— Gosma? — perguntou Jake, acelerando para passar por um sinal amarelo.

— Coisa preta. — As mãos de Steven se ergueram com um tremor frustrado. — Termo técnico. Mas esse é apenas o segundo maior problema com o qual temos que lidar. Jake, enquanto você roubava um carro, Khonshu e eu verificamos nossos sinais vitais.

— É? E daí? — perguntou Jake, ziguezagueando o táxi pelo trânsito antes de virar à esquerda em um sinal amarelo. — Então, e daí, nosso colesterol está ruim ou algo do tipo?

— Odeio falar isso para você, mas parece que Khonshu ouviu Venom dizer: "sem testemunhas, sem sobreviventes". — O tom de sua voz mudou para uma seriedade preocupante que lembrava mais Marc do que o neurótico produtor-de-cinema-que-virou-aventureiro-e-depois-egiptólogo que sempre discutia com Jake. — Ele não estava brincando. Jake, escute. Sabe aquele ferimento no peito? Khonshu pensou que poderia estancá-lo, mas não é o bastante. Estamos *morrendo*.

CAPÍTULO 9

JAKE

COM MULTIVERSO OU NÃO, ALGUMAS COISAS PERMANECIAM IGUAIS. COMO AS ruas que Jake pegou para ir de Midtown até o número 13 de Abington Circle, os cerca de 12 hectares que compunham a propriedade conhecida como Mansão Spector. Cada rua, cada curva, tudo ocorreu exatamente conforme o esperado, até mesmo o fato de que os semáforos mais antigos levavam vários segundos a mais que o necessário para passar de vermelho para verde.

Ainda bem que Jake sabia tudo isso de cor, em particular porque Steven e Khonshu falavam como dois adolescentes discutindo seus... seja lá o que fosse que os adolescentes discutiam. Provavelmente coisas diferentes dos assuntos de Steven e Khonshu, que deixavam os dois bastante animados da pior forma possível.

Um deus egípcio barulhento debatendo a ciência de por quanto tempo a magia seria capaz de conter o dano de um ferimento enorme no peito às vezes dificultava a concentração. Mas Jake compreendia.

Afinal, tinham que entender toda essa coisa de "estamos morrendo".

— Agora — falou Steven. Seu estresse subjacente deve tê-lo mantido ativo, já que permanecia no banco do passageiro do táxi. — Não sou cientista de profissão. Mas confio em especialistas no assunto. É por isso que mergulho fundo em tópicos interessantes, para aprender como esses especialistas raciocinam. Gosto de pensar que entendo um pouco de como eles pensam. — As mãos de Steven se moviam no ar conforme ele prosseguia. — Causa e efeito são importantes. É como descobrimos as coisas como espécie. Por isso, Khonshu, permita-me confirmar se entendi sua teoria; este corpo tem...

— Sabe — interrompeu Jake, um pouco mais alto que necessário —, a causa realmente não importa se não pudermos fazer nada a respeito.

— Quem disse que não podemos?

— *Khonshu* diz que não podemos! — retorquiu Jake, batendo a mão contra o volante, assim como tinha feito centenas, provavelmente milhares, de vezes. E foi exatamente a mesma sensação, a mesma ardência e formigamento que logo sumiram na base da palma da mão, apenas em um universo diferente.

Claro que não parecia que estavam morrendo.

Eu não falei que era irreversível. A intervenção médica apropriada pode ser mais eficaz que minhas capacidades. Eu falei que estamos ficando sem tempo.

— Bem, então por que não vamos para um hospital?

Porque todas as outras coisas com as quais você se importa serão destruídas se você tirar uma semana para se internar para uma grande cirurgia e se recuperar.

— Quer saber? — perguntou Jake, sentindo a súbita vontade de pisar fundo no acelerador ou socar o para-brisa ou socar *Khonshu* se pudesse. Algo para fazer as coisas parecerem melhores, mesmo que fosse apenas por um lampejo de alívio. — A corda arrebentou pro nosso lado. Estamos no universo errado, em um corpo que está morrendo, alvos de um alienígena. Não pedimos por isso. Nem nosso Marc. Sim, eu falei *Marc* em vez de *Spector*, só para confundir você.

A única maneira de lhes dar uma chance de restaurar seu corpo e mente é capturar Venom.

— Uma ova! Até onde sabemos, você pode estar mentindo para nós sobre tudo e...

— Certo, parou. Parou, pessoal — interveio Steven, acenando com os braços. — Estamos todos no mesmo time aqui. Ninguém quer morrer. Todos queremos que as coisas voltem a ser como eram. Então, vamos tentar analisar a situação. Imagine que eu tenho uma apresentação na sua frente. A sequência de eventos foi...

Steven e suas distrações de sala de reuniões. Jake deu pontos a ele por ser coerente.

— Steven, isso desviaria meus olhos da rua.

Sim, concordo — não vamos matar este corpo por trauma mecânico ainda.

Então *havia* algo em que Khonshu e Jake concordavam. Aquela única pepita bastou para Jake ceder, mesmo que por um momento. Steven mordeu o lábio e, então, ergueu as mãos.

— Tudo bem. Esqueça os recursos visuais. Vamos repassar tudo.

O carro rugiu conforme Jake pisou mais fundo no acelerador. Quanto mais rápido chegassem à Mansão Spector, mais cedo isso acabaria. Ele se importava com toda a questão de "corpo morrendo", é claro; parecia um fiasco do tipo "prioridade máxima". Mas, a respeito do como e do porquê, provavelmente teria sido melhor se Steven conversasse com Marc para traçar estratégias.

Jake não se importava com essas coisas. Ele apenas executava o trabalho.

— Bem, Venom tinha esse corpo. Nosso corpo. Mas apenas com Marc. Esse é o primeiro passo. — Steven levantou um dedo. — É aí que tudo começa.

O que se lembra dos planos de Venom?

— Nada. Jake? — Jake balançou a cabeça em resposta. — Lembro que as coisas estavam normais com Spector e depois não estavam mais. Como se tivéssemos sido empurrados para dentro de um armário. Passou de estarmos conscientes em nosso estado normal para um grande nada. Escuridão total. Nenhum som, nenhuma voz. Apenas nós em uma forma de... — os lábios de Steven se retorceram — algum tipo de paralisia. E houve algumas vezes em que ele tentou nos tirar de lá. Eu senti isso. Era como se ele nos chamasse.

— Eu também. — Os pneus do carro cantaram quando Jake fez a curva na pista sombreada mais rápido do que devia; sua raiva superava suas habilidades de condução. — Como se alguém tivesse batido uma porta na nossa cara. E eu tentei abrir caminho no soco.

— Havia uma pressão também. Acho que... — Steven falou mais devagar e estreitou os olhos se concentrando. — Havia urgência. E acho que vinha de Venom. Quaisquer que sejam as motivações de Venom, há algo movendo tudo adiante. Quando Marc tentou nos soltar, ouvi Venom. Algo sobre precisar encontrar um dispositivo e abrir vantagem sobre alguém. — Steven deu de ombros, as palmas abertas para cima. — Vago, eu sei. Mas o bastante para identificar que há algo mais em jogo. O que significa que, se o tempo de Venom é limitado, o nosso também é.

— Eu não percebi isso — falou Jake com uma risada. — Talvez Venom goste mais de você do que de mim.

— Talvez eu seja apenas um ouvinte melhor do que você. — Steven empinou o queixo. — Capacidade de escuta ativa...

Nada de brigas infantis agora.

— Tudo bem, tudo bem. Trégua — concordou Steven, no que provavelmente era seu melhor tom profissional. Jake bufou em resposta, concentrando os olhos na estrada, conforme eles avançavam em território rural escuro, finalmente chegando à última curva para a propriedade principal. — Quer dizer que Venom nos prendeu. Depois rastrearam o Marc *deste* mundo, que acabou de escapar do Sanatório Retrógrado. Venom usa sua... "venonzice" para derrubar Marc. Em seguida, Venom o leva para aquele armazém.

— Isso é bem fácil de entender, realmente queria uma apresentação para isso? — Os pneus cantaram quando o táxi se sacudiu, diminuindo a velocidade em direção ao painel de segurança da Mansão Spector nos portões de entrada.

— O que acha, Khonshu, o código é o mesmo no nosso mundo?

Não vejo por que não seria.

— No porão do armazém — continuou Steven, como se a outra conversa nem tivesse acontecido —, Venom, então, se desprende deste corpo. Além de cortar nosso antebraço esquerdo.

Jake olhou para o ferimento que cicatrizava; as cicatrizes de queimadura ainda estavam sensíveis, mas nada que não pudesse aguentar. Jake abaixou o que restava da janela quebrada do táxi e digitou 8-7-5-3-2 conforme a memória muscular do portão *deles* na Mansão Spector *deles*. Engrenagens e motores zumbiram quando os portões de ferro forjado se abriram, e Steven continuava tagarelando.

— Daí, Venom desliza para fora de nós através deste corte em nosso braço — falou, segurando uma imagem fantasma perfeita de seu braço marcado como se estivesse em uma demonstração — e para dentro do corpo do Marc desta realidade. Fazer isso começa a expulsar Khonshu, mas Khonshu usa a gosma como um... — Steven franziu os lábios, pensando. — Um conduíte. Como uma ponte. Para pular para o nosso corpo. Que nome eles dão para a gosma?

O carro avançou, e Jake desligou os faróis só para o caso de precisarem passar despercebidos.

— Você pode continuar usando gosma como termo técnico — sugeriu Jake sarcasticamente, embora tivesse certeza de que Steven ia se aproveitar disso.

— Então, assim que Khonshu entrou, nosso corpo desabou. Chamas por todo lado. Muito ruim. Acho que ainda tem um pouco de gosma aqui dentro.

Jake sorriu para si mesmo e sua previsão correta sobre a escolha de palavras de Steven.

Tenho o poder de influenciar danos ao corpo, até mesmo de ressuscitar. Já fiz isso uma vez antes para Marc. Mas o líquido de Venom significa que parte deste corpo ainda obedece à sua vontade em um nível básico.

— É — falou Steven. — Quanta gosma acha que sobrou? Não parece muito saudável.

Uma única gota. Eu a prendi em seu braço para que não possa circular para outras áreas e causar mais danos.

— Ótimo — retorquiu Jake. — Ei, Venom, podemos espirrar você para fora do nosso corpo?

— Não é bem assim — respondeu Steven. — Khonshu está tentando nos manter vivos. Venom nos quer mortos. E eu acho — hesitou, abaixando o olhar —, acho que é por isso que Spector simplesmente... se foi. — O carro subiu a entrada pavimentada; e, embora ele reconhecesse os arbustos e moitas ao longo do caminho, teve a sensação de que o Marc desta realidade devia ter esquecido de pagar o jardineiro ou algo do tipo, porque aquele mato parecia um pouco grande demais.

Tem que ser isso. Venom disse: "sem testemunhas, sem sobreviventes". Spector em seu corpo era uma testemunha. Venom não queria que ele continuasse vivo.

— O que isso faz de nós? — perguntou Jake, mordendo o lábio. O táxi seguiu em frente, passando por uma fonte quadrada grande e desligada e mais arbustos sem poda, possivelmente secos, depois, desviou para o semicírculo adjacente à entrada da frente.

Mate o corpo, mate a testemunha.

O carro diminuiu a velocidade até parar, o motor engasgado finalmente desligou e os deixou no silêncio. Steven e Jake se viraram um para o outro, e pela primeira vez desde, bem, praticamente sempre, existiram sem a amarra de Spector para mantê-los unidos.

— Muito bem, certo, vamos deixar o pessimismo e o desânimo de lado — falou Jake, encarando Steven diretamente nos olhos. — Vamos encontrar Venom e consertar isso. Mas primeiro — a maçaneta estalou, e ele empurrou a porta com o pé esquerdo —, precisamos de equipamentos.

— Armadilhas — falou Steven com uma voz sem corpo. Aparentemente, discussões práticas sobre os planos de Venom eram mais estressantes para ele do que arrombamento e invasão. Assim como em seu universo, a Mansão Spector não tinha essa coisa de chave mecânica comum e, em vez disso, usava reconhecimento facial para checar identidade, o que queria dizer que finalmente tinham um desafio que não exigia desviar de chamas, vasculhar becos ou falar com divindades egípcias.

Apenas... olhar para cima. A porta se abriu, e Jake entrou.

— Vamos priorizar armadilhas. Não sabemos o que Venom pode ter deixado aqui. Não sou Spector, mas às vezes sou mais metódico do que ele — continuou Steven —, por isso, acho que precisamos de algum tipo de varredura abrangente. Seria ótimo se pudéssemos usar os instintos dele, sabe?

— Claro, Steven — respondeu Jake, examinando as formas e silhuetas no saguão escuro. Ele sabia exatamente onde tudo estava, a pintura aqui, a cadeira ali, o globo enorme no canto.

Mas havia algo errado.

— Depois disso, quando soubermos que a barra está limpa, vamos precisar de quaisquer dados de dispositivos que possam estar rastreando a localização de Venom. Temos que evitar Venom até estarmos prontos — continuou Steven, mas a mente de Jake se afastou da tagarelice dele. Grande parte deste lugar parecia igual, porém, com as luzes apagadas e o manto da noite lá fora, os detalhes não saltavam à vista exatamente. — E quaisquer dados que ele possa ter transmitido de volta ao computador central. Estamos de acordo, certo?

Jake parou, mas não por causa da pergunta de Steven. Vindo de fora, o luar atravessava a grande janela e, finalmente, naquele ângulo, a iluminação foi suficiente para revelar que sua intuição estava correta. As coisas eram basicamente iguais, mas, neste universo, havia algo diferente.

Porque, na biblioteca nos fundos da Mansão Spector, muita coisa estava no lugar exato: os ângulos das cadeiras, os nós nas cortinas, até mesmo a ordem dos livros na estante.

Mas, na mesinha entre as cadeiras, com um vidro de uísque manchado na borda traseira, o espaço na frente dele estava vazio.

Não havia moldura prateada com uma foto de Marc Spector e Marlene Alraune.

Jake deu um tapinha no espaço vazio da mesinha, seu dedo levantando uma leve camada de...

Poeira.

Na realidade ele se virou, com a visão finalmente ajustada à pouca luz, e uma olhada ao redor mostrou o que *mais* havia de errado.

Teias de aranha e poeira. Como se as pessoas tivessem esquecido de continuar se importando.

A mobília *era* a mesma, até a posição exata. Só o tempo e as circunstâncias ao redor haviam mudado, fazendo com que o Marc desta realidade abandonasse esse espaço, exceto pelo painel de segurança no canto de trás.

— Termos pesquisados, investigações, qualquer coisa que o computador possa... — falou Steven, enquanto Jake se virava e começava a andar. — Espere, aonde está indo?

— Você mesmo disse. Nosso corpo está morrendo. — Jake apontou de volta para o lugar onde a foto de Marlene *deveria* estar. — Não temos tempo. Precisamos apenas descobrir o que Venom quer e voltar para o nosso mundo. Chegar a um hospital que possa nos curar. Voltar para Marlene. O Marc deste universo pode arrumar a própria bagunça.

Steven apareceu de repente no canto, logo abaixo da pequena interface do painel e dos escâneres que saíam do teto.

— Não entre aqui ainda. Precisamos de um plano.

— Nós *temos* um plano — retrucou Jake, pousando a mão na interface. Ela ganhou vida, e um feixe azul-claro atravessou a tela para completar a leitura da mão. — Pegar o traje, armas, outras coisas úteis e partir. Ei, Khonshu, o cassetete do Cavaleiro da Lua deste lugar ainda é feito de adamantium?

É.

— Com o gancho de escalada? Ainda ativado com um giro? — Jake levantou os punhos e fez um giro simulado para mostrar.

Sim. E pode ser convertido em nunchaku.

— Jake. Jake. Jake — chamou Steven. Aí estava, quanto mais Steven se preocupava, mais repetia nomes. — Este lugar tem armadilhas, drones de segurança com inteligência artificial, sabe disso, temos que ter cuidado...

— Impressão de mão confirmada. Bem-vindo, Marc Spector — falou uma voz sem corpo. Atrás da parede, guinchos e estalos abafados e agudos soaram, seguidos pelo som do painel deslizando para revelar uma câmara mal-iluminada. — Entre para identificação por escaneamento corporal.

— Pare. — Steven entrou na câmara de varredura, sacudindo os braços em protesto. — Pare de se mover agora mesmo. Não dê mais um passo. Impulsivo. Você está sendo impulsivo quando só temos uma chance para fazer isso e... ai, céus.

Apesar de Steven aparentemente ocupar espaço físico real, este instante demonstrou claramente que, no final das contas, tudo estava acontecendo dentro do cérebro deles. Porque Jake atravessou Steven, como se o bilionário neurótico fosse apenas um holograma feito de fótons.

De certa forma, isso era verdade. Supôs que essa era a vantagem dos Espaços Mentais usados por Steven e, às vezes, por Marc. Ali, Jake podia apenas ignorar Steven. Mas, quando se encontravam no Espaço Mental, de vez em quando, trocas de socos de verdade aconteciam.

— Prepare-se para confirmação de identidade — ordenou a voz do computador, quando Jake plantou ambos os pés no chão e olhou para a frente. — Fique parado na área de escaneamento.

— Armadilhas! — berrou Steven. — Armadilhas! Medidas de segurança!

— Steven — falou Jake, em seu tom mais condescendente —, nós passamos pelo reconhecimento facial lá fora. Nós passamos pelo reconhecimento de impressão digital aqui. O que poderia dar errado? Não é como se eu de repente tivesse um rosto novo para *esse* escâner.

Um zumbido baixo se intensificou vindo de cima, e um fino feixe de luz translúcida dançou sobre Jake. E Steven, por alguma razão, saiu da câmara e, em vez disso, ficou atrás deles.

— Processando — declarou a voz. — Processando.

— Está vendo? — falou Jake com uma risada. — Estamos bem. Vamos pegar algumas armas e...

— Alerta de intruso! — Declarou a voz no mesmo tom inexpressivo. Atrás de Jake, um *claque-claque-claque* metálico ecoou pelo espaço, mas ele não precisou olhar para saber o que havia acontecido.

A Mansão Spector estava em processo de se trancar. Janelas, portas, todos os pontos de entrada — e saída — estavam sendo fechados com escudos metálicos que se desdobravam.

Mas por quê?

Talvez tivessem tempo para descobrir isso antes que as medidas de segurança os matassem.

ELES ESTÃO MORTOS?

Talvez.

Aqueles homens encarregados de guardar o Sanatório Retrógrado. Eles tentaram nos matar. E nós demos mais a você. Força. Velocidade. Habilidades. Poder.

Mais do que o Cavaleiro da Lua é capaz. Mais do que até mesmo Jake Lockley fazendo o pior que é capaz de fazer.

Você nem precisou de suas armas.

Nós somos a arma.

Você anda pelo corredor da ala de pacientes deste prédio, este lugar miserável e desgastado onde as pessoas são esquecidas. Agora você sobe as escadas até o último andar da rotunda. Olhe para eles se contorcendo no chão, seguranças e enfermeiros que sentem muito prazer em esmagar pessoas quando dá na telha, seus produtos químicos e tratamentos de choque.

Você gostou disso.

Nós sentimos.

Era justiça? É diferente de usar suas habilidades de mercenário para caçar alvos. Mesmo agora, quando você passa por cima deles, com os pedaços quebrados de parede rangendo sob nossas botas pretas, conseguimos sentir.

Por dentro, você está sorrindo.

Veja aquele ali no canto, com o cabelo laranja e óculos. Você se lembra — da cadeira, da injeção, dos tratamentos de choque. Qual era o nome dele? Billy, não era?

E agora? Você sabe o que somos capazes de fazer, a maneira como os tentáculos se formam e atacam, com mais precisão e poder do que seus dardos crescentes jamais poderiam.

Mas você prefere não os usar. Você prefere sentir o impacto contra seus dedos, seus joelhos, seus pés. Esse conhecimento tátil de entender o quanto feriu aqueles que o machucaram.

Faça uma pausa para apreciar. Na verdade, olhe para a câmera de segurança no canto. Encare-a de frente. Chegue mais perto. Tire a máscara por um momento e encare a câmera, diga ao mundo que Marc Spector deve ser temido.

E agora você avança para o grande escritório no topo. *O escritório da dra. Emmet.*

Você bate. Quando poderia facilmente arrombar a porta.

Recuperou suas boas maneiras? Não, você está zombando da dra. Emmet.

— Marc? É você, não é? — Você ouve a voz dela através da porta. Está destrancada. Abra-a.

Revele-nos.

Lá está ela. Aquela que estudou você, drogou você, fez experimentos com você, primeiro, anos atrás no Hospital Putnam, e depois, aqui no Retrógrado. Ela o encontrou de novo, depois de todos esses anos, convenceu você de que ela seria capaz de ajudar. E era tudo mentira.

Você quer vingança.

Mas ainda não. Assim que tivermos aquilo de que precisamos, você poderá ter controle total.

Estranho. Ela não está assustada.

Não, a cabeça dela se inclina. Ela afasta o cabelo ruivo, ajusta os óculos. A arma em suas mãos continua apontada para você.

Os homens dela foram espancados. Alguns, com certeza mortos. E, ainda assim, ela...

Ela ri de você.

Controle-se, Marc. Precisamos de informações. O psi-phon é a chave.

— *É* você por baixo da máscara, certo, Marc? Seu terno agora é preto. Ah, ótimo. — Ela ri. Ela ri de *você*. — Sabe, conversamos sobre como você deveria evitar pensar que é tudo preto no branco, mas eu não estava sendo literal. No que se meteu?

— Nem queira saber — responde você com um rosnado. Examine o escritório. Os arquivos dela. O computador dela. Outros registros. Olhe o que ela tem na caixa organizadora no canto. Um menu do restaurante de Gena. Uma manopla feita de bandagens, algo que você reconhece como parte da armadura estripadora de fantasmas do Cavaleiro da Lua. Suas plaquetas de identificação dos fuzileiros navais.

Seu quipá de infância.

Você sabia disso. Claro que sabia. O fascínio dela por você vai além do terapêutico. Ela catalogou sua vida.

Ela o vê como um experimento científico.

Sua raiva fervilha com isso. Você nos invoca para liberar os poderes de Venom em sua totalidade.

Mas não faremos isso. Precisamos de informações. As ações dela não são nada comparadas ao que temos que fazer.

Agora faça-a falar.

— Por que está parado? Preciso atirar para acordá-lo? — Ela gesticula com a arma de novo, como se fosse um brinquedo. — Está ocupado demais discutindo com Steven e Jake na sua cabeça? Visitando deuses egípcios mágicos ou decolando em uma nave espacial? O que é real para você? Talvez — diz ela com *aquela* risada condescendente —, eu não seja real. Ou sou? Veja, esse é o seu problema, Marc. Você acha que a violência é a solução para tudo. Entra aqui, ataca meus enfermeiros, arruma briga no meu laboratório, quando tudo o que precisa fazer é perguntar.

Agora ela está de pé, com arma abaixada e encarando-o.

— Vá em frente, pergunte-me. Não estou escondendo nada.

Isso é um ardil? Uma armadilha? Precisamos pensar com cuidado, Marc, ela é nossa única pista.

— Psi-phon — diz você.

— O que foi? Não consegui ouvi-lo por baixo dessa máscara. Fale claramente. Enuncie. A menos que... — Ela inclina a cabeça. — Você está drogado?

— O psi-phon — repete você. — Você tem pesquisado minha vida, colecionado artefatos. Por quê?

Cuidado, Marc. O "porquê" não importa.

— Marc Spector. Você é o caso mais extremo de... bem, *qualquer coisa* que eu já encontrei. Sua história poderia preencher centenas de livros. Deveria haver um curso de pós-graduação inteiro sobre você. As histórias que me contou, você leva tudo ao extremo. Não pode ser apenas um soldado ou mercenário, você tem que ser *isso*. — Ela cutuca você, ela nos cutuca, enquanto fala. — Steven Grant não pode ser apenas rico, tem que ser um bilionário. Jake Lockley não pode ser apenas um herói da classe trabalhadora, precisa de uma rede secreta de inteligência conectada a todas as pessoas sem-teto na cidade de Nova York. E, ainda assim, você não consegue manter nada disso de pé. Você destrói tudo que ama. Você faria *tudo isso* em vez de simplesmente construir uma vida com Marlene. Não é de se admirar que seu relacionamento com ela tenha se rompido mais uma vez. Bom para Marlene, finalmente seguindo em frente. — Emmet bate uma unha vermelho-sangue bem-cuidada no cabo da arma. — É profundamente fascinante. Passei os últimos anos tentando desenterrar tudo, tentando separar fatos de ficção. Continuo dizendo a mim mesma que, quando conseguir entender Marc Spector, vou conseguir entender as verdadeiras profundezas da mente humana. Então... — Você ouve um barulho. Não apenas o clique quando ela desengatilha a pistola, mas algo do lado de fora da porta, vários andares abaixo. Mais guardas, talvez. Prepare-se. — Apenas diga-me o que você quer. Acredite, tudo isso é um grande ponto de dados na minha pesquisa.

— O psi-phon. Onde está? O que sabe sobre ele?

Você vê a expressão dela mudar. Conte-nos, Marc, todo o tempo que passaram juntos lhe dá uma noção do que ela está pensando?

— Isso é muito, muito específico. Que grande história foi essa, Sombra da Lua e todas as diferentes versões de você. Não havia até uma versão dinossauro do Cavaleiro da Lua? Muito criativo. — O jeito como ela aponta para você, o jeito como franze o lábio, o que isso significa?

Ela está mentindo?

— É tudo bastante apropriado, não acha? — Ela aperta um botão no teclado da mesa e a tela vazia do computador ganha vida. — Você não podia simplesmente ter várias pessoas na sua cabeça, portanto, imaginou o *psi-phon*, entre tantas coisas, para conectá-lo a versões de si mesmo através dos universos. Tantas teorias sobre isso...

Ela gira a tela do monitor na sua direção, em seguida, senta-se e começa a digitar. E você... há tantos impulsos diferentes em você agora.

— Mas receio que não tenho mais seu precioso dispositivo. — Aquele sorriso sonso retorna. A tela muda, listando arquivos e bancos de dados. — Vamos tentar rastreá-lo?

CAPÍTULO 11
STEVEN

JAKE IA NOS MATAR.
　O que, dado que nosso corpo estava morrendo, parecia meio redundante. Mas, ainda assim, eu preferiria muito mais encontrar meu fim tendo alguma escolha sobre a saúde e o bem-estar de nossa casa compartilhada. Portanto, correr para a linha de visão de drones de segurança ativos? Não era exatamente minha ideia preferida.
　— Passe o corpo para mim, Jake — gritei no ouvido dele. Literalmente. Como se, nessa estranha pseudoexistência, o estresse me permitisse ficar bem ao lado de Jake e berrar o mais alto que eu pudesse ao lado da cabeça dele. Ele simplesmente se recusou a me dar ouvidos. O que, por sua vez, me estressou ainda mais. — Eu posso nos salvar.
　— Alvo localizado — veio de um dos drones. — Armas preparadas. Abaixe-se. Você tem 10 segundos para obedecer.
　Ora, Jake e Spector, eu os conheço muito bem. Essa mistura de proximidade, compreensão e roupa suja, tudo meio que se mistura; todos nós tentamos manter alguns detalhes separados uns dos outros, mas os traços gerais de compreensão nós temos.
　Jake gostava de agir sem pensar, e, claro, isso funcionava em algumas circunstâncias. Como quando bandidos particularmente desagradáveis o encurralavam e tudo o que se tinha eram os punhos.
　Mas *algo* me dizia que existia outra solução aqui. Talvez Jake não percebesse, mas eu percebia — e eu precisava pará-lo.
　— Jake, pare! Passe o corpo para mim — gritei para ele, enquanto os drones se aglomeravam e o zumbido iminente das pás de suas hélices aumentavam conforme pairavam se posicionando.
　— Estou nos mantendo vivos, Steven — gritou ele em resposta. Mesmo meio que existindo ao lado dele, senti a maneira como ele

tensionou o corpo, a queimação em seus joelhos e o aperto em seus punhos, conforme ele se preparava para correr, desviar e lutar.

— Não, você vai nos matar. Passe o corpo para mim *agora*.

Talvez fosse meu nível de assertividade — o que não era muito típico, principalmente diante de uma ameaça física, como provavelmente estava evidente. Mas, dado que eu tendia a ser um pouco mais astuto em minhas observações do que Jake, isso parecia ser algo pelo que valia a pena berrar.

— Steven, isso não é...

Jake parou no meio da resposta porque eu fiz algo que normalmente estaria fora dos limites do meu respeito pelos meus irmãos.

Embora, na verdade, esse respeito tenha sido a razão pela qual o fiz.

Porque eu não queria que morrêssemos.

Eu pisquei. Isto é, pisquei fisicamente, em nosso corpo. E me levantei, abrindo meus dedos.

— Você... — berrou a voz de Jake no meu ouvido, e seus gritos de sempre ecoaram em meus pensamentos. — Você acabou de me empurrar para fora?

Aquilo levou a este momento, em que, em vez de continuar a investida de Jake contra dois drones armados flutuando pela biblioteca nos fundos da Mansão Spector com armas apontadas para mim, fiquei parado. E levantei as mãos.

— Steven? — berrou Jake. — Steven, o que está fazendo? Você vai nos matar.

Não havia tempo para uma discussão no Espaço Mental agora.

— Não, eu vou nos salvar — falei baixinho. Pontos vermelhos brilharam no meu peito, enquanto eu dava um passo à frente. — Não sou um intruso! Escanear impressão vocal para identificação — falei, fazendo minha melhor imitação da voz de Spector. — Aqui é Marc Spector.

— Steven, nós falhamos na verificação de corpo inteiro.

— E passamos pelas outras. Pense bem — falei rapidamente, baixinho. Além de nós, uma voz automatizada continuava anunciando um alerta de intruso.

— *Estou* pensando.

Às vezes, eu refletia sobre essa vida estranha que nós três levávamos, três identidades presas neste corpo — mas todas com diferentes pontos fortes e fracos. Spector foi moldado por sua criação, por sua família, pela maneira como a medicina falhou em tratá-lo — ou mesmo em acreditar nele —, pelo menos até que anos de autorreflexão e muita empatia da parte de Marlene ajudaram a estabilizar as coisas. Jake oferecia verdadeira malandragem, uma resistência física capaz de escapar de quase todas as confusões. Além disso, conhecia a cidade como a palma da própria mão.

Eu? Eu sabia como analisar e pesquisar coisas, quando detalhes díspares desenhavam um quadro completo caso se descobrisse como conectá-los.

— Confia em mim? — perguntei, dando mais um passo à frente.

Jake deu uma resposta rápida, e, se estivéssemos no meu Espaço Mental, eu teria conseguido entender claramente todas as formas como ele *não* confiava em mim em momentos como este.

— Escanear impressão vocal para identificação — repeti. — Aqui é Marc Spector.

Os drones pairavam adiante, com um zunido agudo acompanhado por zumbidos e ruídos internos de processamento de dados dentro de uma CPU e disco rígido.

— Impressão vocal confirmada: Marc Spector. Confirmação secundária necessária. Aguarde para escaneamento de retina.

O olho da câmera do drone piscou, provavelmente para alguma mudança de lente que ocorria lá dentro, e agora emanava um brilho azul conforme se aproximava. Veio, flutuando cada vez mais perto, e eu o encarei diretamente, até que o brilho formou um ponto cego no meu olho.

— Identidade confirmada por reconhecimento de retina: Marc Spector.

Do outro lado da sala, outro painel se abriu deslizando; era menor, sem interface para ativar ou interagir.

Apenas para emergências.

— Alerta de intruso ainda ativo. Passagem da sala de segurança aberta.

— Bem — falei, gesticulando para o corredor recém-acessível. Quando se tinha pessoas diferentes vivendo em sua cabeça, sempre havia alguém por perto para ouvir seus comentários engraçadinhos. — Abre-te, sésamo.

— Espaço Mental. Agora — mandou Jake.

Resisti à vontade de comentar que Jake deve ter começado a reconhecer as qualidades do Espaço Mental. Embora agora, provavelmente, fosse mais devido à dilatação do tempo dentro de nossa cabeça. Fechei os olhos, e Jake já me esperava no saguão do Met, com o cotovelo apoiado no balcão do saguão.

— Como diabos você sabia que íamos conseguir passar?

— Raciocínio dedutivo — informei, com uma expressão triunfante no rosto.

— Você é um corretor da bolsa, não Sherlock Holmes. — Jake apontou diretamente para o meu sorriso. Mas fiquei impressionado com o fato de ele ter conectado Holmes e o processo de dedução. Talvez ele estivesse lendo nas horas vagas ou pelo menos assistindo a filmes. — O que isso tem a ver com drones apontando armas para a nossa cara?

— Resolver crimes. Ganhar milhões. Quase a mesma coisa. Tudo tem pistas e contexto — declarei. — Passamos pelo reconhecimento facial e de impressão digital. Portanto, sabemos que correspondemos aos detalhes do Marc deste universo.

— Mas a varredura corporal...

— Ah, pense no que a varredura corporal verifica: correspondência física exata. Não apenas partes individuais, mas o todo. Então — prossegui, acenando com os braços em um floreio teatral digno das minhas produções de Hollywood mais bem financiadas —, nosso rosto é o mesmo. Nossa voz é a mesma. Nossas mãos são as mesmas. Nossos olhos são os mesmos. O que poderia ser diferente?

Jake cruzou os braços, a aba da boina projetou uma sombra sobre os olhos e o bigode fez um ângulo quando ele franziu o rosto.

— Eu deveria ir embora agora mesmo e não lhe dar a satisfação de terminar sua piada.

— *Altura* — falei, andando de um lado para o outro entre as estátuas e exibições no saguão. — Somos a mesma pessoa em universos diferentes, mas com experiências de vida ligeiramente diferentes. Este Marc lidou com Khonshu por anos. Nós nunca lidamos; nosso Marc assumiu a vida de vigilante ele mesmo. Um conjunto diferente de circunstâncias, um conjunto diferente de ferimentos. Khonshu?

Chamei, voltando-me para o grande crânio de pássaro ao meu lado. Suas roupas estavam um pouco menos esfarrapadas do que da última vez que o vi.

Estou gostando da sua explicação, Steven.

— Bem, Khonshu, você tem a habilidade de curar, correto?

Até certo ponto.

— Mas nosso corpo não tem. Em vez disso, sofremos todos os ferimentos à moda antiga. E lembra o que descobrimos na nossa última ressonância magnética? — Jake soltou um gemido, e, embora o rosto de caveira de Khonshu não exatamente expressasse emoções, tive a sensação de que ele estava se divertindo, se não impressionado. — Degeneração rápida dos discos vertebrais. Devido a quedas repetidas e traumas contusos. Levando a uma perda de altura de quase 1 centímetro. Portanto — meus braços se ergueram, os dedos agora faziam ondas para pontuar minhas palavras —, essa minúscula diferença poderia ser detectada *somente* por uma verificação de corpo inteiro. Mas todo o restante? Acredita que somos Marc e que há algum outro intruso a ser encontrado.

Um obrigado da parte de Jake teria bastado, mas aparentemente isso era demais para ele falar. Ele resmungou sua melhor migalha de gratidão, depois, alisou o bigode.

— Bem — falou Jake por fim —, como isso nos ajuda a entrar no esconderijo principal?

— Não ajuda — falei, dando de ombros. Jake arqueou uma sobrancelha, e a intensidade retornou aos seus olhos. — Às vezes, porém, você tem que tirar o melhor que pode de uma situação ruim.

— Você estava me dizendo que precisávamos de informações, recursos e outras coisas.

— Até que o sistema de segurança tentou nos matar — ressaltei, supondo, porém, que a orientação do Espaço Mental não se aplicava de fato ao mundo real, mas apontei na direção que *parecia* correta. — A sala de segurança tem o equipamento reserva de Marc. Vai ter que servir por enquanto.

Venom está se deslocando. Precisamos agir rápido.

— Jake — falei, dando um passo à frente para colocar uma das mãos no ombro dele. — Você está sempre me falando para parar de pensar demais, certo? — Jake mordeu o lábio com um aceno antes de ajustar a boina. — Bem, acho que não temos a opção de pensar demais agora.

Meus olhos se abriram de repente, o zumbido dos drones agora estava atrás de mim, vozes automatizadas anunciavam coisas como "varredura das imediações" e "nenhuma ameaça encontrada". Andei depressa até o corredor curto que levava à sala de segurança de Marc.

Claro, o Cavaleiro da Lua ocasionalmente se envolvia em ameaças de nível mundial. Quer dizer, eu estive no espaço, o que é tão angustiante e fantástico quanto se pode imaginar. Mas, no fim das contas, nós — e por *nós* eu queria dizer Spector, Jake e eu — nos vestimos de branco da cabeça aos pés com uma capa esvoaçante e olhos brilhantes quase exclusivamente para proteger nosso lar.

Era isso. As outras coisas com alienígenas e organizações paramilitares com objetivos estranhos, todas essas coisas, envolver-se com a s.h.i.e.l.d. e o Conselho de Segurança Mundial... Bem, pessoas com o título de "Capitão" no nome se saíram muito melhor nisso.

Portanto, embora eu inicialmente desejasse reunir o máximo de dados e equipamentos possível antes de seguirmos Venom até o Sanatório Retrógrado, falei para mim mesmo que precisava me contentar com o que pegássemos.

Venom conseguiu acessar todo o estoque de suprimentos de Marc na Mansão Spector, do supercomputador ao arsenal, passando pela escolha de trajes do Cavaleiro da Lua, talvez até o planador Asa de Anjo.

Em contrapartida, acessamos um pequeno espaço com paredes de pedra, iluminação mínima e definitivamente nenhum computador — um armário superestimado com caixas de equipamentos para o caso de o Cavaleiro da Lua estar em apuros e algo isolar o esconderijo principal. Além disso, embora não existissem muitas diferenças entre o Marc deste lugar e nós, sua sala de segurança era muito mais bem organizada do que a nossa.

Eu não fui o único a notar, ao que parece.

— É uma boa ideia — comentou Jake enquanto eu estudava as opções. — Caixas etiquetadas. Em vez de apenas coisas penduradas. Deveríamos roubar esse método.

Caixa após caixa se abria, com cliques mecânicos e bipes de computador, à medida que eu colocava a palma no leitor de cada uma.

— Vou me certificar de comprar uma etiquetadora quando voltarmos. São bem úteis. — Abri a primeira caixa, havia alguns dardos crescentes e o cassetete que se abria em *nunchaku*. — Mas por enquanto? Isso vai ajudar. — Vasculhei o restante dos materiais, e havia de tudo, desde alguns milhares de dólares em dinheiro de emergência até um telefone em uma caixa branca. — Se for parecido com nossos suprimentos de emergência, terá funcionalidade limitada. Não vai ser como a IA que alimenta o computador principal ou nossa limusine de sempre.

— Sem problema. Aquela coisa é extravagante demais de toda forma.

— O auxílio de dados seria bom — argumentei, quando a tela do telefone ganhou vida.

— Sim, você gosta mesmo de fazer perguntas — comentou Jake, e, embora não houvesse nenhum componente físico para ver, eu praticamente conseguia visualizá-lo esfregando a testa enquanto suspirava.

Ignorei o comentário de Jake e peguei o dispositivo.

— Vai ter que servir.

Virei-me para a parede mais distante do pequeno cômodo, a única parte protegida e computadorizada na sala de segurança: um painel metálico curvo feito de adamantium. Ao contrário das maletas de equipamentos, o escâner na parede tinha a forma de uma caixa horizontal fina — provavelmente a mesma tecnologia dos drones de segurança que ainda zumbiam do lado de fora.

— Só mais uma coisa — falei, inclinando-me para alinhar minha visão com o leitor, deixando de enxergar temporariamente quando um raio azul atingiu minhas íris. Enquanto as caixas de equipamentos se abriam com uma série de cliques, o painel soltou baques graves e altos e aos poucos se abriu deslizando, deixando escapar um feixe vertical de luz branca que, por fim, tomou conta de todo o recinto.

À minha frente estava o terno branco sob medida do Senhor da Lua: calças, camisa de botão, colete e luvas, com um casaco sobre os ombros do manequim, todas as peças com carbonadium na trama do tecido para maior durabilidade — até mesmo os sapatos elegantes.

E, é claro, a máscara, uma máscara branca sem detalhes que se adaptava ao nosso rosto, muito parecida com a máscara do Cavaleiro da Lua, exceto por esta ter uma simples lua crescente na testa — sempre um toque legal.

Mas, bem ao lado, estava o traje do Cavaleiro da Lua propriamente dito. Reconheci de imediato — bem, o Cavaleiro da Lua já é bem reconhecível, com a capa, o capuz e tudo mais. Mas esse traje em particular tinha um largo cinto e braceletes dourados, do breve período em que fizemos parte dos Vingadores da Costa Oeste. Marc provavelmente o guardou ali mais como um reserva para o caso de estar desesperado, já que dourado não era bem a nossa cor.

— Nossa — comentou Jake —, eu lembro disso. Como Marc pôde achar que esse cinturão era uma boa ideia? Parecíamos um profissional de luta livre.

— Verdade — falei, estendendo a mão para o casaco do Senhor da Lua. — Vamos com o visual corporativo. Provavelmente se camufla um pouco melhor do que uma capa gigante.

— Está brincando? Sou um taxista de Nova York, posso garantir que há coisas muito mais estranhas do que capas por aí — declarou Jake, com irritação impregnando seu tom. — Sei que isso tem fibra de carbonadium, mas, ainda assim, talvez devêssemos escolher o traje mais blindado, não?

— Jake, Jake, Jake — respondi, com alguns estalos de língua para acompanhar. — Pense de forma prática. Somos duas pessoas em um corpo com um deus que grita e numa realidade onde tudo pode ser igual ou não. Vou de gravata. As pessoas gostam de gravatas. Aonde quer que formos, a segurança vai reparar na capa. — Peça por peça, comecei a me trocar, mas dobrei cuidadosamente as roupas que Venom nos deixou, pois sempre é bom ter algo para trocar. — Além disso — desamarrei as botas militares que este corpo já estava usando por tempo demais —, acho que esse é mais meu estilo.

— Justo. Mas você esqueceu um equipamento essencial.

— Qual? — perguntei, abotoando a camisa branca do Senhor da Lua.

— Olhe entre os ternos.

Terminei de fechar o botão de cima e, em seguida, deslizei a gravata pelo colarinho antes de me ajoelhar para atender ao pedido de Jake. Entre os ternos, estava uma maleta de veludo branco do tamanho de uma palma; abri-la me provocou um sorriso, e, se Jake não podia vê-lo, pelo menos sentia.

Porque dentro da maleta aguardava o espesso bigode falso de Jake Lockley.

CAPÍTULO 12

JAKE

ELES PRECISAVAM DE SPECTOR.

Jake pensou isso assim que viu o Sanatório Retrógrado — um lugar que seria intimidador por si só, desde as alas de tijolos desgastados de cada lado até a rotunda octogonal no meio, uma estrutura que culminava em uma torre iluminada. Em condições normais, provavelmente estaria cheia de guardas circulando, fazendo rondas padrão em diferentes pontos de verificação de segurança.

Contudo, todas as pistas dos informantes de Jake indicavam que Venom estaria ali. Provavelmente chegara horas antes deles, já que polícia e equipes de emergência também estavam ali. Depois de deixar a Mansão Spector, Steven voluntariamente entregou o corpo para Jake, e eles dirigiram, deixando o interior tranquilo em direção ao caos da cidade que se aproximava. A máscara do Senhor da Lua estava dobrada no banco do passageiro, mas, de outra forma, Jake conduziu o táxi de décadas com amortecedores ruins e aceleração duvidosa enquanto usava o terno limpo do Senhor da Lua. Estacionando a vários quarteirões de distância, Jake refletiu sobre a lógica da escolha de Steven pelo traje do Senhor da Lua em vez do tradicional com capa e capuz. Claro, um casaco branco e calças se camuflavam melhor do que um traje blindado, mas perdia em questão de praticidade.

Principalmente ao planejar uma invasão.

Jake tinha escalado a escada de incêndio do prédio de apartamentos ao lado do terreno do sanatório e agora esperava, agachado atrás de uma saída de ar condicionado para observar a cena. Esta era especialidade de Spector: analisar fraquezas, identificar um caminho de infiltração, cronometrar sua passagem pela segurança. Steven não seria útil ali, pois sua persona se encaixava melhor quando havia interação humana envolvida. E Jake… bem, ele trabalhava melhor quando o *outro* tipo de interação humana era necessária.

Agora? Jake colocou a máscara na cabeça, deixando-a enrolada sob o nariz, expondo o maxilar e o bigode falso. E, em sua cabeça, a voz de Steven carregava tanto estresse, que Jake se perguntou por que ele não estava visível. Talvez essa parte viesse depois.

— Faz sentido que os registros estejam naquela torre principal — comentou Steven. — Eu diria que as outras alas seriam para alojamentos e tratamentos dos pacientes. A parte do meio seria para operações.

— Você é arquiteto agora? — retrucou Jake, levantando-se e movendo os pés, e o fluxo sanguíneo foi retornando para suas pernas lentamente. — Quando estudou isso?

— Não sou arquiteto. Mas, se você anda em prédios chiques como este, vê que todos meio que seguem o mesmo padrão.

— Certo, ótimo. Então, como chegamos até lá? — perguntou Jake, flexionando as mãos nas luvas. — Contei cinco carros de polícia na frente. Pelo menos mais sete policiais estão patrulhando. — Apontou para áreas além dos holofotes da polícia. — E fora eles? Tenho certeza de que há seguranças por toda parte.

Eu tenho um caminho.

— O quê? — perguntaram Jake e Steven ao mesmo tempo.

Meu Marc acabou de escapar dessa instalação. Posso conduzi-los de volta.

— Viu? — perguntou Steven, com um repentino otimismo em seu tom. — Podemos não ter Spector, mas ainda somos um time. Habilidades diferentes, experiências diferentes, todas complementam umas…

Desça para a superfície. Vamos para os esgotos.

Jake ajustou o bigode colado no rosto, então, ergueu uma sobrancelha.

— Os esgotos? — Uma súbita intuição lhe disse que Steven não seria de nenhuma ajuda nisso.

— Bem, meu amigo. — A resposta de Steven veio com satisfação presunçosa em sua voz. — Parece que você tem o corpo agora.

COM A CAPA E O CAPUZ, A SILHUETA DO TRAJE PROVOCAVA MEDO NOS CORAÇÕES dos cruéis, uma lua crescente branca ofuscante sem esconderijo, sem trapaça, sem furtividade — o Cavaleiro da Lua representava a inevitabilidade da justiça brutal.

Isso... não era exatamente onde estavam agora.

Mas, sem as habilidades de infiltração de Spector e sem o Francês para trazê-los no Luacóptero ou o planador Asa de Anjo para voar até o pátio no topo da instituição, Jake, Steven e seu acompanhante deus-pássaro teriam que se virar. Mas ao menos tinham um bastão de adamantium à disposição.

Jake empurrou a tampa de metal para cima. Ao exalar o ar espesso e fedorento, mentalmente se repreendeu por não ter puxado a máscara sobre o rosto. Teria ajudado com o cheiro. De alguma forma, as calças e os sapatos brancos do Senhor da Lua conseguiram continuar livres de sujeira enquanto Khonshu os conduzia bueiro abaixo e por várias passagens subterrâneas.

Entretanto, deu certo. Começaram a meio quarteirão de distância do Sanatório Retrógrado e emergiram perto do pátio dos fundos, uma área de drenagem para irrigação que também servia como caminho perfeito para infiltração.

E agora?

— Muito bem — falou Jake, saindo e se ajoelhando atrás de um grande arbusto em um vaso. Ficar se escondendo assim não só irritava seus nervos, como também fazia suas juntas doerem. Afinal, esperar provou-se ser muito mais difícil do que socar alguém. — É isso que temos.

— Há muitos deles. — Steven apareceu magicamente em um smoking preto adequado para uma festa de gala ou filme de espionagem, conjurado pela adrenalina e imaginação, e a aparição se agachou atrás do arbusto oposto no caminho. — Um policial na extremidade mais distante ali. Holofotes perto da parte da frente. Parece que há guardas à esquerda. E aquela — falou, apontando direto para a ala do prédio — é provavelmente nossa melhor aposta.

— O que o faz dizer isso? — perguntou Jake, estalando os nós dos dedos.

— Todas as luzes estão apagadas. Em todos os andares, há pelo menos uma luz acesa. Meu palpite — respondeu Steven, provavelmente baseando-se em tempo demais passado em prédios de escritórios — é que deve estar passando por alguma manutenção. Ou Venom atingiu aquela parte e foi evacuada.

Jake esticou o pescoço, absorvendo o máximo possível dos vários movimentos dos guardas. Com sorte, não trouxeram nenhum cão de guarda. Na frente, as luzes vermelhas e azuis oscilantes em cima dos carros de polícia se misturavam às luzes brilhantes em tripés lançando grandes fachos sobre o espaço. Nos fundos, o pátio estava mais escuro, permitindo que lanternas individuais cortassem a noite conforme os guardas patrulhavam.

Toda essa espera pelo movimento certo. Seria fácil se essa mistura de policiais e seguranças operasse em rotas de patrulha definidas, mas, em vez disso, andavam, paravam, conversavam ou olhavam para algo, depois, viravam-se e se espreguiçavam, depois continuavam.

Jake sabia que precisava ser paciente, mas isso parecia muito difícil quando seu instinto era seguir a linha mais reta possível.

— Khonshu, você é um deus, não pode nos ajudar... bem, a voar ou algo do tipo?

Não sei, Jake, seu corpo não consegue correr rápido ou algo do tipo?

— Uau. — Talvez até os deuses ficassem irritados. — Está bem. De todos os deuses egípcios para ocupar nossa cabeça, tínhamos que pegar o rabugento.

— Jake, seja gentil com a voz que grita em nossa cabeça — pediu Steven, enquanto observava o pátio de novo. — Ele está nos mantendo vivos.

Há uma coisa que posso fazer para ajudar vocês.

Jake *quase* perguntou "além de ser sarcástico?", mas decidiu ser construtivo naquele momento.

Posso sentir a presença dos que estão por perto. Para ajudá-los saber quando avançar.

— Perfeito. Sempre quis um radar na minha cabeça.

Steven respondeu com uma careta de desaprovação:

— Não seja sarcástico com nosso suporte técnico.

— Não estou sendo. Isso é útil de verdade — retrucou Jake, alisando a máscara do Senhor da Lua. — Obrigado, Khonshu.

— O tom importa, Jake — comentou Steven, com clara repreensão na voz.

Mova-se agora. Os guardas estão em lados opostos do pátio.

As pernas de Jake empurraram com força, numa explosão repentina, conforme corria até a sombra de uma estátua sem braços. Um guarda que passava parou, depois, ajoelhou-se para inspecionar algo no chão. Com uma inspiração rápida, em seguida, Jake saltou para a frente de novo, numa explosão diagonal que o levou à base de uma fonte desligada. A alguma distância à sua direita, uma voz gritou.

— Ei! Lemire! — chamou uma mulher. Jake começou a espiar por cima do ombro, mas Khonshu gritou com ele.

Não se revele. Vou sentir por nós.

— O trabalho em equipe faz o sonho acontecer — declarou Steven, agora ajoelhado ao lado dele.

— Steven, não sei se sua presença está de fato ajudando — sussurrou Jake. — Na verdade, você meio que está me distraindo.

— O estresse me faz materializar. Esta é uma situação estressante — respondeu Steven acenando com os braços. — Talvez você devesse aprender a usar o Espaço Mental.

— Talvez você devesse parar com os comentários, não?

Vocês dois estão tentando ser mortos? Porque eu poderia apenas deixar o corpo morrer e facilitar para todos.

— Lemire! Volte para lá — continuou a mulher. — O sargento precisa verificar o que você encontrou no escritório. — Um facho de lanterna veio do prédio principal, logo seguido pela mulher usando uma jaqueta e luvas do departamento de polícia de Nova York. — Eu fico no seu lugar.

Ela está vindo para cá. Ela chamou o outro policial do fim do pátio.

Jake inclinou o pescoço, movendo-se o mínimo possível, mas o bastante para ver o que Khonshu queria dizer — de um lado, a mulher com a lanterna se aproximava. À sua esquerda, outro policial uniformizado começou a caminhar naquela direção, ambos usando o longo caminho de pedra que passava pela fonte.

— Vou correr — sussurrou Jake, inclinando o bastão nas mãos para mantê-lo longe do chão.

Não, você não vai. Vai ser estratégico.

— Acho que Khonshu está certo. Há… — Steven se levantou e contou. — Dois guardas do outro lado examinando algo nos arbustos. Mais um no canto oposto. E esses dois atravessando.

Vários segundos antes, Jake dissera a Steven para ficar quieto. Mas agora Steven ofereceu informações úteis.

— Como sabe disso? Você existe na minha cabeça.

— Hum — falou Steven, esfregando o queixo com os dedos. — Bem, estamos em uma situação de perseguição ativa. Um pouco diferente de dirigir e conversar. — Ele se ajoelhou ao lado de Jake e olhou ao redor, diminuindo a voz, como se isso importasse para as patrulhas armadas que cercavam o espaço. — Talvez o risco elevado do que estamos fazendo esteja me tornando um canal para os sentidos de nosso corpo. Integrando parte da percepção de Khonshu, mas entregando-a pela minha personalidade e...

— Espera, você está dizendo que é mais capaz porque está com medo? Ou que não consegue ficar calado porque está com medo?

Creio que sejam ambas as coisas.

Steven fez uma pausa, os indicadores de cada mão balançando diante da declaração de Khonshu.

— Acho — declarou, com um tom irritado na voz — que é o resultado de minha atitude prática e positiva durante momentos de estresse mais forte do que o normal. Cortisol e adrenalina e...

— Ótimo. — Uma mão enluvada cobriu o rosto de Jake enquanto ele suspirava. — O pior superpoder de todos. Apenas seja útil, ok? É difícil me concentrar com vocês dois dando conselhos.

A que está com a lanterna está se aproximando. Você deve se mover.

— Certo. A sessão de terapia acabou por enquanto. Ela está se aproximando. Seria muito mais fácil se ela simplesmente voltasse agora. Jake, abaixe-se. — Jake fez como indicado, embora se perguntasse se confiar nessas vozes em sua cabeça era a melhor estratégia agora. — Pra baixo. Mais baixo. Agora arraste-se devagar para a esquerda. Depois pare quando eu mandar. — Agora Steven pulou em cima da fonte, e, embora ele não existisse fisicamente, Jake ouviu seus sapatos batendo na pedra.

Jake se pressionou contra a parede, abaixado o máximo possível, e o perímetro externo de um metro de altura da fonte forneceu alguma cobertura, embora o topo de sua cabeça tivesse que ficar para fora, mesmo com o céu noturno e a iluminação limitada do local. O facho da lanterna projetava uma sombra da peça central da fonte, e Jake se preparou para se mover.

— Ao meu sinal — falou Steven. — Ela está se aproximando. O outro está a cerca de 9 metros de distância. E... mova-se! Devagar.

Jake andou cautelosamente, um pé após o outro, as coxas ainda pressionadas contra a parede da fonte para se equilibrar. Um passo se tornou dois, depois três, até que finalmente ele estava a quase noventa graus do caminho de pedra por onde a mulher se aproximava.

— Pare! — gritou Steven. — Fique aí.

— Ei, qual é a pressa? — gritou o policial mais distante.

— Ah, sabe o escritório no topo da rotunda? — perguntou a mulher.

— Viu? Eu estava certo — declarou Steven, batendo palmas. — É para lá que vamos.

— O relatório de balística acabou de chegar — continuou ela com um suspiro. — O sargento precisa que você o revise, por isso, recebi a tarefa de "atrair a atenção de Lemire".

Bala? Isso não era bom. Mas o que queria dizer com Venom envolvido?

Agora os dois estavam juntos, diretamente em frente à posição de Jake na borda da fonte, e a mulher acenava com a lanterna enquanto falava. Com Jake ficando abaixado mais tempo do que gostaria, seu pé acabou escorregando e causando um som de derrapagem contra o caminho de paralelepípedos.

— O que foi isso? — perguntou a mulher.

— Ah, não — falou Steven. Que era exatamente o que Jake pensou naquele momento.

Abaixe-se!

Jake passou de ajoelhado para deitado tão rápido, que os pequenos paralelepípedos provavelmente deixaram marcas em suas pernas. Ele avançou aos poucos, com cotovelos e joelhos empurrando para a frente até parar, o ombro ainda pressionado contra a parede da fonte. Olhou para trás, e o facho da lanterna se moveu devagar por alguns segundos.

— Bah. Está tarde. Provavelmente um guaxinim ou algo assim catando lixo — declarou ela.

— Não ajuda quando o criminoso é um "cara grande de capa preta". Muito bem — comentou ele —, o dever chama. Obrigado, Smallwood.

Capa preta?

Os dois se separaram, Smallwood ainda movia uma lanterna conforme se afastava até o fim do pátio, enquanto Lemire seguia em direção à entrada do prédio.

— Janela do segundo andar — informou Steven, apontando para cima. — Tem uma árvore bem do lado, pode usá-la para subir.

Rastejar, escalar, esgueirar-se — era por isso que Jake deixava as táticas mercenárias para Marc.

Vá agora. Enquanto este guarda está andando.

Jake saltou por cima da cerca viva no perímetro da fonte, e seus pés pousaram em grama bem-cuidada. Ficou abaixado, com o bastão enfiado entre o cotovelo e a lateral do corpo, e andou depressa em sua postura curvada.

— Aquele cara! Aquele cara ali, acompanhe o ritmo dele — avisou Steven. — Se você passar na frente dele, ele talvez o veja de canto de olho. — Apesar da sensação macia e de recém-irrigado do gramado, Jake progrediu com movimentos rápidos e precisos, certificando-se de que cada passo pousasse com todo o seu peso para evitar escorregar. Lemire parou, virou um canto e desapareceu, e Jake correu até a árvore pretendida, uma grande estrutura que subia uns bons três andares, cujos galhos mais grossos e frondosos ofereciam comprimento e elevação suficientes para alcançar uma janela do segundo andar. A respiração de Jake ficou mais rápida, o que provavelmente também significava que a respiração de Steven ficou mais rápida, o que levaria à espada de dois gumes de um maior senso de percepção de Steven, mas também à sua tagarelice sem fim.

— Vamos, Jake. Vai, vai, vai. Siga-me — chamou Steven, estranhamente ágil enquanto subia na árvore. Jake levou um segundo olhando para esse fantasma que vivia em sua cabeça, mas que também existia fora dela. — Depressa, estamos quase lá. Aqui em cima.

— Espera, como você é tão bom em escalar? — perguntou Jake, olhando para o galho mais grosso e estável. Ele tateou o bastão, buscando a trava do gancho interno.

— Não sou. Mas também posso fazer coisas incríveis sob pressão quando sou um fantasma. — Steven olhou para baixo do alto de um galho, passando a mão pelos cabelos castanhos e grossos. — Anda e...

Um tinido repentino ecoou pelo espaço, e o pátio escuro irrompeu com uma luz vinda de uma porta recém-aberta no térreo. Jake se abaixou, depois manteve o corpo contra o tronco da árvore, mas seus ossos ecoaram com os calafrios imediatos que surgiam como reflexo de ser detectado.

Fomos vistos. Aja agora antes que o policial chame reforços.

Jake respirou fundo enquanto abria seu cassetete em *nunchaku*; avaliou o peso em sua mão, agarrando uma parte com firmeza enquanto começava a girar a outra na corrente. Uma olhada rápida para sua direita revelou um novo policial espiando em sua direção e o sistema hidráulico da porta se fechando atrás dele. O policial estendeu a mão para o rádio no bolso do peito de sua jaqueta e começou a falar.

Jake se inclinou para o outro lado rápido o suficiente para que sua máscara branca chamasse a atenção do policial.

— O quê? — perguntou ele, enquanto Jake rolava de volta e depois atirava os *nunchaku* pelo ar. Eles giraram, pedaços voadores de adamantium conectados por uma corrente, e ele nem parou para acompanhar seu voo. Em vez disso, correu a toda velocidade com o ombro abaixado, acertando em cheio o abdômen do policial logo após o *nunchaku* acertá-lo na mandíbula. Jake atirou o policial atordoado no chão, em seguida deitou-o de costas, prendendo o pescoço do homem com o cotovelo, enquanto aplicava pressão nas artérias carótidas, até que ele finalmente desmaiou.

— Não posso simplesmente deixá-lo aqui — falou Jake, com os olhos examinando o horizonte escuro em busca de qualquer sinal de alerta repentino.

Esconda-o.

— Aqui — chamou Steven. Jake olhou para Steven e o viu acenando perto de uma caçamba de reciclagem ao lado de um arbusto. — Aqui no meio. Dobre as pernas dele. Rápido, antes que alguém nos veja. — O ritmo das palavras de Steven aumentava conforme Jake passava os braços em volta do peito do homem e o arrastava, com suas botas raspando nas folhas do gramado.

— Tenho que dizer, acho que equipes geralmente funcionam melhor com um "homem na van" — comentou Jake, enquanto ajustava sua pegada, puxando com mais força antes de colocar o policial no lugar de Steven. O homem pousou com um baque, e seu braço mole bateu contra a parede plana da caçamba. — Aprecio a ajuda, mas um de vocês tem que ficar quieto. Estão me distraindo. — Jake dobrou as pernas e os braços do homem o máximo possível, antes de olhar para o segundo andar escuro, depois para o galho grosso da árvore onde seu irmão fantasma estava.

Se o medo de Steven pode oferecer suporte tático, por mim tudo bem. Posso conservar minha energia para fazer coisas importantes. Como manter este corpo vivo.

Não era essa a intenção de Jake, mas ele supôs que funcionava por enquanto.

— Ótimo — respondeu bufando. — Como uma máquina bem lubrificada.

Steven sorriu ao ouvir isso, o que significava que não tinha percebido o sarcasmo de Jake. Em vez de insistir, Jake seguiu em frente. Eles tinham coisas a fazer.

— Tive uma ideia — declarou, correndo para pegar o *nunchaku*. Os tacos formaram um bastão com um clique, e Jake girou o punho para travá-lo no modo de escalada. — Vamos subir?

— E depois? — gritou Steven, enquanto Jake mirava o bastão na base grossa de um galho.

— Depois — O bastão estremeceu quando o gancho disparou e se enterrou profundamente na base do galho — descobrimos quão bem o adamantium quebra vidro. Ei — falou, pausando. — Sentiu isso?

— Senti o quê? — perguntou Steven.

Jake olhou para o braço esquerdo, onde, por baixo do paletó e camisa do Senhor da Lua, surgiu uma estranha sensação de pulsação bem na incisão e nas cicatrizes de queimadura que havia ali antes.

— Não é nada. Vamos logo.

CAPÍTULO 13
VENOM

ELES ESTÃO AQUI. MAS COMO? COMO SEU CORPO AINDA ESTÁ vivo? Vimos o dardo crescente cravar-se em seu peito. Talvez nem eles tenham certeza. Parecem um pouco alheios e definitivamente não sabem que estamos aqui, que os estamos observando.

No começo, nosso instinto é saltar para baixo, acabar com eles. Você nos diz para esperar, segurar, dar um momento a eles. Você compartilha seus instintos de mercenário conosco, alegando que eles servirão a um propósito. Mas talvez você esteja apenas enrolando.

No entanto, você afirma que eles vão nos ajudar a chegar ao psi-phon. E esse é nosso objetivo final, nossa chave para proteger a Mente-Colmeia. Nós os rastreamos. E... sua *paciência* para esperar pelo momento certo? Sua habilidade de prever?

Tudo isso deu certo.

Interessante.

Não esperávamos que o outro corpo tivesse sobrevivido. Sem testemunhas, sem sobreviventes — era o que o Sussurrador desejava. Mas, para de fato garantir a segurança da Mente-Colmeia, precisamos primeiro obter o psi-phon. Podemos lidar com o sobrevivente mais tarde. Por enquanto, isso funciona a nosso favor.

Jake agarra-se ao galho da árvore. Sentimos sua diversão em vê-los no traje do Senhor da Lua — *não é o traje mais apropriado*, você pondera. Contudo, a forma como Jake se esgueirou pelo pátio, evitou ser visto, usou seu equipamento para neutralizar o policial, tudo isso obteve sua aprovação.

E agora ele se firma no galho da árvore. Ele não nos percebe no telhado, observando e esperando o que vem a seguir.

Sua mente dispara. Você se pergunta o que ele vai fazer — sabe o que *você* faria nessa situação, equilibrando barulho, rapidez e desespero. Você se pergunta se Jake conhece as capacidades do bastão tão bem quanto você, já que ele luta mais com os punhos. Sua ansiedade aumenta quando Jake se move para a ponta do galho, ergue seu bastão, verifica seu equilíbrio. Ele se prepara, e você faz uma pausa em seus pensamentos. Ele se senta e espera. Por que espera?

Mas então você vê — ele percebe a presença dos guardas conforme se movem. Nós percebemos também. Nossas habilidades são maiores que as de Jake; ainda assim, de alguma forma, ele se move no momento perfeito. Das localizações dos guardas aos seus movimentos, Jake avançou esse tempo todo com uma precisão inesperada para chegar até onde está. E então...

Jake salta.

Você espera.

E ele balança. O bastão de adamantium quebra o vidro conforme ele o atravessa, bem encolhido. No entanto, o barulho é abafado, um trem passa e os ventos fortes se sobrepõem ao ruído para os que estavam mais distantes.

Você suspeitava que isso aconteceria, não é? Você tem *fé* neles, que serão capazes de encontrar o que nós não conseguimos, que conseguirão desvendar os segredos de Emmet.

Como percebeu isso se nós não fomos capazes?

Não importa. Agora conseguimos sentir também. Agora que estamos perto, sentimos: a única gota de simbionte restante naquele corpo. Ela nos chama, é um farol para rastreá-los.

Observamos agora, das sombras. Jake permanece ignorante, mesmo enquanto se move logo abaixo de nós.

Estamos perseguindo uns aos outros, mas eles não sabem. Seus movimentos ondulam em nossa mente, seus sentidos são absorvidos nos nossos. O simbionte põe parte de nós neles, transmitindo suas informações enquanto correm...

Nós também correremos.

Do outro lado do telhado, nós os acompanhamos, monitoramos seu progresso. Este andar foi estrategicamente escolhido, eles sabiam que quase não haveria seguranças, o prédio foi evacuado após nossa invasão e ataque. Um único guarda patrulha o longo corredor; Jake se esconde atrás de alguns materiais de construção e uma grande caixa de papelão. O guarda se vira, Jake o derruba no chão. Outro guarda aparece e se aproxima correndo, agarrando Jake pelas costas. Ele deixa cair o bastão, e o primeiro guarda se recupera o bastante para lhe dar um soco. Jake move seu peso, atira seu captor para a frente e agarra o bastão, que ele abre em *nunchaku*. Ele usa as paredes e o espaço a seu favor, girando os cabos como escudos antes de atacar. Primeiro no estômago do guarda, em seguida, quando este procura a arma, com um golpe diagonal que acerta a arma com força suficiente para fazê-la voar. O guarda uiva de dor, e Jake salta, o peso de seu corpo inteiro acerta o nariz do guarda, possivelmente quebrando-o, e ele desmaia.

O parceiro do guarda avança, atingindo Jake nas costelas, depois na parte de trás dos joelhos. Jake vacila e, quando o novo guarda tenta agarrá-lo, chicoteia o cabo do *nunchaku*, desviando a mão dele o suficiente para Jake se recompor e pular para a frente, projetando um chute no estômago do guarda. Jake vira o *nunchaku* de modo que ambos os cabos agora são uma extensão de seu punho, um cassetete de adamantium que derruba o guarda com dois golpes rápidos.

Agora Jake está de pé, exausto. Cada soco que levou, cada onda de sucesso que sente ecoa em nós.

Você reconheceu isso, não é?

E agora, enquanto Jake dispara pelo corredor, sobe as escadas da rotunda e avança em direção ao escritório, você sente...

Confiança.

Você sente total confiança nas habilidades deles.

Interessante.

De certa forma, há até um pouco de ciúme. Da habilidade de Jake de simplesmente executar. Da habilidade de Steven de pensar nas coisas. Você pondera: como estão trabalhando tão bem juntos sem Spector para manter as coisas unidas? E, então, seus próprios sentimentos vêm à tona, uma combinação de respeito e amargura pelo Steven e pelo Jake que residem dentro de seu corpo, as identidades que você às vezes vê como mais problemáticas do que valorosas, apesar de serem úteis.

Você os culpa. Por muitas coisas. Você não consegue entender como eles são capazes de se comunicar com tanta facilidade. Isso provoca uma queimação no seu peito, um aperto estranho na sua garganta. Só de observar esses dois, observar o corpo de seu duplo transitar perfeitamente entre Jake e Steven e vice-versa, estando perto deles, você até pensa: *às vezes eu não suporto os meus*.

Esta missão não é uma sessão de terapia. Talvez seja bom para você que os tenhamos trancado. Você quer parar um momento para nos agradecer?

Você range os dentes diante disso, e os muitos pensamentos diferentes em sua cabeça estão se tornando uma distração.

Foco. Observe. Temos um objetivo. Sentimos agora, Jake em seu terno branco, suas calças e seu paletó, mas com a máscara de Senhor da Lua puxada até o nariz. Cinco policiais guardam a porta da dra. Emmet.

Jake os avalia. Você antecipa sua técnica, seus alvos, sua postura. Você pensa: *ele já lidou com coisa pior*, até mesmo em menor número, cinco contra um. Ele gira seu *nunchaku*, como uma serra circular de adamantium, e os guardas recuam devagar, esperando o momento certo.

Restam quatro. Porque Jake usa o *nunchaku* como distração, então, salta na parede do corredor, a perna o impulsiona para a frente em um chute giratório que se conecta com o lado da cabeça de um guarda. Esse guarda, em seguida, cai em cima de outro, e Jake gira para trás, estendendo um braço para soltar um dos cabos do *nunchaku*, colidindo com carne e crânio.

Restam três.

Os três avançam, derrubando caixas organizadoras que estão espalhadas pelo pequeno corredor. Um mira o corpo de Jake, os outros tentam arrancar o *nunchaku* de suas mãos. Um dos guardas imobiliza o outro braço de Jake também.

Jake está... se divertindo com isso?

"*Amigos, vocês não sabem o que provocaram*", pensa você enquanto observa os guardas baterem o braço de Jake contra a parede.

Não apenas o braço de Jake. O braço onde o simbionte permanece.

O *nunchaku* cai no chão, mas um estranho deleite toma conta dele. Ele golpeia com a testa o queixo do guarda mais próximo, fazendo-o recuar. Com os dois braços presos, Jake levanta as pernas e pressiona com força contra a parede, desequilibrando seus captores. Eles caem juntos, mas Jake se contorce, usando o impulso para enfiar o crânio de um homem na parede de gesso, e a cabeça dele fica presa. Agora livre, Jake abaixa o ombro e rola sobre o homem caído, então lhe dá um chute forte no estômago, e o efeito cascata faz com que mais pó de gesso voe.

Restam dois.

Um dos guardas restantes salta sobre uma caixa virada e dispara um soco. Jake desvia e bloqueia, em seguida, contra-ataca com três socos seguidos. Os dois primeiros acertam, o último é bloqueado por uma cotovelada. Depois, o homem se abaixa e agarra Jake pelo tronco.

Porque ele vê algo que Jake não vê: o último guarda agora está de pé e preparado, com o *nunchaku* em suas mãos, embora ele segure a arma fina como um instrumento contundente. Jake resiste, suas pernas pressionam o solo, mas a força é demais, e ele começa a deslizar para trás, bem quando o *nunchaku* se ergue para um golpe.

"*Atrás de você*", grita você.

Algo muda em Jake. Um instinto, ou uma reação, ou apenas o inesperado. Nós vemos, no entanto — e você sente.

Jake se solta, relaxando para desabar e permitir que o ímpeto total de seu captor exploda para a frente. A alça do *nunchaku* se move, atingindo o alvo errado, e, então, resta apenas um — que logo será zero, já que Jake aproveita o momento de confusão para saltar e acertar uma combinação de dois socos que faz o último guarda derrapar pelo chão liso.

Nós sentimos — o sangue de Jake corre, seu rosto está quente, a dor quase parece agradável.

A sensação o toma também.

E agora acabou. Ele se levanta, verifica a respiração dos guardas.

Você está aliviado por ele não ter matado ninguém.

Na verdade, seus pensamentos se fixam nisso, você tenta sentir quaisquer ferimentos ou danos ao corpo deles. Você está curioso...

... sobre o quê?

Algo. Algo que não conseguimos ver. Você está escondendo de nós? Sua voz, ela fica mais alta para nós quanto mais tempo passamos neste corpo, quanto mais tempo passamos com você.

E agora você sente... uma mudança neles.

Que mudança é essa que você sente?

Você se recusa a me contar. Tem medo de que isso revele do que eles são capazes.

Não. Não apenas isso.

Você quer mantê-los seguros. Deseja protegê-los, esses Steven e Jake. Porque, por algum motivo, mesmo que venham de uma realidade diferente, estão começando a significar algo para você, algo diferente do ressentimento que você sente pelos seus.

E agora você reconhece: esse caminho de carnificina, tudo isso foi Jake Lockley.

Mas, quando os dois param do lado de fora do escritório de Emmet, você pensa outra coisa:

É a vez de Steven.

CAPÍTULO 14

STEVEN

A PRIMEIRA COISA QUE FIZ DEPOIS DE RETOMAR O CORPO FOI ARRANCAR O BIGODE ridículo de Jake e colocá-lo no bolso do paletó. Em seguida, puxei a máscara por completo, fazendo-a cobrir meu queixo.

Agora eu era eu mesmo de novo.

Vamos em frente. Não precisava olhar para trás. Jake tinha feito todo o trabalho sujo.

Porém, pensei, trabalho sujo *era* a especialidade dele — quando a única saída era atravessar obstáculos. Neste caso, atravessar entre muitos seguranças e policiais que patrulhavam o Sanatório Retrógrado depois que Venom fez... alguma coisa ali. Olhei para minhas mãos, os nós dos dedos das luvas brancas do Senhor da Lua estavam manchados com traços de sangue, embora o tecido reforçado com carbonadium permanecesse intacto.

Além disso, ninguém morreu. Jake verificou. E ele não ia mentir sobre isso. *Nós*, por outro lado, parecíamos estar um pouco doloridos. Em particular, meu braço esquerdo latejava com uma dor que provavelmente provinha de ter sido todo queimado — não era exatamente a melhor coisa para um corpo saudável em nenhuma situação, muito menos lutando contra um bando de pessoas.

Então, de alguma forma, conseguimos chegar até ali, e a equipe Jake e Khonshu trabalhou um pouco melhor do que o esperado. Acho que ficar calado e deixá-los assumir o controle às vezes *era* a melhor escolha.

Mas agora?

— Tudo bem, eu nos trouxe até a porta — falou Jake no meu ouvido. — E agora?

Essa era uma boa pergunta. O que estávamos procurando?

O que *Venom* estava procurando?

Só havia uma maneira de descobrir.

Seja lá o que for fazer, faça logo. Não vai ficar indetectável para sempre.

— Certo, certo — respondi, sacudindo a maçaneta. DRA. EMMET, PSIQUIATRA, mostrava a placa abaixo de uma foto profissional. Mesmo em um universo diferente, aquelas letras vermelhas brilhantes desencadeavam todo tipo de pensamentos e sentimentos, um tipo diferente de pânico do que se sente ao se infiltrar em um pátio cheio de policiais.

Mas não podia me deter nisso. Não agora.

— Então, se eu fosse um simbionte alienígena tomando conta do corpo de Marc Spector — falei, empurrando a porta trancada para garantir —, o que eu ia querer do consultório da pior psiquiatra do Multiverso?

— Talvez ela nos ajude nisso, não? — sugeriu Jake, fazendo nós dois rirmos.

— Não — respondi, fechando o *nunchaku* de volta em um único bastão. Um golpe forte de adamantium danificou a fechadura da porta a ponto de a maçaneta de metal curvo ficar pendurada pela haste, com os pinos e ferrolhos internos expostos. Mais um golpe removeu tudo, e o impacto fez a porta balançar e abrir uma fresta. Olhei de novo para as letras que formavam o nome dela, sentindo a raiva borbulhante que normalmente era mais da alçada dos meus irmãos, e não minha.

Por baixo da máscara, mordi o lábio inferior e chutei a porta. Com força.

— Uau — falou Jake ao meu ouvido.

— Até eu fico furioso às vezes — comentei, entrando.

Na nossa realidade, nosso tempo com a dra. Emmet nunca incluía visitas ao consultório dela. Em geral, envolvia uma sala de exames com ventilação ruim e iluminação forte. Ou, para os momentos em que Spector realmente não queria cooperar, algum lugar no porão com azulejos amarelos rachados nas paredes e uma maca com muitas correias.

Este escritório era... diferente disso.

Era limpo. Agradável. Com plantas em vasos e um urso de pelúcia vermelho em cima de um armário de arquivos. Havia certificados e diplomas emoldurados na parede, e a mesa da dra. Emmet não revelava sinais de seu interesse em, bem, torturar pessoas como nós. Um carregador de telefone, um suporte de pulso para usar o computador, uma nota de agradecimento escrita no papel timbrado da dra. Ashley Kafka, tudo parecia...

Poderia muito bem ser qualquer escritório em qualquer prédio corporativo do mundo. Exceto pela mancha de sangue no chão.

— Sem sinais de confronto — falei para mim mesmo. Bem, provavelmente para Jake e Khonshu. Embora eu não soubesse se Khonshu entendia como investigações de cenas de crime funcionavam ou se ele assistia a algum programa policial em seu tempo livre. — Só a mancha de sangue — apontei para a etiqueta amarela de evidência colada na parede, com um grande *1* preto impresso nela — e *aquilo*.

Ao lado do marcador, havia um óbvio buraco de bala na parede, emoldurado por fita métrica horizontal e vertical, com pequenas rachaduras e poeira acumulada no local da penetração.

Venom não usaria uma arma. Outra coisa aconteceu.

— O informante disse algo sobre um si... alguma coisa, seja lá o que for — comentei, esfregando os dedos no meu queixo mascarado. — Será uma droga experimental?

— O computador dela — indicou Jake. — Procure por pistas sobre a senha dela. — Isso revelou que, por mais que compartilhássemos um cérebro e um corpo, ele não estivera prestando atenção ao longo dos anos. Porque, se tivesse, Jake saberia que senhas corporativas não funcionavam mais dessa forma.

— Jake, as pessoas têm senhas complexas. Por exemplo, com letras maiúsculas e minúsculas, números e pontos de exclamação. — Minhas palavras saíram com irritação extra em cada sílaba e exalação. — Não dá para apenas adivinhar pelos pôsteres na parede de alguém. A vida real não é assim. Até os filmes já se atualizaram.

— Você não consegue? — perguntou Jake, e um som irritado de *tap-tap-tap* vinha de seus sapatos-fantasma direto na minha cabeça.

— Talvez, se eu fosse um especialista em segurança da informação. Ou se tivesse algumas das ferramentas do Francês — respondi, olhando mais de perto para a prateleira ao lado da mesa. Livros acadêmicos, fotos de férias, uma caneca do time Ravencroft com moedas. Nada muito único ou sinistro.

— Você é um bilionário com uma equipe de engenheiros e nunca aprendeu a fazer isso sozinho?

— Estudei artes, história, filosofia, atividades enriquecedoras que — comecei, antes de perceber quão pomposo isso me fazia soar. Talvez, em outra ocasião, pudéssemos debater os valores das ciências humanas em comparação com as exatas. — Além disso, este é o escritório dela. É um computador corporativo que provavelmente tem backup na nuvem. Duvido que ela realmente armazenaria dados de experimentos ilícitos aqui. Precisaremos de outro meio. — E, só para mostrar para ele, apertei a tecla Enter duas vezes. A tela se acendeu, uma janela pedia a senha abaixo de *Bem-vinda, dra. Emmet* contra um fundo genérico de uma cachoeira cercada por uma selva exuberante.

Porém... algo mais brilhou. Na minha cabeça — nossa cabeça. Uma imagem? Não, mais do que isso. Uma sensação.

Toque no computador de novo. Eu senti uma coisa.

— Sim — falou Jake devagar —, eu também. Tente.

Tirei a luva da mão e coloquei os dedos sobre o teclado, o plástico liso contra a pele nua, pressão suficiente para fazer contato sem de fato ativar nenhum dos botões. Uma enxurrada de imagens disparou na minha cabeça, junto com uma sensação de...

Raiva?

Descobri algo. Espaço Mental, agora.

— Não podemos fazer isso aqui sem nos entregarmos à estupidez do Steven...

— Boa ideia, Khonshu — falei, fechando meus olhos...

De repente, estávamos no saguão do Met, Jake com seu casaco e boina de sempre — embora agora ele tivesse, de alguma forma, criado um baralho de cartas que embaralhou, distraído, com um ruído constante de estalo feito provavelmente apenas para irritar a mim, a Khonshu ou a nós dois.

Quer parar com esse barulho? Temos coisas mais importantes para discutir.

Khonshu, mesmo com seu crânio de pássaro no lugar da cabeça, aparentemente estava farto dos hábitos irritantes de Jake.

— Que barulho? Não sei do que está falando — respondeu Jake, continuando a embaralhar as cartas com um sorriso irônico.

Se focasse sua mente no lugar certo, talvez notasse aquilo.

Khonshu estendeu um longo dedo para apontar para a tela enorme na parede atrás deles — algo que normalmente mostrava peças em exibição e fotos. Mas agora passava... bem...

Memórias? Uma visão? *Algo*, e levou um segundo para ficar claro que víamos o ponto de vista de Venom. Em uma reprodução suave e em tempo real, diferente da mistura de raiva e imagens de antes.

Eu não falei, mas, dada minha breve experiência com a indústria cinematográfica, esses filmes pareciam ter tido valores de produção impressionantes.

— Ah — declarei com um aceno para Khonshu. — É por isso que estamos aqui.

As memórias de Venom. Nós as interceptamos. Observe.

Pelo sistema de comunicação, as memórias se desenrolaram como o pior vídeo promocional possível.

— Temo não ter nada aqui sobre seu precioso dispositivo — declarou a dra. Emmet com um sorriso tímido antes de ativar o computador. — Vamos checar?

— Como estamos vendo isso? — perguntei. — Espera, espera, Venom está aqui?

Estamos conectados. Mas não da forma que você pensa. Agora eu entendo.

Khonshu desapareceu e depois reapareceu na frente da tela, usando a enorme lua crescente no topo de seu bastão para apontar.

No porão em chamas, usei a gota restante de simbionte neste corpo como um conduíte para me trazer aqui. Mas isso significa que este corpo contém um pedaço de Venom também.

— O que isso significa para nós? — questionou Jake, aproximando-se da tela brilhante, enquanto as cartas finalmente silenciavam.

Não sei. Não entendo o que compartilhamos ou não, mas isso nos dá uma vantagem.

— Olhe para ele — falei, enquanto Venom andava de um lado para o outro, com os braços gesticulando visivelmente. — Ele não consegue encontrar aquilo de que precisa. E ela está apenas provocando-o. Por que ele não está procurando em outro lugar? Ela tem um escritório inteiro de coisas.

— Está no computador. — Uma nova voz surgiu da tela, mas uma voz claramente familiar.

Marc. Esta realidade é Marc.

— Venom, me escute. Tem que estar no computador. Um registro ou algo do tipo, um arquivo ou uma pasta. Não perca nosso tempo com mais nada, temos que invadir o sistema dela. Deixe-me falar com ela.

— Isso é uma loucura — comentou Jake. — Quer dizer que Marc está falando isso para Venom na cabeça compartilhada deles? É assim que soa quando explicamos nossas vidas para as pessoas?

Marc está desviando Venom. Mas por quê?

— Porque... — respondi, com as pistas de repente se encaixando. — Ele está atrasando Venom. Ele queria que nós os alcançássemos. Para passarmos à frente. Ele também sabe; Emmet não registraria experimentos ilegais em um computador de trabalho que é copiado pelo departamento de TI deles. Seja lá o que esteja fazendo, seja lá o que for esse si-alguma-coisa, tem que estar por baixo dos panos. Ela não poderia salvar em uma planilha na rede do Retrógrado. *Isso* quer dizer que a informação *não* está no computador — expliquei, chamando a atenção de ambos enquanto a tela continuava: Venom importunando Emmet, que continuava a sorrir, divertindo-se. — Venom não tem como saber como os humanos lidam com negócios obscuros. Por isso Marc consegue prolongar essa situação. Emmet ia mantê-lo em algum lugar mais privado, porém, acessível aqui enquanto ela estuda Marc, para ela ter...

Novos gritos saíram da tela, e a visão de Venom girou para encarar o cano de uma arma sacada, mãos trêmulas segurando-a, junto com os olhos arregalados de um guarda em desvantagem. Mais comoção se desenrolou — Emmet gritou, o guarda berrou, Venom tomou o controle de Marc, com o preto espiralando sobre sua visão antes de se dissolver de volta em clareza.

Um tiro.

Um vislumbre de preto.

O som de um ricochete.

Venom se virou e viu Emmet cair no chão, com a bala perfurando bem no meio da testa dela.

E um grito, tão sobrenatural e aterrorizante, que *me* abalou profundamente, apesar da segurança do meu Espaço Mental.

Depois, nada.

Steven. Jake. A polícia está a caminho. Encontraram o policial lá fora.

— Volte para aquele escritório — falou Jake. — Tem que haver um... um caderno, ou registro ou alguma coisa que tenha o que Venom queria.

Voltei à realidade, com um novo desespero ao agarrar meu bastão. A voz de Khonshu ecoava na minha cabeça, em atualizações periódicas que se resumiam a: *Eles estão se aproximando*. E Jake, Jake gritava tão depressa, que eu nem conseguia pensar.

— Jake, você é muito bom no que faz, e eu amo e respeito você, mas *agora cale a boca*.

— Está vendo? — retrucou ele. — Vozes demais distraem, eu falei.

O que ela tinha, o que ela tinha? Livros didáticos. Mais livros didáticos. Algumas peças circulares de arte em argila, caixa de lenços de papel, um suporte para carregar o telefone, um copo de plástico com canetas e lápis e, na prateleira superior...

Uma estátua.

Uma pequena estátua de Ammit, a deusa egípcia com cabeça de crocodilo e corpo com partes de hipopótamo e leão.

E, abaixo da estátua, um caderninho de brochura.

— Claro. Caneta e papel. Seguro contra inspeção digital ou hackeamento — falei, levantando a estátua e pegando o caderno. Folheei as páginas, escritas à mão em tinta clara de uma forma muito, muito metódica.

Números, notas, tudo bem organizado.

Eles estão chegando, Steven. Você precisa ir.

— Espera aí, espera, preciso ver se é isso. Si... si... si — respondi, folheando as páginas o mais rápido possível. Algum tipo de livro de registro de transações, com itens e datas, uma coluna para *verdadeiro/falso* e outra para o que pareciam detalhes aleatórios. Pulei para o final. Tudo isso *tinha* que significar algo para ela. — Isso é estranho. "Caixa de música do Johnny", "Bicho-papão — pelúcia de menina", "ankh dourado", é quase como...

E, então, eu entendi:

Não era dela. Tudo isso significava algo para *mim*.

Era a *história* de Marc Spector.

— São fatos que pertencem a Marc. E a nós. Tem que ser isso. — Eu me movi mais rápido, folheando para trazer as datas mais próximas do presente. — Si... si... si... — murmurei para mim mesmo conforme folheava as páginas — O que começa com...

Então eu vi. Não *S-I*.

Mas *P-S-I*.

Como em psi-phon.

— Espere, espere — falei. — Escute isto: "Marc afirma que o psi-phon é um dispositivo multidimensional que conectava a mesma pessoa através de universos, drenando sua energia e essência para quem segurava o dispositivo. Investigarei mais. Para mim, o dispositivo parece fones de ouvido antigos para ouvir discos de vinil na década de 1960".

— Multidimensional — repetiu Jake. — Igual a nós.

Hora de ir. Eles estão nas escadas.

— Certo, certo. — Uma saída. Bem, a porta não serve.

Como se Jake lesse minha mente — porque provavelmente conseguia —, ele falou bem antes de eu me virar.

— Janela. Do mesmo jeito que entramos.

— Estamos dois andares mais acima. — Olhei para o bastão, clicando nele para destravar o gancho lá dentro. — Em que eu vou me agarrar?

Eles estão neste andar agora. Estão inspecionando os corpos que Jake deixou para trás.

— Não há tempo para descobrir isso. Encontre um lugar, atire e vá — gritou Jake. Em vez de discutir, fiz minha melhor imitação do que Jake fez minutos atrás, só que ao contrário; primeiro guardando com segurança o caderno recém-descoberto dentro do bolso do paletó, em seguida, batendo na janela com o bastão o mais forte possível. O vidro explodiu para fora, com sorte, sem cair em ninguém muito abaixo, e um pouco dele se estilhaçou de volta em mim.

Não precisei que Khonshu me avisasse que os policiais estavam se aproximando do lado de fora da porta quebrada do escritório. Suas vozes, seus passos e o *clique-claque* de suas armas revelaram isso.

Segui o conselho de Jake, agachei-me no parapeito da janela, encontrei o primeiro pedaço de *qualquer coisa* em que pudesse prender o gancho com facilidade e atirei.

CAPÍTULO 15

JAKE

ELES PRECISAVAM DE INFORMAÇÕES.

Mas Jake e Steven — e Khonshu — também tinham recursos limitados. Muito limitados.

Isto é, estavam sem casa, sem base, sem amigos e com apenas um pouco de dinheiro.

O que eles *tinham*? Um táxi roubado, que tinha um banco traseiro desconfortável. Jake não podia falar por experiência própria disso, porque, depois de se agarrar a uma árvore e em seguida em um prédio do outro lado da rua, Steven correu para o táxi, e os dois dirigiram até um lugar tranquilo, onde finalmente desmaiou no banco de trás. Descansaram a noite toda, mas Jake retomou o controle pela manhã, começando com uma busca completa no táxi por suprimentos extras: um fone de ouvido Bluetooth, uma garrafa de água, outra garrafa de água pela metade e uma jaqueta corta-vento marrom enrolada. E, claro, um traje de super-herói com uma máscara e um terno brancos que conseguiu de alguma forma ficar bem limpo com toda a luta, a escalada e a destruição.

E as roupas paramilitares pretas de Spector que cheiravam a fogo, mas eram mais confortáveis do que o traje de Senhor da Lua, por isso, Steven as usou para dormir.

Apesar de entregar o corpo a Jake, Steven ainda informou onde poderiam encontrar um lugar para fazer uma investigação, ou, como Steven dissera: "Um dos meus lugares favoritos no mundo".

— Para onde vamos? — perguntou Jake, saindo da garagem para a calçada.

— Só um quarteirão adiante — respondeu Steven, com sua voz bem no ouvido de Jake. Jake avançou depressa com uma mistura de roupas que mal combinava: calças cargo pretas com a camisa branca de botão do Senhor da Lua e a jaqueta corta-vento fina por cima. E, só por segurança, o bastão do Cavaleiro da Lua, disfarçado como uma bengala que, por acaso, era feita de adamantium.

De certa forma, era apropriado — havia um pouco de todos os que habitavam o corpo, exceto pelo bico enorme de Khonshu.

— Este lugar? — perguntou Jake, apontando para as colunas enormes na entrada do prédio de pedra. E, embora Steven permanecesse apenas em áudio por enquanto, sua agitação parecia vibrar por todo o corpo compartilhado. Jake colocou o fone de ouvido Bluetooth encontrado no banco de trás do táxi, não era tão bom quanto ir para o Espaço Mental, mas pelo menos disfarçava qualquer conversa com Steven ou Khonshu sem parecer perturbado.

— A Biblioteca Pública de Nova York! Uma riqueza de informações — declarou Steven, sua voz crepitando de animação. — Onde teremos acesso gratuito a referências, livros, um computador conectado à internet. E, possivelmente, o recurso mais importante de todos…

— Dinheiro? — sugeriu Jake.

Armas?

— Tempo! E silêncio! — proclamou Steven.

Jake suspirou, falhando em notar o entusiasmo de Steven, e, em vez disso, deu um tapinha no caderno que estava no bolso interno da jaqueta só para verificar se estava a salvo.

— Vamos ver o que tem aqui.

ELES NÃO COMEÇARAM EXATAMENTE DO ZERO. ANTES DE DESMAIAR NA NOITE anterior, Steven passou uma boa hora dando uma olhada no caderno, em página por página das anotações manuscritas de Emmet sobre coisas da vida de Marc Spector. Cada entrada tinha uma lista de colunas no topo: data, item, histórico, recuperado, verdadeiro/falso, resolução.

Embora ela não tivesse dito explicitamente, todo o propósito do projeto parecia bem claro. Afinal, a dra. Emmet *era* fascinada por Marc — isso permanecia consistente em todo o Multiverso. Os tratamentos de choque, soros da verdade, jogos mentais, todas as outras formas torturantes por meio das quais ela tentava espiar na mente deles; Marc e os outros representavam algo fascinante para ela, uma combinação de seu desejo de compreender a mente humana com seu amor por egiptologia.

Talvez fosse porque ela sabia muito sobre o Egito, talvez isso a fizesse pensar que seria capaz de entender melhor o simbolismo no caso. Apesar de viver em uma época em que os Vingadores resgatavam o planeta com certa regularidade, ela ainda não conseguia aceitar que a realidade de Marc pudesse ser... bem, realidade. Ela precisava entender o que se passava no cérebro de Marc. Era delírio? Transtorno dissociativo de identidade? Intervenção sobrenatural? Uma grande fraude? Em suma, a "boa doutora" estava obcecada.

O caderno listava itens, coisas concretas que ela podia rastrear e pesquisar — e, em alguns casos, até mesmo adquirir. E, quando o fazia, ela anotava o histórico dos itens e se considerava a história de Marc crível ou não, junto com alguns comentários pessoais que mostravam que esse não era um registro clínico oficial. Mas o que mais importava agora? Era o psi-phon.

— Psi-phon. Isso ainda me incomoda — comentou Steven.

— Porque não é egípcio? — Jake perguntou.

— Não, o nome. Quem foram os gênios da publicidade que o inventaram? — questionou Steven.

Jake balançou a cabeça, acomodando-se à mesa na sala grande e vazia antes de se voltar para as anotações da dra. Emmet:

Descrição do item: Parece fones de ouvido de DJ pintados de prata. Supostamente é capaz de absorver a essência vital dos duplos de Marc em realidades alternativas. Pode ser uma justificativa mental para o TDI de Marc. Marc alega que foi usado por alguém chamado "Sombra da Lua" para sifonar (haha) o poder de outros Cavaleiros da Lua. Ele também alega que foi criado por um "ser interdimensional" conhecido como "Magus".

Verdadeiro/falso: Falso. Ridículo demais para ser real. Principalmente porque descobri uma referência a Magus na tradição egípcia antiga em um artigo de Peter

Alraune. Claramente Marc pegou algum achado de brechó, pintou de prata e inventou essa história para relacionar diferentes aspectos de seus delírios ao pai de Marlene Alraune.

Resolução: Vendido para a Monica/Fundação Ravencroft. Fundos usados para continuar as atividades deste projeto. Além disso, Monica me deve um almoço.

— Marlene — falou Jake.

— Não vamos falar disso agora — pediu Steven, apoiando-se na mesa. Ele apontou para a estação de trabalho do computador na frente deles. — Lembre-se, a Marlene deste universo é diferente da nossa.

— Sim. Eu estava apenas pensando.

— Isso é bom, Jake. Pensamentos, não punhos — comentou Steven, soando como algo entre um colega de escola e um professor descontente.

Normalmente, Jake devolveria o golpe verbal. Mas, neste caso, a pergunta pesava demais, carregava fardo, possibilidade e medo demais entrelaçados em uma coisa só.

— E se não virmos nossa Marlene de novo?

A tagarelice de Steven sumiu de repente e provavelmente não teve nada a ver com o silêncio da biblioteca.

— Vamos tentar não nos precipitar.

— Mas você sabe o que quero dizer. — Jake achava que ele tendia a agir com praticidade, se praticidade significasse focar em apenas fazer o trabalho, não importava o que custasse. Spector pesaria os custos, tanto literais quanto morais. Steven debateria pelo dobro do tempo necessário. Mas Jake, ele apenas pegava o que era colocado à sua frente e traçava o curso. Mesmo que isso significasse sair na base do soco.

Portanto, isso provavelmente pareceu um pouco fora do padrão dele. Mas, na verdade, levando em consideração coisas como "corpo morrendo" e "preso em outro universo", ele merecia um desconto por estar um pouco saudoso de casa.

— Ora, veja só, agora que você está todo sentimental... — A piada de Steven desapareceu sem um final. Haviam perdido seu Marc. Perdido seu lar, seu mundo, seu universo. Eles haviam perdido a vida neste corpo também. Ou pelo menos essa linha de chegada específica estava se aproximando mais depressa do que gostariam.

E Marlene?

— Acho que um dia vamos olhar para trás e rir — afirmou Steven por fim, com uma falsa confiança completamente transparente. — "Ah, lembra quando ficamos presos em outro universo e tínhamos um deus egípcio na cabeça e lutamos contra um alienígena?" Tempos excelentes.

— Você está evitando a pergunta. — A voz de Jake estava baixa o suficiente para transmitir sua impaciência.

— O tempo está passando, Jake — respondeu Steven finalmente, sua voz grave e baixa. — Vamos focar.

— Certo, certo. — Jake moveu o mouse do computador, e a tela ganhou vida. — Muito bem, então, o que estamos procurando?

— Veja o que consegue encontrar sobre essa empresa que a comprou: a Fundação Ravencroft. — Jake começou a clicar, digitando com os dedos indicadores, enquanto Steven continuava a falar. — A questão, porém, é: por que Venom precisava disso? É um dispositivo do Multiverso, ele se conecta e drena a mesma pessoa em realidades diferentes.

— Espera, isso não faz sentido. — Mesmo sem conseguir ver Steven, Jake sabia que sua testa franzira com a ideia. — Se é para conectar versões da mesma pessoa, por que Venom nos queria mortos?

Vocês dois estão pensando de forma tão unidimensional.

— Bem, se vai apenas nos insultar — disse Steven —, pelo menos dê uma explicação.

A Mente-Colmeia de Venom existe em todo o Multiverso.

— Isso é bom o suficiente para mim — declarou Jake, esperando que pudessem pular a necessidade de detalhes de Steven. — Meio que responde o "como" sem o "por quê".

— Sim, mas precisamos saber o "por quê". — A voz de Steven acelerou, com aquela maldita empolgação voltando. — Tem que haver uma... não sei, uma lógica que conecte tudo. Só precisamos descobri-la.

— Não, não precisamos. Acho que não importa muito, desde que encontremos o psi-phon primeiro. E isso significa que temos que agir agora.

Jake está certo. Continuem procurando, vocês dois.

Jake decidiu *não* usar essa contra Steven e, em vez disso, se concentrou na pesquisa. Página após página carregada, sites básicos e comunicados à imprensa da Fundação Ravencroft — ou seu nome completo, a Fundação de Saúde Mental Ravencroft. Steven disparou todos os tipos de parâmetros de busca para fazer referências cruzadas, variações do nome e da história da dra. Emmet e de Ravencroft.

O que descobriram, porém, começou a juntar as peças.

Dra. Emmet fazia parte do conselho da Fundação Ravencroft, uma organização sem fins lucrativos que apoiava "pesquisas pioneiras na área do progresso psiquiátrico". Uma mulher chamada Monica Rappaccini, uma cientista que parecia ter muito mais educação e experiência do que a maioria das pessoas poderia acumular em várias vidas, também fazia parte.

Rappaccini e dra. Emmet também tinham outra coisa em comum: ambas trabalharam no Asilo Ravencroft, no Condado de Westchester, há cerca de uma década.

— Isso explica a caneca na prateleira dela — observou Steven, antes de disparar novas solicitações de busca para Jake. — Não precisa procurar mais. É como montar uma estratégia quando os números do negócio estão todos dispostos na minha frente, vejo todas as peças antes de disparar. Apenas seja minhas mãos por enquanto.

— Por que não controla corpo, então? — perguntou Jake, esticando os braços acima da cabeça.

— Porque vou precisar conversar sobre isso comigo mesmo. — Steven gesticulou para a biblioteca. — E não quero que nos expulsem.

Mais duas horas se passaram, com Steven falando a maior parte do tempo. Jake, por sua vez, o ignorou, e Khonshu também ficou calado, mas ele fazia conforme instruído, clicando e digitando até que finalmente Steven falou:

— É isso!

— O que é isso? — Jake observou um site que tinha aberto sem pensar muito. — "Casa de Leilões Pinkerton realiza leilão silencioso exclusivo em benefício da Fundação Ravencroft e outras organizações de caridade". Que diabos é isso?

— Viu? Uma apresentação de slides seria útil agora. Certo, sabemos que Emmet e Rappaccini se conhecem há muito tempo. Sabemos que ambas estão no conselho da Fundação Ravencroft. Um pouco de pesquisa mostra que Rappaccini está no conselho de muitas iniciativas científicas. Quem tem tempo para tudo isso? — Jake deu de ombros, mas Steven prosseguiu: — A menos que seja tudo fachada. Para outra coisa.

— Você está me passando uma ideia de conspiração — comentou Jake, ajeitando a boina.

— Emmet usou táticas inescrupulosas. E vendeu o psi-phon para financiar sua pesquisa, nada relacionado ao Retrógrado. Tudo por debaixo dos panos. Mas Rappaccini está interessada nesses artefatos históricos obscuros que *talvez* de fato tenham algum poder. E está conectada a todas essas organizações diferentes. Agora clique naquela aba. A quinta — respondeu Steven.

— Eu nem lembro de ter aberto esta. — A tela piscou, era uma conversa em um site de mídia social. — O que é isso? Isso é só gente sendo burra online.

— Qualquer um pode falar qualquer coisa online, certo? Mas e quando tudo se alinha? Significa alguma coisa — declarou Steven. — Há um punhado de postagens na dark web associando a Fundação Ravencroft a uma organização secreta conhecida como "Ideias Mecânicas Avançadas". E, se eu aprendi alguma coisa com o mundo dos negócios e o das organizações sem fins lucrativos, é que uma organização enigmática pode ter muitas frentes. Mas imagino que não façam apenas lavagem de dinheiro. Ainda assim — riu consigo mesmo —, no que diz respeito a práticas comerciais obscuras, a IMA provavelmente não é tão ruim.

Onde isso nos coloca?

— Isso nos coloca no leilão silencioso da Pinkerton amanhã. Vamos precisar de um smoking. Parece que alugaram o hotel Top of New York para o evento. Art Déco, muito bonito.

Jake pensou no maço de dinheiro que diminuía no bolso de trás deles. Uma festa de gala com um leilão silencioso? Pensou que esse era o território de Steven. Exceto por...

— Steven, seus bilhões estão em nossa realidade. A menos que você consiga fazer uma transferência entre universos...

— Não, não, não, nada disso. Vou nos fazer entrar. Mas, Jake, não vamos dar lances. — A voz de Steven passou a um sussurro, embora tenha ficado mais alta na cabeça de Jake, como se Steven tivesse se inclinado para a frente, provavelmente com um sorriso exageradamente ansioso. — Nós vamos roubá-lo.

Roubo em um leilão privado para bilionários secretos com objetivos nefastos?

Poderia ser pior.

— Certo. Você fica no comando para isso — declarou Jake. — Mas uma coisa eu ainda não entendi...

Parem de falar disso agora.

— Quê? — perguntou Jake.

— Essa não é exatamente uma maneira educada de falar com seus colegas de quarto... — comentou Steven.

Não estão sentindo? A pulsação no seu braço esquerdo.

Agora que pensara nisso, Jake *estava* sentindo um certo... calor, ou pulsar, ou alguma coisa vinda do braço, bem na cicatriz. Havia notado uma pulsação semelhante antes, lá no Retrógrado. Mas tinha imaginado que fosse, talvez, tendinite ou algo do tipo, por digitar mais tempo do que já havia digitado antes.

— Sim. E daí?

É o simbionte. É Venom. Não vamos mais discutir isso em voz alta, apenas no Espaço Mental.

Jake e Steven se encararam, como se estivessem olhando para o espelho mais estranho no meio da principal unidade da Biblioteca Pública de Nova York.

Receio que Venom esteja ouvindo.

CAPÍTULO 16
VENOM

ELES O LOCALIZARAM.

Sua confiança neles estava certa.

Nós os esperaremos nesse local, essa imponente peça de arquitetura, com suas luzes intensas e ornamentação excessiva. É uma obra feia da engenhosidade humana. Deixaremos que eles nos conduzam ao psi-phon. E depois o tomaremos.

Você resiste. Não, não resiste. Não implora. Não resiste.

Você está oferecendo... uma conversa.

Sobre o que é essa discussão?

"Não precisa fazer desse jeito", você diz. *"Se ao menos me disser por que essa coisa é tão importante, o que precisa fazer, por que fica repetindo que muito mais está em jogo, então, talvez possamos encontrar um jeito. Já perdi Steven e Jake uma vez. Não posso perdê-los de novo."*

Impressionante. Achamos que conseguiríamos esmagá-lo, expulsá-lo. Você se conecta conosco de maneiras inesperadas. Só que o que você está falando é diferente do que está sentindo. Você está *tramando* — formas de possivelmente ajudá-los. Seus reais pensamentos, suas verdadeiras intenções, esses permanecem obscuros, uma habilidade que raramente vimos.

Esse é seu dom depois de ter convivido com Khonshu por tanto tempo?

Não importa. Ainda está sob nossa influência, sob nosso controle. Entendemos que você nos considera cruéis, implacáveis. Pensa que buscamos o psi-phon por poder, por ganância.

Quer mesmo conversar? Quer mesmo saber o que está em jogo?

Você responde que sim. Você nos pede para confiar em você.

E agora, enquanto esperamos, abriremos nossa mente para você.

Está vendo?

Esta é a Terra da Realidade-113843. Ou o que era a Realidade-113843.

Uma população próspera, tão parecida com a sua. Na verdade, idêntica em quase todos os detalhes: a arte criada, a comida consumida, as pessoas geradas.

A única diferença? Ele a usou como campo de testes.

Agora testemunhe seus momentos finais. Ali, aquele velho sentado em sua varanda, tomando café enquanto o sol se põe sobre São Francisco. O filho dele se aproxima, empurrando o próprio neto em um carrinho de bebê. O velho se levanta para cumprimentá-lo, então, olha para cima.

Veja a lua, um círculo completo radiante segundos antes, agora é um punhado de pedaços reluzentes, como se tivesse implodido sobre si mesma. E as estrelas no céu crepuscular não são mais pontos de luz; em vez disso, explodem e cintilam como fogos de artifício antes de desaparecer para sempre. Até mesmo o sol sobre o horizonte faz a mesma coisa que todas as outras estrelas neste universo — implode, como se esmagado por uma manopla, todo o calor e energia são pressurizados em seu núcleo antes de explodir.

O sol sumiu. Mas antes que o homem, seu filho e seu neto pudessem processar a mudança repentina de temperatura, o chão abaixo deles se dobra, um lado da rua se torce verticalmente antes que tudo desça em direção ao núcleo do planeta.

O velho, felizmente, foi atingido pelos destroços antes de ver mais.

Agora olhe para 113843 — nada. Todas as estrelas, todos os planetas, todas as nebulosas, todos os objetos implodiram em si mesmos e explodiram, tudo para o Sussurrador fazer... alguma coisa.

Um de seus experimentos em busca de controle e energia. Ele vê tudo como experimento e resultado, um ponto de dados, independentemente de vida ou destruição. Ele é frio, calculista, implacável. Ele compartilhou essa memória exata desse experimento como uma demonstração de poder, como uma forma de demonstrar o que seria capaz de fazer com a Mente-Colmeia caso não obedecêssemos.

Caso não encontrássemos *você*.

Nós não gostamos muito dele.

Compreende o potencial do Sussurrador, o que ele planeja fazer?

Compreende o poder dele?

E SE... MARC SPECTOR FOSSE HOSPEDEIRO DO VENOM?

Compreende por que precisamos recuperar o psi-phon, custe o que custar?

Você, seu corpo é a chave. Ainda não sabemos o porquê, mas o Sussurrador sabe disso. Os outros, Steven e Jake?

Eles estão no nosso caminho. E, para salvar tudo, precisamos dar ao Sussurrador o que ele quer.

O psi-phon. E sem testemunhas, sem sobreviventes.

Entendeu?

CAPÍTULO 17

STEVEN

DE FORA, PARECIA UM DIA QUALQUER NO HOTEL TOP OF NEW YORK.

Só que, em vez de mensageiros na entrada, havia dois homens muito grandes, de terno preto e fones de ouvido.

E as pessoas que chegavam, em vez de malas e trajes casuais de férias, estavam impecavelmente vestidas.

— Seu tipo de gente, hein? — perguntou Jake. Eram, embora isso não significasse necessariamente que eu gostasse delas. Eu, no entanto, sabia como lidar com elas. Fiquei parado, usando o terno do Senhor da Lua, exceto pela máscara, que ficou dobrada no bolso interno do meu paletó.

Essa parte era para depois.

— Não necessariamente. Mas vão nos ajudar a entrar — respondi, observando os hóspedes que chegavam buscando a situação ideal. Qual era essa situação ideal, eu não sabia exatamente. Mas anos em situações espontâneas de negócios me ensinaram bastante sobre como a sorte muitas vezes surgia por simplesmente ter paciência e estar aberto às oportunidades. A cada minuto ou dois, uma ou duas pessoas chegavam, um gotejamento gradual que culminava com os hóspedes apresentando um cartão estreito com um código de barras, que os guardas escaneavam antes de deixá-los entrar. — A IMA deve ter alugado o hotel inteiro.

— Seria legal ter esse tanto de dinheiro, hein? — comentou Jake. — As pessoas que eu conheço sonham em passar uma noite em um hotel. O seu pessoal aluga um maldito hotel inteiro. Não têm noção da realidade.

— Jake — falei, equilibrando minha mão esquerda enluvada em cima do cassetete que também servia como bengala —, vou precisar me passar por alguém que *não* fala com vozes em sua cabeça. Então, embora eu geralmente esteja aberto a uma discussão sobre a questão da disparidade de classes, você pode ser, sabe, *prestativo* agora?

— Sim, sim. — Jake ficou quieto, e felizmente Khonshu também não se intrometeu. — Então o que faz uma pessoa ser a certa?

— Alguém — respondi — confiável. Alguém que me conhece... ou conhece o Marc deste universo. Alguém capaz de entender o que precisamos sem que seja preciso falar explicitamente "coloque-nos lá dentro". — Jake riu dessa lista, provocando uma risada mais silenciosa em troca. — Uma tarefa difícil, eu sei. A pessoa certa. Entende?

— Certo, certo. Entendi. Vou deixar você fazer do seu jeito. — Assim que Jake falou isso, Khonshu também grunhiu uma afirmativa. Embora eles tenham ficado quietos dessa vez, eu ainda sentia a presença dos dois, mais ou menos como sabemos quando tem alguém atrás de nós em um avião, provavelmente zombando silenciosamente da maneira como falamos.

A pessoa certa, o que significava... bem, não o pessoal típico da IMA. A IMA tinha muitas frentes para sua organização, e eu havia notado algumas pessoas de todos os tipos de setor: ciência, medicina, organizações sem fins lucrativos, governo.

Afinal, tecnicamente, era uma arrecadação de fundos.

Entretanto, algumas pessoas se destacaram por terem os próprios motivos.

— Não, ele não. Ela não — murmurei, apontando para a dupla que passou, um homem corpulento com pele prateada em um terno combinando e um lenço preto na cabeça; depois, uma mulher loira pálida, com seu vestido branco esvoaçante coberto por uma capa elaborada. Outro homem de smoking passou, com manchas brancas salpicadas em seu cabelo castanho escuro. Ele parou por um momento, com olhos frios emoldurados por bochechas magras e uma grande cicatriz irregular descendo pelo lado esquerdo do rosto, então, ele se virou para nós e fez um breve contato visual antes que eu desviasse o olhar.

Definitivamente não esse cara. Assustador demais.

Bem quando pensei nisso, uma nova pessoa apareceu.

Levou vários segundos para ligar os pontos — a última vez que vi essa pessoa foi em circunstâncias que estavam longe de ser glamourosas, por isso, o vestido e a echarpe pareciam um pouco deslocados. Contudo, ela era a mais preparada e confiável que eu havia conhecido — que

Spector havia conhecido. Mais importante, Spector instintivamente confiava sua vida a ela.

E ela a ele.

Corri um risco calculado e presumi que também era assim com o Marc dessa realidade.

Layla El-Faouly.

Ela olhou na minha direção, primeiro fazendo contato visual comigo, depois inclinando a cabeça, fazendo graça, antes de procurar pelo convite na bolsa.

— Perfeito — falei, batendo na minha arma transformada em bengala. — Talvez o destino esteja cuidando de nós.

O destino é algo que vocês, humanos, inventaram.

— Tem certeza de que a conhece neste universo? — perguntou Jake, desconfiado como sempre.

— Só há um jeito de descobrir. — Já era o silêncio. — É isso que acontece nesses eventos de gala — respondi baixinho. — Mesmo que não se lembrem de você, vão fingir que se lembram. Mas tenho certeza de que ela lembra.

Aproximei-me, andando com ar casual ao atravessar a rua, como se de fato, sem dúvida, meu lugar fosse ali. Parte da brincadeira toda de ser um bilionário era simplesmente agir como todos esperavam que agisse, com as camadas externas completamente diferentes da pessoa que queria apenas ficar em casa e mergulhar fundo em uma toca de coelho de qualquer tópico que chamasse minha atenção — algo que Jake obviamente não entendia.

Espero que tenhamos outra chance de conversar sobre isso depois que tudo acabar.

Fixei os olhos em Layla, seu cabelo escuro e cacheado e seu batom vermelho-escuro contrastavam com a echarpe dourada em camadas que brotava como asas ao redor do tom oliva de seus ombros nus.

— Convite, por favor — disse um guarda.

— Claro — respondeu ela. No momento em que ela apresentou seu cartão, eu dei um passo à frente. — Representando Scarlet...

— Layla! — cumprimentei, com os braços abertos.

Ela se virou para mim, com íris astutas sob seu delineado anguloso.

— Steven? Steven Grant?

— Nunca se sabe quem vamos encontrar nesses eventos. Ah — falei, dando tapinhas em meus diferentes bolsos. — Onde está meu convite? — Olhei para trás, onde um pouco de sorte mostrou que não havia mais ninguém na fila, e os que estavam por perto ainda esperavam por companheiros que estivessem a caminho ou se envolviam em conversas.

O escâner do guarda apitou para confirmar o de Layla, mas ela esperou enquanto eu continuava verificando meu paletó.

— É brincadeira? — falei. — Não me diga que vou ter que correr de volta e pegá-lo. Nesse trânsito?

Gesticulei com os braços um pouco mais do que o necessário.

— Vou perder toda a abertura.

— Desculpe, senhor. Precisamos de um convite.

— Sem querer ser rude — falou Layla para o guarda —, mas esse cara provavelmente poderia comprar tudo que será leiloado esta noite. Qualquer um que seja alguém aqui conhece Steven Grant. E qualquer arrecadação de fundos arrecada mais quando Steven Grant está presente.

Os dois guardas se entreolharam, um com as sobrancelhas franzidas e o outro com os lábios retorcidos.

— Sinto muito, senhor — declarou o primeiro —, mas temos que escanear um convite.

— Quer saber de uma coisa? — Layla passou o braço ao redor do meu. — Ele é meu acompanhante para a noite. Certo?

Olhei para os guardas e depois para o sorriso irônico de Layla, uma expressão que me fez lembrar de tantas discussões sobre táticas de equipe na traseira de uma van apertada dos Karnak Cowboys.

Tempos mais simples.

— Gente, eu não mexeria com ela — aconselhei, cutucando-a com o cotovelo. — Já vi do que ela é capaz. — Murmúrios vieram de trás, uma pequena fila finalmente se formava, e olhei por cima do ombro para ressaltar que havia pessoas esperando.

Os dois guardas se entreolharam, depois olharam para as pessoas que esticavam o pescoço impacientemente.

— Está bem — concordou um deles. — Entrem.

Ofereci um aceno em resposta, seguido pelo grande sorriso de Layla, que desapareceu assim que chegamos à porta giratória.

— Você na verdade é Marc fingindo ser Steven agora, não é? Deixe-me lhe dar uma dica: parece estar se esforçando demais. O verdadeiro Steven não é tão "olhem pra mim, sou um bilionário".

— Na verdade sou eu. Steven, quero dizer. Marc... — Minha voz sumiu quando empurrei a porta e andamos ao mesmo tempo. — Ele está um pouco indisposto.

— Indisposto? — questionou Layla. Entramos no saguão, ambos acenando para ninguém em particular, eu com meu melhor sorriso para uma festa de gala no rosto. — O que isso quer dizer?

— Sabe como a vida do Marc é complicada?

— Para dizer o mínimo — respondeu ela.

— Está, digamos, vinte vezes pior no momento. — Minha fachada bilionária caiu, o efeito normal voltou às minhas palavras. — Tenho certeza de que posso confiar em você, então, é...

— Sabe de uma coisa? Não quero saber agora. — Layla levantou a mão. — Estou aqui com um objetivo. Colocamos o papo em dia da próxima vez que eu estiver em Nova York?

— Cara, você *queria* contar para ela — comentou Jake com uma risada. Suponho que sim. Não era fácil carregar todo o fardo de ficar saltando pelo Multiverso com um parasita alienígena e deus egípcio em um corpo moribundo. Afastei esse pensamento, então, virei-me para Layla.

— Claro.

— Preciso checar uma coisa — falou ela, examinando a bolsa antes de se virar para as placas exibidas no grande painel: uma seta apontava para o leilão, uma para a recepção e uma para a exposição. — Sabe quem está patrocinando tudo isso?

— Ah, eu sei. — A vontade de contar tudo para Layla ainda me perturbava. A história dela com Marc incluía alguns momentos loucos; se ela era capaz de sobreviver ao reino de Duat, essa história de Multiverso com Venom poderia não parecer tão inacreditável. Mas, quando paramos diante das placas, a postura de Layla, seu olhar, a maneira como ela examinava as pessoas que entravam e saíam, estava claro que ela tinha algo, ou alguém, diferente em mente.

Eu respeitava Layla o bastante para considerar seus desejos.

— Não é sua companhia habitual, é? — perguntou ela, com os olhos ainda apertados.

— Não é a sua também — respondi. — Para onde está indo?

— Ainda não tenho certeza. — Ela olhou para o telefone, depois para os dois lados do salão. — Talvez para lugar nenhum por alguns minutos. Você está em uma caçada?

— De certa forma. — Anos atrás, estaríamos na caçada juntos. Ou talvez, em outro desses universos, ainda seríamos parceiros mercenários; e mais. Mas ali isso não se alinhava muito bem. — E você?

Ela assentiu, estreitando os olhos enquanto olhava para a tela. Não, na verdade, ela olhava *além* da tela. Um pouco acima dela, na verdade, e sua cabeça se virou devagar antes de voltar depressa o olhar para a frente.

— Estou procurando uma pessoa. Espero que ele apareça antes do nascer do sol. Ele já deveria estar aqui, mas ainda não o vi. A menos que já esteja tomando coquetéis. Mas isso não parece ser a praia dele.

Coquetéis. Agora que eu estava ali, agora que outros milionários e bilionários e pessoas que seriam citadas em uma legenda de foto estavam por toda parte, uma nova ideia me veio à mente. Esta poderia ser minha chave para o psi-phon. Coloquei a mão no bolso, pressionei nosso único fone de ouvido Bluetooth contra minha palma, depois olhei para a pessoa ao meu lado.

Embora não tivéssemos uma longa história, Layla El-Faouly era o tipo de pessoa com quem eu podia contar implicitamente. Mais importante, Marc também podia — em qualquer universo, ao que parecia. E, dado que Marc lidava com mais situações de vida ou morte do que eu, eu confiava no julgamento dele.

— Tenho um pedido estranho — falei de repente. — Se tiver alguns minutos antes que seu alvo chegue.

— Você? Pedido estranho? — Layla ergueu uma sobrancelha, um tom leve em sua voz. — Estou chocada.

— Você está dentro?

— Não sei — respondeu ela, embora a maneira como pronunciou as palavras revelasse que já sabia. — Creio que me lembro de algumas coisas dando terrivelmente errado quando trabalhamos juntos para Karnak.

— Isso vai ser mais fácil, prometo. Então — disse, tirando o fone de ouvido —, vou lhe dar isso. Em 10 minutos, encontre-me na recepção e devolva. Fale o mais alto que puder.

A cabeça de Layla se inclinou, os cachos grossos se moveram no mesmo ritmo. Ela olhou para trás, depois para todos os lados.

— Contanto que Harrow ainda não tenha chegado, acho que posso fazer isso. Mas Marc vai me dever um favor no futuro.

As palavras dela apresentaram a oportunidade perfeita para contar a uma aliada — uma *amiga* — por que isso poderia ou não ser possível, que tipo de insanidade estavam enfrentando. Mas, com Venom provavelmente por perto e uma boa quantidade de associados da IMA espreitando, além de Layla em sua própria busca, isso era o máximo que eu poderia pedir agora.

— Eu agradeço — respondi, colocando o pequeno dispositivo na palma aberta da mão dela. Fechei os dedos dela em volta dele, depois olhei para trás. — Agora — falei, começando a andar em direção às grandes portas duplas — preciso de uma bebida. Vejo você em breve.

ACENEI. DEPOIS ACENEI DE NOVO. DEPOIS FALEI UM OLÁ MUITO ENTUSIASMADO para um homem magro com cabelo ruivo ondulado, usando um terno branco e uma gravata borboleta grande demais, antes de me virar e oferecer um aperto de mão a um homem bem grande e nada sorridente, com a maior parte do rosto obscurecida por um chapéu grande, mas com partes de tubos metálicos saindo por baixo das lapelas do casaco.

Eu tinha começado isso, circulando pelo salão o mais depressa possível, tudo para deixar claro para tudo e todos no espaço que *Steven Grant esteve ali*. E com isso o efeito cascata conseguiu gerar a atenção que eu precisava; uma segunda ronda pelo recinto se provou ainda mais proveitosa.

Eu soube porque, dessa vez, as pessoas me cumprimentaram. O suficiente para que eu tirasse um momento para apreciar as bases que construí para esse plano. Agora eu precisava de uma bebida — do tipo que eu não conseguiria andando por becos com Jake — e alguém oficial com quem conversar.

— Seu uísque, senhor — disse o garçom, entregando um copo. Apesar de estarmos *mesmo* com pouco dinheiro, coloquei a mão no bolso do casaco para pegar dinheiro. Mas, antes que eu pudesse dar uma gorjeta, o garçom foi embora. Ou a IMA pagava muito bem a equipe, ou os chefões da gerência talvez estivessem um pouco paranoicos. Tomei um gole, aproveitando o ardor fresco de uma bebida de qualidade, e examinei o ambiente.

— Ali — falei, acenando para o homem alto de smoking parado perto da grande placa eletrônica que exibia vários itens do leilão. — Ele não é um funcionário do hotel. Aquele homem está trabalhando no leilão.

— Como pode saber? — perguntou Jake.

— Ele é um pouco formal demais para ser garçom ou carregador de malas — respondi.

Sua estratégia é cumprimentar todos nesta sala?

— Aquele cara — expliquei, acenando e cumprimentando com um gesto de cabeça todos que passavam — precisa saber que todos aqui me conhecem. — Fiz contato visual com ele enquanto me aproximava, captando seu olhar por tempo suficiente para anunciar minha presença. Ele não se moveu ou reagiu, os lábios franziram em meio a uma barba preta e fina, e seus olhos se desviaram para olhar acima da multidão em vez de qualquer pessoa específica.

Não importava. Ele sabia que eu estava ali agora. Avancei com mais determinação, dizendo olá a qualquer um que pudesse ouvir no caminho. "Steven Grant", eu falava em voz alta, estendendo a mão repetidamente e apertando qualquer mão aberta pela qual eu passasse. Parei quando um jovem com cabelo loiro escuro e barba rala me lançou um olhar torto.

— É bom vê-lo de novo. Nós nos conhecemos naquela exposição, a... ah, qual foi? Apenas algumas semanas atrás.

— Ah! — falou ele, com o tipo de risada que denunciava que não fazia ideia do que eu estava falando nem se importava. — Claro. A arrecadação de fundos da Fundação Rand. Mas, você sabe, todo mundo conhece seu trabalho.

— Eu tento — respondi, gesticulando, espirrando minha bebida para ter mais efeito. — Estou pensando em colecionar algumas belas antiguidades aqui esta noite. Eu só — virei-me de repente, aumentando um pouco o tom da minha voz. — Ah, olá. É bom ver você também.

Continuei, indo de pessoa em pessoa, sempre abrindo com uma saudação alta o bastante para chamar a atenção dos olhos e ouvidos do funcionário do leilão. Verifiquei o relógio de metal ornamentado na parede, depois olhei por cima do ombro para ver um brilho de ouro na entrada.

Layla mantinha um olhar atento no horário.

De lados opostos do ambiente, nossos olhares se encontraram, e ela caminhou com inabalável determinação direto na minha direção, enquanto eu puxava conversava com o atendente do leilão.

— Com licença — falei, erguendo minha melhor fachada, a mais confiante e mais *bilionária*. — Steven Grant. Qual é seu nome?

— Kamal Naran. Gerente de inventário do leilão desta noite. E, claro, todos sabemos quem é, senhor Grant. Todo mundo em Nova York sabe.

— Prazer em conhecê-lo — falei, segurando sua mão marrom. — Na verdade, era sobre isso que eu queria falar com você. Não consigo um momento de paz aqui. — Apertamos as mãos na minha melhor imitação de um cumprimento de político. — Eu realmente gostaria de dar uma olhada em algumas das peças em estoque antes de dar um lance. Você poderia me oferecer uma visitação?

— Sinto muito, senhor — respondeu Kamal, balançando a cabeça. — A área é proibida. Deve entender...

— Entendo, eu entendo mesmo. — Ser tão *social* era fácil para o Steven deste universo? Eu havia participado da minha cota de eventos de gala e festas, mas toda a graça e a confiança que demonstrava neles eram como uma máscara; provavelmente mais ainda do que o Cavaleiro da Lua. — Mas não consigo nem chegar às vitrines na outra sala sem que alguém me pare. Sabe...

— Steven! — A voz de Layla se elevou sobre o barulho da multidão. — Ei.

Ela se aproximou com a mão estendida.

— Você deixou isto cair.

— Espere um segundo. — Peguei o fone de ouvido da mão aberta dela e depois o coloquei no bolso com um dar de ombros maior do que o necessário e um suspiro de exasperação. — Claro que deixei. Que desatento.

Layla olhou por cima do ombro, e sua postura se endireitou quando ela esticou o pescoço. Na porta estava um homem ruivo com uma barba espessa e linhas marcadas pelo tempo; ele ficou ali por dois ou três segundos antes de se virar devagar.

— Ali está meu par. Tenho que ir. Outra hora, talvez?

— Talvez em outro lugar. — Olhei de volta para Kamal, com uma sobrancelha erguida para falar tudo por mim.

— Por mim, ótimo. Vejo você por aí. Diga a Marc que eu mandei um oi — gritou ela, enquanto se afastava, com uma determinação mais rápida agora emergindo em seus passos.

— Viu? — falei, com as palmas erguidas para cima. — Não posso ir a lugar nenhum sem que *algo* aconteça. — Os lábios de Kamal se retorceram enquanto ele checava seu telefone, seu relógio, qualquer coisa para provavelmente tentar escapar dessa conversa. — Vamos lá. Não é como se eu fosse fazer algo com as coisas. Olha, sou Steven Grant, mesmo se eu quisesse fazer algo com uma antiguidade, como eu poderia escapar impune? Todo mundo sabe quem eu sou.

— Esse foi um bom argumento — comentou Jake, sussurrando em meu ouvido.

Os olhos do homem se estreitaram em contemplação, e, quando ele parou, apontei para trás dele em uma direção aleatória e acenei para ninguém em particular.

— É bom ver você — declarei, abrindo um sorriso.

— Tudo bem, sr. Grant — cedeu Kamal, suspirando, enquanto olhava ao redor no salão. — O leilão só vai começar daqui a uma hora, então, 10 minutos. Só um tour rápido.

— Obrigado — respondi, apertando a mão da única pessoa que realmente importava na sala.

— Às vezes você sabe mesmo o que está fazendo. — Não consegui dizer se as palavras de Jake eram um elogio ou um insulto passivo-agressivo.

Talvez ambos. Escolhi ignorá-lo, enquanto Kamal nos conduzia pela porta lateral do salão de baile e por um corredor até um elevador de serviço.

Cuidado, Steven. Sinto que Venom está perto.

O braço esquerdo. Senti a pulsação começar, tão sutil que não tinha percebido enquanto lidava com Layla e Kamal e o restante das aventuras da noite. Mas agora pulsava com uma pressão tangível, sinalizando um aviso.

— Quão perto é perto? — perguntei, mantendo a voz baixa.
Indefinido. Mas você deve agir rápido.
— Depois de você — ofereceu Kamal, segurando a porta do elevador.
Bati a bengala no chão, dei a ele um aceno de cumplicidade e entrei.

CAPÍTULO 18

STEVEN

KAMAL HAVIA DITO QUE O TOUR PODERIA DURAR APENAS 10 MINUTOS. Portanto, mantive minha palavra. Apenas não discutimos o que aconteceria depois. Dez minutos antes, Kamal e eu havíamos chegado ao subsolo, que parecia ser normalmente reservado para o estoque do hotel. Nesta noite, porém, provou ser diferente.

Minha melhor fachada de "bilionário sociável" foi bastante testada, falei sobre todos os detalhes do evento de gala e do leilão que consegui conjurar, mas, quando chegamos às portas do espaço de estoque, esperei pacientemente enquanto Kamal explicava aos guardas armados quem eu era e por que eu era importante. Eles assentiram enquanto eu esperava e demonstrava minha impaciência: batendo o pé, suspirando e agindo de modo geral como se eu realmente precisasse estar em *algum lugar*, e depois, no fim das contas, um deles digitou o código de acesso no painel eletrônico para abrir as portas duplas.

O leilão exigia espaço de armazenamento seguro, e coisas como cadeiras extras e outros móveis foram empurradas para os lados, enquanto várias dezenas de caixas de tamanhos variados estavam alinhadas em ordem. Fui até a primeira e bati no canto.

— O que tem nesta? — perguntei, cheio de curiosidade.

— Deixe-me verificar — respondeu Kamal, puxando seu tablet. E ali estava: uma lista digital completa de tudo neste recinto, fora os móveis do hotel e as roupas de cama extras.

Dei uma espiada atrás de mim, checando rapidamente que as travas hidráulicas e eletrônicas nos isolavam dos guardas do lado de fora. Depois, lembrei de que Jake havia estrangulado um homem no terreno do Retrógrado.

Eu teria essa memória muscular? Parecia um pouco mais gentil do que bater na cabeça dele com um bastão de adamantium.

— Em que item você estava... — começou ele antes que eu o agarrasse por trás, emoldurando seu pescoço com meu braço.

— Mais pressão na carótida — gritou Jake. — Mantenha o queixo dele contra seu cotovelo. Pressão! Pressão!

O tablet caiu no chão, sua capa de silicone azul o protegeu na queda. Quanto a Kamal, bem, a combinação das orientações gritadas por Jake, a memória muscular do nosso corpo e um pouco de pura sorte se provaram suficientes. Peguei o tablet e toquei, a tela esmaecida ganhou vida com a atividade.

— Olha, está em ordem alfabética — falei, passando a lista de itens. — Aí está. Caixa 17.

Meus sapatos estalaram no chão liso quando eu corri pelas pilhas de caixas, quase todas em ordem, números pares à esquerda e números ímpares à direita. Tudo deu certo fácil demais, fora o breve enforcamento, e levou apenas um minuto para encontrar a caixa com um 17 pintado com estêncil na borda superior.

E quanto à tranca? Não foi páreo para uma bengala de adamantium.

O que me trouxe a este momento: meus dedos deslizaram sob as bordas superiores da caixa, e a peça articulada se mostrou mais pesada do que eu pensava. Eu a ergui, a tampa virou para trás com um baque para revelar camadas de plástico-bolha amarradas em uma bola, todas apoiadas em cima de pequenos pedaços de papel pardo picado.

— É isso? — perguntou Jake.

— Não sei — respondi, mas algo continuava ecoando em meu cérebro, como se Khonshu estivesse andando de um lado para o outro ali.

É isso. Abra.

— Como sabe? — perguntei, começando a retirar o plástico e resistindo à vontade de estourar algumas bolhas de ar.

Eu sinto.

Khonshu gostava de ser enigmático sobre as coisas, e eu não ia discutir. O que eu *ia* fazer, no entanto, era me vestir por completo para o momento.

Parei quando restava apenas uma camada de plástico-bolha, então, levantei e coloquei a mão no bolso do paletó. Segundos depois, a máscara do Senhor da Lua estava perfeitamente colocada sobre meu rosto. Ajustei a gravata por via das dúvidas, com um último puxão, deixando-a confortavelmente apertada, depois revelei o grande prêmio da noite:

O psi-phon.

A descrição de Emmet provou ser adequada: parecia fones de ouvido. Uma faixa metálica conectava duas almofadas retangulares grossas, peças que normalmente se encaixariam sobre as orelhas de um crânio humanoide. No lado esquerdo, um pequeno círculo conectado à estrutura do dispositivo, provavelmente algum tipo de sensor ou transmissor que se ativava quando tocava uma testa.

— Essa coisa afetou Cavaleiros da Lua em diferentes realidades? — questionou Jake.

Sim, afetou. Sombra da Lua tentou usar o psi-phon para tomar o poder de todos os Cavaleiros da Lua.

— Não me lembro de nada parecido — comentou Jake.

Seu Spector não estava envolvido.

— Caramba. — Inclinei-me, estreitando os olhos para o pedaço de metal aparentemente inocente pousado na caixa. — Estou meio ofendido. Não somos um Cavaleiro da Lua importante o suficiente?

— O Multiverso — falou Jake bufando. — Vou deixar as coisas complicadas para você. Já tenho porcaria suficiente com que lidar.

Estou sentindo.

— Pode parar de ser tão enigmático, Khonshu? — pediu Jake. — Como sabemos que você não está apenas sentindo indigestão por causa do burrito que comemos?

Só que eu também sentia — o que era exatamente eu não tinha certeza. Mas algo havia mudado no instante em que segurei o psi-phon, como se dezenas de lâmpadas fossem ativadas em um corredor escuro.

Espaço Mental. Agora.

— Sim — concordei. — Creio que você esteja certo.

E com isso, fechei os olhos.

SURGIMOS JUNTOS NO SAGUÃO DO MET, JAKE, KHONSHU E EU CERCANDO UM único pedestal de exibição com o psi-phon nele.

— Uau, já está aqui. Parece frágil mesmo. Como se devesse vir com algumas fitas cassete — comentou Jake, cutucando-o com a unha.

Pessoalmente, achei que parecia um acessório de um filme de ficção científica de baixo orçamento, mas não queria dar a Jake mais motivos para desvalorizá-lo. De onde quer que tivesse vindo, do que quer que fosse feito, Venom o buscava — e isso o tornava importante o bastante para que pudéssemos ignorar seu design ridículo.

Ele conecta o Multiverso.

— Sim, já entendemos isso — retrucou Jake.

— Mas é mais que isso — falei. — Certo? Ele drena a essência de um indivíduo através do Multiverso.

Sim. Foi isso que você sentiu quando o segurou. O que eu senti. As vibrações que ecoam por toda parte...

— Ah! — falei, batendo na minha testa. — Entendi, entendi. — Minha risada ricocheteou nas grandes paredes do meu Met imaginário. — "Psi-phon", como sifonar um líquido? Brilhante. — Estalei os dedos. — Retiro o que disse antes. É uma excelente marca.

Observem.

Khonshu bateu seu bastão no chão, um estrondo atravessou a sala, fazendo-a tremer, e um longo dedo enluvado apontou para a grande tela do Met. Onde deveria haver imagens e vitrines e exibições informativas, onde o próprio ponto de vista de Venom foi exibido antes, agora vimos...

Marc.

E eu.

E Jake.

Em muitas, muitas configurações diferentes.

Cavaleiro da Lua como o conhecíamos. Cavaleiro da Lua com tons de preto entrelaçados em seu traje. Cavaleiro da Lua com armadura prateada. Uma Cavaleira da Lua. Um maldito Cavaleiro da Lua pirata, completo, com navio e espada.

Até mesmo uma versão de Marc que corria por uma enorme duna de areia com Layla, e Khonshu parado no horizonte.

— Olhe para eles. Eles somos nós — falei. — Somos *todos* nós. O psi-phon está agindo como um ponto focal para nós. Uau, realmente perdemos essa, não é?

— Vou falar uma coisa — comentou Jake, tirando a boina. — Nosso cabelo é incrível em todos os universos.

Embora eu concordasse, tentei não honrar o comentário de Jake com uma resposta. As coisas estavam um pouco sérias demais para isso agora.

— Significa que estamos, sabe, drenando as essências vitais de todas as outras versões agora?

Creio que não. O psi-phon ainda não foi ativado.

— Bem, como se liga essa coisa? — Jake se ajoelhou e inspecionou o dispositivo de todos os ângulos. — Não vejo um botão em lugar nenhum.

— Suponho que não se possa simplesmente levar ferramentas multidimensionais a uma loja de eletrônicos — falei, fazendo uma pose parecida com a de Jake. — Talvez tenham uma bateria...

Um estrondo alto e repentino interrompeu minhas palavras, provocando olhares confusos de cada um de nós. Sim, até Khonshu demonstrou surpresa, apesar de ter que lidar com um crânio de pássaro.

— O que foi isso? — perguntou Jake.

O que *foi* isso? Porque não veio de fora do nosso corpo, e não veio de uma direção. Envolvia o espaço como um enorme trovão, atingindo todas as superfícies do Espaço Mental ao mesmo tempo.

— Não vem da entrada — respondi. Mas algo *havia* mudado no saguão da frente. Normalmente, o espaço além das portas de vidro revelava os grandes degraus e colunas ainda maiores que convidavam os visitantes a entrar, geralmente com pessoas fazendo fila, conversando ou apenas passando um tempo; às vezes durante o dia, às vezes à noite, mas sempre na Quinta Avenida.

Agora, para além do vidro, havia somente escuridão.

Não, espere.

Apertei os olhos, inclinando-me naquela direção com todo o corpo e pisquei. Depois, pisquei outra vez, focando para ter certeza.

O manto negro *cintilava*.

— É Venom — declarei, com as palavras travando na minha garganta. — Venom está tentando invadir o Espaço Mental.

Meus olhos se abriram de repente, trazendo-me de volta à realidade do depósito — nada mais de museu elegante, apenas iluminação industrial desagradável e caixas de armazenamento com coisas caras, raras e possivelmente poderosas de verdade dentro delas. Com a respiração e o pulso acelerados, falei para mim mesmo para me acalmar e focar, porque, ao mesmo tempo que Marc estaria avaliando opções e tudo mais, ele *não estava ali* para lidar com esse tipo de coisa.

Eu ainda segurava o psi-phon, o dispositivo em forma de fone de ouvido preso entre meus dedos. E, embora a ansiedade aumentasse a intensidade de tudo, uma dor latejava em meu braço esquerdo.

Demorou um segundo para que eu me desse conta. E Jake. E Khonshu.

Essa pulsação não tinha nada a ver com ansiedade ou circulação.

A gota de simbionte que resta. Deve permitir que Venom se aproxime do Espaço Mental.

Eu me virei, agora procurando por qualquer possível saída. À minha esquerda, fileiras de mesas dobradas e cadeiras empilhadas. À minha direita, caixas fechadas, algumas muito maiores do que a que continha o psi-phon. Além disso, havia o disjuntor do prédio na parede de concreto.

E adiante, as portas duplas trancadas. Com dois guardas bem do lado de fora.

— Precisamos sair daqui.

Fuja, Steven.

— Ótima ideia, mas para *onde?* — perguntei. Eu me mexi, com o psi-phon em uma das mãos e o bastão de adamantium na outra. O gancho poderia funcionar. Ou talvez apenas força bruta, esmagando qualquer coisa em nosso caminho...

Do lado de fora da porta, vozes abafadas gritavam ameaças ininteligíveis.

Depois, o som característico de tiros.

Em seguida, batidas pesadas contra a porta.

Então, silêncio, nada além da minha respiração e a pulsação no meu braço esquerdo aumentando. Quanto tempo havia se passado? Poderia ter sido apenas alguns segundos, mas o tempo se dilatou como quando nos reunimos no Espaço Mental, e o desconhecido se aproximava em velocidade e intensidade indeterminadas.

Bang.

Poderia ter sido um tiro. Mas as luzes se apagaram, possivelmente por algum tipo de curto-circuito isolado, deixando apenas escuridão completa dentro do espaço industrial.

— Isso nunca é bom — observou Jake.

— O pessimismo não está ajudando.

— Steven, não podemos sair dessa apenas desejando...

Um tinido alto interrompeu a discussão na minha cabeça e foi seguido por uma luz branca penetrante — o suficiente para ver a silhueta de duas portas diferentes arrancadas das dobradiças e lançadas pelo ar, com a luz do portal vazio iluminando o espaço.

E outra silhueta — uma familiar, com capa e capuz e dois olhos brancos radiantes que se aproximavam do branco reluzente. Ela parou bem no meio e se virou, totalmente preta contra um branco intenso, uma forma perfeita em completo contraste.

Só que não era uma silhueta.

Não, Venom de alguma forma havia tornado preto o traje do Cavaleiro da Lua.

Uma voz soou vinda do corredor, depois outro tiro. Venom olhou para baixo, com um aborrecimento casual em sua postura. Deu de ombros, a bala fez uma ondulação na crista superior e saiu de vista por um momento antes de outro som de colisão ricochetear nas paredes do corredor.

Isso não seria fácil.

Abaixei-me atrás da maior caixa, com as palmas das mãos pressionadas contra o painel de madeira.

— Não vejo uma saída daqui.

O psi-phon. Use-o!

— Não sei *como* usá-lo — sibilei. Mais sons metálicos vieram do corredor, depois silêncio, em seguida, batidas fracas de botas se aproximando no chão de concreto.

— Steven! — berrou Venom. Ou foi Marc? *Parecia* Marc; entretanto, talvez mais parecido com quando Marc ficava realmente furioso com alguma coisa.

O que, aparentemente, estava. Eu também estaria furioso caso tivesse um simbionte oleoso e pegajoso em mim. Uma divindade com crânio de pássaro já era ruim o bastante.

— Não fale nada — sussurrou Jake. O que era desnecessário, mas eu agradeci.

— Entregue-nos o psi-phon!

Nós. Certo, de jeito nenhum Marc começaria a usar o "nós" da realeza. Esse era, definitivamente, Venom. Agarrei o bastão, depois olhei para o psi-phon.

Não o entregue. Ele contém o poder do Multiverso.

— Sim, bem — falei baixinho —, nossas opções são limitadas.

Mesmo com minha voz quase inaudível, devo ter acionado o radar de Venom, porque um tentáculo preto disparou para a frente. O puro instinto puxou minha cabeça para trás, e o tentáculo atacou na frente, errando meu nariz mascarado por meros centímetros. Girei o bastão, um giro completo de 360 graus, e o acertei no tentáculo. Ele deu um tranco para trás, parando com dor.

Dor. O bastão.

Adamantium. Adamantium fere Venom. O que fazia sentido, porque quem é que não seria ferido por adamantium? Só que Venom era uma coisa de massa pegajosa, e ter alguns pedaços cortados provavelmente não faria nada além de atrasá-lo. Ainda assim, porém, poderia bastar por enquanto.

— Temos uma chance — afirmou Jake, provavelmente unindo as peças do quebra-cabeça.

Como se para provar minhas suspeitas, o tentáculo girou de volta, formando uma garra improvisada antes de segurar meu pescoço, com pontas semelhantes a adagas cravadas para tirar o fôlego do meu peito.

— Entregue-nos. O. Psi-phon.

Atrasar era claramente algo relativo.

Larguei o psi-phon por um instante e agarrei o bastão com ambas as mãos, com a arma agora na diagonal, e, apesar da posição estranha — afinal, eu estava sendo sufocado por uma mão oleosa e elástica —, bati com o bastão de adamantium em meu captor. A garra soltou, e gotas de gosma respingaram antes de serem sugadas de volta à forma. Golpeei de novo e de novo, cada vez causando mais danos, até que ele soltou, e eu agarrei o fone de ouvido multiversal, correndo o mais rápido possível.

Use o psi-phon.

— Como? — perguntei, correndo em qualquer direção possível. O movimento oferecia pelo menos *alguma coisa*.

Precisa de energia.

Energia. O que poderia produzir energia? Eletricidade?

Examinei o outro lado da sala: caixas, cadeiras empilhadas, sacolas de armazenamento dobradas. Mas, entre os equipamentos e caixas, havia uma possibilidade.

Jake também deve ter visto.

— Ah, não, Steven. O disjuntor não. Eletricidade e corpos humanos são uma combinação ruim.

Girei o bastão, abrindo o gancho de escalada, e mirei. O tempo e as circunstâncias não permitiam precisão, mas tudo de que eu precisava era uma carona rápida até o outro lado da sala.

Com a mão direita, mirei o bastão. Com a esquerda, segurei com firmeza o psi-phon, e os músculos do antebraço latejavam pela proximidade de Venom.

— Sim, o disjuntor — declarei, quando o gancho explodiu para fora do bastão. Ele voou até o canto de trás da sala, suas garras perfuraram a parede de concreto, pedaços e lascas caíram. Meu braço puxou com força e logo foi seguido pelo meu corpo voando diagonalmente, mais depressa do que Venom era capaz de atacar. — Tem uma ideia melhor? — perguntei, enquanto voávamos pela sala.

— Eu costumo te falar para não pensar demais nas coisas, mas acho que você realmente deveria pensar demais nas coisas aqui.

— Não há tempo — retruquei. O gancho se soltou, e eu caí uns 3 metros abaixo, com os sapatos fazendo barulho enquanto eu aterrissava. O bastão se remontou com um giro, e eu corri, a aproximação de Venom causava uma intensidade crescente no meu braço esquerdo, como uma contagem regressiva para a gota de gosma estourar. — É melhor estar certo, Khonshu — falei, arrancando o painel do disjuntor.

— Não, não, Steven, nunca toque em um...

Tecnicamente, eu não toquei em nenhum dos disjuntores. Em vez disso, bati com o psi-phon contra eles, imaginando que, em algum ponto da confusão, a eletricidade do arranha-céu ia passar por qualquer que fosse a liga que compunha essa *coisa* que nos dava problemas demais.

E em seguida eu flutuei. Quase como no Espaço Mental, mas não exatamente. Nada de fato apareceu na minha visão; em vez disso, parecia mais com nadar em algum tipo de gosma etérea, com coisas entrando e saindo de foco. Sabe como os filmes retratam o mundo dos mortos? Mais ou menos assim.

Só que, por um momento, um número infinito de Marc Spectors preencheu tudo e todos os lugares ao meu redor. E, coletivamente, eles estremeceram, cada versão dele se movia uniformemente por uma fração de segundo. O psi-phon parecia ter agarrado uma lasca de suas essências.

Foi o que eu presumi.

Eu? Não senti nada. Talvez por ter preenchido algum buraco em mim ou talvez porque eu estava realmente *segurando* o psi-phon, ele me protegeu daquilo, o que quer que fosse.

Mas Venom — ou Marc... A proximidade deles devia significar alguma coisa. Em vez de estarem a um universo de distância, estavam a apenas meio cômodo abaixo, e um uivo sobrenatural soou da cabeça com máscara negra do Cavaleiro da Lua.

O Multiverso desapareceu, e eu ergui o olhar, encontrando Venom ajoelhado, com as mãos pressionadas contra o capuz.

Fuja, Steven! Fuja!

Ninguém precisou me dizer duas vezes.

CAPÍTULO 19
VENOM

VOCÊ AINDA ESTÁ ATORDOADO PELO PODER DO PSI-PHON.

E entende por que ele o deseja?

Compreende o perigo que seu poder pode desencadear por todo o Multiverso? Em algo tão vasto quanto nossa Mente-Colmeia?

Pare de ficar se lamentando no chão. Precisamos nos levantar.

Steven Grant ainda está perto. Em algum lugar acima de nós.

Mova-se. Mova seus pés. Ande com propósito.

Não. *Corra*.

Por cima dos corpos dos guardas que atiraram em nós. Abra caminho pelas escadas, pelo cimento e pelos canos, pelo chão. Abrace o caos enquanto persegue o alvo.

Você cede, nós crescemos, ficamos mais poderosos, mas, em nossa conexão, você não consegue evitar que suas habilidades de mercenário entrem em ação. Examina a multidão de pessoas correndo — todas indo em direção ao ponto de evacuação, enquanto fumaça ondulante as envolve. No entanto, algo empurra na outra direção, indo rio acima e desacelerando tudo o que encontra.

Lá.

Você avança em perseguição, abrindo caminho através de paredes, com gavinhas chicoteando para atirar cadeiras e carrinhos para fora do caminho. Cada passo à frente nos deixa mais perto, mesmo através da fumaça ondulante do incêndio em algum lugar neste andar. A equipe de emergência cada vez mais próxima, as luzes dos caminhões de bombeiros e ambulâncias do lado de fora, o falatório que se aproxima sobre "incêndio elétrico" e "vários andares", tudo isso chama sua atenção, mas você deve ignorar e seguir em frente. O gerador reserva deve ter sido ativado para fornecer um caminho, mas as ações de Steven tiveram suas próprias consequências. Ouvimos os ecos das explosões e rajadas, sentimos o cheiro das cinzas e das chamas.

A segurança das pessoas ao nosso redor, isso não é o nosso problema. Nosso problema é que essa bagunça criou muito mais caos — barulho, movimento, multidões, tudo torna mais difícil rastrear Steven. Você avança, e examinamos os rostos que passam. Estranhamente, eles não se encolhem nem recuam ao nos ver.

Essas pessoas são do tipo que entendem quem somos. Mas não estão envolvidas. Você até reconhece algumas delas. Você lidou com essa ou aquela, seja sozinho ou em equipe com outra pessoa. Você até faz uma pausa para se demorar na mulher de cabelo preto cacheado que passa correndo, e o nome "Layla" cruza nossos pensamentos.

Elas não são uma preocupação agora.

Nós sentimos Steven. Não — você me diz que algo mudou...

Jake. Jake assumiu o controle. Você *sente*. Você pode até dizer que Jake parou por tempo o bastante para erguer a máscara até a metade e colocar o bigode. E, conforme você sente a presença deles, nós sentimos a localização deles.

Para cima. Eles subiram.

Passando pelo saguão. Os atendentes correm para a porta da frente, bombeiros e policiais orientam todos a sair. Você marcha mais fundo, contra a onda de corpos que se aproximam, passando pelos quiosques e cafeterias fechados e indo para o pátio principal. Qual é o destino dele?

Examine a área. Procure o terno branco. Ele não está se escondendo nas massas. Não, ele ia querer fugir...

O elevador.

No meio dos pátios há três elevadores de vidro. Olhe para o do meio enquanto ele desliza em direção ao céu. O terno branco, apoiado contra a parede, encarando o dispositivo nas mãos.

Todas as conexões elétricas que surgiram com as ações de Steven, fusíveis quebrados e fios derretidos, fazem com que esta instalação opere com capacidade reduzida. Ao olhar para cima, você vê o resultado: o elevador de Jake falha, sobe e depois para, sobe e depois para.

Eles estão na nossa mira. Agora, prossiga.

"Não", diz você, "*não tem jeito. Precisamos de um gancho, uma estratégia. Não pode simplesmente escalar um trilho de elevador quando o prédio está pegando fogo.*"

E SE... MARC SPECTOR FOSSE HOSPEDEIRO DO VENOM?

Sim, você pode.

Pode quando aceita o simbionte.

Um novo instinto entra em ação. Você corre pelo pátio, saltando por cima de bancos e arbustos. Suas mãos agarram o trilho lateral que guia o elevador. E você sobe, seus dedos agarram pedaços de vidro quebrado conforme você se puxa para cima.

Para cima. Três metros. Depois seis. Enquanto a maioria das pessoas está evacuando o local, algumas param e olham boquiabertas para você. Ignore-as. Continue subindo. O psi-phon está ao nosso alcance, e, então, finalmente vamos poder encontrar um jeito de...

Faíscas explodem, ricocheteando em nós, nossa capa preta é protegida por pele simbionte. Você continua sua ascensão, com músculos estremecendo, conforme nos puxa para cima mais rápido. Use os tentáculos. Eles são suas ferramentas, mais fortes do que qualquer membro humano. Eles disparam para o alto, faixas pretas saem de seus ombros. Prendem-se ao fundo do elevador, agarrando-o enquanto ele sobe, depois, retraem-se e nos puxam para mais perto. Nosso peso combinado desacelera o elevador, estica os cabos mecânicos e polias.

Agora estamos bem embaixo. Podemos *sentir* Jake. Podemos sentir a gota de simbionte no corpo dele. Você estica o braço para trás, seu punho está dentro de uma manopla de simbionte, e você a faz atravessar o chão do elevador.

Ela o perfura, pulverizando a mistura de metal e compostos. Jake reage, seu bastão de adamantium agora golpeia o que está atacando — primeiro afastando a concha do simbionte, pedaço por pedaço, até que sua mão enluvada fique exposta.

Você se afasta, ainda pendurado em vigas e painéis abaixo do piso do elevador. A unidade inteira começa a subir de novo, e os gemidos do metal tensionado ricocheteiam na passagem. Faíscas explodem e se espalham acima de nós, e nos balançamos para o lado, depois para cima, agora estamos agarrados à parte externa do vidro.

No reflexo do vidro, você se vê.

Seu rosto, coberto pela máscara do Cavaleiro da Lua, com olhos brancos radiantes espreitando de um profundo vazio preto. Você estremece quando o preto brilha, com o óleo do simbionte constantemente se ajustando e calibrando tudo em nós e ao redor de nós.

— Entregue-nos o psi-phon! — grita você em voz alta. — Não precisa se envolver. Pode simplesmente nos entregar e ir embora.

Jake se move primeiro. Com o psi-phon ainda na mão, parte o bastão em dois pedaços conectados por uma corrente. Ele gira o *nunchaku*, fazendo o vidro explodir para o lado de fora. Você balança para o lado, pendurado por uma viga que emoldura o carro do elevador, depois, volta e usa o poder do óleo simbionte para disparar uma explosão para baixo. Ela abre outro buraco no chão do elevador, maior do que o anterior. Jake pega a arma de adamantium e golpeia seu braço. Você reage nos puxando para dentro do elevador e socando o espaço imediatamente abaixo de Jake.

Agora há um terceiro buraco no chão, mas o dano está se acumulando, o suficiente para que um pedaço inteiro de painéis de suporte desabe. Jake começa a escorregar e move as mãos rapidamente, remontando o bastão. Ele gira com um clique, revelando o gancho de escalada e dispara para o teto do elevador, quebrando lâmpadas e fazendo chover faíscas, enquanto pedaços de detritos de metal despencam.

Mais gemidos do elevador. Polias, ou correias, ou algo do tipo estão se partindo, um estalo e um chicotear vêm de algum lugar acima de nós. O carro do elevador estremece inteiro, espalhando detritos e fragmentos de vidro no pátio abaixo. Você se segura, pressionando gavinhas contra as armações e os painéis restantes.

Mas Jake não o faz. O gancho se solta, e ele se move para se ajustar, com o psi-phon ainda na outra mão. Mais um estalo soa vindo de cima, é um painel de iluminação chacoalhando antes de se partir, um pedaço irregular agora cai.

Ele acerta Jake na cabeça, atingindo-o em um ângulo que prende a parte de baixo de sua máscara colocada pela metade, arrancando-a.

Você sente a consciência dele. Está presente e, depois, não está.

A mão que segura o psi-phon se afrouxa. Ele começa a cair.

Bem como Jake.

Estenda a mão *agora*. Agarre o psi-phon antes que a gravidade o destrua.

Ele pousa com segurança em sua mão. Nossa missão está cumprida.

Mas você protesta.

E SE... MARC SPECTOR FOSSE HOSPEDEIRO DO VENOM?

Apenas uma fração de segundo se passa. Não é apenas um protesto; você grita e luta por dentro. Sentimos a maneira como você esmurra, como se seus punhos pudessem perfurar nosso eu compartilhado para assumir controle total de nosso corpo.

Não, não é isso que você está fazendo. Você não está... lutando contra nós.

Está pedindo para ser ouvido. Implorando.

Nós ouviremos. Pode falar.

"*Salve-os!*"

Mas por quê? No âmbito do que está em jogo, do que o Sussurrador planeja para o psi-phon, do que devemos fazer para proteger tudo, de que importa um indivíduo de outro universo? Sem testemunhas, sem sobreviventes. Isso inclui eles.

"*São Steven e Jake.*"

Você nem os conhece. Você até falou que não suporta seus Steven e Jake, por que se importa com esses dois?

"*Somos todos irmãos! Salve-os!*"

Todos irmãos? Que conceito curioso. Quando nos unimos a vocês pela primeira vez, a presença deles parecia irritante para você — qualquer versão deles. Agora algo mudou. É mais do que seu medo de ficar sozinho. A amargura, o ressentimento contra *suas* outras identidades, isso persiste, porém, os sentimentos se tornaram muito mais complexos. Você não fala apenas palavras, comunica um *conceito*, informações que se movem mais rápido do que pensamentos — uma história, uma compreensão de seus riscos pessoais contra o restante do Multiverso.

Muito parecido com...

A Mente-Colmeia.

Steven e Jake são parte da sua Colmeia. Em qualquer forma, qualquer corpo.

E assim, nós entendemos.

O Sussurrador os quer mortos. Mas, por enquanto, nós vamos resistir.

E você nos permite, alterando o delicado equilíbrio dentro deste corpo para nosso controle total. Nós estendemos o tentáculo, acelerando para baixo mais rápido do que o corpo em queda. Ele agarra Jake em pleno voo, cerca de 3 metros acima do metal retorcido e do vidro espalhados pelo chão, e o solavanco solta a base do gancho da mão dele.

Jake ainda está inconsciente. Mas nós o colocamos no chão, a salvo.

"*Obrigado*", você diz.

Que reação curiosa.

Se tivéssemos tempo, poderíamos refletir sobre isso, poderíamos passar mais tempo considerando o que significa. Mas nosso caminho está diminuindo, nosso objetivo está à vista.

O Sussurrador quer saber como ativar o psi-phon e usar suas capacidades completas. Ele exige um teste.

Talvez possamos usar isso a nosso favor.

"*Acho*", você diz. De repente, você está tagarela. "*Acho que conheço alguém que pode ajudar.*"

Nós confiamos em alguém uma vez, chamado Eddie Brock. Nós trabalhamos em união. Nós realizamos muitas coisas juntos. Além disso, Eddie é um pouco mais punk do que você. Sabe, as discussões em sua mente... Já parou para pensar que pode ter problemas para controlar a raiva?

Talvez deva tentar cuidar disso quando essa situação toda acabar.

Sim, humor. Quando há humor, há confiança.

Tal estado precisava ser conquistado. Por nós dois.

E talvez nós confiemos em você. Se você confiar em nós.

EM OUTRO LUGAR...

AMÉRICA

Observar.

Era o que faziam.

Era o que América deveria fazer.

— Não há justificativa para interferências — afirmaram, depois da situação com Wanda. — Que isso não se repita. — Só que não fazia muito sentido, fazia? Porque agora ela observava graças ao poder das janelas cósmicas. E o que via?

Venom se unir a Marc Spector para se tornar uma ferramenta do Sussurrador.

Venom e Marc semearem o caos por toda a cidade de Nova York.

Marc Spector de outra realidade tentar conter essa mesma maré de caos. E, podia acrescentar, não muito bem.

Em Venom, ela viu que nem tudo era o que parecia. Venom havia sido encarregado pelo Sussurrador. Isso era certo. E o psi-phon estava no fim dessa rota de colisão entre Venom, o Marc Spector dessa realidade, o outro Marc Spector que se aproximava e o Sussurrador.

Tantas variáveis. Tantas possibilidades. Não apenas para aqueles envolvidos com a situação chegando a um ponto crítico no hotel Top of New York, mas para o próprio psi-phon. Um dispositivo multiversal de algum tipo, talvez o único a existir em todas as realidades. Mas saber de tudo isso ainda deixava muitas lacunas a serem preenchidas.

América se preparou, flutuando no espaço etéreo enquanto olhava através de uma janela cósmica para o hotel. Caos, com certeza, mas com um propósito.

Propósito.

Ela olhou para a própria jaqueta. Simplesmente usá-la de novo ajudou seu senso de identidade a ressurgir. Por tanto tempo, existira apenas para observar, e, embora os Vigias tivessem deveres por todo o tempo e o espaço, eles de fato não faziam muita coisa, não é?

América pensou em si mesma quando era mais jovem, nas coisas que havia conquistado, nos contratempos que havia superado, nas amizades que havia feito. Tudo isso desvanecera quando ela se tornou uma Vigia, e para quê?

Tinha todas as habilidades de um Vigia, mas não a habilidade mais importante de todas, independentemente de espécie, idade ou especialidade:

O poder de escolher.

Por enquanto, América ia Vigiar sem intervir. No entanto, pouco tinha a ver com a doutrina dos Vigias. Em vez disso, era uma escolha consciente para reunir informações, compreender a situação com Venom, os diversos Marc Spectors, o Sussurrador e, talvez o mais importante, o psi-phon. Todos dançavam em um equilíbrio delicado, em ondulações pela cidade de Nova York, por essa realidade, por todas as realidades.

Algo ia acontecer aqui. Um ponto de ruptura seria alcançado. Ela saberia quando o visse. Uma vez que acontecesse, no entanto, ela chegaria a uma encruzilhada. Porque o próprio Multiverso provavelmente estaria em uma encruzilhada.

Alguma coisa teria que ceder.

América Chavez era alguém que apenas observava? Ou era digna da jaqueta sobre seus ombros?

Naquele momento, América respirou fundo e fez uma escolha.

CAPÍTULO 20
JAKE

OS OLHOS DE JAKE ESTAVAM ABERTOS?

Eles pareciam estar. Pequenos músculos faciais se flexionaram, o movimento de piscar para baixo e para cima. Mas nada apareceu à vista. Em vez disso, uma escuridão profunda e sem fim o cercava, junto com a pior dor de cabeça que ele tinha em um bom tempo. E não vinha de uma dose a mais de rum barato. Ele estendeu a mão para sentir o que com certeza seria um galo em sua cabeça...

Pelo menos tentou. Seus braços bateram em... algo suave. Dobrável, amassado e um pouco apertado, como se uma pequena cápsula o envolvesse frouxamente. Ele se moveu, e sons baixos de coisas sendo amassadas acompanharam seus movimentos.

— Jake? — perguntou Steven. — Jake, você está aí?

— Estou — respondeu Jake, flexionando os dedos dos pés ainda dentro do que pareciam ser os sapatos do Senhor da Lua, em vez de estar descalço ou de alguma forma ter acabado com as botas enormes do Cavaleiro da Lua. — Onde você está? Estamos na gosma do Venom?

— Talvez...?

Jake rolou sobre o ombro, ou pelo menos tentou — o movimento lateral provocou uma pontada repentina nas têmporas de Jake, o suficiente para lhe informar que deveria desacelerar, recomeçar; parecia que, não importava o que fossem fazer, teriam que lutar contra esse casulo e a dor.

— O que ele fez conosco? Ele nos prendeu em alguma coisa?

Incerto. Mas Venom se foi.

O braço esquerdo de Jake concordou com essa informação, a pulsação constante, que antes parecia que poderia explodir, agora havia se acalmado.

— Não consigo ver nada — comentou Steven.

— Hã. Ok, bem, isso é esquisito. — Com as mãos ainda cobertas pelas luvas do Senhor da Lua, Jake pressionou-se contra a barreira para avaliar quão apertada era a prisão em que se encontravam.

— Na verdade, acho que faz sentido. Não estou fisicamente em lugar nenhum, então, se você não tem noção do nosso lugar, quer dizer que minha personalidade não tem base para construir uma noção de onde estamos. Não consigo nem adicionar as habilidades de Khonshu a isso...

— Espera aí, espera — falou Jake. Interromper Steven teve seus benefícios com relação à dor de cabeça, mas vinha com a vantagem de permitir que outros detalhes sensoriais fluíssem. Como se realmente estivesse ouvindo o que estava acontecendo ao redor deles. — Tem gente falando.

Começou como um murmúrio, cadências constantes em volumes uniformes, mas eram, definitivamente, vozes. Essas vozes pareciam funcionários de escritório lidando com uma situação de trabalho — tons calmos e francos, sem risos, raiva ou qualquer outra emoção. Várias conversas, na verdade, e, quanto mais Jake escutava, mais separava as camadas de som. Conversas, o barulho de ferramentas, o ronco contínuo de um grande motor...

— Ai, droga — falou Jake. Suas mãos se moveram rápido, pressionando em todas as direções. A cobertura, o que quer que fosse, dobrou com o movimento, um empurrão acima dele fez o fundo dobrar também. — Acho que ainda estamos no hotel.

— O que o faz dizer isso? — perguntou Steven. — Não é como se estivéssemos recebendo serviço de quarto.

— Espera aí, eu acho... — começou Jake, e seus dedos agora procuravam por algum tipo de linha reta no meio do material, uma coluna única que percorresse o comprimento desse embrulho. — Acho que entendi. — Perto do topo, na costura onde os materiais se entrelaçavam, Jake encontrou uma pequena abertura; enfiou o dedo nela, puxando um pedacinho de metal para baixo apenas o bastante para obter algum impulso...

A coisa toda se abriu. Jake sentou-se reto, agora examinando os arredores, e o ar frio da noite lhe deu um bom tapa no rosto.

— Aaaah — falou Steven, ainda apenas em sua cabeça. — Estávamos em um *saco para cadáveres*. Faz muito sentido. E você está em uma maca; cuidado para não se desequilibrar.

Jake deu um tapinha nos bolsos do casaco, depois nos bolsos da calça.

— Onde está a máscara?

— Bem, um passo de cada vez. Por que pensaram que estávamos mortos?

— Meu Deus — falou uma voz. Jake se virou para ver uma paramédica, boquiaberta antes de começar a correr em sua direção. — Ele está lacrado há uma hora. Quem o examinou? Senhor? — perguntou ela, agora apontando para ele. — Senhor, você está bem? Fique aí.

— Calma, Jake — aconselhou Steven. — Não queremos chamar muita atenção.

Jake tirou uma perna do saco para cadáver, depois a outra, em seguida, saiu da maca e voltou a ficar de pé.

— Senhor, por favor, sente-se — pediu a paramédica, tirando a bolsa de emergência do ombro e abrindo-a. Dela saiu um estetoscópio, seguido por outras coisas que Jake não reconheceu, mas de repente uma lanterna em forma de caneta acenou em seu rosto. — Senhor, pode, por favor, tirar sua jaqueta para que possamos medir sua pressão arterial? — Ela olhou por cima do ombro, acenando com a mão livre. — Ei! Quem examinou esse cara?

Jake, precisa ir embora.

— É meio difícil fazer isso agora — falou Jake entre dentes. Outro paramédico correu até a mulher, com os olhos arregalados, enquanto olhava Jake de cima a baixo.

— Eu não... não entendo — disse o homem. — Ele não estava respirando. Ele não tinha pulso. Literalmente nenhum sinal vital. Aquele ferimento no peito.

Jake, levante-se e vá embora agora mesmo.

— Senhor, por favor, sente-se — o homem falou, enquanto vasculhava uma bolsa. — Eu sinto muito. Não tenho desculpa, eu só... — Ele levantou o estetoscópio. — Posso escutar? Apenas arregace a manga, preciso ver onde errei. É um milagre que você tenha sobrevivido aos seus ferimentos.

Vá embora agora. Antes que façam mais testes em você.

— Ei — chamou Steven. — Acho que as pessoas estão começando a notar. Não temos tempo para nos envolver com isso.

— Sabe de uma coisa? — falou Jake, esticando os braços acima da cabeça — Na verdade, sinto-me ótimo.

Ótimo, Jake. Fuja antes que mais pessoas percebam. Acho que sei o que aconteceu.

— O senhor teve um trauma médico imenso — disse a paramédica. — Parece que você estava embaixo do elevador quando o piso dele desabou, e alguns dos destroços o atingiram. Algo cortou seu peito.

— Ah, eu me sinto bem. — Jake levantou uma das mãos e começou a andar para trás, enquanto tentava *não* estremecer devido à cabeça que latejava. — Ótimo. Sério. Eu poderia correr uma maratona agora mesmo.

— Não faça isso — disse ela, pondo uma mão no ombro dele. — Pode ser a perda de sangue falando.

Uma rápida olhada revelou a Jake a melhor rota de saída da cena — na verdade, durante seu tempo como pseudocadáver, eles devem tê-lo levado para a entrada de carga nos fundos do hotel, ao lado dos veículos com luzes vermelhas e azuis piscantes. Uma brisa fazia cócegas em seu cabelo conforme ele estreitava os olhos para obter mais detalhes — mais longe ainda, havia vans de canais de televisão e luzes intensas da mídia e, mais além, uma pequena multidão de curiosos, provavelmente olhando para o elevador destruído atrás dele. Havia fita de polícia para todo lado, junto com o constante ir e vir de pessoas na cena.

— Vou só esticar as pernas por um segundo, tá? — argumentou Jake. — Nada de maratonas. Só para... bem, qual é a palavra...?

— Reorientar-se — sussurrou Steven, como se os paramédicos pudessem ouvi-lo.

— Orientar-me. — Jake levantou as mãos com um sorriso. — Um pequeno passeio para lá — apontou para o pátio e os destroços —, para evitar todas essas luzes piscando. Está me dando dor de cabeça.

— Senhor, pode ser uma concussão e... — O paramédico começou, mas a paramédica acenou para ele parar, dizendo algo como "dê um tempo ao cara".

— Acho que tenho habilidades sociais. Quem consegue resistir a esse rosto? Ah! — O bigode dele continuava no lugar? Os dedos de Jake pressionaram seu lábio superior, e o alívio o invadiu quando sentiu as fibras sintéticas ainda no lugar. De alguma forma, permaneceu, apesar da fuga do porão, da corrida pela multidão e da batalha contra Venom.

E a queda até o chão.

— Acha que podemos simplesmente sair pela porta da frente? — perguntou Steven.

Vá, antes que seja tarde demais para nós. Precisamos alcançar Venom.

— Não sei. — O ritmo de Jake diminuiu, num ato intencional para a equipe médica que observava, até que ele conseguisse colocar alguma distância entre eles. — Estou bem cansado. E essa coisa que Venom roubou, estou começando a ficar bem irritado com a história toda. Qual é o problema? Quero dizer, somos de outro lugar. Deixe Venom ficar com a bugiganga e podemos desaparecer em algum lugar. Vamos ficar em uma praia enquanto descobrimos um caminho para casa. E, não, Steven, isso não quer dizer o Egito. O Marc desta realidade é um cara habilidoso o suficiente, certo? Eu acho...

— Espere!

A voz de Steven não ressoava mais em sua cabeça, e, em vez disso, Jake a ouviu atrás dele. Jake se virou e encontrou a visão de um smoking a uns bons 6 metros de distância. Steven acenou, com um sorriso animado no rosto.

Uma onda de adrenalina, com certeza.

— Encontrei! — gritou ele, e sua voz era tão animada, que Jake olhou ao redor para ter certeza de que os paramédicos não tinham ouvido de alguma forma.

— Encontrou o quê? — perguntou, mantendo seu ritmo lento. Steven continuou apontando para os destroços, com seu corpo fantasma parado acima deles, mas sem afetar seu equilíbrio. — Não temos coisas mais importantes com o que...

Jake finalmente viu o que Steven estava apontando.

— Ah, bem pensado, Steven.

— Acho que estou mesmo conseguindo um pouco de controle sobre isso. Não precisa ser o pânico que me traz aqui. Coisas boas também podem fazer isso. — Um sorriso enorme acompanhou o polegar para cima de Steven, e Jake se ajoelhou para alcançar vários pedaços de concreto irregular e vergalhões dobrados.

A máscara do Senhor da Lua.

Jake a pegou, tirando com os dedos a poeira do símbolo da lua crescente. Em seguida, dobrou-a com cuidado e a guardou no bolso do casaco. Mas onde estava o bastão deles? Adamantium com certeza sobreviveria a uma queda como aquela, mas será que a polícia o tinha encontrado? Levaram-no também?

— Estão vendo o bastão? Ele tem sido útil até agora...

— Podemos ter que minimizar nossas perdas. — Steven apontou para trás deles. — Os paramédicos notaram que você está demorando.

— Ótimo. — Steven estava certo; estavam apontando para ele agora. Jake agitou os dedos em um aceno, e talvez esse simples reconhecimento pudesse fazê-los esperar por mais algum tempo. — Sabe, talvez, enquanto estamos aqui, devêssemos pelo menos pegar emprestado um dos instrumentos deles para ver por que nosso corpo está morrendo.

É isso que vocês não entendem. Vocês não estão morrendo. Agora vocês estão mortos.

— É o quê? — A pergunta veio de Jake e Steven em uníssono, e, apesar de terem as mesmas cordas vocais, a cadência distinta de Steven impediu que as palavras se sobrepusessem perfeitamente.

— Bem, isso é uma complicação — comentou Steven.

— Ei, Khonshu, isso não é possível. Estou me mexendo. — Nenhuma palavra veio em resposta, apenas o barulho distante de uma equipe de emergência. — Khonshu?

— Ah, isso não é bom. — Jake olhou para Steven, ou pelo menos tentou. Sua voz veio de uma certa distância em vez de ecoar diretamente na cabeça de Jake, mas ele não estava mais ali. E, se alguma vez houve um momento em que o pânico e a adrenalina o trariam à vida, seria agora.

— Steven, onde você...

Antes que Jake pudesse terminar, uma dor profunda penetrou em seu peito, fazendo-o cair sobre um joelho. Dentro de seu braço esquerdo, o óleo simbionte se enfureceu, empurrando contra o músculo e a pele como...

Como se estivesse abandonando o navio.

— Jake? Jake, consegue me ouvir? — perguntou Steven.

Jake queria responder, mas nada funcionava. Um joelho se tornou dois, depois, ele se curvou, as mãos mal o sustentavam. Cada movimento queimava, cada respiração pesava como lodo, e o mundo ao redor deles desaparecia e reaparecia.

Era assim que seria? Sem a dignidade de estar em sua realidade natal? Sem nunca poder dizer adeus a Marlene?

De suas mãos e joelhos, Jake caiu mais longe, o ombro se chocou contra o chão, e ele rolou de costas. Ele piscou para a névoa borrada de penugem brilhante contra penugem escura, em seguida, seus olhos se fecharam, e tudo se tornou nada.

LEVANTE-SE.

— O quê? — perguntou Jake, piscando conforme sua visão retornava.

Levante-se. Antes que o encontrem.

Tudo estava voltando ao foco. Incluindo o fato de que Khonshu agora estava acima dele. O deus com crânio de pássaro estendeu a mão, que Jake de alguma forma agarrou, e então Steven de repente apareceu também.

— Você nos ressuscitou? — perguntou Steven. — Como fez com o Marc desta realidade?

Não. Este corpo está ferido demais. Mas estou usando toda a minha força para mantê-lo funcionando agora.

Agora de pé, Jake soltou a mão de Khonshu, e, ao fazê-lo, a silhueta enorme começou a se dissolver. A voz de Khonshu, no entanto, ainda ecoava em sua mente.

Minhas habilidades estão limitadas. E desaparecendo.

— *Você* está literalmente desaparecendo — apontou Steven. — Meu Deus, estamos mesmo mortos. O que isso significa? Pessoas são ressuscitadas, certo?

— Não estou entendendo "morto" como uma verdade literal. — Jake flexionou os braços, enquanto endireitava a postura. Com certeza não parecia morto. Pessoas mortas não conseguiam fechar o punho. — Além disso, não podemos acabar assim. Ainda precisamos voltar para Marlene...

— Acho que a gravidade da situação está finalmente me atingindo. — Steven ergueu as mãos até as próprias têmporas, com uma nitidez e clareza em seu eu-fantasma que não pareciam existir antes. Ele deveria estar muito, muito estressado. — Khonshu? Como ressuscitou Marc antes? É, tipo, coisa alienígena? Ou coisa mágica?

Não vou conseguir ajudar se continuar me fazendo perguntas. Olhe ao seu redor.

— Ei, Khonshu, acho que é melhor deixar Steven e eu lidarmos com as coisas no mundo real. — Jake olhou para Steven, que assentiu com a cabeça, um marco de rara concordância entre os dois. — Apenas se concentre em manter todos nós andando, certo?

Khonshu não respondeu nada, mas o fato de ele ter desaparecido por completo de vista provavelmente foi resposta suficiente.

— Um lado positivo — sussurrou Steven. — É assustador vê-lo andando por aí em um prédio ou algo assim.

Ainda estou ouvindo.

Vozes soaram ao longe, tons urgentes que informavam a Jake exatamente o que estava acontecendo.

— Ah, não, aí vêm eles. Ande mais rápido.

As batidas nas têmporas de Jake aumentaram, mas Steven estava certo, eles precisavam ir embora.

— Senhor! — gritou a paramédica. — Realmente deveria voltar.

Prepare-se para correr. Ao meu sinal.

— Khonshu, esse negócio de enigmas é realmente um saco — reclamou Jake, acelerando o passo apesar de a dor de cabeça piorar.

Tenho força suficiente para tirar vocês daqui. Vou causar um pequeno terremoto e distrair essas pessoas. Prepare-se para correr.

— Ótimo, veja, foi tão difícil explicar...

Um ronco interrompeu Jake, provocando barulho vindo de *todos os lados*. Do prédio, metal e vidro chacoalharam. Das equipes de resgate e emergência, soaram gritos em uma onda. Mais além, gritos flutuaram vindos da calçada. Até as árvores balançavam no pátio, e a perturbação sacudiu a frágil estrutura elétrica do prédio para causar outro estalo alto vários andares acima.

Apesar da dor de cabeça, Jake aproveitou a chance e correu, primeiro atravessando o pátio e depois voltado ao primeiro andar do hotel, onde equipes de emergência permaneciam com papelada e equipamento. Mesmo com pessoas entrando e saindo, ele continuou avançando, passando entre policiais e trabalhadores da manutenção da cidade que buscavam proteção contra o tremor. À sua esquerda, uma saída de emergência estava aberta, e Jake a atravessou sem qualquer problema. O estrondo se acalmou, logo foi substituído pelo tagarelar e chiado dos rádios de comunicação, então ele ajustou o paletó e a gola, e seus passos rápidos estalaram na calçada conforme ele deixava o hotel para trás.

— Marc!

Uma voz vinda de um beco lateral. E não chamava por Steven, pois todos na festa o conheciam.

Jake se virou e viu duas figuras emergindo das sombras entre os prédios, e, antes mesmo que entrassem na luz, ele sabia:

Gena e o Francês.

CAPÍTULO 21

STEVEN

DO BECO ADJACENTE AO HOTEL TOP OF NEW YORK, NÓS FUGIMOS, EVITANDO olhares curiosos e outros veículos de emergência que estavam a caminho, até mesmo um helicóptero com holofote na cena. O Francês acompanhava tudo enquanto nos movíamos em corridas rápidas e curtas, o aplicativo em seu telefone captava conversas da polícia, tudo isso enquanto ele repassava os fatos mais importantes.

Aparentemente chamamos a atenção — não apenas para os assassinatos e a destruição no Sanatório Retrógrado, mas também para a bagunça ali.

Alguém vazou imagens do primeiro, onde câmeras de segurança flagraram duas pessoas muito diferentes, mas parecidas, em ação: o Cavaleiro da Lua, porém, todo de preto, vasculhando o consultório da dra. Emmet até que um tiro disparado por um guarda aterrorizado a acertou na testa. E o Senhor da Lua, no mesmo local, mas dessa vez derrubando um corredor inteiro de guardas.

— Não conectaram as peças — informou o Francês quando chegamos ao carro. — Veem o Cavaleiro da Lua, veem o Senhor da Lua, as pessoas estão discutindo se são duas pessoas diferentes. Como se super-heróis não pudessem mudar de roupa! Quer dizer, vocês dois têm uma máscara bem distinta.

Aquela filmagem fez o Francês e Gena ficarem atentos, e, quando a notícia de que algo estranho estava acontecendo no hotel Top of New York chegou, eles deduziram tudo — mas ver uma versão totalmente Venomizada do Cavaleiro da Lua subindo os trilhos embaixo de um elevador de vidro meio que confirmou as suspeitas.

Mais uma vez, o Francês e Gena apareceram quando eu mais precisava de ajuda — só que sem o Francês no assento do piloto de um helicóptero.

E agora, sentei-me para o melhor momento do meu tempo nesta realidade — mesmo com toda a história de "corpo morrendo" e "Venom tem o psi-phon" espreitando no fundo da minha mente. Porque, por apenas um segundo fugaz, eu poderia estar totalmente tranquilo.

Panquecas ajudavam nisso. Na verdade, panquecas tornavam *tudo* melhor.

O que fazia sentido, dado que estávamos neste universo havia apenas alguns dias, mas, com pouco dinheiro e menos amigos, boa comida era difícil de conseguir. Claro, Jake tinha gostos diferentes dos meus, por isso, sua escolha de cachorros-quentes gordurosos de carrinhos de rua ainda estava na lista de "evitar". Na verdade, talvez tenha sido por *isso* que nosso corpo morreu.

Nós nos sentamos, a uma hora de distância da confusão do hotel, agora aninhados no O Outro Lugar, o pequeno restaurante familiar de Gena no Brooklyn. Gena acendeu apenas um punhado de luzes da cozinha para iluminar o espaço e manteve as persianas fechadas — "iluminação de zelador noturno", declarou ela, embora tenha nos dito para sentar e "esclarecer tudo", enquanto começava a cozinhar para um batalhão.

— Bem, hoje de manhã, Marc veio nos ver. Agindo de forma muito estranha. Depois a polícia de Nova York deu uma entrevista coletiva. Em seguida, saiu a notícia sobre o Top of New York. Somando tudo isso, sabíamos que algo estava acontecendo. — O celular na mesa brilhou quando o Francês deslizou um único dedo pela tela para carregar um vídeo: Venom atravessando uma sala com enfermeiros caídos no chão, um ritmo intencional que trouxe a figura enorme diretamente à vista, até que a máscara foi afastada para revelar o rosto de Marc Spector.

— Ele estava agindo... Gena, como você descreveria? — o Francês perguntou, batendo a unha na borda de sua caneca de café.

— Marc parecia fora de si — gritou Gena da cozinha.

— Quer dizer que você não é Marc — refletiu o Francês, enquanto bebia de uma caneca branca simples —, mas você *está* morto?

Morto.

Que conceito estranho de encarar. De muitas maneiras, a morte agia como uma grande parede assustadora que acabava com tudo. Mas ainda estávamos aqui. Khonshu até havia dito que havia *ressuscitado* o

Marc desta realidade em algum momento, portanto, claramente algumas soluções alternativas existiam. Minha mão foi até meu peito, o lugar onde, se eu apertasse o suficiente, meus dedos correriam por uma incisão de cerca de 5 centímetros de comprimento. Como Khonshu a impedia de sangrar era um milagre que eu não queria esclarecer; talvez deuses egípcios soubessem como induzir magicamente a coagulação do sangue. Ou, talvez, a magia fosse de fato apenas magia.

Não importava. O que importava era o fato de que a morte não parecia necessariamente ser o fim, mas o maior obstáculo no caminho de tudo continuava sendo Venom. Apesar da bravata de Jake — birra, na verdade, embora eu não fosse falar isso para ele —, o simbionte alienígena ainda representava a melhor chance de termos uma carona para casa.

— Bem, tecnicamente, eu ainda sou Steven-em-Spector. Ah, e temos chamado nosso corpo de "Spector" para evitar confundir todo mundo. Incluindo nós mesmos — expliquei, saboreando os pedaços de bacon cozidos na panqueca encharcada de calda. — E Jake está aqui também. Mas o principal é que nós não somos seu Marc. — Soltei um suspiro com o pensamento. — Este Marc agora está hospedando um...

— ... alienígena chamado Venom. — Gena terminou minha frase enquanto trazia outra pilha de panquecas, dessa vez com os pedaços de bacon substituídos por mirtilos. — Você passou por coisas muito, muito estranhas, meu amigo. E ainda vou chamá-lo de meu amigo, porque qualquer Marc Spector é meu amigo. Mesmo que tenha vindo de uma dimensão diferente.

— Realidade, para ser exato. Há uma pequena diferença e... — Parei quando encontrei o olhar torto de Gena. Amiga ou não, eu sabia que não deveria explicar detalhes técnicos para Gena Landers. Em especial, se ela me faz um jantar a uma hora dessas. — Você também é nossa amiga, Gena.

O Francês balançou a cabeça, com os dentes cravados no lábio inferior. Ele ainda tinha um grande curativo na lateral do pescoço, o ferimento quase atingiu sua artéria carótida — às vezes, chegava-se a segundos da morte, mas, no caso do Francês, ele chegou a centímetros da morte. Ele tomou outro gole de café, acenou com a mão quando Gena lhe deslizou um prato, mas pegou um pequeno prato de batatas rosti.

— A polícia de Nova York está tornando isso público. Já que não têm certeza de quem é. Roupas pretas chiques e tudo mais. — Francês deslizou seu telefone. Era uma coletiva de imprensa cheia com um homem à paisana, seu bigode castanho era espesso o suficiente para causar inveja em Jake. Na parte inferior da filmagem, a legenda "Detetive Flint, Departamento de Polícia de Nova York" apareceu na tela.

— Flint — murmurei. — Parece familiar.

— Ele trabalhou com Marc em alguns casos estranhos de homicídio — explicou o Francês. — Nesta realidade, pelo menos.

Flint falou por um minuto, suas palavras foram perdidas sem o volume alto, mas depois o vídeo passou para uma filmagem em preto e branco de um ângulo estranho de canto. Reconheci o local — o topo da rotunda, bem perto do consultório da dra. Emmet. Venom nocauteou um segurança, um chute forte lançou o homem uniformizado por cima do corrimão. Em seguida, o alienígena "não Marc" se virou, com olhos brancos brilhantes contra uma máscara preta como azeviche.

— O que Marc falou para vocês? — perguntei, despejando mais calda em cima das panquecas que restavam. Se esse corpo estava morto, o que isso fazia com nosso trato digestivo? Ainda tinha que ser *alguma coisa*, dado que não tínhamos pulso e aparentemente podíamos permanecer por horas em um saco mortuário hermético. Ainda assim, em todas as minhas buscas de mergulho profundo, a biologia experimental nunca me chamou a atenção da mesma forma que a arte ou a arquitetura.

Eu supus que o que fosse para acontecer ia acontecer. Não era como se Jake se opusesse às minhas escolhas de jantar, e Khonshu também não parecia se importar.

— Ele perguntou se sabíamos algo sobre a coisa que ele roubou do hotel. O psi-phon.

— E o que responderam para ele? — perguntei, enquanto Gena colocava mais uma bandeja de comida na mesa atrás de nós. O Francês começou a pôr um pé para fora de nossa mesa, mas Gena bufou e o cutucou para que voltasse ao lugar. Pratos tilintaram contra a nossa mesa enquanto ela servia mais comida: frutas frescas, *muffins* ingleses, salsichas e mais batatas rosti para o Francês, tudo isso combinado para gerar o melhor cheiro deste lado do Multiverso.

— Eu contei a verdade para ele. Aquele negócio com Sombra da Lua foi há muito tempo. Eu nem estava envolvido e precisei lembrá-lo disso. Só porque ele me contou a história anos atrás, não significa que eu ia saber alguma coisa disso. Ou de como energizar aquele maldito troço. — O Francês balançou a cabeça, depois pegou um morango da cumbuca. — Ou da história dele.

— Ah, ele falou à beça disso. Fazendo todo tipo de pergunta bem específica — comentou Gena, tirando a mochila do Francês do assento e colocando-a no chão. Ela deslizou para o banco, acomodando-se ao lado do Francês antes de sentir o cheiro da própria comida. — Sabe o que foi engraçado, entretanto? Ele passou de "psi-phon isso" e "Sombra da Lua aquilo" para Marlene. — Ela riu, uma risada alta e calorosa, com a cabeça balançando e o dedo em riste. — O assunto sempre volta para Marlene com Marc.

— Qualquer um de vocês, Marcs — concordou o Francês, juntando-se à risada.

— E qualquer um de vocês *em* Marc.

— Marlene — falei. Na minha mente, Jake falou a mesma coisa, e suponho que Gena estivesse certa quanto a isso. Tudo sempre retornava a ela.

Mas por quê?

Marlene não estava envolvida com o caso do Sombra da Lua.

Acho que Khonshu se lembrava.

— Se ela não estava envolvida, então, não é realmente um fator aqui. Por que Venom se importaria?

— Será que Venom não tinha interesse em reconquistá-la? — sugeriu Gena.

O Francês se inclinou e abaixou uma persiana de metal o suficiente para dar uma olhada no tráfego que passava.

— Não acho que *essa* versão de Marc encantaria ninguém.

— Certo, então, não é uma visita pessoal. Não há nostalgia ou saudade envolvida. — Simbiontes ao menos conseguiam sentir saudade de alguém? Seria uma boa pergunta caso eu algum dia encontrasse um dos Vingadores ou alguém que lidasse com problemas maiores do que os meus. — Por que ele perguntaria sobre Marlene?

— Na verdade — interrompeu Jake —, *o que* ele perguntou?

Repeti a pergunta de Jake, embora não tivesse certeza se valia a pena explicar que vinha da voz dentro da minha cabeça.

— Ele perguntou se ela ainda estava no último endereço conhecido ou se havia se mudado. — Uma careta torta se formou sob o bigode do Francês. — O que era uma maneira muito estranha de perguntar. Mais uma vez, falei a verdade para ele: Marlene vive sob um pseudônimo agora.

— Ou aquele alienígena está bagunçando as memórias dele, ou ele levou uma pancada forte na cabeça. — Gena tomou um gole de café e depois fez sinal para nós dois comermos mais. — Tudo o que sei é que o que aconteceu entre ela e Marc foi ruim, muito ruim. Ruim o bastante para ela cortar todos os laços com Marc em todos os sentidos. Isso mexeu muito com ele.

— Ainda não faz sentido. — O Francês voltou-se para seu telefone. A tela esteve temporariamente escurecida até ele a tocar de novo. — E, além disso, com todas essas coisas acontecendo com Venom, Retrógrado e tudo mais, por que ele está suspirando por Marlene? Sabe, quando Marc me contou como tudo acabou com ela, ele me olhou nos olhos e disse: "Duchamp, nunca traga sua porcaria para a vida das pessoas que você ama. Porque, mesmo que elas falem que aceitam, elas não aceitam. E não deveriam aceitar". Não sei como ter um parasita alienígena se encaixa nisso, mas parece que isso se enquadra em "porcaria", sabe? — O Francês enfiou a mão no bolso do casaco e tirou um pequeno frasco de metal. — Talvez seja a hora para isto? Tenho guardado desde os nossos primeiros dias no Retrógrado. Tem um cheiro horrível. Definitivamente não é de qualidade. — A reação severa de Gena o fez guardá-lo no mesmo instante; ela provavelmente não queria que seu trabalho duro fosse manchado por bebida barata.

Entretanto, por que Marlene? Fechei os olhos, não para entrar no Espaço Mental, mas simplesmente para analisar essa nova informação.

— Vamos partir do começo. — Tirei duas panquecas da pilha, colocando-as lado a lado, em seguida, apontei para a da esquerda com o garfo. — Venom entra na minha vida em alguma missão para... *alguém*. Sequestra Spector. Depois, transporta esse corpo até — apontei para a panqueca da direita agora — esta realidade, porque ela tem o psi-phon. Se existe no meu mundo, nunca ouvi falar dele, nunca lidei com ele. Spector nunca teve que lutar contra Sombra da Lua. Talvez possa não existir em nossa realidade? Porque está relacionado ao Multiverso, talvez apenas um psi-phon exista em *todos os lugares*. — Bati na pilha de panquecas. — E as anotações da dra. Emmet, ela pesquisou a história do psi-phon. Foi assim que colocou as mãos nele. Em suas anotações, ela mencionou o pai de Marlene e...

Parei. E não precisava mais do apoio visual das panquecas para entender.

— Ele *não* está em busca de Marlene — falei por fim, tirando o caderno de Emmet do bolso interno. — Procura o pai dela. Quer dizer, olha, Emmet escreveu: "Ele também afirma que foi criado por um 'ser interdimensional' conhecido como 'Magus'... Descobri uma referência a Magus na tradição egípcia antiga em um artigo de Peter Alraune". — Girei o caderno aberto para o Francês ver. — Bem ali. Peter sabia alguma coisa sobre o psi-phon. Talvez ele tenha sido uma das poucas pessoas no mundo a de fato estudá-lo. Marlene não ia saber como energizar o psi-phon, mas talvez ela tenha as anotações do pai sobre ele. É isso que Venom quer. Ele não está tentando consertar as coisas com ela, ele quer quaisquer anotações do pai que ela possa ter guardado.

Gena assobiou.

— Sua "porcaria", não é?

— Isso não vai ajudar Marc a reconquistá-la. — O Francês estreitou os olhos, depois, olhou de volta para fora de uma persiana inclinada. — Creio que precisamos chegar até ela antes deles, não é?

— Certo, certo — concordei, pegando um pedaço de bacon que não representava nada nas minhas analogias de comida. — Então qual é o pseudônimo dela?

— Meu amigo — respondeu ele —, você não sabe?

— Eu sou de uma realidade diferente — ressaltei. — Assim, 99% das coisas são iguais. Mas algumas são diferentes. Agora mesmo Marlene vive conosco na mansão. — O Francês e Gena pararam e se entreolharam, com os mesmos olhos arregalados e careta hesitante em ambos os rostos. — Então, qual é o pseudônimo dela?

— Aqui está a questão, querido — explicou Gena, delicadamente. — Nós não sabemos. A única razão pela qual sabemos que ela está usando um pseudônimo é porque você... quer dizer, Marc... Marc nos contou. E Marc falou que prometeu manter a identidade dela em segredo. Portanto, ele sabe. Em algum lugar naquele cérebro, ele sabe. Mas Venom? — Ela se inclinou para a frente, com uma determinação repentina em seu olhar. — Acho que Venom não sabe.

CAPÍTULO 22
VENOM

ESSE BARULHO.

Que barulho é esse?

"*Qual barulho?*", você pergunta. Esse caos de pensamentos em nossa cabeça. Está aí desde que pegamos o psi-phon e saímos do hotel.

Com Eddie, as coisas eram diferentes. Nós nos movíamos como um, nós nos entendíamos. Nossa existência juntos é... bem, digamos que somos um pouco mais desajeitados com você do que com Eddie. Mesmo com isso, algo novo invadiu, um zumbido que só aumentou na última hora.

É como se...

... como se mais vozes falassem.

Mas não a Mente-Colmeia.

"*Quantas vozes?*", você pergunta.

Não conseguimos precisar. Nós mesmos. Você.

Outra coisa.

"Bem-vindo ao meu mundo." Você ri. "Bem, você se acostuma. Sabe, na verdade é até legal. Nunca se está sozinho."

Por que você está tão *presente* agora?

— Pedi para você confiar em mim. Acho que é assim que estamos aprendendo a trabalhar em equipe. — Você está falando em voz alta agora em vez de discutir em sua mente, como se estivesse apenas tendo uma conversa enquanto avançamos pela Mansão Spector, passando pelos móveis sem uso e pelo relógio de pêndulo tiquetaqueando. — Sim, era assim que eu trabalhava com Khonshu. Com Steven e Jake; às vezes, falávamos em voz alta, mas outras vezes íamos até um lugar em nossas cabeças. É alucinante lá; o tempo passa de forma diferente.

E SE... MARC SPECTOR FOSSE HOSPEDEIRO DO VENOM?

Você ativa o leitor de segurança, espera que ele gire e emita bipes de confirmação, depois, avança pela passagem até o esconderijo do porão. Luzes são ativadas conforme você desce, uma voz computadorizada o cumprimenta. Você anda depressa, com o psi-phon ainda em mãos, leva-o até uma mesa de análise e o coloca sob os aparelhos. A máquina geme ao inicializar, depois você se vira para o computador central conforme ele começa suas descobertas.

— Então, sou um colega de trabalho melhor que Eddie? — você pergunta com um humor repentino na voz. Como se não estivéssemos ameaçados de extinção. — Você falou que com a confiança vem o humor. Além disso, o que você sabe sobre Eddie?

— Está vendo? Agora você está mudando de assunto. — Irritação colore suas palavras. — Certo, não sei nada sobre Eddie. Além do fato de você tê-lo mencionado algumas vezes. — Enquanto os aparelhos examinam o psi-phon, você digita no teclado. Vários gráficos e listas aparecem.

Isso é diferente de Eddie.

— O quê, ele não gostava de computadores?

Eddie era jornalista, ele usava computadores o tempo todo. Na verdade, ele fazia muita coisa sem riqueza excessiva para ajudá-lo.

— Ah, então você está sentimental a respeito dele agora. Entendi.

O que estamos tentando dizer é que as coisas são diferentes. Não podemos ler todos os seus pensamentos. Não sabemos por que estamos olhando para esta tela de computador.

— Você queria saber mais sobre o psi-phon. Como ele funciona. — Você dá um sorriso largo para si mesmo, mas provavelmente com a intenção de sorrir para nós. Sim, ainda podemos sentir seus músculos faciais.

Você falou que conhecia alguém que talvez pudesse ajudar.

— Conheço. Só quero fazer meu dever de casa primeiro. Ela é inteligente, não quero desperdiçar seu tempo.

A temperatura do seu corpo aumenta. Seu pulso acelera. Sua respiração fica mais curta.

Ah, é algo *desse* tipo.

— É só complicado. — Você para, inclina a cabeça, e agora a temperatura do seu corpo aumenta de uma forma diferente. — Ok, agora você está sendo inconveniente. Olha, quer descobrir como ligar isso ou não?

Nós queremos. Mas queremos saber o que você está pensando. Dado que os universos podem implodir, parece importante estarmos na mesma página.

— Privacidade é uma coisa boa, Venom.

Não, há algo mais. Não podemos dizer porque você está certo, seu cérebro é diferente.

— Veja — responde você —, não estou tentando mantê-lo de fora. Mas acho que a maneira como este cérebro, este corpo, funciona... somos todos separados. Eu, Steven, Jake. E Khonshu. Escolhemos compartilhar umas coisas, e algumas outras vazam, mas cada um de nós guarda suas roupas nas próprias malas. Sabe? Provavelmente é mais saudável assim. Às vezes acho que Steven nem gosta de mim. E eu nem sempre gosto de Jake. Mas estou começando a ver que é apenas parte da equação. Em vez de realmente usar um ao outro.

Você permanece firme, checando lista após lista na tela: registros de segurança, alertas recebidos, inventários de equipamentos. Mas você para em uma em particular.

Estado do Equipamento Emergencial está escrito no topo. E caixas cinza cercam vários itens.

Terno do Senhor da Lua.

Bastão de Adamantium.

Celular de emergência.

Bigode de emergência de Jake Lockley.

Jake tem um bigode falso extra no equipamento de emergência? Você é mesmo diferente de Eddie.

Podemos ler seu próximo pensamento — *"não vou honrar isso com uma resposta"* —, e você segue adiante.

— Ah, está vendo? — Você toca na tela e clica em uma longa janela de texto. — Steven e Jake... os outros Steven e Jake. Estiveram aqui. Há um registro de segurança completo. Por algum motivo, o corpo deles é mais baixo que o meu em quase um centímetro, e isso atrapalhou o reconhecimento corporal.

Nenhuma pessoa é idêntica em todo o Multiverso. Experiências vividas criam circunstâncias únicas.

— Agora você está filosófico. Certo, quer dizer que eles pegaram um bastão de adamantium...

E SE... MARC SPECTOR FOSSE HOSPEDEIRO DO VENOM?

Estamos bem cientes disso.

— ... e outras coisas. Faz sentido. Era o que tinham quando os rastreamos. — Você encara a tela por um momento, depois, abre uma nova janela, uma com um teclado numérico. — Venom?

Sim, Marc.

— Eles estão com um telefone. Podemos contatá-los.

Por que íamos querer fazer isso?

— Olha, você me falou que há mais em jogo. Você me mostrou, ainda não entendi tudo, mas sei que não é só... sabe, alguém contrabandeando armas ou algo assim. Fico melhor com Steven e Jake por perto.

Isso é uma má ideia.

— Mais companheiros de equipe significam mais apoio. — Seu suspiro passivo-agressivo é muito irritante. — Olha, somos uma equipe. Não apenas um ruído confortável. Sabe, eu provavelmente devia ter percebido antes.

Mais companheiros de equipe significam mais variáveis. Devemos passar o mais despercebidos possível para o Sussurrador. O Sussurrador não pode ler nossos pensamentos, mas ele está *monitorando*.

— Só estou dizendo que confiança também inclui confiar na minha intuição.

De repente, você está muito agradável. Por que isso?

— Bem, é simples. Pedi a você que salvasse Steven e Jake. E você salvou. — Uma nova janela aparece, preenchida aos poucos com um esquema do psi-phon e uma lista de especificações. — Isso se chama "confiança". Ou, como diria Steven, desenvolvimento de equipe.

Você fala sobre confiança. Mas não podemos ler todos os seus pensamentos. Com Eddie, não havia segredos.

— Está bem, olha, entendo que você está me comparando com seu ex. — Você ri em um tom estranho. — Irônico, dadas as circunstâncias.

Eddie não é um "ex".

— Claro, Venom. Acredito totalmente em você. — Seu tom implica que isso é sarcasmo. — Mas, de qualquer forma, tudo o que estou dizendo é que meu corpo é diferente. Meu *cérebro* é diferente. Eu já tive muitas missões e... — Agora você faz uma pausa enquanto estuda a tela.

Esse zumbido, está mais alto agora. O que é isso? É a parede entre nós?

— Não ouço nenhum zumbido. Será que você não está apenas captando os computadores trabalhando? — Você clica no teclado um pouco mais, os esquemas do psi-phon giram e dão zoom. — Vamos, vamos...

Você para. Fica quieto por algum tempo. Vinte e oito segundos, para ser exato.

— Não é nada. Só tive problemas para ouvir você por um segundo. Talvez meus ouvidos estejam se acostumando a ter simbionte neles.

Não deve interferir no seu processamento auditivo. Eddie nunca teve problemas.

— Sabe, quanto mais eu conheço você, mais sinto que sempre vai me comparar ao Eddie.

Eddie se mudou para São Francisco, que é melhor que Nova York.

— Rude. Rude, Venom. E bastante crítico. Você pode gostar das duas cidades igualmente por razões diferentes. Mas tem bons burritos. — Você faz uma pausa, com a cabeça inclinada, mãos esfregando o rosto. — Olha, se vamos ser parceiros, posso parar de explicar todas as ações para você?

Pode.

— Ótimo. Sabe, isso é muito diferente de Khonshu. Khonshu era apenas um observador raivoso. Como comentaristas em transmissões esportivas. Você... você é mais como se estivéssemos compartilhando o controle em um videogame.

Você está forçando as metáforas.

— Uau, você conhece a palavra "metáforas". Bom vocabulário, Venom.

Nós falamos para você, Eddie era jornalista. Provavelmente sabemos mais palavras grandes do que você.

— Justo — responde você, rindo; uma risada genuinamente agradável. — Olha, aqui estão nossas anotações sobre o psi-phon. Certo, não sou um *jornalista*. Mas o caso com o Sombra da Lua foi simplesmente esquisito, então, senti a necessidade de anotar tudo.

Não nos importamos com Sombra da Lua. Mais engenharia, menos história.

Estranho. Você não reage ao que falamos. Em vez disso, você hesita. Seu pulso acelera de novo, mas desta vez é diferente de antes. Você estreita os olhos, não para o relatório de inventário ou para o psi-phon, mas para longe. E agora seus pensamentos, suas emoções, suas *intenções* parecem mais distantes do que nunca.

Em seu lugar, aquele zumbido ficou mais alto.

— Espere, o que quer dizer com "potência máxima"? — pergunta você do nada.

É uma coisa estranha de se dizer. Nós não entendemos.

Sejamos claros: não queremos dar poder ao psi-phon ainda. Precisamos entendê-lo primeiro. Nós mostramos a você o que está em jogo, a ameaça à Mente-Colmeia. Antes de tomarmos qualquer ação com o psi-phon, precisamos de um plano. Não podemos apenas entregar ao Sussurrador o que ele quer.

— Você acabou de falar uma coisa. Você disse que precisamos descobrir como fornecer o máximo de energia para o psi-phon. — Você franze a boca em contemplação. — O que quer com essa coisa? Você ainda não explicou.

Não falamos nada disso.

— Não, eu ouvi você. Vamos, pensei que agora estávamos confiando uns nos outros. Pare de usar vozes diferentes, ainda estou me acostumando ao seu rosnado estranho.

Vozes diferentes? Você está ouvindo outras...

O corpo se contrai. Cada músculo fica tenso. Uma eletricidade ondula através dele, mas nada está chocando o corpo. Em vez disso, aquele zumbido retorna, uma intensidade e um tom que não podemos explicar.

Só que não vem de você. Sua presença cresce, você cresce em consciência, em autonomia, mas há algo mais aqui — esse zumbido vem com uma malícia que não faz parte de Marc Spector.

E em seguida...

Uma voz. Um som que é claramente uma voz, mas as palavras são bloqueadas pelo zumbido.

Ouviu isso?

— Sei que tem mais alguma coisa, porque tem outra voz gritando comigo. Eu pensei que você, sabe, estava tentando usar uma voz mais assustadora. Khonshu às vezes fica de mau humor e faz isso.

Outra coisa está acontecendo. Talvez o psi-phon esteja causando interferência. Você pode estar ouvindo vozes de outros reinos.

Marc.

Marc, você está aí?

Você se cala. Ainda assim, continua a observar os dados do psi-phon no computador. Você digita no console, inserindo comandos para executar uma análise de força, franze a testa em frustração. Ouvimos sua voz agora enquanto você murmura:

— Tem que haver outro jeito. — Mas, então, seus pensamentos somem. Não podemos mais sentir sua presença, suas emoções.

Você consegue nos ouvir?

Seus movimentos ficam mais lentos. Observamos através de nossos olhos compartilhados e, ainda assim, agora estamos desarticulados, como se estivéssemos flutuando atrás de você.

— Sim — diz você, lentamente. Você olha ao redor da sala, mas, por um momento, podemos senti-lo de novo. Uma tensão existe, um lampejo de algo. Não pensamentos, mas a inescrutabilidade da emoção. Suas bochechas coram, sua testa se franze, há uma ardência na boca do seu estômago...

Isso é culpa?

— Entendi.

O que está acontecendo? Isso é um truque de Khonshu?

— Venom — fala você em uma voz lenta e comedida —, quero que saiba que estou prestes a fazer algo e é por todos os motivos certos.

Você nos pediu para confiar em você e nós confiamos! O que está fazendo com o corpo? Por que não podemos sentir...

CAPÍTULO 23

MARC

MARC TINHA CONTROLE DO CORPO.

Puta merda, Marc tinha controle do corpo.

E tinha o traje. Depois do incidente no hotel, Venom havia, bem, venomizado por completo, usando tentáculos e membros enormes para movê-los rapidamente, Marc assistiu a tudo.

Todo o caminho até a Mansão Spector. E, depois, Marc conseguiu um pouco mais de controle, levando-os até o esconderijo no porão e o supercomputador. Ainda no traje, ainda com capa e tudo, mas sem máscara. Marc olhou para baixo, seu peito, membros, botas, tudo de volta à esperada cor branca do Cavaleiro da Lua.

Pela primeira vez em dias, ele era mais do que apenas um passageiro; era como nadar em lodo espesso até finalmente emergir para respirar, ar puro e refrescante. Bem, não era de todo verdade — as últimas horas ofereceram mais clareza, nitidez, um senso emergente de si mesmo. Mas, ainda assim, nada se igualava a ter controle total do corpo, uma ingestão completa de informações sensoriais. Embora a base de operações da Mansão Spector oferecesse pouca luz natural, cada um dos LEDs que piscavam dos servidores e peças do computador explodia como um arco-íris aos olhos de Marc. O zumbido baixo dos dutos de ventilação, o zunido dos processadores, tudo soava praticamente como uma sinfonia em comparação ao estranho subespaço onde ele estivera.

Venom havia mencionado outro hospedeiro — Eddie. Eddie encontrou uma maneira de viver uma coexistência um pouco mais equilibrada com o simbionte ou apenas se acostumou a ficar preso em uma névoa?

Teria que descobrir isso outra hora. Porque, mesmo que Marc controlasse o corpo, não estava sozinho.

Havia mais alguém em sua cabeça, mas era diferente de muitas de suas experiências anteriores. Com Steven e Jake, poderiam muito bem ter sido colegas de quarto em um apartamento pequeno demais. Com Khonshu, ele era mais o vizinho irritado que batia na porta e gritava através das paredes. E Venom... bem, levou tempo para Venom começar a confiar nele ou mesmo a dar a Marc um pouco de autonomia de volta, então, não podia julgar de verdade. Por enquanto.

Isto, no entanto, era novo — estranho, quase como se alguém tivesse grampeado diretamente sua mente. Essa pessoa, quem quer que fosse, zumbia, entrando e saindo de sintonia, e fazia isso com uma explosão caótica de turbulência, acompanhada de mensagens que Venom claramente não ouvia.

E essa pessoa misteriosa fez um acordo.

Marc sabia que não deveria confiar em entidades estranhas e poderosas que ofereciam acordos. Contudo, considerando que as ameaças dessa pessoa criavam os maiores riscos que ele já havia encarado antes, precisava mudar alguma coisa.

Além disso, teria Venom de volta em breve. Assim que compreendesse isso.

— Você está aí? — perguntou Marc.

ESTOU.

A voz da pessoa vinha com uma distorção que removia qualquer nuance ou tom e, em vez disso, gritava direto no crânio de Marc.

— Certo, bem, estamos aqui. Você falou que poderia esmagar Venom e eu, mas que queria conversar comigo. Então, vamos conversar. Quem é você?

NÃO IMPORTA.

— Não, veja, isso *importa*. — O quanto essa pessoa conseguia ver das memórias de Marc, da sua mente? Nenhuma pista clara chegou sobre isso, portanto, Marc, em vez disso, seguiu seus instintos, que lhe disseram que essa pessoa precisava dele mais do que deixava transparecer. — Falei a mesma coisa para Venom. Se vamos trabalhar juntos, precisamos confiar um no outro. — Isso era mentira; Marc tinha começado a entender um pouco as motivações de Venom e por que o simbionte chegara a tais extremos. Ele não gostava nem concordava necessariamente com as ações dele, mas pelo menos entendia. E, para ser justo, ele e Jake tinham sua cota de sangue nas mãos, então, quem era ele para julgar?

Mas essa pessoa... Seria esse o misterioso Sussurrador que Venom havia mencionado, aquele que de alguma forma controlava o destino do Multiverso?

Parecia que sim, dado o escopo das ameaças feitas. Alguém comandando uma rede de drogas no bairro de Hell's Kitchen não tinha exatamente os meios para obliterar um universo inteiro.

NÃO TENHO TEMPO PARA FRIVOLIDADES. DIGA-ME O QUE SABE SOBRE O PSI-PHON.

O que ele *de fato* sabia sobre o psi-phon? Bem, havia o relatório de análise à sua frente — algumas noções básicas sobre especificações físicas, como peso e dimensões. E, a partir das especificações, esquemas com um diagrama de circuitos. Marc presumiu que o computador tinha dado seu melhor palpite, já que não era uma opção baixar os projetos para o psi-phon do site do Multiverso.

Na verdade, tudo parecia um palpite, uma base a partir da qual refletir sobre o como e o porquê do funcionamento interno do psi-phon. Mas, para de fato entenderem tudo, precisariam de tudo o que Peter Alraune havia descoberto sobre ele.

— O que sei — respondeu Marc — é que estava no depósito do porão do hotel Top of New York. — Ele tomou a decisão naquele momento de testar as capacidades dessa pessoa misteriosa; claramente estava conectado a Venom, mas isso significava todo este corpo? Ou as informações entre todos eles estavam separadas em silos dentro do cérebro?

— Alguém no leilão viu que estávamos indo atrás e tentou nos impedir. — Marc recorreu à menor das mentiras para ter certeza. — Acho que era um segurança.

Um segundo se passou, depois dois.

Nenhuma resposta. Nenhuma contestação ou demanda por mais detalhes.

Interessante. Essa pessoa não só não tinha acesso completo às memórias de Venom, como também não conseguia cavar muito fundo na mente de Marc.

— E, então, Venom o apreendeu.

DEVE ATIVAR O PSI-PHON.

— É tudo o que sei, amigo.

MENTIRA. VOCÊ SABE MAIS. POSSO SENTIR.

Lá estava. Não estavam em um cenário preto e branco, mas havia margem de manobra suficiente para que Marc pudesse manipular a situação — e proteger todos os envolvidos. "Não, primeiro você me fala quem você é." Marc *quase* falou isso, porém, em vez disso, escondeu a informação. Essa pessoa não podia saber que Marc e Venom haviam desenvolvido uma espécie de parceria informal.

PODE ME CHAMAR DE: O SUSSURRADOR. E DEVE SEGUIR MINHAS ORDENS. CONTE-ME COMO ATIVAR O PSI-PHON.

O palpite de Marc estava certo. Essa era a pessoa que Venom, de todos os seres, temia o suficiente para se envolver em subterfúgios. Esse medo por si só carregava peso o bastante para deixar Marc nervoso; essa pessoa poderia não cumprir todas as suas ameaças, mas era claramente risco suficiente para que até Venom recuasse do nível normal de caos. Qual era o verdadeiro potencial do Sussurrador? E isso tornava Marc capaz de enfrentá-lo?

Nesse ponto, ele não tinha exatamente outra escolha a não ser entrar no jogo. Minutos antes, o Sussurrador prometera o corpo a Marc em troca da única informação que poderia energizar o psi-phon. Era isso que ele tinha em vantagem.

— Ou o quê?

OU FAREI O QUE DEVO. SUA REALIDADE NÃO SIGNIFICA NADA PARA MIM. É BASE PARA UM EXPERIMENTO, E PRECISO DE RESULTADOS. SE NÃO OBEDECER, PRIMEIRO DESTRUIREI ESTE UNIVERSO E DEPOIS DESTRUIREI A MENTE-COLMEIA DE VENOM. ISSO ESPALHARÁ DESTRUIÇÃO POR TODO O MULTIVERSO. ENTENDA UMA COISA, MARC SPECTOR: SE EU NÃO CONSEGUIR FAZER O PSI-PHON FUNCIONAR PARA MIM, ENTÃO, ENCONTRAREI OUTRA COISA QUE FUNCIONE.

QUEM SOFRERÁ POR ISSO É DECISÃO SUA.

Marc escolheu as próximas palavras estrategicamente.

— Bem, sendo assim, eis aqui o problema. Eu *conheço* alguém que pode ajudar. Estava nas anotações da dra. Emmet: Peter Alraune. Ele estudou o psi-phon. — Marc hesitou por um momento, um plano emergia em sua mente. Arriscado, com certeza. E, para ser sincero, ia irritar Marlene. Droga, provavelmente ia irritar *todo mundo*. Mas com certeza parecia ser a única maneira de ficar um passo à frente do Sussurrador *sem* que toda a história de destruição do universo entrasse em jogo.

Todo o acordo com o pseudônimo de Marlene vinha do fato de que ela estava completamente farta de toda e qualquer coisa que Marc, Steven, Jake e Cavaleiro da Lua traziam para sua vida. Ela provavelmente não o perdoaria por isso. Porém, caso ela entendesse todo o risco do "destino do universo", talvez ele recebesse um desconto.

No mínimo, com sorte, ela ia achar o plano dele inteligente.

— Ele morreu anos atrás. Mas a filha tem as anotações dele.

LEVE-ME ATÉ ELA.

— Não posso. Pelo menos, ainda não. Veja bem, há um problema. Ela não é mais Marlene. Ela assumiu um pseudônimo. Se quiser, posso explicar o porquê. Tivemos um… bem, relacionamento difícil. Ela me contou seu pseudônimo uma vez. Mas eu esqueci.

NÃO É ASSIM QUE A MENTE HUMANA FUNCIONA.

— Desculpe, não tenho uma mente humana padrão. Esse é um dos detalhes sobre mim, eu costumava ter um deus egípcio chamado Khonshu preso na minha cabeça.

VOCÊ COMPARTILHA ESSA MENTE COM OUTRAS IDENTIDADES TAMBÉM.

Marc concedeu pontos ao Sussurrador por conhecer a terminologia psicológica adequada. Pelo menos ele era bem informado.

Mas o fato de o Sussurrador saber sobre a existência de outras identidades significava que também sabia sobre os outros Steven e Jake? Melhor não o deixar saber disso de qualquer forma; além disso, sabe-se lá se aquele corpo ainda tem muita vida nele. Marc suspeitava de que Khonshu estava fazendo algo para ajudar com o enorme ferimento no peito causado pelo dardo crescente, mas esse tipo de coisa em algum momento alcançava as pessoas.

Quanto menos dissesse, melhor. Para todos eles.

— Está certo, tenho umas vozes na minha cabeça. Mas apenas uma delas com habilidades úteis. E, graças a Khonshu, desenvolvi a habilidade de hipnotizar pessoas. E uma vez, usei-a em mim mesmo.

Isso era dizer o mínimo. Naquele momento, o processo era mais do que apenas trancar um segredo.

Era uma escolha. Era a única escolha, e marcava a última vez que Marlene falou com ele.

— Eu não deveria lhe contar — declarou ela na época. — Uma ruptura completa é uma ruptura completa.

— Olha, prometi que manteria você longe da minha vida de violência. — Nesse momento, Marlene se virou, e apenas uma sugestão de seu longo cabelo loiro ficou visível em sua silhueta. — É assim que farei isso. Em um mundo perfeito, nunca vou precisar dessa informação, nunca mais nos veremos. Mas, para manter essa promessa, preciso fazer isso. — Marc estendeu a mão para colocar no ombro dela, mas ela deu um passo à frente. — Por favor.

Tiveram essa discussão várias vezes, e a lógica dele finalmente venceu as emoções de Marlene. Então, ela revelou seu pseudônimo, com a promessa solene de Marc de que ele hipnotizaria a si mesmo para trancar a informação. A única maneira de acessá-la? Retornar ao mesmo estado hipnótico.

Marc retornou ao momento com o Sussurrador.

— Agora, para fazer isso, preciso de concentração total. Você pode não conseguir detectar, mas eu consigo sentir sua presença. É um estranho tipo de... — Qual seria a melhor maneira de descrever como o Sussurrador interferia? Certo, distorcia um pouco a verdade, mas Marc usaria o que pudesse nessa situação. — É um pouco *alto*. E não consigo controlar minha mente da maneira certa com esse zumbido.

Marc estava vencendo. Sabia disso pelo fato de que o Sussurrador ficou calado por alguns segundos.

Quem quer que fosse o Sussurrador, ele estava *pensando*. E isso significava que negociações estavam em jogo.

O QUE PRECISA DE MIM?

— Simples — respondeu Marc, e sua mente passou por todas as estratégias possíveis diante dele para esta situação, como negociação de reféns das mais arriscadas. — Preciso que você pare o que quer que esteja fazendo. Desligue seu telefone multidimensional ou seja lá o que está usando. O que você *está fazendo*?

SEU CONHECIMENTO O TORNOU O ATIVO PRIORITÁRIO. ESTOU MANTENDO VENOM NA LINHA.

— Com um barulho?

SEI COMO IDENTIFICAR FRAQUEZAS E EXPLORÁ-LAS. A CONEXÃO DE VENOM COM A MENTE-COLMEIA PODE SER UM CANAL PARA MINHA

E SE... MARC SPECTOR FOSSE HOSPEDEIRO DO VENOM?

PERFURAÇÃO SÔNICA. SUAS FRAQUEZAS SERÃO EXPLORADAS DE FORMA SEMELHANTE CASO NÃO COOPERE.

Nada disso fazia sentido para Marc. E ele já tinha visto muita coisa estranha na vida.

— Ok, deixe-me reformular. Preciso que se desconecte de mim. Preciso de um período de silêncio absoluto.

COMO SEI QUE ISSO NÃO É UM TRUQUE?

— Eu não estou exatamente em posição de fazer isso, certo? Mas, caso não acredite em mim, se eu não lhe der o nome quando terminar, então, faça o que falou. Destrua este lugar. Destrua a Mente-Colmeia de Venom. E qualquer outra coisa que planeje fazer. — Quais eram suas opções? Bem poucas, na verdade. A questão era mais sobre o que ele *precisava*. E quanto tempo levaria para conseguir.

Se isso era uma negociação, começaria alto.

— Duas horas. — Duas horas para chegar até Marlene, escanear seus documentos e encontrar uma forma de destruir o Sussurrador.

DOIS *MINUTOS*.

— O quê?

DUAS HORAS LHE DÁ MUITO TEMPO. TUDO O QUE VAI FAZER É DESCOBRIR UM NOME. DOIS MINUTOS. OU SEU MUNDO MORRE.

O Sussurrador havia percebido seu blefe.

Ele conseguiria fazer *alguma coisa* em 2 minutos?

Talvez, se ele realmente estivesse separado do Sussurrador. Perder-se na própria mente com frequência fornecia uma forma de dilatação de tempo. E, de fato, o Sussurrador estava certo; tudo o que tinha que fazer era desbloquear o nome.

A parte difícil era descobrir o restante.

Marc recordou seu treinamento no Corpo de Fuzileiros Navais dos Estados Unidos, o modo de pensar que o acompanhou por grande parte de sua vida adulta, que o manteve vivo nas mais sombrias missões mercenárias e nas mais bizarras lutas do Cavaleiro da Lua, um nível de estratégia e preparação que forjou sua vontade e o impulsionou a se manter à frente daqueles que buscavam matá-lo.

Até mesmo de uma voz distante zumbindo em sua cabeça.

Marc levou um só instante para confirmar o que suspeitava. Ficou de pé, com as mãos no psi-phon, só para garantir, caso amplificasse algum de seus pensamentos para o Sussurrador, e pensou a única coisa extremamente específica capaz de provocar uma reação imediata do Sussurrador.

Quando o Sussurrador for embora, pensou Marc consigo mesmo, *vou ativar isso e destruí-lo antes mesmo que ele perceba.*

Marc esperou. E esperou. E esperou mais um pouco, mas nada veio — nem uma voz em sua cabeça, nenhuma catástrofe que acabasse com o universo. Provavelmente um bom minuto se passou até que o Sussurrador dissesse algo, e, mesmo assim, suas palavras trouxeram um conforto surpreendente.

Porque elas revelaram que Marc tinha mesmo uma chance. O que quer que o Sussurrador tivesse feito com Venom ou *contra* Venom ainda afetava Marc apenas em termos de comunicação, como um oficial superior falando com um agente por meio de um fone de ouvido.

QUAL É A SUA RESPOSTA, MARC SPECTOR? ENTREGAR OS SEGREDOS DO PSI-PHON OU PERDER SEU MUNDO?

O Sussurrador tinha acesso a Venom. Mas isso revelava que ele *não* lia os pensamentos de Marc. Marc deixaria a logística da separação fisiológica para outra pessoa; por enquanto, tudo o que precisava saber era que poderia traçar estratégias na pequena janela que lhe era concedida.

— Não entendo — falou Marc devagar, enquanto examinava as telas do computador. Esquemas e análises para o psi-phon, isso poderia ajudar, mas precisava encontrar uma maneira de mudar a situação e dar o primeiro passo para subverter o Sussurrador e ajudar Venom. — Você está falando que se eu não trabalhar com você, vai destruir meu mundo.

Projeto do circuito. Peso, comprimento, altura. História com Sombra da Lua.

Nada disso ajudaria. A Mansão Spector provavelmente não fornecia a energia para ativar o psi-phon, e ele não conseguiria alcançar Marlene, digerir as informações do pai dela, juntar tudo e *ainda* energizar o psi-phon nesse intervalo.

— Mas destruir meu mundo também destrói o psi-phon. Isso não é contraproducente?

VOCÊ É ESPECIAL, MAS NÃO ÚNICO. EXISTEM OUTROS COMO VOCÊ. OUTRAS FORMAS DE TIRAR PROVEITO DE SUAS HABILIDADES.

Marc não fazia ideia do que isso significava, mas não importava. O Sussurrador fez um breve discurso sobre como Marc e o psi-phon eram ferramentas, mas que existiam outras maneiras de influenciar o Multiverso; Marc o ignorou e, em vez disso, voltou seu foco para qualquer coisa que pudesse oferecer uma saída dessa situação.

E, por trás de todos os dados do psi-phon, ele viu. O tipo exato de esperança: as pessoas em quem confiava, o caminho de que precisava.

A lista de inventário. Marc a examinou. A lista de coisas que Steven e Jake pegaram da Mansão Spector antes de desaparecerem. Um traje, uma arma, sim, mas também...

Um celular.

Isso daria certo.

Estava tudo ali. Só precisava garantir que tudo passaria.

DECLARE SUA RESPOSTA.

— Está bem. Está bem, você venceu — respondeu Marc, com um mapa de passos se formando em sua cabeça como se estivesse planejando uma infiltração. — Dois minutos. Vou tentar fazer o melhor que posso, mas me dê um pouco de margem de manobra, certo? Vou colocar um cronômetro para nós dois monitorarmos. — Marc recolheu várias janelas e abas na tela, retirando todas as análises do psi-phon e dados históricos da tela do computador para deixar apenas o relatório de inventário e um novo aplicativo de relógio. — Preciso de você completamente fora da minha cabeça no instante em que eu começar isso. De acordo?

DE ACORDO.

— Muito bem. Vou fazer contagem regressiva. — O dedo de Marc pairou sobre o botão Enter do teclado. — Três. Dois. Um.

Marc apertou o botão.

E, em sua cabeça, o zumbido latente do Sussurrador desapareceu. Sem isso, sem Venom, sem Steven, sem Jake, sem Khonshu, o silêncio desconfortável de estar sozinho fez todos os seus nervos formigarem. Mas não tinha tempo para pensar nisso. O cronômetro caiu de 2:00 para 1:59 e Marc fechou os olhos em concentração total.

Chegou em um éter escuro e nebuloso, o lugar que às vezes aparecia decorado se as coisas pareciam estar bem, mas, na maioria das vezes, permanecia como um palco em branco. Jake não se importava, Steven aplicava suas sensibilidades bilionárias a ele, mas Marc só precisava de um lugar tranquilo para resolver o caos de seu cérebro. Sua mente focada, ecos voando de memórias duras com Marlene, palavras e imagens se confundindo cada vez mais rápido, até que ele ouviu:

— Teremos que encontrar um lugar novo e ter cuidado.

E, então, ela foi embora.

No éter, Marc viu sua silhueta sair por uma porta antes que a imagem desaparecesse, deixando apenas uma caixa em seu lugar, com moldura vermelha e tampa de vidro e as palavras EM CASO DE EMERGÊNCIA QUEBRE O VIDRO gravadas em letras grandes.

E, cuidadosamente colocado dentro dele, apenas um pedaço de papel dobrado.

Não há tempo para nostalgia ou autopiedade. A mão de Marc formou um punho e, como se estivesse socando alguém em nome da justiça, ela voou através do vidro. E apesar de tudo isso existir apenas dentro do cérebro deste corpo e de seus múltiplos ocupantes, por enquanto, as bordas irregulares e os cacos quebrados perfuraram sua pele.

Algum lugar novo...

Marc sacudiu os cacos de vidro que cobriam sua mão ensanguentada e a abaixou.

... e ter cuidado.

— Sinto muito, Marlene.

O papel se desdobrou, com marcas de impressões digitais ensanguentadas ao redor, e Marc olhou para letras vermelhas claras em sua familiar caligrafia — não a de Steven, nem a de Jake, mas a própria.

Mary Sands.

Os olhos de Marc se abriram de repente e ele se viu diante de dígitos que mudavam rapidamente na tela do computador.

Vinte e seis.

Tinha 26 segundos para enviar uma mensagem para Steven e Jake. Mas *qual* deveria ser essa mensagem? O que quer que acontecesse depois disso, o Sussurrador ainda tinha capacidades muito além das habilidades humanas. Até Venom o temia. E claramente era capaz de exercer alguma influência sobre Venom, o suficiente para que o deixasse dormente, mesmo que temporariamente.

Não, apenas uma mensagem fazia sentido. Marlene teria as anotações do pai. E o Sussurrador iria atrás dela.

Marc tinha esperanças de que Steven e Jake pudessem interceptá-la antes que fosse tarde demais.

Tocou no teclado do computador e destacou o telefone na lista de inventário, abrindo um submenu para enviar uma mensagem. Seus dedos voaram enquanto digitava o nome *Mary Sands* e pressionava Enter para enviar a mensagem por sinais digitais.

Restavam 17 segundos. A barra de andamento na parte inferior piscava constantemente, a mensagem de "Conectando..." com elipses animadas estava durando tempo demais.

Treze. Doze. Onze.

A barra de status mudou para a exibição *"Enviando dados"* enquanto o cronômetro ao lado diminuía.

"Mensagem enviada" apareceu faltando 4 segundos, o suficiente para Marc fechar a lista de inventário e deixar apenas o cronômetro de contagem regressiva na tela.

Três.

Dois.

Marc tem uma epifania repentina — era Venom quem estava trancando Steven e Jake, não o Sussurrador. Com apenas um segundo restante, Marc buscou as outras duas identidades que compartilhavam sua cabeça, sua mente estava determinada a transmitir a mensagem de que, de alguma forma, no fim das contas, os libertaria.

Um.

Um sinal eletrônico soou no mesmo instante em que o zumbido do Sussurrador retornou à sua cabeça.

— Eu tive sucesso — declarou Marc. — Você poupará este lugar? Poupará o povo de Venom?

SOU UM HOMEM DE PALAVRA.

— Muito bem. O pseudônimo dela...

O mundo parou, o peso do que Marc estava prestes a desencadear tomou cada nervo e músculo de seu corpo. Ele abaixou o olhar e viu o traje do Cavaleiro da Lua, com seu tom branco usual nas bandagens e no tecido.

Marlene conseguiria perdoá-lo por isso?

— O pseudônimo dela é *Mary Sands*.

OBRIGADO.

Marc caiu de joelhos. Ele não sentiu, mas sabia, simplesmente porque ouviu o ruído do chão, mas todo sentido tátil o tinha abandonado. O chão abaixo dele, o peso de sua capa e traje, nada disso foi registrado. Até mesmo sua visão começou a ficar turva e depois a desaparecer — assim como o som, um nada engoliu todos os zumbidos e bipes da sala de controle.

Em seu lugar surgiu uma voz.

Duas vozes.

O Sussurrador e Venom.

E Venom... Venom estava furioso.

A última coisa que Marc ouviu antes de ser completamente esmagado dentro do próprio corpo foi Venom questionando apavorado, exigindo com veemência saber o que o Sussurrador havia feito com Marc.

CAPÍTULO 24
STEVEN

ALGUÉM NOS ENVIOU UMA MENSAGEM.

O que foi muito estranho, porque não tínhamos dado esse número de telefone para ninguém. Até Gena e o Francês tiveram que me rastrear a pé do lado de fora do hotel Top of New York. Portanto, uma coisa era consistente através dos universos: tal como Spector, o Marc dessa realidade e seus coabitantes cerebrais mantinham a segurança em um nível premium.

Então, por que o telefone vibrou no meu bolso de trás? Por que havia um ícone de envelope na barra de status?

— Acontece que — falou o Francês, pegando o último pedaço de batata rosti do prato — eu até perguntei se talvez você não devesse me contar o pseudônimo de Marlene. Uma medida de segurança. Eu não usaria para nada, exceto para mantê-la segura. Mas, se algo acontecesse com você, eu poderia estar lá. — Ele balançou a cabeça, os lábios tortos mostraram uma pitada de dentes amarelados de café. — Você... Marc... recusou. Argumentou que fez uma promessa de que não contaria a ninguém. Para o bem ou para o mal. Acho que nem Steven, nem Jake sabiam.

Eu assenti, embora meus olhos permanecessem presos na tela do telefone, no ícone de mensagem.

— O que foi? — perguntou Gena.

— Alguém me enviou uma mensagem.

— Hum, provavelmente spam. Sabe, eles programam *bots* agora para vender seguros ou coisa assim — comentou o Francês, balançando a cabeça.

Toquei no ícone, e a mensagem solitária carregou, exibindo algo que não fazia sentido para mim.

MARY SANDS.

O Francês se inclinou por cima da mesa para espiar a tela, e Gena deu um tapa no ombro dele.

— Dê um pouco de privacidade ao homem — ralhou ela, mas eu levantei a mão.

— Está tudo bem — falei, girando o telefone para eles verem. — Não sei quem é.

Na minha mente, Jake grunhiu em concordância.

— Como eu disse, provavelmente spam. — O Francês limpou a boca com um guardanapo e o jogou sobre no seu prato vazio. — Estamos ficando sem tempo, certo? Vamos encontrar um computador e rastrear Marlene...

— Não acha que... — começou Gena. Ela olhou para o Francês, depois para mim, depois para o telefone. — Quero dizer, não poderia ser ela, poderia? Marlene?

— Seria uma enorme coincidência — comentou o Francês.

— Seria — falei, concordando antes de pegar o telefone de volta para encarar a tela. Mary Sands poderia ser o pseudônimo de Marlene? Tudo era teoricamente possível; eu tinha lido muito pouco sobre mecânica quântica, mas, dadas algumas das coisas que tinha visto como Cavaleiro da Lua... e dadas algumas das coisas que Marc tinha visto como Cavaleiro da Lua, bem...

Coisas mais estranhas já aconteceram conosco.

— Quem é o remetente? — perguntou Jake.

— O quê? — Minha resposta a Jake chamou a atenção da minha companhia atual. — Desculpe. Jake fez uma pergunta.

— Olá, Jake. — cumprimentou Gena. — Podemos passar algum tempo com você?

— Talvez, mas isso não é para ser uma reunião social... — Parei. A pergunta de Jake de repente tomou conta dos meus pensamentos.

Surpreendentemente, ele estava no caminho certo. *O número do remetente estava em branco.*

Não era óbvio à primeira vista, já que o telefone não tinha nenhuma outra mensagem para exibir e comparar, apenas essa solitária com o nome de uma mulher no campo de mensagem. Mas, agora que dei uma boa olhada, tal estranheza se destacou.

— O que foi? — perguntou o Francês.

— Jake chamou atenção a isso. — Toquei na tela. — Não tem remetente listado.

— Então *é* spam.

— Pode ser. Mas, se o computador central da Mansão Spector estiver configurado da mesma forma que no nosso mundo, esses telefones são apenas para emergências. E o programa de mensagens do computador — expliquei, balançando o dedo enquanto as peças se juntavam — foi projetado para apagar o remetente. Nada rastreável. Nenhuma pista, para o caso de cair nas mãos erradas. — Olhei para meus amigos, seus olhos e sorrisos cansados eram os mesmos em qualquer lugar do tempo e do espaço em que os encontrava. — Alguém nos enviou isso da Mansão Spector. E acho que foi Marc. O Marc desta realidade.

Gena fez uma rara cara feia.

— Marc… Venom… acabou de tentar atirar você de um prédio.

— Algo não está batendo aqui. — Levantei meu braço esquerdo e enrolei a manga. As cicatrizes e feridas em cicatrização fizeram Gena ofegar. — Parte de Venom está presa aqui. Venom pode sentir nossos pensamentos. Ao menos eu acho que pode. Porque podemos acessar um pouco dos deles. Era mais fácil quando estávamos próximos. Agora? — Flexionei minha mão, e a pele esticada mostrou um caroço descolorido do tamanho de uma unha. — Não tenho certeza. Mas, se Venom conseguiu nos rastrear quando estávamos no Retrógrado e, depois, quando estávamos no hotel…

— Venom estava nos observando — declarou Jake. — Eu senti. Você não sentiu? Nós apenas não sabíamos o que era na época.

Ficar aqui e encher a barriga não está nos ajudando a chegar ao psi--phon. Ou a Venom.

O suspiro de Jake encheu nossa cabeça.

— Isso não é exatamente útil, Khonshu.

Estou um pouco ocupado tentando nos manter vivos. Se não se lembra.

— E estamos tentando descobrir o que fazer com o nosso tempo de vida…

— Vocês dois querem me dar um espaço para pensar? — Ergui o olhar e vi o Francês e Gena com semelhantes expressões ofendidas. — Desculpa. Não são vocês. Jake e Khonshu estão discutindo na minha cabeça.

— Meu amigo — comentou Gena —, você vive uma vida muito interessante.

Suponho que fosse verdade. Quero dizer, os Vingadores viajavam para o espaço e lutavam contra alienígenas e coisas do tipo, mas eu tinha um taxista discutindo com um deus egípcio como parte do meu monólogo interior, e o Capitão América não podia dizer o mesmo.

— Talvez Marc tenha tomado o controle de Venom — sugeriu Jake, e eu praticamente conseguia vê-lo anuindo, pensativo, enquanto falava. — E está apenas tentando nos ajudar.

Ou é uma armadilha. Estão manipulando nossas lealdades para levá-los até Marlene.

— Aqui está a outra coisa que não entendo muito bem — falei, em parte para desviar os argumentos deles. — Venom está atrás do psi-phon, certo? Mas no hotel ele não me atirou do prédio exatamente. Quero dizer — flexionei os braços acima da minha cabeça —, eu não tenho um esqueleto de adamantium. Eu devia ter quebrado vários ossos. Khonshu, você não teria força para curar um corpo completamente despedaçado, certo?

Não, não neste estado. Já está difícil o bastante como está.

— Espere. — O Francês pegou o telefone e começou a digitar, até que um vídeo carregou. — Olhe para esta filmagem. Não há um ângulo claro. Mas aqui está você caindo do elevador. É da dark web. — Todos nos inclinamos para perto, olhando para um vídeo pixelado de mim caindo do elevador sem piso. Não era algo que fazia alguém se sentir bem consigo mesmo. — Veja bem no final. Do topo do quadro. — O Francês voltou, trazendo-me de volta como se eu tivesse sido magicamente erguido antes que ele o reproduzisse de novo. — Viu? Ali!

A tela parou, e o Francês apontou para o topo dela.

Para um tentáculo negro descendo.

— Eu notei isso antes. Pensei que talvez fosse parte da fuga de Venom. Mas, se você está despencando direto para o chão, deve estar ferido. Isso — explicou o Francês, gesticulando para baixo com uma das mãos — pode significar que Venom *salvou* você.

— Ou *Marc* salvou você — disse Gena.

Marc.

Ora, eu não era de fato capaz de falar com qualquer perspectiva ou propriedade sobre alienígenas simbiontes que geravam caos na vida das pessoas, mas parecia razoável dizer que eu não era exatamente um fã. Tenho certeza de que Jake também sentiria o mesmo. Mas Marc, *esse* Marc, de alguma forma convencendo Venom a parar toda aquela destruição para nos salvar?

Diferenças tinham que existir entre esse Marc e nosso Spector. Era natural, dadas as divergências em nossas vidas — afinal, esse Marc lidou com Khonshu, o que tinha sido uma experiência bastante desagradável até então. Mas...

Será que nosso Spector faria o mesmo por Steven e Jake desta realidade?

Uma resposta surgiu na minha mente, uma afirmativa clara, e eu até ouvi Jake grunhir em concordância. Estávamos, ao que parecia, unidos para sempre, apesar das dificuldades e discussões ocasionais pelas razões mais idiotas. Portanto, sim, fazia todo o sentido que Marc encontrasse uma maneira de nos ajudar. Porque Spector teria feito o mesmo em troca. O que significava que todos nós meio que devíamos uns aos outros desse modo, em qualquer permutação ou forma.

Talvez, quando tudo isso acabasse, Marc e Khonshu pudessem nos ajudar a encontrar uma maneira de resgatar Spector também.

— Venom falou que deveríamos apenas entregar o psi-phon para ele, que não precisávamos nos envolver, que podíamos simplesmente partir. É tudo sobre o psi-phon. Não acredito que importamos para ele. Mas Marc... é claro que Marc tentaria nos salvar. — Reativei o telefone e olhei para o nome *Mary Sands*. — Acho que é Marc. E não creio que seja uma armadilha. Não sei bem por que Marc nos daria essa pista. Mas deve significar alguma coisa.

O Francês começou a digitar no celular de novo, mas dessa vez balançou a cabeça com a testa franzida.

— Nenhum registro público de Mary Sands parece envolver Marlene.

— Espera, espera, espera — pediu Jake. — Marlene é inteligente. Ela sabe como fazer as coisas.

Lá se foi o espaço que Jake me daria.

— Tem razão — concordei. — Ela saberia como ficar escondida. Se houver algum registro de uma Mary Sands específica apenas em redes clandestinas...

— Parece coisa dela — falou o Francês com um aceno de cabeça.

— Meu bem, isso vai ser mais difícil do que lidar com Venom. — Gena soltou um suspiro grande o suficiente para encher o restaurante. — Marc prometeu a ela que ficaria longe. Garanto que ela não vai ficar satisfeita.

Parte de mim queria perguntar o que Marc tinha feito para destruir tanto as coisas com Marlene. A Marlene deste lugar tomou atitudes muito além de um simples término ou discussão. Não, a história deles atingira um ponto de ruptura, um rompimento permanente. Foi apenas uma diferença do nosso, que cresceu como uma bola de neve, ou foi tudo junto?

— Não acho que temos escolha agora — falei finalmente. Na minha cabeça, Jake grunhiu em concordância, embora seu tom mais suave revelasse relutância. — Sabe, no meu lar, Marlene ainda está ao nosso lado. É uma das primeiras diferenças que notamos sobre a Mansão Spector. — Jake grunhiu outra vez, um claro "hã-hã" chamando atenção para o crédito. — Jake notou primeiro. Ele quer que vocês saibam disso.

— Sempre espere que o taxista tenha um olhar aguçado — disse Gena, agora com um sorriso e uma piscadela.

— Muito bem, então. Mary Sands. — O Francês fez um gesto para Gena, que lhe passou a mochila. Ele abriu o fecho e tirou um laptop que zumbiu ao ligar. — Vou trabalhar nisso. Dê-me uma hora para checar minhas fontes.

— Parece que vamos precisar de mais café — declarou Gena, esticando os braços acima da cabeça. — Você faz o seu trabalho, eu faço o meu.

— Khonshu — chamei, não apenas para me dirigir a ele, mas também para não confundir Gena e o Francês —, quanto tempo acha que resta a este corpo?

Desconhecido. Parece que consigo mantê-lo...

O ruído de pneus cantando interrompeu o deus egípcio, e logo luzes vermelhas e azuis piscando se refletiram nas janelas da frente do restaurante. Gena saiu rapidamente do assento e se abaixou, os joelhos do Francês se moveram e colidiram com a mesa, e seu corpo inteiro reagiu quando ele alcançou sua mochila para pegar...

Uma arma.

— Francês — falei devagar —, não acho que um tiroteio com a polícia vá ajudar alguém agora.

— Marc Spector! — berrou uma voz com megafone. — Saia com as mãos para cima!

— Como nos acharam? — Gena perguntou em um sussurro alto. — Por que estão procurando por você?

— A filmagem de segurança. No Retrógrado. — Imaginei Venom caminhando até a câmera de segurança, removendo a máscara escura do Cavaleiro da Lua para olhar direto para a lente. — Venom estava cobrindo todas as possibilidades para dar a vantagem para eles. — Do lado de fora da janela, contei quatro carros, possivelmente havia mais chegando. Acho que devia ter ficado lisonjeado por atrair tanta atenção. No entanto, destruir a segurança de um hospital psiquiátrico inteiro provocaria isso. Estavam contando minha participação nisso ou eu estava apenas sendo incriminado pelas ações do Marc controlado por Venom?

Acho que não importava. Carros de polícia, um após o outro, paravam, enchendo a rua do lado de fora do O Outro Lugar. Portas batiam, vozes eram ouvidas, e algumas pessoas muito determinadas me queriam. Uma olhada por entre as persianas mostrou muitas, muitas armas sacadas.

Lancei um olhar para meus amigos. Como aguentavam a insanidade de Marc, Steven e Jake — e Khonshu, por falar nisso. Já tinham lidado com o suficiente, eu não podia deixá-los enfrentar um ataque de policiais. E eu tinha certeza de que o Marc deste universo concordaria.

— Vou me render. — Levantei-me com as mãos no ar.

— O quê? — perguntaram Jake, Khonshu, Gena e o Francês, todos ao mesmo tempo, gerando um som muito interessante. Lá dentro, Jake socava seus arredores, mas eu me mantive firme.

— Escutem, não chegaremos a lugar nenhum com isso a menos que encontremos Marlene. — Do bolso do paletó, peguei a máscara do Senhor da Lua e a entreguei a Gena. Ela franziu a testa quando a pegou, e os dois observaram conforme eu deslizava para fora do paletó e do colete do Senhor da Lua, dobrando-os cuidadosamente na cadeira. — Preciso que vocês dois a encontrem e depois descubram as coisas para mim. — Retirei a gravata e a enrolei com cuidado antes de colocá-la no topo da pilha. — Guarde isso em segurança por enquanto.

— O que vai fazer? — perguntou Gena enquanto amassava a máscara do Senhor da Lua.

Respirei fundo, depois virei-me para a janela, e as frestas entre as persianas estavam cheias de luzes vermelhas e azuis piscantes.

— Eu vou ser Marc Spector.

CAPÍTULO 25
VENOM

VOCÊ NÃO IA QUERER ISSO.

Mas você não está aqui.

Marc Spector ainda está presente em nosso corpo, mas dormente. Em vez disso, o Sussurrador fez algo para suprimir você. Como se você estivesse trancado em uma sala, com o Sussurrador guardando-a. Ele está aqui em vez de você, em meus pensamentos e influenciando minhas ações, um zumbido constante que dispara conforme ele reage ou exerce sua vontade.

Com o sol da manhã surgindo no horizonte, chegamos à porta de Marlene Alraune, uma pequena casa térrea com vários arbustos bem aparados na frente da varanda. Não estamos mais usando o traje do Cavaleiro da Lua, em vez disso, algo que Eddie chamaria de "casual": uma blusa preta, calças cinza largas e botas. Embora não possamos mais ouvi-lo, imaginamos que você não se importaria por invadirmos seu armário na Mansão Spector para nos vestirmos mais apropriadamente.

Pode não acreditar, mas temos alguma compreensão de sua sociedade.

Damos passos até a varanda, uma das mão segura uma bolsa contendo o psi-phon. A madeira range sob nosso peso conforme nos aproximamos. Há tensão neste corpo — você pode estar adormecido, mas ainda ecoa por todo o corpo, e suas ansiedades estão enraizadas em cada músculo.

Nós batemos.

E, então, uma voz — uma voz pequena e metálica acima de nós. Olhamos para cima e vemos uma câmera circular acima da porta.

— Não vou atender a porta para você, Marc. É cedo demais, até para você.

Agora, devemos agir como se fôssemos você, com o máximo de naturalidade possível. No entanto, não o conhecemos no mesmo nível que conhecemos Eddie. Não conhecemos sua história com Marlene Alraune, exceto por breves memórias e emoções que você compartilhou conosco.

Apenas sabemos que você não está nos melhores termos com ela. O que torna as coisas um pouco desafiadoras, considerando tudo o que está acontecendo. E o Sussurrador, ele está aqui ouvindo, projetando sua vontade, dizendo-nos que um movimento em falso significa o fim da Mente-Colmeia.

Ele não está exatamente sendo prestativo.

Então... faremos o melhor que conseguirmos.

— Olá, Marlene. — Nós levantamos a mão e acenamos. — Pode conversar conosco?

— Isso é uma piada, Marc? "Conosco"? Como se eu quisesse ter você, Steven e Jake discutindo comigo? Talvez vocês três devessem parar de discutir primeiro e aprender a coexistir na sua cabeça antes de tentarem coexistir com outras pessoas. Pelo menos pare de culpá-los pelo nosso término.

Nossa descrição de nós mesmos significa algo diferente para Marlene. O Sussurrador emite um zumbido de aborrecimento, provocando uma dor aguda no meu tímpano, que ondula pelo simbionte interno.

— Tenho uma pergunta sobre algo que seu pai estava pesquisando. Pode nos deixar entrar?

— Não.

Nada acontece. Nenhuma outra palavra sai do alto-falante, e a porta definitivamente não se abre. Neste momento, nos perguntamos o que você fez com essa pessoa para torná-la tão pouco receptiva.

— Vamos repetir. Precisamos de informações sobre algo que seu pai pesquisou. Pode...

— Não, não posso deixar você entrar. — O tom dela muda para um claro aborrecimento. — Então, e agora? Acho que você pode ficar aí parado. Pode colocar as latas de lixo pra fora se for ficar aí? A coleta é amanhã.

— Nós não estamos...

— Elas estão na lateral da casa. Só precisa abrir o portão dos fundos. — Olhamos para a câmera e sentimos Marlene nos encarando de volta. — Ou pode me deixar em paz. Sabe, como você prometeu.

Talvez fosse mais fácil se tomássemos controle do corpo e usássemos nossas habilidades para arrancar o telhado da casa. Pensamos isso em parte como uma piada, mas você fica inquieto. Se você *pudesse* romper as barreiras do Sussurrador, temos certeza de que teria muito a dizer.

Em vez disso, simplesmente vamos tentar de novo.

— Precisamos de informações...

— Meu Deus, Marc. — A voz dela agora soa com um suspiro pesado. — Não, espere um minuto. Você não é o Marc agora, é? Droga, no que se meteu?

Com isso, ouvimos passos ecoando pela casa. Em seguida, cliques quando a porta é destrancada — mais cliques do que o normal. Muito mais cliques do que Eddie tinha em seu apartamento.

A porta se abre, e Marlene emerge, vestida com um roupão e chinelos, uma xícara de café fumegante em uma das mãos. Ela dá um passo à frente, saindo para a varanda, e fecha a porta atrás de si.

— Tranca de segurança — diz ela, e a câmera no alto emite um bipe antes que todos aqueles cliques soem novamente.

Ela olha para nós. Depois, para a bolsa. Então de volta para nós. Ficamos parados e encontramos seu olhar. E, em algum lugar dentro deste corpo, sentimos você estremecer.

— O que você fez com Marc?

Tentamos enganar.

— Nós somos Marc...

— Não acho que Steven tenha adotado o "nós" da realeza, então, deixe de papo furado. — Ela aponta para a sacola. — É sobre isso, não é?

Tiramos o psi-phon e deixamos a bolsa cair no chão da varanda. Seguramos o psi-phon para Marlene inspecionar.

— O que é essa coisa? — Marlene se inclina para olhar o dispositivo de perto, e seu tom fica mais sério com a pergunta.

— É chamado de "psi-phon". Uma entidade conhecida como "Sombra da Lua" certa vez o utilizou, mas nós o derrotamos, e, então, ele foi perdido. Agora é crucial e deve ser ativado. — Nós paramos e esperamos, mas seu rosto não demonstra nenhum reconhecimento. — Seu pai o estudou.

— Querem parar com isso? Conheço Marc Spector. Vocês — falou ela, inclinando-se para a frente para dar um tapinha em nossa testa — não parecem Marc Spector. Nem Steven Grant, nem Jake Lockley, por falar nisso. É Khonshu agora? Manipulando como marionete a pessoa que costumava me conhecer melhor que ninguém? Sabe, graças a Khonshu, eu não consigo nem assistir mais a documentários sobre o Egito. É o quanto aquele pássaro idiota estragou tudo.

A resistência dela é intensa. Inesperadamente intensa. Ela fica mais ereta agora, intimidadora, apesar de estar vestida com um roupão verde-claro, e sem piscar. Ela segura sua xícara de café feito uma arma, como se fosse atirá-la em nós a qualquer momento.

O zumbido em nossos ouvidos fica mais alto. Ele aumenta, fazendo com que nossos joelhos se dobrem quando o Sussurrador se enfurece, exige mais. O ruído penetrante interfere no corpo por uma fração de segundo, o suficiente para que nosso aperto no psi-phon se solte.

E para Marlene pegá-lo.

— Está me perturbando por causa de uns fones de ouvido? — Ela ergue o psi-phon e estreita seus olhos enquanto o observa de perto. — O que foi? Precisa que eu conserte o Bluetooth para você de novo?

Por dentro, você ri. Ou parece que ri, há uma onda de alegria e perplexidade dentro de nós.

Vamos tentar mais uma vez.

— Precisamos da pesquisa do seu pai sobre o psi-phon.

— Bem, eu não vou entregar para você. Portanto, agora vá embora e volte para onde Khonshu está aninhado no momento. A menos que realmente esteja aqui para tirar minhas latas de lixo. — Ela enfia o psi--phon em nossas mãos, depois, toma um gole de seu café. — E mande um abraço para o Marc e os rapazes.

Algo novo está acontecendo. Uma sensação de queimação, mas não dentro deste corpo. Não, o zumbido fica mais alto, e, através do Multiverso, é como se uma série de pequenas brocas penetrassem em cada parte da Mente-Colmeia. Tão pequenas, tão precisas, que poderiam nem perceber.

Mas *nós* notamos. Sabemos que é um primeiro passo, uma fração do que está ameaçado. É real? Ou é uma mensagem do Sussurrador? Não sabemos dizer, não com o Sussurrador em nossa cabeça, sabemos apenas que ele tem planos para atacar a Mente-Colmeia. O quanto ele fez? Quão fortes são suas habilidades? Não sabemos, mas não podemos

E SE... MARC SPECTOR FOSSE HOSPEDEIRO DO VENOM?

arriscar. Se o Sussurrador agir de acordo com suas ameaças, então, tudo estará perdido.

— Nós lhe imploramos — falamos, embora as palavras saiam com dificuldade. — Há muito mais em jogo do que você poderia imaginar.

— Já ouvi isso antes. Não se vive anos com Marc Spector sem ouvir sobre alguma ameaça de fim do mundo. — Ela ri e balança a cabeça. — Sabe, algumas vezes, é de fato verdade. — Marlene se aproxima, tão perto agora, que sentimos sua respiração contra nossas bochechas. — Então, qual é? Verdadeira ou falsa?

Há uma porta em nosso corpo, uma atrás da qual você está preso. Só que agora conseguimos senti-lo batendo nela, gritando e berrando. O zumbido fica mais alto de novo, e finalmente entendemos.

O zumbido é tanto uma ameaça para nós quanto uma ferramenta para abafar você.

O Sussurrador não quer que nos comuniquemos. De forma alguma.

— É verdade — respondemos. — E Marc está... dormente agora. Mas por dentro. — Batemos no peito e deixamos o corpo respirar fundo. — Ele ainda está aqui dentro.

Marlene fecha os olhos, mas ocorre um movimento rápido por baixo de suas pálpebras, como se ela estivesse elaborando alguma ideia profunda e poderosa. Por fim, ela abre os olhos. Nós nos perguntamos o que você pensa disso, mas, sob os gritos do Sussurrador, não conseguimos ouvi-lo.

Mal conseguimos controlar nossos próprios movimentos com isso.

— Precisamos de informações sobre...

Ela sacode a cabeça e murmura o que parece um palavrão baixinho antes de abrir os olhos e olhar diretamente para nós.

— Conheço uma maneira de chegar até Marc.

Antes de podermos responder, ela nos puxa para perto com força, pressionando sua boca contra a nossa.

O equilíbrio em nossa cabeça parece diferente.

O zumbido desaparece.

Onde antes havia a parede sonora do Sussurrador, sentimos uma confiança. Urgência, alívio, pânico, mas, através de tudo isso, uma confiança.

Você *está* aqui. Marlene conectou o suficiente para afastar o Sussurrador, mas por quanto tempo?

Talvez não o suficiente.

Oferecemos a você o controle.

"*Sim*", você fala.

Nós cedemos. E você assume.

— Marlene. Marlene, você conseguiu. Você conseguiu. — A expressão e a postura de Marlene se suavizam, e, embora exista uma clara divisão entre você e ela, o alívio dela é visível, até para nós. — Ouça-me. Não tenho muito tempo. Sei que a fiz passar por muita coisa. Sei que lhe causei muita dor. Eu não estaria aqui se não fossem circunstâncias realmente terríveis. E sei que não pareço eu mesmo agora, e é porque não sou. — Agora sua mente está acelerada, em pânico com a informação que deve transmitir no curto tempo que tem. Você sente o Sussurrador lutando para voltar; nós sentimos também.

O zumbido retorna. Baixo, pequeno, mas presente.

O que você precisa falar, Marc Spector, diga agora.

— Vou desaparecer em alguns segundos. Outra pessoa vai assumir este corpo. Sobre o psi-phon, dê a eles informações suficientes para começar, mas deixe uma parte vital de fora. Outras pessoas estão vindo para ajudar, mas, para chegarem aqui, você precisa desacelerar tudo. — Marlene se move, seu rosto é duro e sério, como se ela já tivesse lidado com missões de Marc antes. — Esta é uma situação com reféns e precisamos ganhar tempo. Entende?

Ela não fala de imediato. Em vez disso, franze os lábios por um momento, em seguida, concorda.

— Sim, Marc. Entendo.

Você suspira diante disso. Seu alívio é palpável. E agora você começa a falar coisas que fazem a temperatura de seu corpo, a frequência cardíaca, a respiração, tudo ficar descontrolado.

— Sinto sua falta. Sinto falta do que tivemos, mas vou manter minha promessa. Vou ficar longe. Para mantê-la segura. Apenas — fala você, com as mãos tremendo — ajude-nos a passar por isso, tudo bem?

Isso parece confundir Marlene. Os músculos faciais dela se contraem e se retorcem de maneiras que não conseguimos ler. E você... você reage de forma similar. Vocês dois ficam parados em silêncio, como se nenhum de vocês soubesse o que pensar desse momento.

O zumbido cresce. Mais alto, muito mais alto — e depressa. Você fala rápido.

— E mais uma coisa, confie em Steven e Jake. Eles vão...

O corpo treme. Agora você está trancado de novo. Aquele zumbido está de volta. Marlene olha para nós, seus olhos estão nublados com lágrimas, mas também estreitos em... frustração? Raiva? Tristeza? É difícil para nós sabermos.

Mas, conforme nossa postura muda, ela parece entender. Mais importante ainda, você a fez passar por coisas suficientes para que ela pareça levar isso na esportiva.

Agora somos nós que estamos diante dela em silêncio. Exceto em nossa cabeça: o Sussurrador pergunta o que aconteceu com Marc. Nós lhe contaremos a verdade. O necessário da verdade, claro.

Marc entregou-se ao sentimentalismo. Emoções. Agora ele se foi.

O Sussurrador fica satisfeito com isso. E agora Marlene muda. Ela está fingindo. Sabemos disso porque, em algum lugar lá no fundo, *você* consegue sentir isso.

— Olha, Marc, vou ser honesta com você — fala ela. — Eu lembro do psi-phon. Quer dizer, aquele negócio do Sombra da Lua foi uma loucura. Espere aqui.

Ela diz um comando para o sistema de segurança, e todas as fechaduras que protegem sua porta de madeira simples se destrancam. Ela desaparece dentro da casa, e nós esperamos.

O Sussurrador espera.

E fica desconfiado.

Em nossa mente, ele envia uma mensagem — uma imagem, na verdade. Da Mente-Colmeia. Conforme a vemos, ouvimos o zumbido ficar alto, alto o suficiente para abafar os sons dos carros passando, aviões voando e crianças andando ao nosso redor. Mas, desta vez, o zumbido vem acompanhado de outra coisa — a sensação de chamas em nossas mãos, no limiar da Mente-Colmeia.

O Sussurrador exige resultados.

E o barulho aumenta. O calor se intensifica. Permanecemos firmes e fortes de pé, mas o barulho abala nossa conexão com o corpo, rouba nossa força, e então...

A porta se abre. Marlene retorna.

Nós nos levantamos.

— Aqui. — Marlene segura uma pasta de papéis e os balança antes de colocá-los na minha mão. — Pegue e vá embora.

O barulho do Sussurrador está zumbindo. Ele fica calmo, firme. Nós examinamos a pasta, sabendo o que Marc disse a ela antes, mas deixamos esses pensamentos de lado. Não podemos dar ao Sussurrador nenhuma ideia do que Marc planejou.

— Isso vai funcionar e... — começamos. Mas uma picada forte nos apunhala por dentro. O Sussurrador exerce controle. Nós nos dobramos sobre um joelho antes de ficarmos de pé, agora somos um passageiro, enquanto o Sussurrador influencia os movimentos deste corpo, suas ações.

— Há algo faltando aqui. — As palavras saem do corpo, mas não são da nossa mente. Conforme o Sussurrador nos empurra mais adiante, as próprias fibras que mantêm este corpo unido queimam, uma dor que é igualmente paralisante e eletrizante. — O que você deixou de fora?

Marlene permanece firme em sua postura. Ela nos encara, e lembramos do que Marc falou — Marlene é inteligente.

— Meu pai pesquisou isso. Não eu.

— Isto mostra como energizar o psi-phon. Como ativá-lo. Não como usá-lo. É inútil sem isso.

Enquanto o Sussurrador fala, suor se forma ao longo da testa do corpo. Ele treme e enfraquece, e nossa visão fica turva por dentro e por fora, o barulho agora grita em nossa cabeça. Debatemos sobre deixar o hospedeiro, mas fazer isso seria o fim da Mente-Colmeia, e não podemos permitir isso.

Tudo o que acontece daqui para a frente depende de Marlene.

Ela inclina a cabeça, estreita os olhos. Está observando, processando e, por fim, endireita-se, com um suspiro exagerado repleto de aborrecimento.

— Deixe-me checar mais um lugar. Tenho um monte de coisas do meu pai. — O tempo passa, mas não podemos medir o quanto, e o corpo fica parado ali, com os nervos e sinapses sob pressão à medida que a ira do Sussurrador aumenta. Marlene retorna, com outra pilha de papéis na mão. — Eu sei que você não é Marc. Sei quando Marc está sendo ele mesmo. Lembro de coisas que ele falou. — Ela os apresenta e olha diretamente para mim. — Aqui está o restante. Agora vá.

Nós olhamos para os papéis — um esquema, notas sobre conectividade e função. O Sussurrador vê através dos nossos olhos e de repente...
Alívio.
Outra coisa acontece, algo surpreendente: nós ouvimos você.
"Boa, Marlene."
É tênue, um turbilhão de pensamentos que só nós podemos captar. Você sabe de algo que nós não sabemos. Queremos perguntar o que é, mas não conseguimos alcançá-lo. Talvez seja melhor não sabermos, para proteger tudo do Sussurrador.
Em vez disso, nós nos viramos. O zumbido voltou ao normal. Nossos movimentos corporais, temperatura, níveis de dor, tudo voltou ao normal. Nós nos movemos, o andar cambaleante volta a ser uma caminhada normal.
Uma onda surge de dentro, uma mensagem clara sua. Você está nos falando alguma coisa, e isso drena seu último resquício de vontade para transmiti-la. *"Faça o que o Sussurrador quer. Ele tem que acreditar em você"*, você afirma, *"e você deve confiar neles."*
"Em todos eles."
E, depois, você se foi.
Só nós permanecemos neste corpo. Sozinhos, com o zumbido.

CAPÍTULO 26

STEVEN

HAVIA UMA PRIMEIRA VEZ PARA TUDO.

Foi o que eu falei para mim mesmo. Em parte como mecanismo de defesa, se preferir. Quero dizer, sem dúvida já passamos por coisas muito piores se for para fazer um gráfico de quão ruins as coisas estavam. Entrar em uma luta contra o Mercenário, lidar com toda a "lobisomice" de Jack Russell, a provação — ou as provações — com Bushman, até mesmo alguns dias atrás acordar neste lugar, com um ferimento enorme no braço, cercado por chamas. Tudo isso era muito ruim.

Isto, no entanto. Algo sobre meu senso inato de respeito disciplinado incomodava aquela certa inadequação que vinha de estar dentro de uma sala de interrogatório policial.

Eu daria crédito à delegacia, no entanto. Meus arredores estavam muito, muito limpos.

Quatro paredes. Uma porta. Uma luz fluorescente forte em uma luminária industrial padrão no alto. Tinta cinza desbotada com pequenos pedaços descascando e, no centro, uma mesa de metal com cadeiras de metal.

E, então, eu. Com minhas calças e camisa do Senhor da Lua, sem paletó.

Ah, e minhas mãos estavam algemadas. Isso era importante. E meus tornozelos também.

A porta se abriu, e o detetive Flint entrou. Ele não se sentou; em vez disso, ficou parado enquanto fazíamos contato visual, depois pôs algo em cima da mesa.

— Lembra de mim? Trabalhamos juntos uma vez. Ou, devo dizer, eu trabalhei com o Cavaleiro da Lua uma vez. Só de passagem. Ajudamos um ao outro. Homicídios bizarros, um bom tempo atrás.

Entretanto, eu não sabia que você era — ele levantou um papel com uma foto e impressões digitais — Marc Spector. De qualquer forma, vi sua brutalidade de perto.

Jake soltou um gemido na minha cabeça.

— Cara, o Marc dessa realidade não vai gostar disso. Se a gente se safar disso tudo.

Afastei o comentário contínuo de Jake — não ia ajudar agora. Porém, era verdade, se nós bagunçássemos as coisas neste universo para Marc, provavelmente seria a definição de ser um mau hóspede. Olhei de soslaio para o objeto em cima da mesa e levei vários segundos para entender que era um saco de evidências amassado. Mas dentro dele havia um celular.

Meu celular.

O celular *de Marc*. Dos suprimentos de sua sala de segurança, o mesmo celular que recebeu uma única mensagem com o nome Mary Sands. Ali, estava embrulhado em plástico, que Flint então deslizou para mim.

— Você é um grande fã do Sanatório Retrógrado, não é? Foi até lá duas vezes na mesma noite. Mas deu tempo de trocar de roupa. — Ele bufou, mordendo o lábio. — Acho que deixar a dra. Emmet para morrer não foi o suficiente. Você teve que voltar e dar cabo de alguns policiais também, não?

Para ser justo, eu *era* culpado desta última parte. Agressão, invasão, roubo. Todas as acusações válidas.

Mas tudo o que Venom fez?

Como poderia explicar aquilo?

Além disso, a morte da dra. Emmet foi um acidente, mas eu não ia sair por essa tangente. Eu precisava focar: como conseguiria sair dali e alcançar Marlene antes que Venom o fizesse?

— Escute, detetive — falei, fazendo minha melhor voz bajuladora de Wall Street —, acho que houve um pequeno mal-entendido aqui. Veja bem, eu sou...

— Ah, nós sabemos quem você é. — Ele bateu com o dedo no telefone, e o saco plástico do embrulho afundou antes de voltar ao lugar. — O que estou tentando descobrir é do que tudo isso se trata.

— Não, eu quis dizer um mal-entendido sobre identidade. — Sorri como se estivesse entrando em uma sala de reuniões com as melhores notícias de lucros trimestrais. — Eu sou Steven Grant. Eu sei desse Marc Spector, nós somos notavelmente parecidos. Alguém uma vez me enviou um comparativo...

— Boa tentativa. As impressões digitais correspondem perfeitamente aos registros militares. — Ele levantou uma folha, dando dois tapinhas rápidos antes de ler em voz alta. — Marc Spector. Nascido em 9 de março, Chicago, Illinois. Ex-fuzileiro naval, dispensa desonrosa. Mercenário internacional. Muitas coisas interessantes. — O papel balançou conforme ele o acenava. — Suas impressões alertaram a CIA imediatamente. Eles ajudaram muito, Marc.

O estado morto deste corpo está cobrando seu preço. Meu poder está se esgotando. Estou perdendo a habilidade de manter a existência deste corpo. Steven, precisamos agir agora. Podemos ter apenas um dia restante. Possivelmente menos.

Flint se inclinou para perto enquanto batia os papéis na mesa.

— Portanto, vamos esclarecer alguns fatos aqui. Steven Grant é um bilionário. Você é apenas um imbecil que foi expulso dos fuzileiros navais. Você estava no Retrógrado. Queria se vingar da dra. Emmet por algum motivo. Ficou bem nas câmeras. Depois você tentou entrar no hotel Top of New York passando-se por Steven Grant. Falou para toda e qualquer pessoa que você era Steven Grant, como se tivessem que acreditar em você.

— Eu sabia que era uma má ideia — resmungou Jake.

— *Então*, o mundo vem abaixo no hotel. Ninguém consegue explicar com certeza o que estava acontecendo, mas sabemos que havia algumas coisas caras no porão, itens colecionáveis sofisticados para pessoas com muito dinheiro e pouco bom gosto. Estou certo? Então, qual é? Agora você é um caçador de artefatos? Tem grandes planos para o mercado clandestino? Simplesmente não consigo descobrir por que ir ao Retrógrado. Ou trocar de roupa, para dizer a verdade. No entanto — Ele se levantou, com a mão apoiada nas costas da cadeira —, talvez seja esse o ponto. Você estava *no* Retrógrado por um motivo, certo?

— Creio — comecei, escolhendo minhas palavras cuidadosamente — que esteja subestimando a complexidade desta situação.

— Ah, estou, é? Vamos tentar o seguinte. Os registros mostram que você escapou do Retrógrado não faz muito tempo. Agora, veja, não sou fã do que fez com as pessoas de lá. Mas ouço coisas. *Sei* de coisas. O Retrógrado não é exatamente um resort. Então, talvez, seja bem simples assim. — Agora ele se inclinou para a frente, perto o suficiente para eu sentir seu hálito com cheiro de café. — Você recebeu notícia de um trabalho para roubar esta festa. Quer dizer, você é um ex-fuzileiro naval, trabalhou como mercenário, viajou pelo mundo. Perfeito para um trabalho de alto risco, certo? Além disso, você *se parece* com Steven Grant. Dinheiro fácil. O problema é que você está preso em um hospício. Sendo assim, o cara que assina os cheques ajuda a tirá-lo de lá. Dá a você uma vantagem. Mas, então, uma ideia entra na sua cabeça. Você pensa em todas as coisas terríveis que fizeram com você no Retrógrado, e sua raiva só aumenta. É justificado, certo? Eles injetaram todo tipo de substância química em você, usaram terapia de eletrochoque. Emmet... Vi o histórico dela, ela não era nenhuma santa da saúde mental. Você pensa, pensa e pensa, e, então, *boom*. — A mesa estremeceu quando ele bateu com o punho nela. — Você fica com raiva. Você fica *realmente* furioso e, por isso, coloca esse capuz e capa ridículos para assustar algumas pessoas. Ou talvez seja estratégico, sabe? Mais fácil se esconder com eles. Seja como for, você vai até lá em busca de vingança. Até fica arrogante, tira a máscara para dar uma boa olhada nas câmeras.

— Eu falei, Venom estava nos incriminando — declarou Jake.

— Entretanto, Emmet não tem medo de você. — Uma pausa dramática surgiu, várias respirações se passaram antes de Flint começar a andar em um ritmo lento de um lado para o outro. — Ela até chama você pelo nome bem na frente das câmeras de segurança. Mulher inteligente. E isso faz você surtar. E, *então*, há um acidente com uma arma. Ah, eu vi a filmagem. Você não matou Emmet. Foi um acidente, e o quanto isso é irritante? Quão totalmente irritante é? Você *queria* sua vingança, mas outra pessoa a tomou. Então você revida em todos os outros. Na verdade, você volta para mais, agora usando um smoking branco. Provavelmente simbólico de certa forma, estou certo? Você cuida dos negócios e depois vai para o Top of New York, agindo como se tudo estivesse bem. "Olhem para mim, sou Steven Grant, não Marc Spector." Só que ocorre algum problema, um fusível queimado ou algo assim no porão, e um incêndio elétrico começa. — Ele bate com a unha na mesa. — Teoria do caos, sabia? Às vezes, o problema simplesmente acontece, mas você ainda está tentando obter a recompensa e está subindo no elevador externo, até que... não consegue mais.

— Steven — comenta Jake em voz baixa. — Não entendo de cinema. Mas esse foi um bom discurso, certo?

Eu não queria dignificar isso com uma resposta, mas sim, foi um bom discurso. Não ajudava em nada minha situação, mas pelo menos eu admitia isso.

— Concluindo, eu tenho um problema, e é o seguinte: tenho impressões digitais, tenho vídeos, tenho testemunhas oculares, tenho tantas evidências, que a balança não está apenas inclinada, ela está quebrada a esta altura. Então, por que não facilita para nós e simplesmente confessa para que possamos todos ficar felizes novamente?

— Droga. Ele quase *me* convenceu — comentou Jake.

Este seria o momento perfeito para convocar o Espaço Mental com nós três, minha habilidade de ler as pessoas, a habilidade de Spector de criar estratégias e a malandragem de rua de Jake — fora suas piadas. Mas, sem Spector, uma peça-chave de nossa equipe havia desaparecido, deixando-nos com um buraco gigante em nossa caixa de ferramentas e pouco tempo.

Respirei fundo e estudei Flint. Tantos caminhos diferentes surgiram na minha cabeça — se confessássemos, isso nos daria uma saída? Seria melhor do que ficar teimosamente sentado nesta sala? Pelo menos haveria algum movimento.

Fechei os olhos, inspirando fundo, tentando produzir alguma direção nisso. Confessarmos poderia iniciar um monte de outros procedimentos policiais, e sabe-se lá quanto tempo as coisas poderiam levar. Precisávamos chegar até Marlene o mais rápido possível, *depois*, precisávamos chegar ao psi-phon o mais rápido possível. O que significava que ficar algemado enquanto éramos levados de um lugar para outro por escolha policial...

Bem, isso provavelmente não ia dar certo.

Só que eu não conseguiria escapar com Flint ali dentro da sala comigo.

Eu precisava de uma terceira opção. O que significava mudar o jogo por enquanto.

Mas como?

As palavras de Flint voltaram à minha mente — impressões digitais, filmagens, testemunhas oculares. Mas nenhuma das testemunhas oculares viu nem a mim, nem a Venom sem a máscara. Na verdade, a filmagem só teve aquele breve momento com Venom tirando a máscara e Emmet falando o nome de Marc. Impressões digitais? Claro, minhas impressões digitais são iguais às de Marc Spector, mas com certeza não tiramos as luvas do Senhor da Lua. E Venom provavelmente manteve o traje completo do Cavaleiro da Lua.

Nenhuma impressão digital. Nenhuma filmagem conclusiva. Nenhuma testemunha ocular válida.

Esse policial estava blefando.

— Quero falar com meu advogado — declarei.

— O quê? — perguntou Jake. — Não temos um advogado. Não diga Matt Murdock, ele nos odeia. Aposto que até neste universo ele nos odeia.

— O nome dele é Jean-Paul Duchamp. — Embora Jake só existisse na minha cabeça, eu o senti me olhando de esguelha. — Consiga-me um telefone para que eu possa ligar para ele.

Flint permaneceu parado, com uma expressão furiosa no rosto. Olhou para trás e, embora seu exterior permanecesse durão, soltou um pequeno suspiro, o suficiente para eu saber que seu blefe rachou.

— Eu falei, arrume um telefone para mim. Meu nome é Steven Grant, tenho mais dinheiro do que todos nesta delegacia de polícia juntos, provavelmente mais do que todos neste quarteirão inteiro juntos. — Minha voz se elevou em ira, o mesmo tipo de confiança de sala de reunião que funcionava muito bem em explosões curtas e chocantes para qualquer um que a visse. Entretanto, eu não conseguia manter "isso" por muito tempo.

Ser tão babaca exigia muita energia.

— Cansei de ser educado. Steven Grant. Você ouviu? Esse é meu nome. Não Marc Spector. E vou processar todo mundo envolvido nesse erro. Está tentando me enganar para confessar algo que não fiz, algo em que nem estou envolvido? Eu estava no Top of New York por um bom tempo e agora tenho isso? — Eu ri enquanto balançava a cabeça, tentando fazer minha melhor imitação de Simon Williams no set do último *thriller* jurídico que produzi. — Vá em frente. Mantenha-me aqui *por mais tempo*. Duchamp vai adorar. Só vai aumentar a lista de coisas que ele fará para acabar com sua carreira e com a de todos os outros que são estúpidos demais para conectar os pontos corretamente. Ei, enquanto esperamos pelo telefone, por que não vai até a loja da esquina mais próxima e compra um livro de colorir dos Vingadores? Aposto que essa é mais sua praia do que resolver crimes.

— Caramba — falou Jake. Mas ele não deveria ter dito isso, porque sua reação me fez rir. Porém, de certa forma, funcionou essa breve explosão de desprezo pontuada por uma risada.

Flint virou as costas, calado, e a porta se abriu com força suficiente para que uma rajada de vento bagunçasse meu cabelo. E o barulho quando ela fechou deve ter ecoado por toda a delegacia.

— O Francês? — perguntou Jake. — Ele vigia a missão e pilota um helicóptero. Quando se tornou advogado?

— Agora mesmo — respondi, enquanto olhava para o relógio acima da porta, pousando meus olhos na rotação gradual do ponteiro dos segundos. — Mas precisamos de alguém com quem conversar. E precisamos chegar até Marlene.

Tique-taque. Tique-taque. Tique-taque.

CAPÍTULO 27

STEVEN

O PESADO FECHO GIROU COM ESTALOS ANTES DE A PORTA SE ABRIR, REVELANDO o Francês em um raro paletó e gravata. Nossos olhos se encontraram, sua boca se curvou sob seu bigode fino e ele entrou.

— Não demore uma eternidade — orientou Flint, antes de bater a porta.

— Francês — falei. — É muito bom ver você.

Cerca de 40 minutos antes, pude dar meu único telefonema — que, é claro, o Francês perdeu. Foi direto para o correio de voz, para o qual eu usei minha voz de bilionário e falei:

— Duchamp. É Steven Grant. Colocaram-me em uma cela de detenção, estão me confundindo com aquele sujeito Marc Spector. Venha até aqui, preciso do meu advogado. Traga todas as ferramentas usuais para sair de confusões como essa.

Quanto a essas ferramentas? O Francês tinha apenas uma maleta com ele, erguida para que eu a pegasse. Ela bateu na mesa com um baque pesado, e ele a deslizou na minha direção.

— Com qual estou lidando agora? — perguntou ele, com um leve cansaço colorindo suas palavras.

— Steven.

— Não, quis dizer, de qual dimensão ou de onde quer que você seja?

— Ah. Entendi — retruquei, retornando minha voz à sua cadência normal e nada impressionante. — O mesmo cara que estava dividindo panquecas com você há pouco. Steven e Jake no corpo de Spector.

— Só para ter certeza. — O Francês se recostou na cadeira, pressionando-a com suas pernas para se inclinar um pouco. — Sabe, é estranho. Parte de mim está aliviada por ser você. Parte de mim queria que fosse meu Marc. Para que eu pudesse socar Venom para fora dele.

— Honestamente — respondi —, não tenho certeza de que lado Venom está. Mas preciso descobrir. E isso significa...

— Marlene. Sim. Não se preocupe, meu amigo. Gena e eu vasculhamos nossos arquivos das coisas de Marc. Temos tudo de que precisa. E, mais importante — ele bateu no topo da pasta —, dê uma olhada.

Apertei as duas fechaduras, seus fechos se abriram, e ergui a tampa. Bem no topo da pilha, havia uma impressão com todo tipo de informação sobre Mary Sands listado, incluindo um endereço e um número de telefone.

— Tem certeza de que é ela?

— *Mary Sands* é um nome bem comum nos Estados Unidos. Mas é só isolar por região e verificar os registros que surgiram somente *depois* que ela deixou Marc, checar a atividade clandestina de produção de coisas como registros do departamento de trânsito e coisas assim. Sim — respondeu o Francês, com uma inspiração confiante —, é ela.

— Ótimo. — Olhei embaixo da primeira folha. Depois da próxima, depois da que estava debaixo dela.

Em branco. Ou quase em branco. Um cardápio de restaurante chinês, alguns recibos antigos de carros alugados e alguns manuais de instruções de ferramentas elétricas.

— Francês, onde estão as coisas para sair daqui?

— Que coisas? — O Francês ergueu uma sobrancelha.

— Não sei, como armas ou algo assim. — Na minha cabeça, Jake gemeu, e, se Khonshu tivesse força, é provável que também o tivesse feito. — Pensei que você tinha dito que tinha um monte de coisas do Marc.

— Temos. Gena está com tudo no carro. — Ele apontou para baixo. — Lá embaixo.

Um telefonema. Eu tinha um telefonema para me tirar daqui e recebi uma pasta de papéis velhos e algumas informações sobre Marlene — informações valiosas, claro, mas que colocavam a carroça na frente dos bois, ou qualquer metáfora que se queira usar. Enterrei a cabeça nas mãos, completando o gesto com um grunhido de fazer a garganta tremer que deixaria Jake orgulhoso.

— Steven, não sei se é assim que funciona no seu universo, mas, em nossas delegacias de polícia, temos coisas chamadas "detectores de metais". — Ele fez um gesto com o polegar por cima do ombro.

— É um pequeno problema quando se trata de tentar contrabandear armas para você em cima da hora.

— Mas e quanto a, não sei — falei entre as palmas das mãos —, uma gazua ou algo assim?

Minha resposta foi genuína, e, ainda assim, o Francês riu tanto que lágrimas caíram pelos cantos de seus olhos.

— Uma gazua? Você *não* é o Marc mesmo.

— Isso é um elogio ou um insulto? — questionou Jake.

— Vamos repassar tudo, meu amigo. Digamos que eu trouxesse uma gazua de plástico. Um composto super-resistente, tão forte quanto metal. Você arromba as fechaduras das suas algemas, depois arromba a fechadura daquela porta. — O Francês balançou o braço, imitando uma porta se abrindo. — Então você sai, e, de repente, cada um daqueles policiais aponta uma arma para você. — Ambas as mãos dele estavam erguidas, formando armas com os dedos, apontadas direto para mim. — Como isso vai ajudar Marlene?

— Ele tem razão — admitiu Jake.

— Sim. Certo, entendi — falei, fechando a maleta. — Quer dizer que não vamos sair por ali. Mas existe esse outro problema chamado "concreto" e está em todo lugar ao nosso redor. Não sei se seu Marc já lhe disse isso, mas não podemos apenas derrubar paredes no soco, ou coisa que o valha.

— Bem — suspirou o Francês —, sabemos onde Marlene está. E agora?

— Talvez você possa ir até ela e avisar...

— Espere — falou Jake. Minha cabeça se inclinou com a palavra, provavelmente o bastante para que o Francês percebesse que uma nova conversa havia começado dentro da minha cabeça. — Tive uma ideia. Vamos precisar de algum tempo para resolver isso. Espaço Mental, agora.

— Espaço Mental? Olha só você, Jake — comentei. O Francês lançou um olhar confuso, e levantei uma das mãos. — Espera aí. Preciso falar com Jake por um segundo.

NUNCA DESCOBRI POR QUE O TEMPO CORRIA DE FORMA DIFERENTE NO ESPAÇO mental. Jake em geral não se importava, e Spector apenas dava de ombros quando eu tocava no assunto. Provavelmente acontecia porque, na realidade, a conversa ocorria por meio de sinapses que disparavam dentro do nosso cérebro, conversas de verdade na velocidade do pensamento. Khonshu permaneceu em segundo plano, deixando apenas Jake e eu para elaborar um plano.

Não era algo que normalmente faríamos. Acho que todos tínhamos em comum a característica de nos limitar à nossa área de especialidade, mas o fato de Marc ter desaparecido, nós estarmos em uma sala de interrogatório e não termos armas nem opções, bem...

Isso nos forçava a ser criativos.

Abri os olhos e, embora parecesse que 10 minutos de discussão haviam se passado, o relógio mostrava que apenas três minutos mais ou menos tinham transcorrido. No entanto, naquele tempo, Jake ofereceu uma ideia muito viável — e eu apliquei minhas sensibilidades embasadas para transformá-la em algo que talvez funcionasse.

Talvez era a palavra-chave.

— Espero que tenha feito mais do que apenas tirar uma soneca — comentou o Francês, esfregando o queixo.

— Sim. Temos um plano. Só precisamos colocar as peças no lugar e, então, nós... — Minha voz ficou mais lenta conforme aprofundava os fatos da situação. Claro, tínhamos um plano em ação e, claro, já tínhamos trabalhado juntos um pouco para chegar aonde estávamos. Fomos mais bem-sucedidos algumas vezes do que em outras. Mas agora?

Eu. Jake. Khonshu. O Francês. Gena. Marlene. O *Marc* desta realidade.

Até Venom.

Todos nós desempenhamos um papel nessa situação, conscientemente ou não. E isso queria dizer que todos nós tínhamos que confiar uns nos outros de verdade, mesmo.

Entre todas as realidades existentes, houve um Marc Spector que escolheu a vida tranquila de, sei lá, resgatador de animais e era dono de uma cafeteria em vez de ser um justiceiro mascarado? Isso seria o ideal.

— Nós precisamos apenas trabalhar juntos — falei devagar. — Khonshu? Khonshu, está ouvindo? Você estava apenas espreitando no Espaço Mental.

Eu estou. Estou poupando minhas forças.

— Preciso de um favor — falei. E, quando o fiz, o Francês se inclinou, como se pudesse ouvir a conversa na minha cabeça. Talvez não precisasse, entretanto. Tudo seria bem autoexplicativo em um segundo.

Não estou exatamente em condições de realizar desejos agora.

— Só uma coisa. Você falou antes que às vezes ajudava Marc a fazer coisas. — Como Khonshu fazia isso, eu adoraria saber. Mas não tínhamos tempo para experimentos científicos. Talvez mais tarde. — Tipo, explosões de superforça. Ou causar terremotos. Certo? Você causou um terremoto no hotel.

Você está pedindo um bocado de coisas.

— Não, apenas uma. — Levantei as mãos, a corrente das algemas tilintou. — Algemas nas minhas mãos e tornozelos. Pode me dar uma explosão de superforça para quebrá-las?

Nenhuma resposta veio. Os olhos do Francês se estreitaram, mas eu não consegui dizer se era curiosidade, diversão ou medo em seu rosto.

Talvez.

— Talvez?

Farei o melhor que posso. Mas saiba: depois terei que ficar em silêncio para concentrar todas as minhas energias em manter este corpo vivo.

— Certo, certo. — Minha cabeça se inclinou para trás para encarar a luz bruxuleante acima. — Então, o que você está dizendo é...

Corra para encontrar Venom e consertar isso.

— Certo. — Assenti, tanto para mim quanto para o Francês. — Tudo bem, esteja pronto em um segundo. Francês, meu plano é o seguinte. Nós vamos...

— Um plano! — A risada do Francês interrompeu meu ímpeto. — Tem certeza de que não é Spector agora?

— Não sei se Spector inventaria isso, mas é a nossa melhor chance. E, se não der certo... — falei, e o absurdo de tudo aquilo fez um sorrisinho erguer os cantos da minha boca. Só um pouquinho. — Se não der certo, culpe Jake. Foi ideia dele.

— Obrigado, Steven. — A voz de Jake soou seca, mas um riso seguiu suas palavras. Tenho certeza de que um de nossos terapeutas em algum momento falou sobre a leviandade diante da adversidade ser uma coisa *boa*, então, por que não agora?

A lateral dos nós dos meus dedos bateu na mesa, mas, dada a situação das algemas, fez ambas as mãos se moverem. Olhei para os pedaços de elos de metal que mantinham meus pulsos conectados — uma visão apropriada, considerando a maneira como minha vida estava indo.

— Certo — falei. — É isto que vai acontecer. Vou entregar o corpo para Jake. Em seguida, Khonshu concederá o tanto de superforça que puder. Jake assume, se livra das algemas. Depois, Francês, vamos pegar você como refém e sair daqui. Sair pela porta e descer para Gena. Entendeu?

Os olhos do Francês se estreitaram, um único dedo se ergueu, enquanto ele murmurava para si mesmo.

— Espere um segundo, meu amigo. Deixe-me ver se entendi. Você — apontou para mim antes de bater no próprio peito — vai *me fazer* de refém?

— Eu não. Jake.

Então foi a vez do Francês afundar o rosto nas mãos, seguido por um gemido que superou o meu em volume.

— Você, Jake, não importa muito. *Eu* sou o refém?

— Bem, sim — respondi com um dar de ombros. — Quer dizer, não tenho como me fazer de refém, não é?

— Eu devia ter ficado no carro. Talvez eu abra um restaurante quando terminarmos. Parece mais fácil do que isso. — Ele puxou a maleta para si e a abriu. — Olha, se Jake vai fazer isso, podemos muito bem fazer direito. — Sua mão farfalhou em um dos bolsos de cima antes de estender algo para eu pegar.

Mas eu não ia aceitar. Porque não me pertencia.

Era o bigode de Jake. Era *dele* para pegar.

Fechei os olhos e convidei Jake para controlar o corpo.

CAPÍTULO 28

JAKE

JAKE, ESTÁ PRONTO?

— Não acho que eu seja o problema — comentou Jake, olhando para o Francês. Uma careta torta surgiu no rosto do Francês, o que era meio estranho, dada a ampla gama de situações terríveis que ele havia enfrentado com Marc e companhia. O cara havia tirado o Cavaleiro da Lua de prédios explodindo, usando um helicóptero, e isso mexia com seus nervos?

Talvez agir como um escudo humano — até mesmo como um estratagema — colocasse o perigo em um contexto muito mais próximo e pessoal.

No entanto, era tarde demais. O plano estava em andamento.

— Mas, sim, estou bem. Dê-me o reforço.

É provável que eu fique completamente dormente depois disso. Minha força restante se concentrará em manter este corpo vivo. Se tivermos sucesso, posso passar deste corpo para o de Marc. Alguma palavra de despedida?

Steven andava de um lado para o outro atrás de Jake, como um fantasma resmungão e nervoso.

— Que tal "Foi divertido, não vamos nos encontrar em um porão em chamas da próxima vez"?

Muito bem. Boa sorte, Steven e Jake.

— Sorte — refletiu Jake consigo mesmo, mas, então, as coisas começaram a mudar da maneira mais estranha. Seus músculos não incharam nem nada do tipo; em vez disso, ele apenas teve a sensação de que tudo estava se tornando mais leve e fácil. Virou-se para o Francês com um aceno de cabeça, depois, olhou para o bigode que esperava entre eles. — E lá vamos nós — disse, fechando os dedos em punhos e respirando fundo.

Jake flexionou os braços.

E a corrente que prendia as algemas se arrebentou.

— Uau — disse o Francês. — Novo Hulk na cidade. Cuidado, Jen Walters.

— Não exatamente — respondeu Jake, arrancando os pedaços de metal dos pulsos. Abaixou-se e tirou as algemas dos tornozelos, depois, as jogou de lado, e os pedaços de metal tilintaram nas paredes. — Acho que sabemos que não estão nos observando, não é? Já teria uns dez policiais aqui.

— Privilégio de advogado e cliente. — O Francês se levantou e ergueu a maleta. — Viu, estou ficando bom nessa coisa de advogado.

Jake se abaixou para pegar o bigode e o colocou no lugar, alisando-o várias vezes só para ter certeza. Quando fez isso, um calor percorreu seu corpo, seguido por um formigamento e uma sensação repentina de que as coisas estavam voltando ao seu estado normal de durão, mas não superpoderoso.

— Estou perdendo a força de Khonshu — informou ele ao Francês. — Ajude-me a encontrar uma arma antes que eu volte a ser apenas eu.

COM O ÚLTIMO RESQUÍCIO DA FORÇA DE KHONSHU, JAKE CHUTOU A PORTA COM toda a força possível.

Funcionou até melhor do que ele esperava. A porta de metal voou para fora, batendo contra a parede do corredor e deixando amassados nos tijolos e pedaços de madeira espalhados pelo chão saindo da moldura. Vozes ecoaram pelo corredor, seguidas por um clamor de passos.

— É melhor que isso funcione — comentou o Francês, com um pedaço de metal improvisado pressionado contra sua garganta, no lado oposto de seu ferimento anterior.

— Vai, sim — respondeu Jake, e, ao lado deles, Steven assentiu.

— Eu espiaria na curva, mas parece que meu alcance está limitado agora que Khonshu está adormecido — disse Steven. — Mas ainda posso ficar falando no seu ouvido.

— Obrigado, Steven — falou Jake, empurrando seu refém falso para a frente. — Tenho certeza de que isso nos fará passar por uma parede de policiais.

— Largue a arma! — gritou uma mulher quando uma dupla apareceu na curva.

— Meu Deus, como ele fez isso com a porta? — perguntou o homem atrás dela. — Ele é um super?

Flint apareceu em seguida.

— Não sei quanto a isso, mas ele é ex-fuzileiro naval. Um mercenário. Tenha cuidado. Marc — gritou ele —, não sei o que seu advogado fez para irritá-lo, mas não precisamos fazer isso. Largue a faca.

Não era exatamente uma faca. Era mais um pedaço de metal transformado em navalha, cortesia da superforça restante de Jake que arrancou a perna de uma mesa de metal. Ele deu um passo à frente, com Francês se movendo com pouca resistência e Steven o seguindo.

— Como chegamos até Gena? — sussurrou.

— Elevador para o estacionamento subterrâneo.

— Eles podem estar esperando lá — comentou Steven. — Ou, se perceberem que estamos indo até Gena, podem parar o carro dela.

— Escadas — sugeriu o Francês.

— Cale a boca — gritou Jake, provavelmente um pouco alto demais, mas apropriado para o papel. Torceu a faca na pele do Francês, e Steven ficou se desculpando por eles o tempo todo.

— Calma, Marc — pediu Flint. Os policiais reunidos diminuíram a velocidade de aproximação, e uma parede de pessoas fardadas tomou o escritório monótono. — Ninguém precisa se machucar aqui.

— É, está vendo o que eu fiz com aquela porta? — Com a mão livre, Jake apontou para a sala de interrogatório atrás dele. — Vá dar uma olhada. Não sou o que você pensa. Se não acredita em mim, dê uma olhada no que sobrou da mesa ali.

Eles seguiram pelo corredor, cada passo para a frente correspondia ao recuo da polícia. Essa foi a maior quantidade de armas que Jake já teve apontadas para ele na vida? Possivelmente. Marc definitivamente tinha visto mais, no entanto.

— Não me matem, por favor! — gritou o Francês em uma voz muito mais chorosa do que Jake, ou Steven, aliás, já tinham ouvido. Ele agitou os braços e pernas por um instante, provocando gritos de "Calma" da polícia e "Não se mexa" de Jake. — Não atirem! Por favor! — O riso mais inoportuno se formou, e Jake mordeu o lábio para abafar sua reação ao teatro do Francês. — Ele é super-humano! Ele pode desviar balas!

Steven inclinou a cabeça, olhando de lado para o Francês. Depois para Jake, que deu de ombros rapidamente enquanto mantinha seu refém de pé. Então, de volta para o Francês.

— Bom improviso — falou, finalmente. — Ah, espere, você não pode me ouvir.

Jake sacudiu o Francês, com um rápido toque de violência, como se quisesse demonstrar um pouco de irritação do tipo "você revelou o segredo do meu superpoder", o que fez Steven desviar o olhar de novo.

— Todos para trás! — gritou Flint. — Esse é o Cavaleiro da Lua. Já vi o trabalho dele de perto.

— Diga-me para onde estamos indo, Steven — sussurrou Jake conforme viravam a curva, e o corredor agora se abria para um amplo espaço cheio de cubículos de detetives e estações de trabalho. A maioria dos policiais se reuniu perto de Flint, que manteve as mãos erguidas enquanto direcionava a movimentação das pessoas, embora algumas permanecessem por perto. — Khonshu, se tiver força para dar um panorama para Steven, isso certamente ajudaria agora.

Vozes baixas flutuavam pelo espaço, e Jake captava trechos: falavam de tudo, desde verificar o tempo até especular sobre armas, mas ele também ouviu a pergunta específica "quando ele ganhou um bigode?".

— Tá, só me dê um segundo aqui — falou Steven. — Estou olhando, estou olhando. — Ele correu, disparando ao redor de mesas e cadeiras para ter uma visão melhor. — Tem uma grande placa verde de Saída. No final daquele corredor. Tem que ser isso.

Eles se arrastaram, havia uma conversa contínua entre Jake e os policiais reunidos, o Francês fazia o melhor que conseguia — ou o pior, na verdade —, exagerando no papel de refém. Jake os levou para a escada, uma enxurrada de vozes ia e voltava, e, apesar do barulho, os comentários sem fim de Steven de alguma forma atravessavam tudo.

— Aqui, aqui, cuidado com o degrau — conduziu ele, claramente sem saber da crescente irritação de Jake.

Atrás dele, Jake se apoiou na barra de emergência da porta da escada, depois, empurrou a porta para abri-la. Ele parou, com um pé no corredor mofado e um no escritório.

— Francês, vamos continuar assim até chegarmos ao térreo — sussurrou. — Então corremos com tudo até Gena. Entendeu?

— Entendido, mas sem mais facadas, por favor — murmurou ele em resposta, antes de retomar um lamento convincente.

Jake chutou atrás de si, medindo com seu calcanhar o espaço entre o batente da porta, a porta e o piso texturizado.

— Vamos sair por aqui — falou ele, em um aviso final. — Depois, nós vamos descer as escadas. Nada de gracinhas, ou ele já era. Uma rota de saída livre. Entendido?

Flint assentiu e estava prestes a responder, quando outro policial o interrompeu com um sussurro em seu ouvido, o que o fez acenar para vários outros policiais.

— Oh-oh — disse Steven, antes de correr para o grupo de policiais. Jake segurou o Francês com força, e ambos foram até a escada, e a porta agora estava aberta apoiada apenas pela ponta de sua bota. — Houve um avistamento de Venom. Aparentemente indo para o norte, para a costa de Long Island. Eles não sabem o destino dele. Então agora estão realmente confusos.

— Você consegue ouvir isso? — perguntou Jake com um rápido assobio.

Steven olhou para a frente e para trás várias vezes, depois, deu de ombros.

— Acho que sim. Mas precisamos ir agora. Ou eles acham que você é mesmo o Cavaleiro da Lua, ou não. Isso pode atrasá-los. Ou pode torná-los mais agressivos.

O Francês ficou tenso sob o braço de Jake.

— Estou supondo que você esteja tendo uma conversa franca com todo mundo, certo? — perguntou baixinho.

— Steven diz que precisamos andar. — Do outro lado do corredor, o pequeno grupo se desfez, e Flint começou a se aproximar. — Nem um passo a mais! — gritou Jake. — Ninguém me segue. Ninguém no saguão. Assim ninguém se machuca. Estou indo agora.

A porta bateu antes que Flint ou qualquer outra pessoa pudesse responder, mas o fato de a polícia não ter voado por todas as entradas possíveis significava que eles acreditaram, pelo menos por enquanto. A navalha permaneceu na garganta do Francês, embora Jake tenha diminuído a pressão enquanto marchavam desajeitadamente escada abaixo, e o barulho das escadas de metal ecoava conforme se moviam. Progrediram devagar, passando andar após andar, e Jake parava um momento em cada patamar para verificar se nenhuma surpresa os aguardava do outro lado de cada porta, até que chegaram ao térreo.

— Vamos olhar no saguão? — perguntou Steven.

Do alto, o som de uma trava mecânica soou escada abaixo e foi logo seguido por gritos.

— Acho que mudaram de ideia — comentou o Francês.

— Certo, chega disso. — Jake soltou o Francês, então chutou a porta do saguão e abriu-a completamente. O sistema hidráulico começou a puxar a porta para trás, fazendo um chiado conforme ia se fechando. — Talvez isso os confunda. Vamos encontrar Gena.

As escadas tremeram, Jake subia dois degraus por vez atrás do Francês enquanto corriam para o segundo andar do estacionamento subterrâneo da delegacia. Um ar denso e viciado os recebeu quando irromperam no espaço, e o Francês avançou com um ritmo de atleta, virando na terceira fileira de carros.

— Gena! — gritou ele. — Ligue o carro!

Os faróis do carro se acenderam e foram logo seguidos pelo rugido de um motor devido ao excesso de gasolina, e a mudança repentina no ruído bastou para chamar a atenção de um casal jovem que andava na outra direção. O Francês pulou no lado do passageiro do carro de Gena, enquanto Jake mergulhou no banco de trás, encolhendo o corpo o máximo possível.

— Corre. — Alguém, provavelmente o Francês, jogou um casaco por cima de Jake enquanto o carro dava ré e, depois, um solavanco para a frente. Steven provavelmente estava lá em algum lugar, talvez sentado em cima dele daquele jeito fantasmagórico, embora o casaco cortasse toda a visão de Jake. O carro sacudiu e deu um tranco, Gena pegou a rampa de saída muito mais bruscamente do que deveria, e logo as buzinas e ruídos familiares das ruas de Nova York voltaram.

— Se alguém estiver nos seguindo, está bastante para trás — informou o Francês. — Faça o máximo de curvas possível e entre em uma rodovia. Precisamos de distância.

O carro se inclinou em uma curva agressiva, depois se inclinou para o outro lado na outra, e as buzinas de motoristas furiosos cortavam o ar. O motor acelerou, e Jake continuou escondido, deixando tudo para seus amigos.

— Você não pode ver — comentou Steven —, mas Gena fez algumas manobras incríveis.

— Jake — chamou Gena acima do barulho do motor —, que bom ver você.

— Você também, Gena. — Jake levantou a ponta do casaco para dar uma espiada rápida. — Já faz um tempo.

— Trouxemos presentes para você — falou ela, apontando por cima do ombro. — No porta-malas. Achamos que você poderia precisar deles.

— Panquecas?

— Melhor — respondeu o Francês, com um sorriso dentuço emergindo sob seu bigode. — Um traje de Cavaleiro da Lua e alguns dardos crescentes.

CAPÍTULO 29
VENOM

O QUE VOCÊ INICIOU?

Não temos como saber. Há uma sensação de algo em sua letargia. Você permanece enterrado, bloqueado pelo Sussurrador. Nós existimos em seu corpo, você é uma parte de nós, seus dons e instintos são absorvidos pelos nossos.

Nós mostramos a você o horror do Sussurrador. Do que o Sussurrador é capaz, como o alcance dele atravessa o Multiverso.

Quando o encontramos pela primeira vez parado na chuva, sabíamos que você era especial, importante. Não fique com o ego inflado, foi o que o Sussurrador falou. Não qualquer Marc Spector, mas você. A razão não foi totalmente revelada, apenas que o psi-phon era a chave para transferir sua essência de vida para o Sussurrador. Toda essa jornada foi parte de nosso plano para ficar à frente do Sussurrador, para acalmá-lo com uma falsa sensação de segurança — um truque, uma maneira de nos virarmos no último momento, arrancarmos seu poder e salvarmos a Mente-Colmeia.

Mesmo agora nos perguntamos: você nos traiu? Nós traímos *você*?

Fica cada vez mais claro, a cada passo em direção ao nosso objetivo — com muito mais facilidade, porque o zumbido do Sussurrador silenciou por um momento, mas sem dúvida retornará depois que ele terminar de cuidar de seus planos.

Ele sabe que o fim está próximo. Mas o fim de quem? O nosso? O seu? O dos outros Steven e Jake?

Do Multiverso?

Pensamos na destruição de 113843. No poder do Sussurrador, um zumbido que se infiltra em nós e emite a frequência exata para nos causar dano. Em sua habilidade em, de alguma forma, nos utilizar como um canal, transmitindo esse ruído para toda a Mente-Colmeia.

"*Faça o que o Sussurrador quer. Ele tem que acreditar em você*", você afirma, "*e você deve confiar neles. Em todos eles.*"

Foi isso que você falou. Você deve ter percebido nosso plano. Bem, não exatamente um plano. Ainda não chegamos lá. Era mais uma esperança, um entendimento de que o psi-phon não deveria cair nas mãos do Sussurrador. De que, no último momento, algo deveria ser feito para frustrá-lo, mas somente depois de termos garantido a segurança de tudo: deste mundo, da Mente-Colmeia, do Multiverso.

Também gostaríamos de matar o Sussurrador. Isso pode não ser possível. Mas nos daria grande prazer.

O que o Sussurrador quer? Se esse é o objetivo, então, estamos quase lá: quatro chaminés altas elevam-se acima de uma série de prédios com forma de caixa, todos além de um muro de arame farpado e um portão de segurança.

Usina Elétrica Roxxon.

Se ele deve acreditar em nossas ações, então devemos ser implacáveis, poderosos e rápidos. Se extravasarmos parte de nossas frustrações durante esse processo, isso também vai ser bom.

Todavia, ainda nos lembramos das regras que estabelecemos com Eddie sobre não machucar inocentes. Nós vamos seguir essa regra o melhor que pudermos.

Imaginamos que, se você estivesse aqui, riria disso. Nós poderíamos rir também, mas talvez por razões diferentes. Manter essa promessa não é tão difícil quanto você pode imaginar.

A parte sobre confiar em *você*, no entanto... Isso não é fácil para nós. Para *mim*.

Mas achamos que você é uma pessoa legal, Marc Spector.

Quanto mais o conhecemos, mais certeza temos de uma coisa: Eddie poderia não ter gostado de você. Mas ele o teria respeitado.

E, por isso, respeitaremos seus desejos. Cumpriremos as ordens do Sussurrador.

E confiaremos nos outros para fazer o que precisa ser feito — e tornar crível.

Nosso corpo cresce com o poder total do simbionte entrando em ação. O traje do Cavaleiro da Lua se torna um conosco, completamente envolto em preto, do topo do capuz até a ponta das botas. Nosso peito brilha com uma lua crescente, e, enquanto marchamos em direção à Usina Elétrica Roxxon, quatro carros de polícia aparecem de todos os lados. Nós rugimos, revelando nossas camadas de dentes e nossa língua chicoteando.

As armas apontam para nós. Um homem tagarela grita para que recuemos.

Nós nos viramos, um tentáculo dispara de nossas costas para envolver um dos carros de polícia, esmagando as luzes fortes em cima dele. O impacto quebra as janelas e entorta a carroceria, depois, nós o viramos, esmagando o restante.

Explosões de armas flamejam, uma saraivada de balas voa pelo ar. Formamos um escudo simbionte, um grande quadrado preto que absorve as balas em pleno voo antes de soltá-las no chão, e cada uma faz um zunido metálico contra o pavimento.

— Vamos precisar de reforços!

Sim, pequenos policiais, vão precisar.

Nós nos viramos, e, com um golpe de nosso punho, o portão de metal gira em suas dobradiças. Entramos, sabendo o que devemos fazer.

O que faremos. Porque somos Venom.

Eu sou Venom.

CAPÍTULO 30

STEVEN

NESTE MUNDO E NO MEU MUNDO, MARLENE MOROU NA MANSÃO SPECTOR, completa, com seu número um tanto excessivo de cômodos e grandes áreas de estar ao ar livre e um esconderijo subterrâneo de um justiceiro. Porém, no universo de onde vim, ela ainda reside lá. Na verdade, provavelmente estaria sentada naquele esconderijo agora, curvada sobre relatórios, enquanto revisava as últimas imagens de vigilância com o Francês, em uma busca desesperada por como e por que Spector havia desaparecido.

Talvez ela até tenha visto a gosma do simbionte Venom sobrepujar Marc pela primeira vez.

Aqui, porém, Marlene escolheu escapar do vórtice do Cavaleiro da Lua para viver uma vida sem as complicações e os emaranhados relacionados a ele. Ela abriu mão dos luxos também, e, enquanto o sol brilhava alto atrás de nós, Gena parou o carro ao lado de uma calçada em frente a uma casa suburbana muito comum e confortável, que tecnicamente pertencia a Mary Sands.

— O sol está brilhando, há uma brisa agradável — falou o Francês, digitando em seu laptop. — Nós com certeza vamos arruinar o dia dela.

Cinco horas haviam se passado desde que escapamos da 17ª Delegacia de Polícia de Nova York ao nascer do sol, e a maior parte desse tempo envolveu aumentar a distância relativamente curta até o novo lar de Marlene, dirigindo em curvas aleatórias e trechos de rodovias para despistar quaisquer visitantes em potencial antes de "pegar emprestado" (termo do Francês) o primeiro carro estacionado elegível (também termo do Francês) que estivesse disponível e ir até lá. Fora uma parada muito breve em uma loja de donuts, a estratégia consumiu nosso foco, a luz da manhã se transformou em sol brilhante enquanto monitorávamos o rádio da polícia pelo laptop do Francês.

Ouvimos, inclusive, a informação de que Venom havia sido visto indo para nordeste, em direção à costa de Long Island.

E quanto a mim? Nós, suponho.

Bem, isso era estranho. Já que tecnicamente morremos, eu não me sentia mais cansado exatamente. Nem Jake. O que isso significava eu não sabia, em especial porque comemos um monte de coisas no O Outro Lugar ontem à noite, então imaginei que descobriríamos quais funções corporais funcionavam ou não.

Na maioria dos casos, isso me assustaria, deixaria Jake irritado, e Spector faria algo para nos acalmar. Ali, no entanto, eu, pelo menos, falei a mim mesmo para aproveitar o calor e as cores do sol.

Pequenas coisas que faziam a diferença.

— Se eu conheço Marlene — comentei, ajeitando-me no meu assento —, ela provavelmente já está investigando as notícias sobre Venom.

— Acha que Venom veio aqui? — perguntou o Francês.

— Boa pergunta — falou Jake na minha cabeça. — Não vejo um rastro de destruição. Até o gramado está limpo.

— Bem, primeiro — falei, levantando um dedo —, sabemos que Marc nos enviou o pseudônimo dela.

— Não sabemos isso. *Suspeitamos* disso — corrigiu Gena.

— Justo. Suspeitamos disso e suspeitamos de que Marc, ou Venom, ou ambos nos salvaram. E não há nada de estranho nisso. Veja — apontei, prendendo meu sorriso para a reação provável de Jake —, até o gramado está limpo.

— Ei, essa era a minha fala — reclamou Jake, mas continuei como se nem tivesse ouvido.

— Não é como se tivéssemos escolha — continuei. — Sabemos mais ou menos para onde Venom está indo, mas não sabemos o porquê. — Observei a cena. As persianas permaneciam abaixadas, sem movimento atrás delas.

— Ela não espiava pela janela — comentou Jake.

— Deveríamos simplesmente bater? — perguntei.

— Ela tem câmeras — informou o Francês. — Olhe acima da porta da frente. Uma de cada lado do toldo também. Provavelmente atrás também. Vigilância completa.

— Bem — falei, ajustando minhas roupas. Ao meu lado estava o paletó dobrado do Cavaleiro da Lua trazido por Gena e o Francês, e, apesar de eu ainda estar usando a camisa e as calças do Senhor da Lua, poeira e detritos do incidente do hotel tinham deixado a cor branca limpa manchada com pedaços de sujeira. Havia um limite no que o carbonadium podia fazer quando se despenca de um elevador. — Acho que, então, não seremos uma surpresa *tão grande*.

— Vou manter o carro funcionando — falou Gena. — Francês, você também deveria ir.

— Você acha? — perguntou o Francês.

— Venom não teria um francês com ele. — A risada de Gena encheu o pequeno sedan. — Além disso, ela pode estar brava com Marc e companhia, mas tenho certeza de que não está tão brava com *você*.

CADA DETALHE DESTE BAIRRO PARECIA PERFEITAMENTE SAÍDO DE UMA PINTURA ou de uma série de comédia dos anos 1960, principalmente com o sol radiante do meio-dia. Além de um carro passando às vezes, os únicos barulhos vinham de um latido aleatório de cachorro e dos sons de irrigadores pulverizando os gramados da frente, a maioria dos moradores da comunidade estava no trabalho ou na escola. No entanto, quando chegamos mais perto da varanda de Marlene, ficou claro que ela havia feito algumas de suas próprias melhorias.

Câmeras, como o Francês apontou. E, na porta em si, uma grande placa protetora havia sido instalada ao longo do batente, e uma série de luzes de sensor de movimento cobriam toda a extensão da varanda. Além disso, havia uma grande placa: CUIDADO COM O CÃO.

Anos e anos lidando com o Cavaleiro da Lua em todas as suas diferentes formas faziam isso com uma pessoa. Uma pontada de culpa percorreu meu corpo; mesmo que nossa Marlene não tenha tomado essas medidas para se separar, isso ainda disparava inúmeras perguntas de "e se" na minha cabeça. O preço de ser próxima do Cavaleiro da Lua não afetava de forma tão diferente onde quer que se existisse.

Entretanto, balancei a cabeça; essa parte não importaria muito se não voltássemos para casa. Ou se não corrigíssemos o fato de que esse corpo estava morto. Ou de que precisávamos de algo além de Khonshu para que ele continuasse sobrevivendo.

— Devo fingir ser Marc? — perguntei, enquanto dava o primeiro passo na varanda. — Nós falamos um pouquinho diferente.

— Ainda não pensou nisso? — questionou Jake.

Atrás de mim, o Francês balançou a cabeça.

— Honestidade é a melhor política e tudo mais.

— É que essa coisa de Multiverso é meio difícil de explicar e...

Antes que eu pudesse terminar a frase, o deslizar e clicar dos mecanismos de tranca interromperam. A porta se abriu para revelar uma Marlene Alraune muito cansada, vestida casualmente com jeans largos e camiseta, cabelo preso em um rabo de cavalo. Ela segurava uma caneca gigante de café fumegante, e imaginei que não fosse a primeira que ela tomava no dia.

— Marlene — cumprimentei, fazendo minha melhor imitação de Marc. — Sei que não deveria estar...

— Poupe-me, Jake. Ou Steven. Seja lá quem for — interrompeu ela, olhando para nós. — Oi, Francês. — Ela lhe ofereceu um abraço, depois, olhou de soslaio para o carro. — Ouvi tudo o que vocês acabaram de dizer.

— Ah. — Pisquei e, então, olhei para a câmera. — Ah, certo. Câmeras. Entendo, entendo — respondi, relaxando de volta à minha cadência normal. — Bem, isso é bom. Não precisamos recapitular as coisas...

— Você fala diferente do Steven que eu conheço. Marc lhe contou isso? — a boca dela se curvou com perplexidade, o que significava que não ia simplesmente nos expulsar. — Meu Steven é um pouco mais... sei lá, confiante?

A risada de Jake encheu minha cabeça, e tentei não reagir.

— Bem, experiências de vida diferentes e tudo mais.

— Hu-hum — falou ela, finalmente acenando para Gena no carro. — Está tentando um leve sotaque britânico? Isso é estranho. — Ela deu um passo para o lado, então, acenou para entrarmos. — Entrem. Eu estava esperando vocês.

CERCA DE 10 MINUTOS SE PASSARAM, COM MARLENE NOS DANDO UM RESUMO rápido sobre a estranha visita com Venom/Marc. Isso confirmou muitas das minhas suspeitas — primeiro, Venom *não* estava tentando nos matar, e segundo, Marc tinha nos dado algum tempo.

— Eu já vi raiva. Já vi fúria. Já vi controle — explicou ela. — Reconheço essas coisas quando as vejo. Sei quando são direcionadas a mim ou a alguém que amo. Isso foi diferente. Venom claramente sentia essas coisas, mas seu medo era por outra coisa. Eu sou apenas uma espectadora para ele. Para Marc, porém... — Sua voz sumiu e seus olhos caíram pelo mais breve dos momentos. — Você não ama Marc Spector sem aprender a se preocupar com ele o tempo todo. E estou preocupada. Isso é mais estranho do que as situações comuns do Cavaleiro da Lua.

— O rádio da polícia disse que Venom está indo para o nordeste, para a costa de Long Island — informou o Francês. Ele tocou na tela do laptop. — Não tem muita coisa lá, exceto shoppings e subúrbios. E a Usina Elétrica Roxxon.

— Para ativar o psi-phon — afirmou Marlene, com sua voz mortalmente séria apesar de seu traje confortável. — É preciso muita *energia*. Quer dizer, pensem nisso, se ele está puxando do outro lado do Multiverso, algumas pilhas AA iam resolver, certo? Não, papai realmente contratou uma engenheira para examiná-lo. Não contou para ela do que se tratava, é claro. Mas ela fez algumas varreduras e construiu um esquema teórico. — Ela deu um tapinha em uma pasta na mesa de centro. — O sistema de energia do dispositivo é delicado. Mas não tivemos exatamente a chance de testá-lo. — Folheei os documentos, inclinando-os para o Francês ver também. — Isto é o que importa. Marc sabe que deixei algo de fora, mas não sabe *o quê*. Tudo aconteceu tão rápido, eu tive que só tomar uma decisão e agir. Eles têm notas sobre como ativar o psi-phon, usá-lo entre seres, através do Multiverso. Mas a direção da transferência funciona um pouco diferente se você estiver absorvendo entre universos. Se tem dois seres multiversais — explicou ela, apontando para mim — próximos, há uma configuração de polaridade adicional para determinar quem fica com o quê. Está tudo nos esquemas. Pelo menos, esse é o nosso melhor palpite. — Marlene tomou um longo e profundo gole de sua caneca. — Como eu falei, o papai não tinha outra versão de si mesmo para testar as coisas, não é?

— Acho que podemos conseguir que Venom coopere — sugeri, olhando para as diferentes folhas antes de passar os diagramas e especificações para o Francês. — Ou Marc. Dependendo de com quem estivermos falando. Se conseguirmos alcançá-los.

— Isso é complicado — comentou Jake com um suspiro, mas eu balancei a cabeça.

— Não, na verdade é bem simples — respondi, percebendo os olhares de Marlene e o Francês. — Sinto muito, Jake está fazendo um comentário. O que quero dizer é que, se pudermos controlar a direção da transferência, se descobrirmos quem *deve* ficar com o quê, então, talvez possamos trabalhar com isso.

— Se Venom cooperar — interveio o Francês —, então temos que ter cuidado. Não podemos revelar que estamos todos trabalhando juntos. Há outra pessoa por trás disso.

— Certo, exatamente. Quem quer que seja a pessoa para quem Venom está trabalhando, ela não pode saber que está sendo enganada — falei. — Marc teria um plano agora. Acho que, quanto a nós, temos mais uma direção a seguir.

— Bom o suficiente por enquanto. — O tom áspero de Jake praticamente veio acompanhado de um cumprimento de sua boina característica.

— Esperem. — O Francês digitou no teclado do laptop, e o volume foi ficando gradualmente mais alto com o barulho da atividade do canal da polícia. — Ouviram isso? Falaram Usina Elétrica Roxxon. Confirmado. Venom está lá.

Marlene se levantou, e foi provavelmente sua maneira educada de dizer que tinha feito sua parte. Aproveitei a deixa, cutucando o Francês com o cotovelo, e nos movemos educadamente em direção à porta. O Francês recebeu um grande abraço de despedida, cheio do peso de bons e maus momentos. Para mim — nós —, porém, apenas um aceno e um "boa sorte".

Pensei que fazia sentido.

Da varanda, o Francês acenou para Gena, que ligou o carro de novo. Ele se afastou com o laptop aberto ainda equilibrado nas mãos, e eu tinha dado um passo descendo para o caminho de tijolos quando Marlene chamou.

— Steven?

Eu parei, girando de volta. E, se eu pudesse ver Jake, ele provavelmente teria feito a mesma pose.

— No seu lar — perguntou ela, com a testa franzida em pensamento — nós... quero dizer, nós fizemos isso dar certo?

Olhei por cima do ombro para o carro com o motor ligado. Além dele, o sol brilhante queimava através de uma leve cobertura de nuvens, um dia muito comum.

Mas não para nós.

— Ainda estamos juntos — respondi, encarando-a de novo —, se é isso que você quer dizer.

Marlene se encostou no batente da porta enquanto considerava as próximas palavras.

— Ela está feliz? Com tudo o que acontece?

Ela estava? Deixei de fora a parte sobre como nosso retorno estava em grave perigo.

— Uma semana atrás, eu teria dito "sim". E acreditado genuinamente. Mas, depois de tudo isso — falei, gesticulando ao redor —, e vendo o que aconteceu com você e Marc aqui, não sei. Talvez menos do que ela deixa transparecer.

— Vocês dois. Steven Grant, Jake Lockley. É bom vê-los trabalhando juntos. E resolvendo as coisas com sua Marlene. — Ela mordeu o lábio, estreitando os olhos antes de suspirar, uma exalação de corpo inteiro que pareceu desfazer suas diversas camadas de defesa. — Sabe, Marc culpa o Steven e o Jake dele por nosso término. Mas não é por causa deles. Não é só ele também. Ou... — Ela fez uma pausa para rir — Khonshu. É *tudo* junto. É o Cavaleiro da Lua. É a maneira como nada disso se equilibra. É um vórtice que domina e suga tudo ao seu redor. Como você consegue?

Lá dentro, ouvi Jake se remexer. E sabia o que Spector teria dito se estivesse lá. Acho que eu estava falando por todos nós.

— Não foi fácil — respondi devagar. — Muitas conversas desagradáveis. Autorreflexão. Terapia para todos nós. Jake não queria ir. — Marlene riu disso, ao que eu logo correspondi, e até Jake também. — Sabe, a maior diferença entre nós e seu Marc é Khonshu. Agora Khonshu... — Escolhi as palavras muito intencionalmente. — Khonshu está nos ajudando. Além do crânio de pássaro esquisito e da voz alta, não tenho muitas reclamações sobre ele. Mas talvez Khonshu tenha trazido à tona o melhor e o pior em Marc. Quando se está operando apenas em extremos, às vezes, fica muito difícil encontrar o equilíbrio certo.

Normalmente, Jake inseriria um comentário sarcástico. Khonshu poderia até ter reclamado se estivesse ouvindo. Naquele momento, porém, todos permanecemos em silêncio, deixando aquela divisão enorme entre nossa realidade e esta simplesmente *existir*.

— Seja bom com ela, Steven. E você também, Jake. Ela passou por muita coisa. — As palavras de Marlene saíram como um sussurro, mas sua postura mudou outra vez, uma firmeza a envolveu enquanto ela se endireitava e a força retornava à sua voz. — Agora, se me der licença...

Marlene passou por mim antes que eu pudesse responder, e sua voz gritou uma saudação enquanto ela ia até o carro e puxava Gena para um abraço.

— Você não contou para ela que estávamos mortos — comentou Jake.

— Ela não é nossa Marlene — expliquei, observando as duas amigas se abraçarem. Agarrei a pasta na minha mão e respirei fundo para me acalmar. — Aqui, eu não acho que ela queira saber.

CAPÍTULO 31

JAKE

JAKE ASSUMIU O CORPO QUANDO O CARRO SE APROXIMOU DA USINA DE ENERGIA Roxxon, tomando o controle e conversando com seus amigos antes mesmo de colocar o bigode no rosto.

Ele não era de sentir nervosismo — geralmente, esse era o departamento de Steven —, mas ver as quatro enormes chaminés de fumaça que se aproximavam, com listras brancas e vermelhas, parecendo a mais ameaçadora bengala doce de Natal, disparou todos os tipos de sentimentos inquietantes. Não as estruturas em si — nem as chaminés, nem os prédios sobre os quais se erguiam —, mas simplesmente saber o que havia dentro: Venom, com o poder de Marc Spector e sob a direção de alguma outra entidade, provavelmente causando estragos. Embora Venom não fosse necessariamente diabólico em suas ações, os danos colaterais não pareciam preocupar muito o simbionte, com base no histórico geral.

E, se Venom tinha que dar a impressão de estar focado em entregar o psi-phon ao seu chefe, bem, Jake se preparou para ver os danos colaterais de perto.

O carro diminuiu a velocidade em uma estrada de duas pistas cercada por terra e campos com uma simples saída em direção à Roxxon — e, no final dessa curva, cerca de 400 metros abaixo, luzes vermelhas e azuis piscavam, e eram tantas, que Jake não conseguia contar o número de veículos estacionados. Acima, um helicóptero da polícia circulava pelo céu do início da noite, e o som das hélices era estrondoso o suficiente para ecoar pelo sedã compacto "emprestado" deles. Gena diminuiu a velocidade o bastante para chamar a atenção de um policial uniformizado parado na estrada principal acenando com uma longa lanterna e apontando para um desvio. O facho da lanterna penetrou pela janela por tempo suficiente para que o policial desse a entender que estava observando os passageiros do veículo; Gena manteve os olhos fixos, enquanto o Francês acenava educadamente para as autoridades.

E Jake? Ainda vestido com os restos do traje do Senhor da Lua, deu de ombros, mas com a cabeça virada. Mesmo com os melhores policiais da polícia de Nova York provavelmente focados em Venom, não precisava lhes dar nenhuma razão para atrasá-los.

— Apenas dirija um pouco — falou Jake, gesticulando para mais adiante na estrada, para as árvores e arbustos que a ladeavam. — Acho que terei que me infiltrar a pé.

— Sei que o Cavaleiro da Lua deveria simbolizar todas essas coisas, sabe, ser um farol que causa medo nos corações dos criminosos e tudo mais — comentou Steven —, mas isso realmente está dificultando um pouco nossas tentativas de furtividade.

— Está escurecendo rápido — observou Gena, apontando para o céu. Os freios rangeram quando o carro parou, e ela puxou o freio de mão, enquanto Jake separava o traje dobrado do Cavaleiro da Lua ao lado dele.

O Francês enfiou a mão na bolsa e pegou um par de binóculos.

— Parece que tem muita cerca. Arame farpado no topo — enumerou. Ele se inclinou para entregar o binóculo a Jake, com os dentes cravados no lábio inferior. — Não vai ser fácil. Eu devia ter trazido mais equipamento.

— Tenho quase certeza de que, se você tentasse me trazer de helicóptero, seríamos abatidos — falou Jake. Ele piscou, ajustando os olhos à visão ampliada do binóculo, e as luzes oscilantes distorciam sua contagem de silhuetas em movimento.

— Sempre há um jeito de se usar um helicóptero — comentou o Francês rindo.

Na verdade, Jake percebeu que não importava qual meio de transporte usassem. Não havia como passar pela porta da frente.

— Sabe de uma coisa? — falou Jake, começando seu pensamento sem consultar Steven. — Vocês dois vão para casa.

— Como? — perguntou a voz desencarnada de Steven. — Tem certeza disso? Não acha que é uma boa ideia ter suporte?

O Francês e Gena se entreolharam com uma calma pensativa, o único barulho vinha da tagarelice do rádio policial no laptop do Francês.

— Nós somos seu apoio — argumentou o Francês, e sua voz soou como cascalho seco. — Seja você Spector, Steven ou Jake. Nesta realidade ou na outra.

— Com a polícia toda aqui fora desse jeito? Não acho que vocês vão fazer nada além de se colocarem em risco. E não posso pedir que façam isso. Não *podemos* pedir que façam isso. — Jake não sabia exatamente como Steven ia reagir, mas decidiu prosseguir, acrescentando seu próximo pensamento para dar ênfase. — Steven concorda comigo. — Jake deu a todos um momento para objetar, incluindo Steven. Mas a combinação do silêncio de Steven e dos olhares solenes nos bancos da frente disse a Jake que, como sempre, seu instinto estava certo. Ele olhou ao lado dele para as várias peças do traje do Cavaleiro da Lua e para as botas brancas altas e familiares no chão do carro à sua frente. — Se Marc realmente estiver lá e Venom estiver mesmo tentando fazer a coisa certa, então, podemos ter tudo de que precisamos aqui.

— Há uma coisa que podemos fazer. — Gena apontou para as luzes que piscavam. — Podemos pelo menos distraí-los por alguns minutos quando você começar sua invasão.

— Sim, nos fazer de bobos. Turistas perdidos e inocentes: "Desculpe, *monsieur*, sou apenas um pobre estrangeiro perdido que não consegue falar, uh, o que você diz, inglês?" — O bigode do Francês se ergueu em um sorriso, enquanto seu sotaque se intensificava. — "Como se chega ao Empire State Building?"

Lá fora, uma batida no para-brisa: uma única gota de chuva caiu, antes de outra e mais outra chegarem.

— É por isso que sempre carrego várias identidades, nunca se sabe quando se vai precisar delas. Para você. — O Francês se esticou e ergueu um gancho de escalada carregado em uma pistola preta.

— Não é sua cor, mas pensei que você poderia precisar. Ah, e para dar sorte — declarou o Francês, enfiando a mão no bolso do paletó. — Eu estava guardando isso para quando estivéssemos todos juntos e a salvo.

Entre seus dedos estava um pequeno cantil de metal, o mesmo que ele roubou no Retrógrado. O leve odor dele fez cócegas no nariz de Jake; ele sabia reconhecer um bom uísque quando sentia o cheiro, e aquele em particular não era dos melhores.

Era de se esperar, dado que o Francês o havia roubado do bolso de trás de um assistente no Retrógrado. Mas, bom ou não, aquele frasco *significava* alguma coisa. Porque de onde ele vinha importava.

— Pegue, meu amigo — pediu o Francês, entregando-o. — Guarde isso, e, quando nos reunirmos, tomaremos um gole. Vai ser horrível. Às vezes a liberdade tem esse gosto, e você a aproveita de qualquer maneira.

Jake segurou o cantil, um pedaço de aço inoxidável de fabricação barata. De todos os equipamentos que levaria consigo, esse poderia ser o mais importante.

— Um excelente chamado ao retorno — disse Steven. — Quero dizer, estamos morrendo, então, pode ser um desperdício, mas...

Jake deu um gemido, do tipo que mandava seu vizinho de cérebro calar a boca. E, para seu crédito, Steven obedeceu.

— Deveríamos deixar você ali — disse Gena, apontando para uma fileira de árvores altas alinhadas na cerca. — Está escuro. Há uma trilha ao redor do perímetro.

— Provavelmente algumas câmeras de segurança. — O Francês apertou os olhos, estreitando-os enquanto pensava. — Mas, a esta altura, não acho que vá importar muito.

— É — concordou Jake. Ele desfez o botão de cima da camisa agora gasta e um pouco suja. — Quando perceberem, já terei ido embora há muito tempo. E eles têm problemas maiores no momento. Vamos em frente.

O freio de mão estalou quando Gena o soltou, e os faróis cortaram a chuva crescente.

CAPUZ. CAPA. TRAJE. DARDOS CRESCENTES.

Máscara.

E o frasco do Francês guardado em segurança.

Enquanto estava parado sozinho, a cobertura de galhos de árvores e arbustos o protegia do último suspiro de luz do dia, porém, se olhasse com bastante atenção entre eles, os vermelhos e azuis das luzes da polícia ainda apareciam apesar da distância. Jake colocou o traje do Cavaleiro da Lua peça por peça — Steven não falou muito durante esse processo, embora sua presença carregasse um peso de observação, um reconhecimento de que estavam juntos nisso, não importava quem comandasse o corpo.

O carbonadium se flexionou, a moldagem protetora apertada se movia com mais leveza do que sua aparência volumosa deixava transparecer. Jake esticou os braços e dobrou os dedos, tinha a *sensação* de ser um Cavaleiro da Lua familiar, porém, era estranha. Era o traje? O Francês dissera que era um reserva que havia guardado para Marc. Ou era este universo, com todas as pequenas diferenças se acumulando na mais estranha sensação de desconforto diante do que era aparentemente familiar?

Ou era o fato de que esse corpo estava usando esse traje sem Marc Spector?

— Acho que é isso — declarou Steven.

— Então, você está ouvindo. — Jake prendeu a capa, mas manteve o capuz abaixado por enquanto, com gotas de chuva entrando em seu cabelo. Prendeu os poucos dardos em forma de crescente no cinto, depois verificou se as botas estavam apertadas adequadamente.

— Nem sempre consigo. Mas às vezes é óbvio. E alto.

— Certo. Bem, acho que temos que acabar logo com isso. — Jake foi até o perímetro do matagal e avaliou a cerca de uns 6 metros de distância e as quatro chaminés ainda pairando ao longe, cada uma iluminada da base para ter algum contraste contra o céu que escurecia gradualmente. Seu foco diminuiu, afastando-se da grandiosidade da instalação à frente e voltando-se mais para a parte prática da invasão, a especialidade de Marc, mas isso teria que servir. — Está vendo ali? É uma câmera de segurança. Acho que provavelmente estamos fora de alcance agora, mas, assim que andarmos… hmm… cerca de 3 metros naquela direção, tudo começa. — Jake acariciou o bigode falso em seu rosto, e a fina camada de adesivo puxou sua pele. — O que acha que vai acontecer conosco depois disso?

— Estou tentando não pensar nisso, honestamente. — Steven bufou em seu ouvido. — É uma técnica de gerenciamento de ansiedade.

— Parasitas alienígenas, policiais por todo lado, nosso corpo está morto. Não entendo com o que está preocupado. — Jake riu enquanto ajustava as bolsinhas em seu cinto, uma risada que Steven logo acompanhou. — Mas você deve ter razão, no entanto. Pelo que sabemos, podemos acabar em outro lugar depois daqui. Talvez com um deus grego em vez de um egípcio.

Eu ouvi isso.

A voz familiar e rosnada de Khonshu veio fraca, numa fraqueza que se revelou em volume em vez de tom, como se alguém tivesse abaixado o som, e não como se fossem os últimos suspiros de um ser moribundo.

— Tente não insultar nosso anfitrião enquanto ele nos mantém vivos — pediu Steven. — Sabe, literalmente vivos.

— Certo, certo. Sinto muito, eu quis dizer "Khonshu é o melhor, e espero que ele nos mantenha vivos". — Dentro do corpo, Jake ouviu um resmungo divertido, mas deixou por isso mesmo. Não havia necessidade de drenar mais a energia de Khonshu. — Certo. Bem, acho que só falta uma coisa. — Jake agarrou a máscara do Cavaleiro da Lua, encarando a superfície branca lisa. Seus dedos instintivamente acariciaram o próprio bigode, porém, quando o fez, uma estranha calma se apoderou dele, e com ela, uma compreensão.

Jake puxou o bigode falso, sentindo uma leve ardência no lábio superior quando o arrancou.

— Agora é um momento estranho para decidir fazer a barba — comentou Steven.

— É uma das coisas que me torna diferente de vocês dois. — Ele o ergueu, esse pedaço barato de fantasia que vivia tão perto do cerne de sua identidade, seu próprio ser; seja qual fosse o espaço que ocupasse dentro desse corpo superlotado. — Mas agora acho que não preciso ser eu. — O bigode caiu no chão, perdido em algum lugar na escuridão da noite. Jake pegou a máscara e ajustou sua largura justa, esticando-a para todas as direções.

Em seguida ele a vestiu.

E, diferentemente de seu visual de costume, Jake não a deixou pela metade para expor boca e queixo. Em vez disso, puxou-a completamente para baixo, como Marc teria feito, como Steven teria feito.

— Nós — falou — precisamos ser o Cavaleiro da Lua agora. Eu. Você. O que quer que tenha restado de Spector em nós. Porque estamos indo sozinhos. Eu me sinto estranhamente calmo quanto a isso.

E era verdade. De todas as coisas estranhas que surgiram em seu caminho nos últimos dias, a visão da enorme instalação à frente não o intimidava, apesar do peso da tarefa a ser cumprida — mesmo com o risco entre realidades.

Jake respirou fundo, o ar percorreu o corpo morto compartilhado, e, de alguma forma, ele nunca se sentiu tão preparado para um desafio.

— Bem — falou Steven. Algo estava diferente dessa vez, embora tenha levado vários segundos para Jake descobrir o que era: a voz de Steven não estava em sua cabeça.

Veio de trás dele.

Jake se virou para ver Steven, vestido da cabeça aos pés com o traje impecável do Senhor da Lua, da lua crescente na testa da máscara aos sapatos brancos e elegantes e as peças de material finamente costurado entre eles. Ele ajustou a gravata em volta do pescoço e estendeu a mão.

— Não queira toda a glória para você.

Jake se aproximou dele e, então, enfiou um dedo no ombro de Steven. O dedo desapareceu sem dificuldade, entrando tão facilmente quanto se ele fosse um holograma.

O que, supôs Jake, Steven era.

— O que está fazendo? — perguntou Steven, com a cabeça inclinada.

— Ah. Bem, só pensei que, talvez, com todas as coisas estranhas que têm acontecido, você de alguma forma tivesse saído da nossa mente. — Jake fez um gesto de cortar com a palma da mão no fantasma de Steven, o suficiente para que Steven se afastasse com um bufo irritado e tudo. — É uma resposta ao medo? Ou estamos com mais adrenalina do que eu pensava?

— Não sou mágico. Ainda sou um fantasma. Quando *você* está no controle. Mas eu apenas pensei — respondeu Steven, puxando seu paletó — que isso poderia ajudar.

— Você escolheu aparecer?

— Escolhi — confirmou Steven, inclinando a cabeça. — Sem pânico. Só queria estar aqui por nós. Para dar apoio moral.

Apoio moral. O que precisavam era de mais equipamento, uma conversa honesta com Venom, compreensão do que de fato estava acontecendo e talvez alguns aliados na polícia nova-iorquina. Fora isso, porém, apoio moral serviria.

Jake apoiou a palma da mão direita sobre o antebraço esquerdo, onde, apesar das camadas de tecido protetor do traje do Cavaleiro da Lua, uma pulsação tangível o percorria.

Venom estava perto. Em algum lugar dentro daquela massa de metal, concreto e tecnologia, fazendo sabe-se lá o que e para que propósito — nefasto, nobre ou algo entre os dois.

Jake apontou para a instalação da Roxxon, as luzes noturnas da propriedade começavam a se ativar, como um farol no fim do amplo trecho de escuridão entre o Cavaleiro da Lua e Venom.

— Mostre o caminho — pediu a Steven.

CAPÍTULO 32
VENOM

O ZUMBIDO RETORNA.

Estranho, depois de todo esse tempo com Marc, esse zumbido agora o sobrepuja e o separa de mim. Essa é uma cacofonia solitária. Ele está presente, em algum lugar embaixo dela, embora não possamos mais senti-lo nem ouvi-lo.

Em vez disso, temos você.

O Sussurrador.

Você está calado, no entanto. Apenas o zumbido permanece, como se esse som, essa *ameaça*, fosse tudo o que você quer que eu ouça.

Aumentou, desde o momento em que disparamos pela estrada em frente à Usina Elétrica Roxxon até os poucos segundos que levou para afastar os policiais, com suas pistolas disparando balas inúteis contra nós. Depois de passarmos pelo portão principal, saltamos por cima da cerca, e o ruído se intensificou, numa frequência à beira de ser insuportável para um simbionte.

Escalamos a parede do prédio, gavinhas e garras formadas rasgam o exterior de tijolos até chegarmos à grande janela no lado esquerdo do prédio principal. Quando a quebramos, gritos humanos vieram de baixo, os trabalhadores restantes agora evacuavam o local indo contra um fluxo de policiais que entravam.

Nós nos infiltramos. Nós passamos. E agora estamos aqui, numa trilha de carnificina por corredores e recintos.

A sala do transformador. Fileiras de caixas de metal e cabos grossos as unem, tudo para fazer alguma mudança primitiva de correntes de alta voltagem que chegam para correntes de baixa voltagem que saem para a população.

Essa energia, é disso que precisamos.

É isso o que *você* quer.

Nós seguramos o psi-phon no alto, esse pedaço frágil de tecnologia que, de alguma forma, transfere essências de vida através de universos. Arrancamos cabos das grandes caixas de metal, seguimos suas instruções para conectar o psi-phon. Em seguida, paramos para observá-lo, essa bagunça de tecnologia que conecta dimensões e o que mais que seus maiores planos forem.

Sua voz atravessa o ruído:

CADA AÇÃO QUE VOCÊ REALIZA É UM PASSO MAIS PERTO DE ACABAR COM ISSO.

O ZUMBIDO PARA. SÓ POR UM MOMENTO. DEPOIS, A INFORMAÇÃO surge em um piscar de olhos, mas com uma força que faz arder meus pensamentos. Você está ressaltando seu poder? Questionando nossas habilidades? Simplesmente não confia que nos lembraremos com exatidão do que fazer?

Talvez tudo isso junto. Você envia uma mensagem para nossas mentes, envoltas naquele mesmo zumbido, mas ela cria clareza, um pacote tangível e visível de detalhes.

VOCÊ DESEJA PROTEGER A MENTE-COLMEIA? É ISSO QUE PRECISA FAZER.

O MARC SPECTOR DESTE UNIVERSO, AQUELE QUE HOSPEDA O SIMBIONTE, TEM UMA ESSÊNCIA ESPECIAL QUE EU DESEJO. O PSI-PHON PODE TRANSFERIR ESSA ESSÊNCIA DE OUTRAS VERSÕES MULTIVERSAIS DE UM CORPO PARA O USUÁRIO — OU, NO NOSSO CASO, DO CORPO DE MARC SPECTOR PARA O SIMBIONTE.

EU CHEGAREI EM BREVE. TRAGA O PSI-PHON PARA MIM. DEPOIS DEIXE MARC SPECTOR E JUNTE-SE A MIM.

O PSI-PHON COMPLETARÁ A ÚLTIMA ETAPA: TRANSFERIR ESSA ESSÊNCIA DO SIMBIONTE PARA O MEU CORPO ENQUANTO ESTAMOS UNIDOS. QUANDO ESSA TRANSFERÊNCIA FOR BEM-SUCEDIDA, ENTÃO — E SOMENTE ENTÃO —, VOU DEIXAR DE LADO A AMEAÇA À MENTE-COLMEIA.

Isso termina com uma mensagem final, uma clareza de pensamento que não deixa dúvidas:

LEMBRE-SE SEMPRE DE QUE EU ESTOU NO CONTROLE.

De fato. Pela Mente-Colmeia, nós vamos obedecer.

E, com isso no lugar, ligamos o interruptor no maior módulo transformador. Máquinas clicam e estalam, um calor irradia, um zunido baixo começa.

À medida que o psi-phon começa a ganhar vida, uma bola amarela radiante se forma ao redor dele.

Esperamos. O zumbido retorna, mais alto do que nunca. Você nos fala para esperar sua chegada, para ter tudo preparado para a transferência.

Ao lado dos módulos, há outra estação, vários monitores com gráficos e dados passando. Observamos e pensamos em quanto tempo levará para todos aqueles gráficos atingirem o pico, para que o amarelo radiante fraco do psi-phon se torne totalmente possível.

E o que pode vir a seguir.

Como se fosse uma deixa, algo muda. Nós sentimos.

Parte do simbionte permanece, uma única gota que vive em outro corpo. Um pulso, uma medida sutil que somente um simbionte nativo poderia detectar. Ela me conta tudo o que precisamos saber.

O outro Cavaleiro da Lua chegou. Assim como Marc previra.

Nós nos concentramos, protegendo nossos pensamentos e sentimentos do Sussurrador.

Eu protejo meus pensamentos e sentimentos.

Eu me lembro do que Marc disse: Você deve confiar neles. Em todos eles.

E eu penso comigo mesmo: *seja Jake Lockley, seja Steven Grant controlando o corpo, chegou a hora de todos nós nos unirmos, encontrarmos uma maneira de superar isso e derrotar o Sussurrador.*

É isso que Marc quer. É isso que Marc teria feito.

CAPÍTULO 33

JAKE

LEVOU APENAS ALGUNS MINUTOS PARA A SEGURANÇA NOTAR O CAVALEIRO DA LUA.
Na verdade, Steven percebeu primeiro.
— Que barulho é esse? — gritou ele, enquanto Jake corria pela grama alta e por ervas daninhas. Jake seguiu em frente, chegando ao quadrado de concreto pavimentado que emoldurava os prédios.
— Que barulho? — respondeu Jake, quase por instinto, mas, nesse momento, ouviu:
O zumbido distinto de hélices de helicóptero.
Seguido logo por um holofote ofuscante lançado diretamente sobre eles.
— Ah, quem quer que esteja apontando o holofote está tendo dificuldade em mantê-lo firme — comentou Steven.
— Obrigado, Steven. — O grito de Jake escorria irritação. — Tenho certeza de que estão sendo avaliados por seu desempenho.
— Atenção, intruso. — A voz do alto-falante foi transmitida para baixo, poderosa o suficiente para ser ouvida por cima do ruído do helicóptero que pairava. — Abaixe-se.
— Acho que vão estar aqui em breve — falou Steven. O Senhor da Lua acompanhava o ritmo do Cavaleiro da Lua de uma forma que desafiava a física. — Sabemos onde Venom está?
— Em algum lugar lá dentro — respondeu Jake, apontando para o grande edifício retangular apertado entre as chaminés e o prédio de escritórios menor na frente.
— Não sei se você está sendo sarcástico ou não.
— Um pouco. — Correndo o mais rápido possível, Jake passou entre os dois prédios retangulares, e uma coisa muito estranha aconteceu.

Havia se acostumado com Khonshu falando com eles, assim como com um Steven Grant fantasma simplesmente estando por perto.

Mas, com essa coisa no braço dele — a pulsação que batia mais forte quanto mais perto chegavam, como detecção por radar que crescia de um bipe para um grito —, levava algum tempo para se acostumar.

— Acho que não preciso de um mapa. Você não consegue sentir o braço também?

— Não tanto quanto você, aparentemente.

— Eu consigo sentir a proximidade de Venom. Até mesmo alguns dos obstáculos à frente. Por exemplo — bufou Jake, enquanto continuava a desviar do holofote do helicóptero —, sinto Venom encontrando um grupo de seguranças agora e... ah, deixa pra lá, já cuidaram deles.

— Da próxima vez que eu estiver conduzindo, vou tentar. Mas primeiro...

Steven apontou para a curva, onde quatro policiais uniformizados apareceram correndo. Por trás, Jake olhou para cima e viu o que poderia ter causado a pulsação em seu braço esquerdo: um buraco no segundo andar na parede, provavelmente onde antes ficava uma janela e concreto.

Parecia ter sido o caminho de Venom para entrar na Roxxon.

Pena que não foram os primeiros a descobri-lo.

— Pare — gritou uma voz, e, com isso, quatro armas apontaram para Jake. Do alto, o holofote do helicóptero permaneceu sobre ele, e Jake considerou como Marc traçaria uma estratégia para isso. Seu próprio instinto o mandou correr até eles, espancar todos com imprudência e depois deixar de lado. Claro, geralmente isso era feito contra capangas do submundo, mas aquele era o Departamento de Polícia de Nova York ficando entre ele e seu objetivo.

Jake se escondeu de novo atrás da parede e verificou seu equipamento — alguns dardos crescentes e o gancho de escalada do Francês, mas não muito mais, e ele não queria desperdiçar suas poucas armas de adamantium agora, não com Venom à frente.

— Jake, não temos tempo para lutar contra eles — disse Steven. — Quem sabe quão longe Venom chegou com o psi-phon?

Jake olhou para a frente, para os policiais que se aproximavam aos poucos, e a distância entre eles ia diminuindo. A brutalidade funcionava em situações piores, mas não era hora para tal curso de ação. Acima, o helicóptero desceu até manter uma altura de... quanto? Uns 60 metros? Noventa? Ai, inferno, Jake não sabia. Mas uma ideia de repente surgiu em sua cabeça, e, sem consultar Steven, ele puxou o gancho do Francês e mirou alto.

Não podia ser tão diferente do cassetete, podia? Ou ao menos de disparar uma arma?

— Espere, Jake, o que você está...

Antes que Steven pudesse terminar, a arma explodiu com um estalo e um clarão, o gancho agora voava pelo ar antes de se prender à base do helicóptero.

— Caramba, funcionou — exclamou Jake, enquanto subiam. O cabo metálico grosso fazia barulho conforme se retraía, puxando-o para cima, e em segundos ele tinha a melhor visão de Long Island que já tivera na vida; mas se lembrou de não contar isso ao Francês. Duchamp provavelmente entenderia isso como uma afronta pessoal contra o Luacóptero.

— Bem, estamos muito acima deles — disse Steven. — E agora?

Jake respondeu largando a pistola de garra.

Eles caíram, a uma velocidade assustadora em sua descida. Jake virou para a esquerda e viu Steven caindo ao lado.

— Vai contar para o Francês que perdeu o gancho dele?

— Não é nosso foco agora — Jake gritou contra o vento forte. — Eu cuido disso. — A pressão do vento chicoteava contra a máscara, a armadura, as botas do Cavaleiro da Lua, e Jake abriu os braços para fora, com a capa agora presa aos pulsos. A capa ondulou e enrijeceu, permitindo-lhe planar o suficiente para navegar, e a gravidade cuidava da parte difícil de manter a velocidade.

Na verdade, *ganhando* velocidade.

— O prédio está chegando muito mais rápido do que parece seguro — gritou Steven, de seu fantasma flutuando ao lado. — É por isso que Spector deve cuidar dessa parte!

— Espera aí — gritou Jake em resposta. O que, claro, não era exatamente necessário, mas deixou escapar o que quer que lhe viesse à mente primeiro.

Steven estava certo, no entanto; bater em uma parede em vez de em um buraco na parede seria muito ruim. Spector tinha praticado isso mais do que eles, o que fazia sentido dado seu comando usual em invasões.

Se sobrevivessem a toda essa experiência, Jake teria que conversar com ele sobre equilibrar as habilidades dos três.

— Estou tentando — gritou, ajustando o planador para cima e depois para baixo, fazendo uma ondulação para diminuir a velocidade antes de inclinar os ombros para mirar. — Vou tentar.

Steven falou *alguma coisa* em resposta, mas uma combinação de vento e provavelmente a própria ansiedade de Steven abafaram. Não importava, dado que Jake já tinha o suficiente em seu prato. Seus braços ardiam enquanto seguravam a capa, enfrentando o puxão constante contra a tensão do vento contrário. Um pouco para baixo, depois mais para cima, depois um pouco para a direita, depois uma rotação para alinhá-lo com a abertura do segundo andar.

E eles entraram. Em grade parte.

Os pés de Jake acertaram alguns detritos, esmagando pedaços de concreto contra suas botas, fazendo seu corpo rolar em resposta. Seus braços se dobraram, a capa com eles, e deslizaram para a frente até se chocarem contra a lateral de uma estação de trabalho de metal. Vários segundos se passaram enquanto Jake se orientava, ignorando o conjunto de lápis e canetas que rolaram da mesa e ricochetearam em seu peito.

— Um pouco mais complicado do que pousar em um telhado — murmurou ele.

— Não tenho certeza se isso foi mais rápido do que lutar contra aqueles caras — comentou Steven enquanto Jake se endireitava e prosseguia.

JAKE SEGUIU SEU INSTINTO, OU PELO MENOS A PULSAÇÃO CRESCENTE EM SEU braço esquerdo. Porém, o rastro de destruição criou alguns indicadores bem significativos — desde os danos à propriedade até as pessoas inconscientes, possivelmente mortas, espalhadas por todo lado. Na verdade, o rastro de destruição de Venom tornou o interior do prédio surpreendentemente fácil de navegar.

Pelo menos até chegarem às portas duplas de metal, com uma grande placa dizendo: PERIGO: SALA DO TRANSFORMADOR — ALTA VOLTAGEM.

E, diante daquela placa, sete policiais. Todos com as armas em punho.

Bem, quase todos. Atrás da fileira de policiais, havia um sozinho, com seu olhar ainda na porta distante. A princípio, Jake pensou que a porta era simplesmente pintada de preto, uma escolha estranha, dados os cinza e brancos industriais monótonos. Era provável que Steven tivesse opiniões, mas as guardou para si.

Mas, naquele momento, o preto reluziu, como se fosse um músculo que se flexionou, fazendo o policial solitário arquejar e recuar. Isso chamou a atenção dos outros, o suficiente para que todos se virassem ou olhassem o bastante para ter uma noção do que estava acontecendo.

Jake se preparou, olhando para a frente e considerando a distância entre ele e os policiais, a forma como eles se espalhavam alinhados, a altura do teto e a largura das paredes, todas as coisas que impactariam como tudo poderia acontecer. Porque, diferentemente do que houve com o último grupo que enfrentou, nenhum gancho o tiraria dessa. E, quando as balas começassem a voar, a mistura de armários de metal e paredes de concreto criaria todo tipo de possibilidades de ricochete.

Jake posicionou seu peso mais para baixo, dobrando os joelhos, com o pé esquerdo na frente do direito, o corpo inclinado para a frente, e, embora tivesse erguido as mãos com os punhos em posição de prontidão, ele considerou abaixar uma e pegar um dardo crescente e atirá-lo como investida inicial. No limite de sua visão periférica, Steven estava de pé, na mesma posição de prontidão, apesar do fato de que ele existia apenas como um fantasma de seu cérebro compartilhado.

Equipamentos nesta sala e no corredor anterior faziam barulho com cliques e zumbidos industriais, e do teto o sistema de ventilação reverberava com o tremular de metal de dutos rangendo, embora, através daquele barulho, Jake até ouvisse a respiração pesada de um dos policiais. Vindo de um ponto além da porta preta, um tilintar escapou, depois disso, um som que era algo entre um rosnado e um grito.

Na verdade, poderia ter sido um dos policiais. Porque, apesar da pouca luz, Jake viu um tentáculo se formar na parte inferior da porta, enrolando-se ao redor do policial mais próximo antes de erguê-lo lentamente. Os gritos abafados do homem soaram, chamando a atenção de seus colegas policiais uniformizados.

E em seguida houve um estalo alto. E um clarão brilhante.

Seguido pela queda de uma cápsula de bala de metal.

E SE... MARC SPECTOR FOSSE HOSPEDEIRO DO VENOM?

Jake viu uma reentrância afundar no tentáculo preto, empurrando um buraco para dentro antes que ele soltasse uma bala para fora, e o pedaço de metal caiu inerte no chão, próximo ao invólucro.

— Está ativo, atirem... — começou um dos policiais, antes que o tentáculo balançasse o homem preso diretamente contra ele. Os dois colidiram, ossos esmagaram ossos, depois, o tentáculo deixou seu cativo cair, e os dois corpos agora estavam flácidos no chão. Os outros policiais abriram fogo, uma saraivada de clarões explosivos, enquanto o tentáculo deslizava, formando uma espécie de escudo que absorvia as balas. Jake recuou, protegendo-se com sua capa enquanto os oficiais se concentravam no apêndice que Venom usava como arma; o óleo estremeceu e vibrou com o impacto, mas se contorceu e depois atacou chicoteando, atingindo todos os policiais restantes de uma só vez.

Um voou para trás, soltando um grunhido audível ao se chocar contra a parede. Vários outros simplesmente desabaram feito pinos de boliche acertados por um arremesso perfeito. O policial restante esforçou-se para ficar de joelhos, deu um empurrão lento para se levantar antes de o tentáculo formar uma cauda estreita e o chicotear para o lado.

Jake se levantou quando o tentáculo se afastou, e, nesse momento, o preto derreteu da porta, acumulando-se no fundo antes de deslizar para longe. Quando fez isso, o latejar no braço de Jake assumiu um novo pulso estranho, uma batida dupla rítmica que parecia pronta para estourar através do músculo e da pele e passar pelo carbonadium para voltar para Venom.

Por fim, um único clique veio do mecanismo de travamento da porta.

— Acho que Venom quer que a gente entre — falou Steven, com o ouvido encostado na porta. Ele acenou para Jake, depois olhou de novo.

Jake andou com passos regulares e comedidos, segurando o dardo crescente.

— Adamantium — falou devagar. — Lembre-se do hotel. Ele atrasa Venom. É a melhor opção que temos agora.

— Talvez não devêssemos começar com violência — sugeriu Steven, levantando-se. — Tenho uma ideia melhor.

— Tem? E qual é?

Steven bufou, e Jake jurou que sentiu um sopro de ar vindo do movimento do fantasma.

— Confiar em Marc.
Confiar em Marc.

Jake se moveu, olhando para o chão enquanto se aproximava. Pelo que podia perceber, os policiais caídos ainda respiravam — e, com sorte, isso significava apenas que acordariam com dor, talvez com um ou dois ossos quebrados.

Venom poderia tê-los matado. Mas não o fez.

O que também significava que Venom provavelmente poderia tê-lo dominado. Mas não o fez.

Os dedos de Jake se fecharam ao redor da maçaneta da porta. Ela se moveu para baixo com facilidade, a pressão das molas e dobradiças cedeu para abrir a tranca, então, Jake empurrou para dentro, abrindo a porta pesada.

Ele entrou, soltando a maçaneta, e o chiado do sistema hidráulico a guiou de volta para fechá-la com um baque e um clique.

Diante dele estava Venom. Maior, mais ameaçador, mais Venom que antes.

Quando estiveram cara a cara pela última vez, Venom havia assumido o traje de Cavaleiro da Lua de Marc, dando-lhe um brilho preto sobre o capuz angular característico e a armadura flexível.

Ali, Venom estava... diferente. Mais alienígena, com certeza. E mais alto. Em vez de ter a mesma altura do outro — mais ou menos —, Venom se elevava acima de Jake em uns 60 centímetros. O formato básico do capuz do Cavaleiro da Lua persistia, mas os olhos brilhantes e afiados usuais da máscara estavam distorcidos, agora eram orbes brancos inclinados, ameaçadores em sua clareza acima de fileiras de muitos dentes afiados feito espinhos. E, no peito, a familiar lua crescente agora brilhava branca contra o preto do restante do corpo de Venom. Jake não tinha certeza se era um truque da luz do restante da cintilância que ocasionalmente ondulava por ele ou se Venom apenas encontrou uma maneira de fazer o ícone parecer ainda mais legal.

— Como começamos? — perguntou Steven, parado ao lado de Jake. — Com um amigável "olá"?

Jake deu de ombros, e, se o alienígena notou ou não, não tinha certeza. Mas era um jeito fácil de começar.

— Oi. O... bem... o Marc está aí?

Venom permaneceu imóvel, e só então Jake percebeu que, atrás da figura imponente do alienígena, estava o psi-phon, conectado com fios, cabos e outras coisas elétricas que iam muito além de itens para consertar carburadores de táxis.

— Talvez ele não tenha ouvido... — começou Steven, mas um tentáculo saiu do ombro de Venom, enrolando-se várias vezes sobre e ao redor da parte superior do corpo de Jake. Ele apertou, fazendo-o perder o ar; seus braços balançaram para a frente e para trás, lutando contra o aperto opressivo. O tentáculo apertou outra vez, então, começou a puxar, e os calcanhares de Jake pressionavam o chão para resistir. Seus dedos procuraram o cinto até sentirem a curva familiar de um dardo crescente; ele agarrou a arma, e, embora seus ombros permanecessem presos no aperto de Venom, Jake empurrou o dardo crescente para cima a partir de seus cotovelos. Ele golpeou o tentáculo do simbionte, uma, duas, três e quatro vezes, e cada uma fazia o tentáculo estremecer e afrouxar.

Com espaço o bastante, Jake tensionou o braço, então, o ergueu, rasgando o simbionte com a lâmina de adamantium. Venom recuou, com a cabeça inclinada e a boca aberta com um uivo que sacudiu a sala.

E uma enorme língua vermelha, parecida com um chicote.

Outro tentáculo disparou de Venom, mas, antes que alcançasse Jake, ele saltou e fez um corte para fora com o dardo crescente, um talho diagonal que arrancou a ponta. Venom tentou de novo, com outro tentáculo chicoteando para fora; Jake caiu no chão, usando a capa para ajudar a suavizar a queda ao rolar, depois golpeou com a lâmina para cima, cortando o tentáculo.

— Eu achei que estávamos do mesmo lado — gritou Jake, enquanto corria, atravessando o perímetro, com Steven mantendo o ritmo o tempo todo.

Um tentáculo saiu rápido, agarrando Jake pelos tornozelos. Puxou-o com força, desequilibrando-o, mas, ao cair, ele enfiou o dardo crescente no chão duro da sala. O adamantium se cravou e ele o agarrou com as duas mãos, ancorando-se o suficiente para que seu corpo fosse puxado em duas direções. O tentáculo de Venom continuou a puxá-lo do dardo crescente, e toda a parte inferior do corpo de Jake estava agora a vários metros do chão. Os grunhidos de Jake se misturaram a palavrões, e seu corpo foi sacudido para trás quando uma mão soltou, num golpe rápido para pegar outro dardo crescente do cinto...

... e atirá-lo em Venom.

O dardo crescente disparou pelo ar, girando durante o trajeto. Voou em uma direção geral, não houve tempo suficiente para Jake ter qualquer precisão na mira, mas a sorte o guiou para perfurar Venom perto do ombro, bem longe da lua no peito do traje. Venom recuou, a língua enorme chicoteou de dor. Jake caiu no chão, seu corpo inteiro pousou com um baque que ecoou pela sala. Sua mão arrancou o dardo crescente do chão, e ele se virou para alcançar e cortar o tentáculo em volta de sua perna. Venom soltou outro uivo, e Jake o cortou de novo, retirando-o por completo. O tentáculo restante se desenrolou antes de se desfazer em uma pilha de gosma e, quando Jake se pôs de pé, contorceu-se de volta para o corpo principal do simbionte.

— Estou procurando uma saída! — berrou Steven, mas, quando Jake se virou, algo lhe deu um choque, atirando-o de joelhos.

Não, não era um choque. Era uma dor ardente, vinda do fundo...

A gota de simbionte em seu braço esquerdo.

O braço latejava, um fogo irradiava dele, e, então, foi a vez *dele* de recuar de dor. Levantou-se outra vez, embora a queimação se espalhasse, não apenas apunhalando-o por dentro, mas fazendo-o se mover devagar como se...

Como se tentasse controlá-lo.

— Estamos perto demais de Venom — informou Jake. — Ele está tentando...

Mais três tentáculos se enrolaram em Jake, ao redor de seus ombros, depois na cintura, depois nos tornozelos de novo. Eles puxaram ao mesmo tempo, a ardência agora estava em todas as suas veias e em cada fibra de seu corpo, e, embora ele empurrasse e puxasse, nada conseguia superar a combinação disso tudo. Ele se aproximou de Venom, sendo puxado para mais perto, e, quando o simbionte o tinha ao alcance do braço, outra camada de preto se espalhou, envolvendo a figura imponente de Venom e o próprio Jake.

Eles existiam dentro desse estranho casulo, o barulho da usina elétrica soava abafado, e o pescoço de Venom se inclinou até que eles se olhassem nos olhos.

Venom falou:

— Feche os olhos.

As palavras saíram em um rosnado ameaçador, mas foram tão inesperadas, que Jake precisou de um segundo para processá-las.

— Feche os olhos! — repetiu Venom. — Agora!

Jake continuou a lutar, flexionando e torcendo os ombros dentro dos limites do domínio de Venom.

— Será que eu — começou Steven, e o pânico foi substituído por confusão em sua voz — ouvi ele direito?

— Para mim, soou como "feche os olhos" — respondeu Jake entre grunhidos.

— Fechar os olhos... Por que Venom iria... — A voz de Steven veio de fora do casulo, mas então ele irrompeu para dentro, e seu fantasma penetrou o manto negro sem nenhuma resistência. — Jake, faça!

— O quê?

— Feche os olhos. Vá para o Espaço Mental. — Steven agora flutuava na frente de Jake, e seu corpo estava meio cortado pelo perímetro do casulo.

— Eu nem uso o Espaço Mental! Essa é *a sua* praia! — Jake sugou o ar que conseguiu inspirar. — Você está bem aqui. Na minha frente.

— Eu também sou parte do seu cérebro; vou nos guiar.

— É um truque — conseguiu dizer Jake. — Venom está nos enganando...

— Não, pense comigo. — As palavras de Steven saíram depressa, sem impedimento de enormes tentáculos espremendo o oxigênio dele. — Lembre-se, Venom nos salvou no leilão. Marc tem que estar em algum lugar dentro dele. Estamos conectados a ele pelo nosso braço esquerdo. Feche os olhos.

Jake grunhiu em desafio, embora a lógica de Steven fizesse um pouco de sentido. Não completo sentido, mas o suficiente para tentar, em especial devido ao fato de que literalmente não tinham outra escolha.

— Há uma primeira vez para tudo — murmurou Jake para si mesmo.

E fechou os olhos.

CAPÍTULO 34

STEVEN

EU ESTAVA NO SAGUÃO DO MET. SÓ QUE NÃO ERA EXATAMENTE O MEU MET DE sempre. Fechado, com as luzes apagadas, envolto pela escuridão da noite. Rachaduras corriam pelo teto enquanto pedaços de entulho caíam no chão, vitrines estavam derrubadas, e até meus folhetos estavam espalhados pelo piso.

E no meio disso? Um Khonshu gigante estava de pé, com os braços pressionados contra o teto em ruínas e um brilho suave ao redor de suas mãos enluvadas.

Acho que ele *realmente* estava nos mantendo vivos.

O fato de a luta de Khonshu contra a morte ser representada tão literalmente ali era um pouco surpreendente. A dramaticidade deve ter vindo da minha época como produtor de cinema. Jake também pareceu surpreso. Não mais no traje de Cavaleiro da Lua, ele estava com sua boina, jaqueta e calças de costume. Quanto a mim, cheguei com meu smoking de sempre. Khonshu permaneceu totalmente imóvel, em mais um lembrete de que, sim, ele estava envolvido e, sim, estava de fato fazendo o que precisava ser feito.

— Certo. Estamos aqui. — Jake olhou ao redor, depois raspou o calcanhar no chão cheio de entulho algumas vezes antes de caminhar até mim. Ao passar pela recepção, pegou alguns dos folhetos espalhados e os ergueu. — Como é que meu Espaço Mental se parece com o seu? — perguntou, com a cabeça inclinada para cima, observando todos os detalhes do saguão: a tela de vídeo apagada na parede, as poucas vitrines de vidro que permaneciam de pé, até mesmo a placa da exposição egípcia permanente.

Respirei fundo e me endireitei, deixando um breve toque de presunção entrar no meu tom.

— Talvez, da próxima vez, você possa se esforçar em criar um você mesmo. Pode achar a experiência gratificante.

— Ah — ele jogou os folhetos de volta na mesa —, vou usar o de Spector da próxima vez. É mais fácil. — Ele deu outra olhada ao redor e, em seguida, acariciou seu bigode. — Estamos aqui. O que isso tem a ver com Venom? — Suas botas ecoaram no ladrilho, enquanto andava até Khonshu, dando-lhe um cutucão deliberado na perna enorme, ao qual o deus egípcio não reagiu.

— Bem, espere só um segundo. O tempo passa de forma diferente aqui, pode ser como quando se está esperando alguém se conectar a uma chamada de vídeo ou...

Minha reflexão foi interrompida por um estrondo que sacudiu o ambiente.

— Isso foi Venom — falou Jake. — Ah, agora nós estamos com problemas.

O barulho soou de novo, uma pancada forte e repentina que chegou à minha direita, à esquerda de Jake. Virei-me para encarar aquela direção, e Jake correspondeu ao meu olhar, e nossos olhos se voltaram para...

As portas da frente.

O barulho soou mais uma vez, agora com uma urgência mais alta. E, então, notei: as luzes estavam realmente apagadas, mas *não era* o céu noturno além da porta.

Em vez disso, a poça preta que havia além da entrada principal era o líquido viscoso de um simbionte.

Assim como antes, Venom tinha se enrolado na entrada. E, assim como antes, Venom queria entrar.

A única diferença naquele momento estava em como reagimos.

— Venom está *batendo* — constatei. Jake instintivamente ficou tenso, a meio caminho de uma posição de combate, mas eu levantei a mão. — Lembre-se, Marc foi... não sei como chamar isso... unido? Mas Marc está em algum lugar dentro daquela massa de gosma. — Virei-me para Jake com uma respiração rápida e afiada. — Acho que precisamos deixá-los entrar.

Outro estrondo soou, o impacto foi forte o bastante para que a porta da frente chacoalhasse e o chão estremecesse. As exibições restantes também sacudiram, e a placa da exposição egípcia tombou para a frente e para trás até finalmente parar.

— É — concordou Jake, com linhas de preocupação se formando sob a aba da boina. — Você pode fazer as honras.

Atravessei o saguão, passando pelos grandes cartazes promocionais e pelo balcão de entrada, andando até chegar a um braço de distância da porta da frente. Através do vidro, finalmente vi Venom de perto, a maneira como o óleo grudava no vidro externo, abafando por completo a luz externa, e, quando me inclinei para mais perto, um brilho ondulou diagonalmente através do preto.

Segurei o trinco da fechadura entre o polegar e o indicador, um pedaço de metal pesado e ligeiramente emperrado pronto para sair com apenas um empurrão. E, mesmo que existíssemos apenas dentro do cérebro deste corpo, meu coração — não o de Jake — galopava em um ritmo rápido e rítmico.

A porta destrancou com um clique.

Venom, no entanto, não irrompeu. Em vez disso, tudo permaneceu parado até que eu fiz a coisa educada: abri a porta e acenei para ele entrar.

Da porta, a parede preta que antes pressionava a entrada agora deslocou-se para baixo, serpenteando, num movimento intencional que escorria entrando no saguão. Atrás dela, a vista da Quinta Avenida voltava gradualmente, como persianas sendo puxadas de cima para baixo.

O simbionte se moveu, deslizando ao redor da mesa da entrada até começar a tomar forma, a forma de dois braços, duas pernas e uma cabeça, transformando-se em uma criatura humanoide e lisa, com os mesmos olhos brancos ferozes e fileiras de dentes daquele com quem tínhamos acabado de lutar.

Mas dessa vez sem o capuz e a capa do Cavaleiro da Lua. E, apesar de Venom ser uma figura intimidadora, algo se provou menos inerentemente ameaçador.

— Oi. — Jake levantou a mão em um aceno, enquanto eu corria de volta para ele. — Eu sou Jake. Aquele sujeito grande e quieto é Khonshu. Você já conheceu Steven.

— Nós somos Venom. — A voz do simbionte ainda vinha com um rosnado baixo e sobrenatural, mas pelo menos eu não sentia que estava prestes a ser devorado por uma coisa alienígena semissólida.

Nós. Isso significava que Marc ainda residia em algum lugar ali?

— Tenho uma pergunta — falou Jake, e talvez ele tenha pensado a mesma coisa. — Por que tem uma aranha em você? — Ele apontou para o peito de Venom, que havia mudado do crescente adaptado do Cavaleiro da Lua no mundo real para uma forma branca de inseto.

— Na verdade, pensei que parecia um dragão — confessei baixinho.

— Por que tem um monte de lixo exposto no seu cérebro? — Quis saber Venom, e, apesar da distorção na voz, um sarcasmo claro soou. Ele levantou um dedo preto, empurrando um item apenas o suficiente para que caísse da vitrine de exposição: uma claquete da minha última produção de Hollywood. Ela escorregou e começou a cair antes de desaparecer e voltar para a exposição.

— Justo — admitiu Jake.

A cabeça de Venom se inclinou antes de se virar e olhar na minha direção.

— Nós realmente não temos tempo para isso. O Sussurrador está observando. Ele deve acreditar que estamos em batalha.

— Então, espere — falei, formando um T com as mãos. — Um: quem é o Sussurrador? Dois: se ele está observando, como podemos estar todos aqui?

— Este lugar é seguro. O Sussurrador só sabe que lutamos e prendemos seu corpo. — Venom olhou ao redor, mas eu não tive certeza se estava observando os detalhes das outras exibições do Espaço Mental. — Parte de nós existe em você. A essa distância, podemos nos conectar psiquicamente.

— O braço esquerdo. Eu sabia — falou Jake com uma palmada. — Ei, sabe, essa coisa dói quando lateja.

— Nós achamos seu corpo igualmente desconfortável. Talvez devesse considerar tomar um banho em algum momento.

— Caramba — falei, surpreso com o que era aparentemente um novo nível de humor simbionte. — Ainda não tivemos uma oportunidade, mas, sabe, anotado.

— Marc nos contou sobre este espaço dentro da sua mente, como o utilizam para se comunicar entre vocês.

— Marc. — Havia agora uma urgência impregnada na voz de Jake. — Ele está aí?

— Está. Dormente. Antes que o Sussurrador o neutralizasse, ele nos falou para fazer o que o Sussurrador mandasse, mas confiar em todos vocês. Vocês dois, pelo menos. — Venom apontou para Khonshu, que provavelmente teria apresentado um bico irritado se pudesse. — Não temos tanta certeza sobre aquele ali.

Lancei um olhar para Jake, que ele recebeu com uma sobrancelha erguida.

— Por que Marc queria que você confiasse em nós? — perguntei.
— Você nos salvou no elevador. Era você ou era Marc?

Venom se virou para mim, depois para Jake.

— Ambos. Assim como vocês são ambos agora.
— Ambos — repetiu Jake. — Você confia em Marc. E Marc pediu para você confiar em nós. Mas você também nos matou.
— Está morto?
— Ainda não morri. — Jake apontou para o local onde o corte do dardo crescente estaria no mundo físico. — Khonshu está nos mantendo em movimento. E nosso Spector se foi.
— Reconhecemos que ocorreram danos colaterais ao longo do caminho. — Jake e eu nos entreolhamos; seria essa a maneira como o simbionte pedia desculpas? — O Sussurrador ameaçou nossa Mente-Colmeia.

Considerei isso como algum tipo de... bem, de colmeia, semelhante às de abelhas e a como funcionavam. Dado nosso tempo e escopo limitados, agora não seria um bom momento para pedir uma explicação enciclopédica.

— A menos que entreguemos o psi-phon para ele. E que o ativemos. Além da Mente-Colmeia, ele também pode destruir seu universo. Muitos universos. Ele acumulou poder imenso.

Jake zombou, murmurando para si mesmo enquanto contava os dedos.

— Mente de colmeia, nosso universo, muitos universos. — Seus lábios se curvaram em uma carranca. — Esse cara parece ser um cretino.

Não consegui ler muito bem a expressão de Venom — eram expressões? Todo o corpo preto viscoso e semilíquido tornava difícil. Mas os olhos brancos radiantes se estreitaram, e camadas de dentes se separaram o suficiente para revelar parte da longa língua vermelha.

Então, os ombros enormes começaram a balançar — de leve no início, mas depois acompanhados de um ruído gutural e rítmico, algo familiar e, ao mesmo tempo, muito, muito estranho.

Venom estava... rindo?

— Sim — concordou Venom. — O Sussurrador é um cretino.

Isso desencadeou a risada de Jake que, por sua vez, desencadeou a minha risada, e jurei que até o grande crânio de pássaro de Khonshu vibrou um pouco. Nós todos parados ali, com o destino de múltiplos universos em nossas mãos — não, em nossas *cabeças* —, e ali estávamos nós, fantasmas mentais dentro de um Met improvisado. Venom ao menos sabia onde o Met se localizava?

— Certo — falou Jake, enxugando as lágrimas —, certo, entendi. Entendi. Você está ludibriando o Sussurrador.

— Enquanto tentamos manter todos os nossos universos vivos. — Venom deu de ombros, e uma ondulação brilhou através do óleo preto. — Sem pressão.

— Quer dizer que — falei, na minha melhor voz de produtor — você precisa ficar à frente do Sussurrador. Você tem o psi-phon. O Sussurrador está nos ouvindo agora?

— Não. Os poderes dele são limitados ao nosso corpo, não ao seu. — Venom se virou, apontando... para algum lugar. Em relação ao Met, a direção não tinha significado, mas o dedo provavelmente apontava para algo no mundo real. — O psi-phon está carregando agora.

— Ok, vamos pensar nisso — falei. — O psi-phon está carregando. O Sussurrador não sabe que estamos trabalhando juntos. O que mais sabemos? Quais são os fatos? O que você vai fazer com o psi-phon?

— Ele crê que o corpo de Marc contém uma essência de vida especial. — Venom levantou uma mão, e um fantasma do psi-phon se materializou; um truque impressionante que fez Jake e eu trocarmos olhares. — Não temos certeza do que isso significa. Ele quer que o psi-phon transfira essa habilidade de Marc para o simbionte e, depois, do simbionte para ele. Nesse ponto, ele pode explorá-la e transformá-la na própria habilidade.

Eu segui a trilha de ações, uma coisa foi se encaixando na outra, e de repente tudo fez sentido para mim.

— Ah, entendi. Então você é como um caução para superpoderes.

— Não entendemos *caução* — retrucou Venom, com um grunhido.

— É como quando se compra um imóvel e o banco...

— Ninguém se importa, Steven — interrompeu Jake, dando um passo à frente. — Acho que temos tudo de que precisamos.

Todos nos viramos para Jake. Até Khonshu. Bem, tanto quanto ele podia, mas juro que vi o enorme crânio de pássaro se inclinar de leve, o suficiente, na direção de Jake.

— Vejam só. Sabemos algo que o Sussurrador não sabe: o que Marlene nos contou. O psi-phon está descalibrado, porque há dois Marc Spectors aqui. Deveria haver apenas um usuário, um Marc Spector para puxar energia dos outros Marcs através do Multiverso. O Sussurrador o adulterou para transferir o poder naquele corpo para o seu... hum... — Jake acenou com a mão — eu alienígena.

Não sei se Jake percebeu o olhar penetrante de Venom diante daquilo.

— Há uma falha no plano dele — continuou Jake. — Você sabe como energizar o psi-phon, mas Marlene escondeu um detalhe de você. Era o plano de *Marc*, ele pediu a ela que fizesse isso, para nos dar uma vantagem. Ele precisa ser ativado de um modo específico, porque há dois Marcs em uma realidade, isso *não* deveria acontecer. Portanto, temos dois corpos em trajes de Cavaleiro da Lua. Sabemos um segredo sobre o psi-phon que o Sussurrador não sabe. E o Sussurrador não sabe que estamos trabalhando juntos. — Jake bateu no peito e apontou ao redor da sala. — Eu. Steven. Você.

— O que ele tem? — Venom apontou para Khonshu.

— Bem, creio que ele esteja na mesma situação do seu Marc. Está um pouco adormecido agora. Veja, estamos tecnicamente mortos, e Khonshu está nos mantendo... — Parei abruptamente, e, quando Jake inspirou para dizer algo, levantei um dedo. — Acho que entendi. Acho que entendi.

Spector podia ser o líder de nossa equipe quando se tratava de coisas como planejar operações mercenárias, mas minha experiência em salas de reunião acompanhava minha experiência em fazer truques de ilusionismo.

— Só tem uma ressalva muito, muito grande — falei, olhando diretamente para Jake.

— Espere. Antes de entrarmos nesse assunto. — Venom tocou no ícone branco no grande torso preto. — Sobre isso no nosso peito. Vocês dois estavam certos. E vocês dois estavam errados.

— O que isso significa? — sussurrou Jake, inclinando-se. E, enquanto eu também me perguntava como um símbolo poderia ser tanto um dragão quanto uma aranha, tínhamos coisas mais urgentes para discutir.

CAPÍTULO 35

JAKE

JAKE ABRIU OS OLHOS.

E, como da última vez que ficou cara a cara com Venom, viu-se envolto em preto. Mas, diferente dos confins claustrofóbicos e abafados de um saco para cadáveres, parecia tão simples quanto um banho morno, mas sem líquido encharcando sua pele.

Em seguida, ele caiu, e a casca preta subitamente se dissolveu. Suas costas se chocaram contra o chão da sala do transformador, um baque que sacudiu as grades de metal no chão.

Não era o retorno ao mundo real mais bem-vindo. E sem dúvida não era tão aconchegante quanto o Espaço Mental de Steven — o Espaço Mental deles. Jake rolou, e a capa do Cavaleiro da Lua ficou presa embaixo dele. Seus músculos ficaram tensos, prontos para levantar e lutar — só que nesse momento ele se lembrou do plano de Steven. O plano, aquele do qual todos concordaram em participar. Apesar das próprias ressalvas de Jake quanto a... bem, praticamente tudo.

O plano de Steven exigia muito de ambos. Mas e quando o destino do Multiverso estava em jogo? Ele havia chamado isso de uma "análise de custo-benefício".

Jake disse a Steven que era "a opção menos ruim entre um monte de opções ruins".

O chão continuou a estremecer, enquanto Jake se levantava devagar, e um pensamento aleatório lhe veio à mente:

Ele era como um boxeador entregando uma luta em troca de um belo pagamento.

De todas as maneiras de chegar ao fim, ele supôs que poderia ter sido pior.

Venom se aproximou do psi-phon, de súbito, falando muito mais sobre o que estava acontecendo. O Sussurrador não estava em comunicação psíquica com o simbionte? Provavelmente era para dar a Jake algumas dicas sobre quando fazer as coisas. Pena que ele não tinha experiência de atuação como Steven. Um brilho amarelo cercava o psi-phon, a eletricidade dançava em raios constantes, enquanto faíscas voavam, deixando pequenas linhas de queimadura no chão.

— O psi-phon está quase carregado. Ele está absorvendo tudo que essa usina elétrica pode fornecer. Ativaremos o psi-phon quando estiver pronto e transferiremos a essência do corpo para o simbionte. Aguardamos sua chegada.

A *chegada* do Sussurrador? Venom não tinha mencionado essa parte. Na verdade, Jake só tinha, tipo, dois passos restantes a dar. Parecia um plano relativamente fácil até que o mensageiro do apocalipse multiversal chegasse.

Steven apareceu de repente ao lado de Jake, ajoelhado, usando o traje completo de Senhor da Lua.

— Sou o único que está tendo dúvidas? — perguntou ele.

— É heroico, não é? — sussurrou Jake, observando enquanto Venom puxava vários cabos da faixa do psi-phon.

— Apenas lembre o que Marlene nos contou.

— Está na hora — anunciou Venom. Ele agarrou o psi-phon, com uma mão de cada lado do fone de ouvido multiversal de transferência de poder. — A transferência de poder começa agora.

Jake se ajoelhou, depois se levantou, posicionando-se em uma postura de luta equilibrada: joelhos dobrados, mãos erguidas, peso ligeiramente para a frente.

— Venom! — berrou ele, um grito gutural que esperava que fosse digno de uma performance em um dos filmes de Steven. — Não vai escapar dessa!

— Ai, céus. — O lamento de Steven foi uma das últimas coisas que Jake ouviu enquanto corria para a frente. Ele saltou, com ambas as mãos estendidas, e fez exatamente como Marlene havia indicado: colocou luvas brancas do Cavaleiro da Lua sobre os dedos negros de Venom.

A eletricidade atravessou o corpo de Jake. Isto é, se energia multiversal atravessando o espaço e o tempo contasse como eletricidade.

Quaisquer que fossem os detalhes, a maldita coisa eletrocutou Jake, queimando seus dedos e mãos antes que seus músculos parecessem estar sendo socados por dentro *e* por fora ao mesmo tempo. Seus dentes batiam e suas juntas queimavam, mas ele se preparou, suportando a dor momento a momento até que suas botas afundassem abaixo dele, mantendo-o o mais firme possível. E, embora Jake mantivesse os olhos abertos e focados em Venom, a energia amarela cresceu em ondas ofuscantes até queimar todo o resto, e sua visão se reduziu a um fulgor único e intangível.

Depois, nada.

Então, eles apenas existiam.

Jake e Steven estavam de pé, Cavaleiro da Lua e Senhor da Lua. E diante deles, uma névoa cinza — mas, através da névoa, uma confusão de imagens, camadas por cima de camadas de... Jake não conseguia entender. Steven se inclinou para a frente, o rosto provavelmente enrugado sob a máscara de Senhor da Lua, pois deveria estar estreitando os olhos.

— Estamos no psi-phon — declarou Steven por fim. — Acho que isso é... todos os lugares.

— Todos os lugares?

Figuras os cercavam, variações do Cavaleiro da Lua de maneiras familiares e superestranhas. Um cara se parecia com eles, mas com uma máscara escura. Outro Cavaleiro da Lua usava um terno familiar, mas, em vez de Marc Spector, era uma mulher, com longos cabelos brancos caindo sobre os ombros, o rosto visível, mas com uma lua crescente marcada em sua testa. Até mesmo...

Um dinossauro? Um maldito tiranossauro com capuz e colete brancos?

— O Multiverso. — Steven apontou para as imagens que passavam voando, como um rolo de filme antigo se espalhando por todas as direções.

— Tantos lugares — comentou Jake, apontando para o dinossauro.

— Somos nós? Até *aquilo*?

— Infinitas possibilidades — respondeu Steven, gesticulando largamente. — Das formas mais estranhas e selvagens. Não acho que estamos recebendo poderes de nenhum dos outros Cavaleiros da Lua. Não agora. Mas de certa forma estamos. *Conhecimento* é poder. E olhe para todo esse conhecimento sendo transferido para nós, todas essas memórias e...

E SE... MARC SPECTOR FOSSE HOSPEDEIRO DO VENOM?

Steven se interrompeu quando uma visão se desenrolou, algo mais do que uma memória. Diferentemente do vislumbre que tiveram de Venom lidando com Emmet, esses momentos se ancoraram em todos os sentidos: o chão liso sob seus sapatos, o ar viciado na sala, a luz fraca projetando sombras do teto alto para baixo.

E metal, metal frio contra pele quente — o metal de uma moldura contendo uma foto de Marc e Marlene deste universo. Juntos, Steven e Jake vivenciaram cada estímulo sensorial, cada inundação de emoção enquanto Marc colocava a moldura em uma caixa organizadora. Ele abaixou a tampa, clicando as trancas no lugar, antes de empurrá-la para o canto da mesma Mansão Spector vazia que ficava em uma propriedade privada em Long Island.

— Por que Marc nos daria isso? — perguntou Jake, enquanto o éter voltava a ser um dilúvio de *tudo* dos outros Cavaleiros da Lua.

— Talvez — falou Steven lentamente — para que pudéssemos entendê-lo. Só um pouco mais. No...

— O quê? — Jake virou-se para o agora silencioso Steven, então, olhou de volta para as imagens fluindo. — O quê? O que não estou percebendo?

— É... — Steven levantou as mãos e, de repente, tudo congelou, deixando-os com uma visão do esconderijo na Mansão Spector.

— É o nosso computador. Não o deste lugar. — Jake apontou para a tela enorme, que mostrava vários mapas e relatórios. — E daí?

— Não, é mais do que isso. Olhe para essas janelas. — Mapas, equipes de segurança, relatórios policiais, imagens de câmeras de circuitos de segurança pública e outros detalhes desse tipo estavam espalhados pela tela. À esquerda, uma janela maior com os nomes MARC SPECTOR, JAKE LOCKLEY e STEVEN GRANT no topo, cada um encabeçando uma coluna com atualizações em texto minúsculo em constante rolagem. "Aguarde".

— Aguardar por...

As palavras de Jake cessaram abruptamente quando a sombra de uma mulher apareceu.

Um suspiro, um bocejo, e, então, Marlene sentou-se, levando uma caneca fumegante de café até os lábios, mas sem tomar um gole. Em vez disso, apenas encara, mas seus olhos não focam nenhuma informação em particular.

Ela apenas *olha*.

Outra figura surgiu, borrada a princípio, mas, então, o meio sorriso óbvio do Francês surgiu das sombras.

— Você deveria dar um tempo, Marlene. Dormir um pouco. Marc fica fora do radar o tempo todo.

— Não assim. — Ela finalmente tomou um gole de café, embora o gesto parecesse mais um desafio do que qualquer outra coisa. — Sempre há *algum* rastro. Transmissão de dados. Transferência de dinheiro. Identificação de voz, reconhecimento facial, mesmo no lugar mais obscuro. Não dessa maneira. Nessas buscas — disse ela, apontando para a grande janela com três colunas — não há nada. Ele simplesmente *desapareceu*.

— Não, não, não, Marlene, estamos *bem aqui* — gritou Jake, socando o ar, como se fosse um painel de vidro para ser batido, para chamar atenção. Seu punho não atingiu nada, e a falta de impacto físico o fez abaixar os ombros.

— Não, não estamos, Jake. — Steven pôs a mão no ombro encapuzado de Jake. — Estamos mortos. Lembra?

Jake virou-se para Steven, com os olhos radiantes de suas máscaras se estreitando.

— Sim — falou ele, engolindo em seco. — Eu lembro.

Ambos se voltaram para a imagem em movimento, entretanto, algo havia mudado:

Marlene olhava direto para eles.

Era um milagre científico do psi-phon? Ou apenas a mais assustadora e maravilhosa coincidência? Jake não sabia, e Steven não deu nenhuma explicação, embora parecesse presente o suficiente no momento para reagir, o que era mais do que Jake era capaz de fazer.

Steven ergue uma das mãos, balançando-a devagar em um aceno. E, com aquele movimento solitário, todos os vincos angustiados que marcavam o rosto de Marlene se suavizaram, os olhos dela reluziram e a boca formou um sorriso minúsculo, um gesto que provavelmente teria passado despercebido por qualquer um que não conhecesse Marlene Alraune a fundo.

— Vamos transferir isso para Marc — sugeriu Steven. — Para que ele possa nos entender também.

Jake assentiu, e Steven fez *algo* para que aquilo ocorresse — seu aceno de cabeça, ou a maneira como mexeu a mão, ou talvez apenas seus pensamentos. Jake não tinha certeza. A única certeza que tinha era de que sua lasca do Multiverso foi passada para Marc.

De repente, voltaram à realidade. A energia amarela e chicoteante do psi-phon. O corpo enorme de Venom. As paredes industriais frias da sala de transformadores da Roxxon.

Jake permaneceu, as mãos ainda seguravam as de Venom, enquanto o simbionte segurava o psi-phon e raios saíam do dispositivo. O antebraço esquerdo de Jake latejava, um tipo diferente de dor da causada pelos estalos e faíscas do psi-phon. Em vez disso, uma pressão vinha de dentro, uma ardência que derreteu as fibras musculares e os ligamentos e até mesmo o carbonadium do traje do Cavaleiro da Lua, até que a gota de gosma simbionte escapou. As mãos de Jake permaneceram presas ao psi-phon apesar da dor, e ele observou conforme a mancha preta flutuava pelo ar até pousar no ombro de Venom e desaparecer, agora absorvida de volta ao todo.

O Cavaleiro da Lua coberto de simbionte preto mudou nesse momento, e o líquido escuro se soltou e se ejetou para cima, deixando o Cavaleiro da Lua cara a cara com o Cavaleiro da Lua, enquanto o psi-phon começava uma descarga de energia, raios caóticos atingiam todos os quatro cantos do recinto e tudo que havia entre eles, até mesmo a massa flutuante do simbionte conhecido como "Venom".

CAPÍTULO 36
VENOM

ESTOU AMORFO.

Abaixo de mim, os dois Cavaleiros da Lua estão frente a frente, envoltos em um redemoinho de energia amarela. Entre eles está o psi-phon, ambos os pares de mãos estão no dispositivo.

Eu pairo, sentindo a queimadura e a pressão do psi-phon. Ele pulsa, a energia aparentemente viaja por todo o tempo e o espaço e então volta, num circuito fechado de maneiras que poucos previram. Os raios chicoteiam e se enrolam, rastejando para cima e para baixo de cada Cavaleiro da Lua, numa transferência de poder conduzida pelo único dispositivo, em todos os universos, capaz de tal ato.

E depois?

A energia é absorvida. Seu brilho se suaviza, a aura ao redor dos dois Cavaleiros da Lua desaparece, primeiro dos pés, pernas, torsos, até as mãos. Como se fosse de dentro para fora, ela se dissipa das mãos que seguram diretamente o psi-phon.

O amarelo se foi. Ambos os Cavaleiros da Lua desabam. A chegada do Sussurrador é iminente. O momento chegou.

Jake e Steven tinham falado sobre como Marc era o planejador, que normalmente ele resolvia as coisas. Steven oferecia análise; Jake... Bem, em circunstâncias diferentes, Jake poderia ser muito divertido — o caos que poderíamos criar. Mas ali havia coisa demais em jogo, e, com o Sussurrador chegando a qualquer momento, controlei meus piores impulsos e segui o plano.

AGORA EU SOU NÓS.

Nós somos Venom, de volta ao corpo do Marc Spector desta realidade, o mesmo corpo tirado das ruas de Nova York dias atrás. O mesmo corpo que invadiu o Sanatório Retrógrado, que tomou o psi-phon de Jake Lockley pendurado no meio do poço de um elevador. Nós ativamos o corpo, movendo seus membros e fazendo-o andar, apesar de o surto de energia do psi-phon manter Marc nocauteado.

O outro corpo, o de Jake Lockley e Steven Grant, aquele que sequestramos do universo nativo de Spector para este, está caído no chão, com o rosto ainda escondido atrás da máscara do Cavaleiro da Lua.

Aguardamos o Sussurrador.

Primeiro, o zumbido retorna. É uma ameaça para acabar com isso ou apenas um precursor da chegada do Sussurrador a este mundo? Segundos depois, um clarão diferente acontece, um roxo resplandecente e ofuscante que sangra em um núcleo branco. Do branco, uma silhueta emerge, um capuz sobre ombros quadrados e uma capa esvoaçante, braços e pernas cobertos por algum tipo de armadura mecânica.

Consideramos esse momento, as possibilidades. Quem é o Sussurrador? A resposta realmente importa? Poderíamos atacar rápido o suficiente para acabar com tudo isso agora? Como se o Sussurrador ouvisse isso, o zumbido se intensifica, como uma lâmina pendurada sobre a Mente-Colmeia.

Seguimos em frente com o plano original.

— Estamos prontos — falamos, embora as coisas ainda não estejam no lugar. Por dentro, rosnamos e gritamos com Marc, tentando trazê-lo à superfície a tempo de executar nosso plano.

— Traga-me o psi-phon — diz o Sussurrador.

E, assim, o tempo se esgota.

Dentro de nossa cabeça, gritamos mais uma vez para Marc acordar logo. Usamos uma linguagem que provavelmente não é muito educada, mas momentos de desespero pedem maior urgência. Depois, pegamos o psi-phon, segurando-o com força, como antes. Só que, dessa vez, viramos e o oferecemos ao Sussurrador. Ele o pega, com a cabeça inclinada em observação e depois o coloca na cabeça. Uma onda de choque de energia se expande para fora, fazendo sua capa ondular, e notamos um toque de verde-escuro na capa.

A energia amarela retorna, raios crepitam por todo lado enquanto o psi-phon carrega. Aguardamos a reação do Sussurrador, mantendo firme o conhecimento passado a nós por ambos os Cavaleiros da Lua.

Tudo deve ocorrer com exatidão precisa.

— Você se saiu bem — declara o Sussurrador. Sua voz está partida pela distorção eletrônica, e as sombras sobre sua cabeça revelam que nenhuma boca se move, tudo está escondido atrás de uma máscara de metal obtusa. — Tínhamos um acordo, e eu sou um homem de honra. Agora junte-se a mim, e daremos os passos finais. Vou vasculhar sua mente para confirmar que você não está escondendo nada de mim.

— Não temos nada a esconder — declaramos. E ali sentimos que Marc finalmente está retornando. Será que ele está preparado para encarar o que está por vir? Não temos certeza, mas terá que ser suficiente, já que o Sussurrador aguarda nosso próximo movimento.

Saímos de Marc Spector. Por um momento, aquele corpo tropeça, cai sobre um joelho, com a capa branca drapeada sobre o corpo.

— Assim que cumprir sua promessa, eu recuarei contra a Mente-Colmeia e ativarei o psi-phon. — O Sussurrador fica em posição de atenção, pronto para se tornar meu hospedeiro. Eu desço, o simbionte se enrola ao redor dele, mesmo enquanto ele está de pé, em sua forma quase obscurecida pelo portal pulsante radiante. Nós nos cruzamos com seu corpo, tornando-nos um só com ele.

Mas, diferente de Marc, diferente de Eddie, o Sussurrador está em controle total. Tento olhar mais fundo em sua mente, entretanto, algo sobre o Sussurrador impede que eu me torne nós.

Nenhuma união verdadeira ocorre. Em vez disso, continuo sendo um observador, como quando ele me empurrou para baixo e despertou Marc. O Sussurrador estende seu braço direito, e o membro está coberto por uma manopla de metal; ele toca em uma série de controles nela, fazendo com que dois fios cromados se estendam e serpenteiem por seu ombro antes de se conectarem diretamente ao psi-phon. Acima da manopla, um visor é projetado, as palavras *CALIBRAÇÃO* e *ISOLAMENTO DE TRANSFERÊNCIA* piscam acima de uma série rápida de números. O brilho do psi-phon se intensifica de novo conforme ele carrega, e, ao nosso redor, rajadas de raios amarelos sobem e descem, misturando-se ao brilho do portal. Por dentro, sinto a mente do Sussurrador disparada, quase como uma máquina com seus cálculos, mas há um puro senso orgânico de emoção por baixo de todo o processamento frio e distanciado. Ecoa por nós uma consciência que permanece distante o suficiente para que

E SE... MARC SPECTOR FOSSE HOSPEDEIRO DO VENOM?

eu não consiga determinar o que está por baixo, quem o Sussurrador realmente é.

Nenhum detalhe que confirme. Apenas uma sensação de medo amargo, uma lógica indiferente e uma ambição grande demais para compreender.

A manopla permanece conectada enquanto o psi-phon processa, e o Sussurrador observa o texto holográfico flutuante. Eu espero, o tempo passa enquanto olho para Marc. Ele se esforça para ficar de pé, com uma tontura frouxa em sua postura, mas firme o suficiente para mostrar que ele está realmente presente. Até que ele fica reto e se vira, com os olhos radiantes do Cavaleiro da Lua agora intensos e luminosos.

Que bom que Marc finalmente se juntou à festa.

Marc se vira, e a figura sombria do Sussurrador é provavelmente ainda mais impressionante do que o normal devido à mudança causada por hospedar um simbionte.

E os dados que fluem através da tela holográfica da manopla param. Novas palavras se formam acima dela, primeiro ERRO DE CALIBRAÇÃO piscando, e depois ERRO DE ISOLAMENTO DE TRANSFERÊNCIA.

O Sussurrador ruge, e eu me torno nós, mas não como com Marc. Este é o Sussurrador forçando seu caminho através de minha mente em busca de alguma pista sobre o que pode estar errado. Sua mente se abre para a minha, e eu experimento sua fúria interna, um estado raro de simplesmente *não saber* — algo quase impossível para ele.

Por baixo de toda a ciência, por baixo de todo o brilhantismo do cálculo, por dentro, o Sussurrador está berrando com a pura falta de *controle*. Ele agarra as fibras que unem nossos corpos, mas essa é a única coisa que ele não consegue manipular. Até mesmo o movimento fica mais lento para ele, seus pensamentos de defesa, ataque, vingança são incapazes de executar porque *algo* o envenenou por dentro.

Enquanto ele encara a mensagem ESSÊNCIA-ALVO NÃO ENCONTRADA, eu ejeto para o alto, como uma massa flutuante e informe de simbionte, mas crio uma boca por tempo suficiente para falar uma coisa. Com um sorriso, é claro.

— Algum problema?

Disparo para baixo, não para o Sussurrador, mas para voltar a me unir a Marc, e seu traje de Cavaleiro da Lua agora está envolto em um preto brilhante. Conforme seu corpo se entrelaça com o meu, sinto uma nova presença, uma com a qual ainda não me familiarizei.

Eu. Marc. Khonshu.

Nossos corpos e mentes se entrelaçam, uma combinação totalmente integrada das habilidades e experiência de Marc interligadas aos poderes do simbionte. Nossas mãos se fecham, e daquele punho enluvado preto irrompe uma explosão de óleo simbionte, um novo tipo de músculo se flexiona antes de retornar à sua posição preparada.

Você está bem?

Bem-vindo de volta, Marc.

Khonshu resmunga uma breve afirmação, e nos preparamos para o que nos aguarda.

Nós somos Venom.

E nós somos o Cavaleiro da Lua.

CAPÍTULO 37

MARC

AS ESTRANHAS SENSAÇÕES VIERAM EM ONDAS, DESEQUILIBRANDO MARC. ISSO acontecia toda vez que alguém aceitava uma existência unida com Venom? Contradição após contradição chegava: ser envolvido, mas se sentir mais leve e poderoso; uma náusea com as mudanças fisiológicas, mas uma repentina sensação de invencibilidade.

E uma voz. Mesmo depois de todo esse tempo juntos, a voz de Venom ainda se provava ser um pouco mais desconcertante do que a seleção costumeira de gritos e discussões em sua cabeça.

Venom se enraizou nele, havia um brilho negro agora por cima do traje do Cavaleiro da Lua, mas, talvez pela primeira vez, realmente se moviam como uma equipe, uma frente unificada nas etapas finais de um plano construído por múltiplas versões dele mesmo.

Destruiria o Sussurrador? Não tinha certeza disso — nenhum deles tinha. Mas eles definitivamente tentariam.

Marc se firmou, pequenos estrondos ondulavam pelas chapas do piso da sala do transformador e eram absorvidos por suas botas. Suas mãos enluvadas se fecharam em punhos, ele ajustou seu peso, o instinto o levou a ficar em posição de prontidão. Mas, quando ergueu o olhar, viu que na verdade não precisava de tudo aquilo.

Em vez disso, podia tirar um minuto e apenas executar as coisas passo a passo.

Afinal, o Sussurrador, obscurecido pela luz ofuscante de seu portal, estava caído de joelhos, com os ombros encolhidos e o psi-phon ainda na cabeça. Marc correu para os controles do transformador, apertando botões e teclas para completar os passos finais. Um ronco baixo aumentou, e, ao redor do psi-phon, a familiar energia amarela começou a irradiar.

— O que você fez? — gritou o Sussurrador, e sua voz distorcida fraquejava. Quando Marc olhou para o Sussurrador, viu que ele estava esticando o braço esquerdo trêmulo, lentamente, para alcançar a manopla no direito. Venom gritou um comando:

A Mente-Colmeia. Rápido, precisamos detê-lo.

Por instinto, um tentáculo saiu do topo do ombro de Marc. Dividiu-se em dois, em uma formação em Y, um segurando a mão livre do Sussurrador no lugar, o outro envolvendo a manopla. Sob a máscara do Cavaleiro da Lua, a testa de Marc franziu com intenção, num gesto que vinha mais de Venom do que dele, e com isso a manopla se despedaçou sob a pressão do tentáculo. Fagulhas e descargas faiscaram dela, a energia residual descarregou e fez da manopla uma peça de tecnologia quebrada e sem vida.

E, com aquele único ato, o zumbido — a coisa que penetrava em uma frequência específica o suficiente para perturbar Venom — simplesmente parou. Para Marc, parecia que um zunido pós-explosão havia desaparecido. Mas para Venom — Marc sentiu o alívio — foi algo que se transformou em um desejo repentino de vingança rápida e fúria caótica.

Venom estava disposto a assassinar o Sussurrador. Marc flexionou qualquer fio que conectasse humano e alienígena, num sinal para conter os piores impulsos de Venom. Jake teria feito isso? Eddie fazia isso por Venom? Marc não tinha certeza por enquanto, porém, ele estava no comando deste corpo — e, depois de vários dias tumultuados, Venom o respeitava o bastante para atender ao pedido.

Parte de Marc *queria* puxar o Sussurrador para a frente — não para o estrangulamento que Venom desejava, mas apenas para ver quem era a pessoa por trás dessa ameaça interdimensional. Suas melhores sensibilidades mercenárias entraram em ação, minimizando riscos ao manter seu alvo enfraquecido e a distância.

Distância seria de especial importância, dado que Marc recomeçou a carregar o psi-phon. Fazer isso era a única maneira de salvar *tudo*. Essa ideia permaneceu, tanto para ele quanto para o simbionte unido a ele.

A Mente-Colmeia está segura por enquanto. Precisamos terminar isso.

— Acha que brincar de herói com um alienígena e uma divindade egípcia o torna poderoso? — questionou o Sussurrador, e a pergunta era acompanhada de uma frieza clínica, apesar do tom ameaçador. — O que quer que planeje fazer, o que quer que tenha feito, é insignificante na melhor das hipóteses e...

— Vou interrompê-lo aí mesmo — falou Marc, voltando-se para o painel de controle, embora os tentáculos mantivessem as mãos do Sussurrador amarradas. — Bem, é provável que esteja se perguntando por que seu corpo simplesmente não quer se mover agora, não é? Uma coisa legal que descobrimos sobre o psi-phon é que, se souber o que está fazendo com ele, você consegue de fato direcionar as transferências. Entre versões multiversais de si mesmo. — Marc apontou para o corpo flácido de Jake no chão. — Ou até mesmo um simbionte. Eles são meio curingas no processo. Nossos dois corpos deram algo a Venom. De mim, ele ganhou a habilidade de bloquear as diferentes vozes em sua cabeça. Nós conseguimos fazer isso, sabe. Eu não sei tudo o que Steven e Jake sabem, e eles não sabem todas as minhas coisas. Relevante — explicou Marc, batendo na lateral da cabeça — caso Venom não quisesse que você soubesse de algo. A propósito, ele escondeu mesmo um pouco de você. Jake e Steven ali? Eles estão mortos. Mas tinham uma gota de simbionte neles, um pouquinho de morte que foi para Venom. Que ele passou para você. — Por dentro, a gargalhada sobrenatural de Venom quase tomou conta do corpo de Marc, mas ele a sufocou e verificou o painel de controle de novo. — Lamento que esteja se sentindo tão mal agora.

Esperemos que continue assim.

Marc manteve a provocação de Venom em sua cabeça por enquanto. Não havia necessidade de entrar em uma batalha prolongada de sarcasmo com um cientista interdimensional.

— É muito legal, essa troca de poderes. Eu recebi algo em troca. Você o chamou de "divindade egípcia". Nem sempre somos os melhores dos amigos, mas eu sem dúvida o aprecio neste momento.

Diferentes telas no painel de controle piscaram, alguns gráficos as preencheram completamente e outras tinham texto piscando sobre limites excedidos.

Avisos de segurança? Capacidade de energia?

Estavam quase lá. Só mais alguns segundos.

— Ah, quase esqueci. Com todas essas vozes e corpos diferentes, é difícil manter as coisas em ordem. Mais uma coisa foi transferida. Aquela essência de vida que você queria de mim? Desculpe, não tenho mais.

Eu passei para eles. — Marc apontou para o corpo mole no chão. — Lembre-se, aquele corpo está morto. É meio difícil transferi-la de volta para você agora. Nós — falou Marc, com total intenção de representar a si mesmo, Venom e o outro Cavaleiro da Lua — pedimos sinceras desculpas por ter perdido. Acho que você também não conseguiu ler isso em Venom.

Apesar das sombras que cobriam seu rosto, o Sussurrador reagiu de uma forma que Marc não esperava. Normalmente, contar a um louco que seu grande plano foi por água abaixo causava pelo menos um pouco de raiva. E, embora a postura do Sussurrador não projetasse exatamente alegria com a explicação de Marc, a maneira como sua cabeça se inclinou parecia mais cheia de curiosidade do que qualquer outra coisa. Sua voz mecanizada falou, quase inaudível acima da caverna de máquinas ao redor deles.

— Então a habilidade *é* transferível.

O estômago de Marc afundou ao perceber que o Sussurrador poderia ser uma dessas pessoas muito irritantes que tinham camadas de planos reserva inseridos em suas estratégias. O que significava que só havia uma maneira de realmente acabar com isso.

Uma batida alta sacudiu a parede de máquinas e monitores, e, segundos depois, os próprios monitores piscaram até escurecer antes de restaurar seus gráficos e tabelas de status.

O psi-phon está quase energizado. Mova-se agora.

Se os gráficos e tabelas no console de controle não refletissem o status de energia do psi-phon, então, a luz que irradiava ao redor do dispositivo revelaria. Grunhidos e gemidos distorcidos vinham da figura sombria, o portal roxo ainda enquadrava o Sussurrador, mas, ao redor de sua cabeça, o fulgor amarelo do psi-phon o eclipsava com calor e intensidade palpáveis a 6 metros de distância. Raios disparavam do dispositivo, atingindo a parede, o chão, o teto, cada raio se cravava e causava mais destruição. No centro do espetáculo, o dispositivo chamuscou o capuz do Sussurrador, marcas de queimadura eram visíveis em sua máscara, ou capacete, ou qualquer coisa metálica que escondesse seu rosto.

— Vamos lá — disse Marc para Venom. — Quer contar para ele ou eu conto?

Nós gostamos de uma boa provocação.

Marc assentiu e considerou a maneira como Venom usava "nós". A princípio, parecia distante, sobrenatural, como uma maneira de o alienígena exercer controle sobre ele. Talvez tenha começado assim, como um fantoche sob o controle de seu mestre. Mas agora, enquanto o Sussurrador lutava contra suas amarras, Venom e Marc se moviam como um, unidos em um propósito, com causa e intenção comuns.

De fato, ambos gostavam de uma boa provocação.

— Aqui vai mais um detalhe sobre o psi-phon — falou Marc. — Todo esse poder gerado agora está naquele pequeno fone de ouvido, pronto para atravessar o Multiverso. Mas o que acontece se você *não* o ativar de fato?

Sua voz mudou de repente, agora era um rosnado gutural tingido com as próprias palavras de Venom.

— Vira uma bomba.

Mais do que apenas uma bomba — Marc havia tido sua cota de tempo trabalhando com explosivos e pensando em coisas como raio de explosão e velocidade de detonação. Mas e quando uma usina de energia inteira se afunilava em uma bomba?

Bem, Marc imaginou que seria bem grande. Três cenários se desenrolaram em sua mente: se enviassem o Sussurrador cedo demais, o psi-phon incineraria todos os inocentes que viviam ao redor de onde ele pousasse. Se fosse tarde demais, destruiriam a Usina Elétrica Roxxon e boa parte da costa de Long Island nos arredores.

Bem no momento certo, porém, a explosão seria contida por qualquer coisa que estivesse no vazio interespacial, eliminando as ameaças tanto do Sussurrador quanto do psi-phon.

— O tempo vai ser apertado — falou ele, olhando ao redor, observando os monitores.

Só mais um segundo.

Um tranco forte e repentino puxou os tentáculos dos ombros de Marc, e um olhar rápido mostrou que o Sussurrador agora se movia. Não mais completamente imobilizados, seus ombros se moveram o suficiente para arrastá-lo para trás. Ele se levantou completamente, e a luz roxa do portal agora lançava uma sombra ameaçadora que parecia ficar mais forte a cada segundo. Ele se retorceu de novo, e dessa vez um braço se soltou.

E uma dor lancinante atravessou Marc — atravessou os dois. Por dentro, Venom uivou, e agora o Sussurrador estendia um braço livre, lâminas curvas saíam da manopla restante em sua mão esquerda.

A peça poderia ser mais uma armadura se comparada à tecnologia funcional que haviam acabado de destruir na outra manopla, mas ainda tinha alguma coisa igualmente perigosa para um simbionte:

Adamantium.

Os movimentos do Sussurrador recuperaram a velocidade, de alguma forma estavam livres da essência venenosa que haviam transferido para ele. Ele golpeou com sua manopla de lâmina o outro tentáculo, e Marc sentiu Venom sufocar com outro corte de adamantium. Os tentáculos caíram no chão, e, assim que isso aconteceu, todas as estações de monitoramento piscaram, o brilho de suas telas desapareceu. Acima deles, as lâmpadas industriais desligaram, cada uma ia clicando e estalando conforme escureciam, roubando a iluminação da sala, até que tudo o que restou vinha do portal do Sussurrador e do halo amarelo radiante do psi-phon.

O psi-phon está pronto! Faça agora!

Os tocos nos ombros de Marc foram reabsorvidos por seu corpo, e os tentáculos cortados no chão se contorceram para trás, saltando para cima para se fundir com o todo conforme ele começou a avançar.

Todos, exceto um. Marc sentiu Venom direcionando um único pedaço de óleo simbionte a passar de seu corpo e serpentear pelo chão para ser absorvido por Jake Lockley.

À frente deles, o Sussurrador levantou um punho armado, então deu um passo à frente com um movimento pesado e desajeitado, como se estivesse se libertando do cimento. Ele estendeu a mão, num gesto deliberado, enquanto ainda lutava contra os efeitos do envenenamento psíquico, e fechou uma das mãos ao redor da faixa no meio do psi-phon.

Um golpe é tudo de que precisamos. Atire-o no portal!

Marc se empurrou adiante, movendo as pernas com uma força adicional que Venom ou Khonshu lhe concederam — ou talvez viesse do próprio desespero do momento. O Sussurrador continuou, agora com seu braço livre erguido e segurando o outro lado do psi-phon. Ele soltou um gemido áspero e desesperado, um som piorado pelas distorções eletrônicas em sua voz, e, enquanto Marc se aproximava, o

Sussurrador começou a levantar o psi-phon da cabeça. A energia amarela agora saturava o espaço, um calor espesso aumentava a cada passo mais próximo, o Sussurrador puxou, e a intensidade do psi-phon arrastou fios de metal derretidos de sua máscara — o suficiente para que, caso Marc demorasse apenas um segundo, ele conseguisse dar uma olhada em quem estava por baixo.

Mas não havia tempo. Quatro passos de distância, depois três, depois dois, até que Marc saltou no ar, com um pé à frente. Ele torceu o corpo, angulando sua outra perna para cima e para fora até que ela voou para a frente, e o impulso o fez colidir com o peito do Sussurrador — um golpe tão limpo quanto qualquer outro que ele já tivesse dado como soldado, como mercenário, como Cavaleiro da Lua.

Todavia, o Sussurrador não caiu para trás no portal. Pelo menos não o suficiente para desaparecer em outra dimensão ou aonde quer que ele o levasse. Em vez disso, agarrou a perna de Marc em meio ao chute, e o impulso carregou os dois. O Sussurrador tropeçou e depois se firmou, gemendo enquanto o psi-phon disparava faíscas de uma forma que parecia prender o dispositivo em sua cabeça.

Os tentáculos de Venom chicoteavam dos ombros de Marc, mas o Sussurrador agora se movia com agilidade e velocidade recuperadas, golpeando com suas manoplas de espinhos de adamantium. Cada facada nos tentáculos lançava ondas de dor pelo corpo unido, e, enquanto Venom desacelerava devido aos ferimentos, Marc empurrava seu lado humano para a frente, usando técnicas de luta tradicionais.

O Sussurrador ainda segurava o pé de Marc do chute fracassado, mas Marc saltou para cima, balançando a perna livre para colidir com a cabeça do Sussurrador, acertando a bota no capacete ou máscara, até mesmo parte do psi-phon — na verdade, o calor do dispositivo sobrecarregado corroeu parte da camada externa da bota, deixando uma queimadura fumegante nos dedos. O impacto derrubou o Sussurrador com força suficiente para que ele soltasse o pé de Marc; quando Marc caiu no chão, gavinhas simbiontes dispararam de seus braços, avançando para chicotear o Sussurrador de volta. O Sussurrador contra-atacou depressa, equilibrando-se e levantando o braço bem a tempo, e as pontas de adamantium da manopla interceptaram a gavinha. Com o membro simbionte ainda perfurado, o Sussurrador puxou o braço para trás, trazendo Marc para perto.

Marc desferiu um soco, acertando um golpe limpo na armadura metálica, e, apesar da força de seu ataque alimentada por Venom, sua mão ricocheteou, a armadura aparentemente era impenetrável. O Sussurrador contra-atacou, com um espinho de manopla indo direto para a cabeça de Marc, e Venom destacou parte do corpo do simbionte para criar um denso escudo preto. O espinho de adamantium o perfurou, num corte gradual através do corpo de Venom; pressionou mais e mais, até que o espinho fez contato com a máscara do Cavaleiro da Lua. Marc torceu o pescoço para inclinar o rosto para longe, mas não adiantou — o Sussurrador, por qualquer meio, era simplesmente uma força bruta demais para Venom e Marc Spector.

O escudo simbionte tremeu e ondulou, fortalecendo sua forma para tentar manter o Sussurrador no lugar, mas o espinho empurrou mais, a ponta agora cortava a bochecha da máscara do Cavaleiro da Lua. A dor fisgou Marc, a pressão de um espinho de adamantium fez sua pele sangrar, quando, de repente, a tensão foi liberada.

O espinho ficou flácido, e Marc deu um passo para trás, com os tentáculos se retraindo em seu corpo. Com o Sussurrador ainda em silhueta, o brilho amarelo radiante do psi-phon iluminou o espaço o bastante para revelar o que desequilibrou a balança nessa batalha.

Atravessando a armadura, havia um dardo crescente alojado em seu peito.

Adamantium.

A mão enluvada do Sussurrador moveu-se para a arma cravada, os dedos sentiram a lâmina antes de apontar.

— Você — falou, com uma fraqueza marcante em sua voz que não estava ali segundos antes.

Seu gesto não tinha Marc como alvo. Em vez disso, Marc acompanhou sua direção, virando a cabeça para ver Jake no chão, apoiado em um cotovelo. Jake olhou para Marc, depois para o Sussurrador, e, embora ele fizesse esforço para fazer saírem suas palavras, Marc as ouviu em claro e bom som — tanto na sala em si quanto em sua cabeça, estavam conectados pelo óleo simbionte solto que encontrou seu caminho até ele.

— Ainda... não... morri.

Curioso o que um pouquinho do simbionte era capaz de fazer por alguns segundos, mesmo por alguém que estava morto.

Os dedos de Marc se fecharam em um punho, e uma casca de firmeza simbionte se formou por cima.

— Lembra do que você disse a Venom? — perguntou Marc, e rostos passaram por sua mente. Steven e Jake, o Francês e Gena, *Marlene*...

Até Venom.

— "Sem testemunhas. Sem sobreviventes". — Marc atirou o braço para a frente com todo o seu peso, acertando seu alvo bem no peito. O Sussurrador voou para trás, e o fulgor do psi-phon virou chamas bem no momento em que ele voou para o mar de luz roxa reluzente.

O portal se fechou, e silêncio e escuridão cobriram tudo.

CAPÍTULO 38

STEVEN

A ILUMINAÇÃO DE EMERGÊNCIA FINALMENTE FOI ACIONADA, UM BRILHO vermelho fraco deu à sala do transformador uma aparência infernal.

O que piorava com Jake deitado no chão.

Acho que isso significava que eu também estava no chão. Só que não estava. Eu ainda usava meu traje de Senhor da Lua enquanto me ajoelhava ao lado de Jake. Marc/Venom estavam à minha frente, com seu traje de Cavaleiro da Lua todo preto.

Até que não estavam mais.

Venom se drenou, descascando camadas oleosas até que linhas de fios simbiontes se cruzaram sobre as botas de Marc. A poça se arrastou até a mão levantada de Jake, em seguida a envolveu, e, naquele momento, eu a senti.

Creio que isso significa que Jake também sentiu.

Pela pouca rajada de força, adrenalina ou *vida* que Venom nos concedeu, tudo se tornou mais brilhante, mais nítido, mais claro, *mais alto*, apesar de tudo permanecer o mesmo. Marc se inclinou, guiando gentilmente a máscara de Jake sobre o queixo antes de retirá-la por completo. Eu fiz o mesmo, removendo a máscara do Senhor da Lua e deixando-a cair no nada, antes de colocar minha mão no corpo moribundo de Jake.

Moribundo? Ou morto?

Quase morto. Mas estamos fazendo o que podemos.

— Uau — falei. Jake ergueu os olhos, com a sobrancelha arqueada em resposta similar.

— Eu também ouvi — falou, e sua voz era quase inaudível. — Este não é Khonshu, é...

E SE... MARC SPECTOR FOSSE HOSPEDEIRO DO VENOM?

— Venom — completou Marc. Atrás dele surgiu uma forma preta parecida com uma cobra, dois enormes olhos brancos e fileiras de dentes afiados agora pairavam na altura de seus ombros. Marc neste momento fez o impossível:

Ele olhou para *mim*.

— Não sei quanto tempo vocês dois têm — falou Marc antes de virar a cabeça. — Vocês três, devo dizer.

Com isso, Spector apareceu, completamente vestido com o mesmo traje do tipo militar preto que estava usando quando Venom o sequestrou e nos trouxe a esta realidade. Ele se ajoelhou e se inclinou do outro lado de Jake.

Com uma boca agora completamente formada, Venom falou sem gritar em nossa cabeça.

— Enquanto lutávamos contra o Sussurrador, ele cortou um dos meus tentáculos com adamantium. Em vez de fazê-lo se reformar com o simbionte, nós o enviamos para seu corpo. Ele o sustentou por algum tempo. Deve lhes dar um pouco mais de tempo. Mas não há cura para vocês. Seu corpo está morto há tempo demais.

— E é por isso — explicou Marc, apontando para o tentáculo simbionte enrolado no braço de Jake, — que eu consigo ver todos vocês. Não vou fingir que entendo. Só agradeço.

Spector encontrou os olhos brancos de Venom, linhas se formaram em seu rosto.

— Você.

— Sim — retrucou Venom.

— Você me matou. — Spector deu um tapinha no próprio peito e depois me encarou.

— Matei. Não foi minha decisão favorita — respondeu o alienígena. E, apesar da natureza rosnada da voz de Venom, detectei um leve indício de arrependimento naquelas palavras; talvez isso fosse tudo o que um simbionte poderia expressar.

— Você matou para terminar o trabalho e salvar sua espécie. — Spector abaixou o rosto em um aceno solene antes de se virar para Jake. — Eu entendo. Já fiz o mesmo. — No chão, Jake gemeu, depois, se virou para Spector, possivelmente enfim percebendo que nós três estávamos reunidos. — E pior. Pergunte aos meus irmãos, eles vão lhe contar tudo.

— E o Sussurrador? — perguntou Jake, com a respiração ofegante. Ele se levantou, embora ficar de pé provavelmente não fosse uma boa ideia agora, e outro tentáculo surgiu da piscina simbionte para apoiá-lo.
— Ele se foi?

— O portal está fechado — respondeu Venom. — Não há como saber se ele está vivo ou morto. Mas seus mundos e minha Mente-Colmeia estão a salvo por enquanto.

— Nosso mundo — falei, agora com uma imagem diferente na minha cabeça. E, apesar de todas as coisas terríveis que o psi-phon trouxe para nossas vidas, ele pelo menos nos deu um pequeno presente. — Marc, eu não sei o que aconteceu entre você e Marlene aqui. E não estou dizendo para você consertar as coisas nem mesmo para entrar em contato com ela. Ela tem suas razões para querer espaço. Mas, para o seu próprio bem, saiba que, apesar de tudo, ela ainda se importa com você. Acredito que ela se importe tanto, que precisa desse espaço.

Marc reagiu com silêncio, olhos fixos nos meus. Até Venom recuou, num estranho toque de empatia de uma fera alienígena que parecia obcecada pelo caos — mesmo que fosse do tipo bom.

— Ei — interveio Jake com uma tosse fraca —, não se esqueça de que eu salvei você hoje.

— Sempre conte com Jake Lockley para fazer o trabalho sujo — comentou Marc em voz baixa, e o riso se espalhou pela sala: Marc, depois Jake, depois eu, depois Spector, e até Venom.

Acho que nunca conseguiria me acostumar com riso alienígena.

— Você salvou mais do que eu. E esse cara. — Marc fez um sinal para Venom.

— O Sussurrador trapaceou. — Os olhos de Venom se estreitaram. — Ele não devia ter adamantium.

Marc balançou a cabeça de novo, depois gesticulou amplamente ao nosso redor.

— O Multiverso. Tudo poderia ter sido destruído. Muitas pessoas nunca saberão que foram vocês dois. — Marc pegou a mão de Jake, e, através da imaginação de um cérebro moribundo ou do poder do óleo simbionte, coloquei a minha em cima das deles. E as *senti*. Spector se afastou a uma distância respeitosa, e perguntei-me se talvez ele tenha concedido esse momento para *nós*, já que fomos nós que passamos por toda a provação. — Mas eu saberei. Agora mesmo estou vendo *suas* memórias. Todas elas. Eu sempre saberei.

— Ah — falou Jake, e seus dedos tatearam enquanto ele abria uma bolsa no cinto. — Então, você vai saber o que é isso. — Sua bufada se transformou em outro gemido, e ele levantou uma mão trêmula para Marc ver.

— É do Francês — falou Marc baixinho, pegando o frasco de Jake.

— Pegue. Vá comemorar. — Um grunhido ecoou nas paredes de metal da câmara, seguido por Jake caindo de joelhos de repente. Os tentáculos de Venom tremeram quando Jake caiu mais, com seu peso cedendo. Embora eu continuasse sendo um fantasma do nosso cérebro, um impulso me puxou, trazendo-me para mais perto do corpo. Venom colocou Jake deitado de costas, e eu ancorei o suficiente para manter uma vigília ajoelhado acima dele.

— Droga — falou ele, e seu tom agora era mais rouquidão do que fala. — Acabou o tempo.

Venom se retraiu, formando novamente o ser parecido com uma cobra que flutuava sobre uma poça de preto, enquanto Marc se ajoelhava ao lado dele.

— É engraçado — Jake se virou para Spector — partir sendo eu. Sempre imaginei que houvesse alguma regra, ou algo do tipo, de que morreríamos sendo você.

Marc encontrou meu olhar, depois, olhou para Spector antes de retornar a Jake, e os brancos impassíveis agora carregavam uma leve camada de cintilância. Sua expressão mudou, numa rápida inspiração de epifania.

— Não, Jake — falou Marc. Ele deslizou o cantil para longe antes de abrir uma bolsa diferente em seu cinto, então, enfiou a mão lá dentro e puxou para fora:

Um bigode falso.

— Eu forcei Venom a pegar. Sabia que seria útil. — Com isso, Marc colocou o bigode acima do lábio superior de Jake, dando uma boa pressionada para garantir que ficasse no lugar. — É você quem vai levá-los para casa.

Quando Jake fechou os olhos, vi-me transportado para o saguão do Met, de volta ao meu smoking, com meus irmãos pela última vez.

CAPÍTULO 39

MARC

ESSES DOIS, STEVEN E JAKE, ERAM DIFERENTES DA DUPLA USUAL COM QUEM Marc vivia. Esse Steven se provou um pouco mais neurótico, e esse Jake xingava um pouco menos, mas Marc reconhecia muito bem o cerne de quem eles eram.

Havia uma razão pela qual nem sempre se davam bem. Provavelmente porque cada um representava peças que faltavam aos outros. A maioria das pessoas tinha suas próprias versões de Marc, Steven e Jake de certa forma, um modo de pensar para lidar com a família, ou trabalho, ou aquele idiota que sempre rondava suas vidas.

Para os Marc Spectors espalhados por toda a existência, os deles eram um pouco mais extremos, um pouco mais delineados.

Um pouco mais *interessantes*.

E, quanto ao Marc nesta realidade, ele finalmente entendeu que estivera errado esse tempo todo. Por muito tempo, encarou Jake e Steven como males necessários em sua vida, fontes de conflito que também o ajudaram a fazer o que era preciso. Caramba, ele até os culpava por todos os problemas com Marlene. Só que, na verdade, cada um deles era responsável pelas consequências de suas vidas juntos — e, se Marc pudesse aceitar isso, então, talvez pudesse começar a ser melhor quanto a *tudo*.

Pelo menos um pouco.

O pensamento permaneceu, enquanto apenas Marc se mantinha ao lado do corpo de Jake Lockley, já que os fantasmas de Steven Grant e de Marc Spector da outra realidade tinham desaparecido agora. Quanto tempo havia se passado? Não tinha certeza. Com o silêncio, a quietude, enquanto ficava ao lado do corpo de seus irmãos caídos, pareceram minutos, da mesma forma que o tempo era distorcido no Espaço Mental.

— Não podemos simplesmente deixá-los aqui — falou, enfim.

Agora completamente separado e independente, Venom se virou para ele, como um rosto flutuante no final de uma corda preta.

— Sentimentalismo vai nos matar. A polícia ainda está lá fora. Eles podem chegar a qualquer minuto.

Marc olhou para a porta, uma folha de metal que separava tudo lá fora de tudo ali. Depois, virou-se, agora observando o espaço esculpido pelo portal do Sussurrador. O que quer que fosse, aquela energia roxa incinerou um rastro atrás de si: pedaços retorcidos de metal e vergalhões quebrados misturados com concreto desmoronando, bordas queimadas que brilhavam pelo calor absorvido. Ele se inclinou, o caminho do túnel levava a um trecho desconhecido de escuridão.

— Suponho que essa seja a nossa saída. — Ele se virou para o chão. — Vai ser difícil carregá-lo para fora. Vou dar um...

Um barulho estranho veio de Venom, um som quase sibilante que interrompeu Marc. Mas veio sem malícia; em vez disso, a estranheza pode ter sido resultado do fato de que foi um dos poucos momentos, possivelmente o único, em que Marc ouviu o simbionte expressar empatia.

Com isso, seu óleo deslizou sob o corpo imóvel antes que dezenas de pequenos tentáculos o erguessem.

— Eu os levarei. De volta para o lar deles. — Os tentáculos agora se enrolavam ao redor do corpo, como bandagens de múmia na forma de líquido simbionte. A cabeça flutuante de Venom se virou para Marc.

— Abrirei um caminho. — Como um grupo, Venom deslizou para o início da caverna industrial, e a cabeça agora se erguia acima da altura de Marc; e Marc ficou aliviado que o *outro* Marc voltou no final, mesmo que apenas para dar um último suspiro com Steven e Jake. — Vai ser bom esmagar algumas coisas agora. — Um grande tentáculo se estendeu para fora, chicoteando pedaços pendurados de destroços. — Vamos subir. Para o telhado.

— Agradeço por isso. Eu...

Algo mudou.

Marc levou um segundo para perceber que a voz estrondosa em sua cabeça não era de um simbionte alienígena, mas de um deus egípcio.

— Khonshu. Você voltou.

Emoções agitaram Marc, tanto alívio quanto incerteza com a constatação. Khonshu tinha dado a Marc muitas coisas ao longo de sua vida, e, de muitas maneiras, o deus era a razão pela qual sua vida era como era — para o bem e para o mal.

Todavia, considerando tudo o que acontecera, Marc se perguntou se seria capaz de ter um pouco mais de controle sobre essa colaboração confusa no futuro.

Voltei. Ainda não estou com força total. Manter Jake e Steven vivos durante tudo isso foi mais difícil do que o esperado. Eu não estava totalmente preparado para o tamanho da provação que eles dois seriam. Minha restauração é gradual.

Talvez Khonshu também tenha aprendido alguma humildade durante essa crise.

— É bom tê-lo de volta, Khonshu — falou Marc. — Sabe, a última vez que você disse que algo mudou, toda essa confusão começou.

Estou ciente disso. Algo está diferente. Estou sentindo que o tecido conjuntivo do Multiverso mudou de repente. Como se alguém tivesse feito um furo e costurado de volta.

— O Sussurrador. — A menção dele chamou a atenção de Venom, pausando seus cílios destrutivos no túnel, e Marc encarou o simbionte bem em seus olhos brancos e angulosos. — Ele é do tipo que tem planos B, não é?

A cabeça de Venom se inclinou, as fileiras de dentes se juntaram em uma carranca.

— Eu também sinto isso. Uma ondulação através do tecido de tudo.

— Venom — falou Marc, com uma secura repentina na boca. — Não acho que aquela explosão tenha pegado ele.

— Não estou surpreso. — Venom fez uma pausa, olhando para cima antes de se virar para o corpo envolto em simbionte a reboque e, depois, para Marc. — Devemos nos apressar. O Sussurrador é um desgraçado traiçoeiro.

Venom pareceu ignorar o sorriso súbito e confuso que Marc deu com o xingamento inesperado. Mark levou um momento para considerar como deve ter sido a vida para alguém que passou mais do que apenas um breve período vivendo com um simbionte alienígena. Quem quer que fosse esse Eddie, deve ter tido muita paciência.

Claro, Eddie poderia ter pensado a mesma coisa se tivesse passado uma semana com Khonshu.

E SE... MARC SPECTOR FOSSE HOSPEDEIRO DO VENOM?

Devemos seguir Venom em sua missão. Posso lhe dar força e velocidade para rasgar o que resta.

— E depois? Como paramos o Sussurrador de novo?

Venom balançou a cabeça antes de gesticular para que Marc andasse. Eles começaram pelo túnel queimado escavado a cerca de 15 metros de profundidade.

— Isso pode não depender de nós. Por enquanto, fique de guarda aqui, no seu tempo e espaço. — O simbionte os conduziu por um caminho diagonal para cima, passando por algumas fiações que soltavam faíscas ou por canos rachados que pingavam água. A caverna finalmente terminou, e Venom formou uma grande forma de punho e começou a esmurrar as camadas de materiais para chegar ao telhado. Enquanto ele fazia isso, Marc ficou ao lado, levantando pedaços de entulho do caminho com as mãos. Venom se voltou para ele, com uma versão mais silenciosa daquele rosnado familiar. — Devo retornar à Mente-Colmeia. Enquanto o Sussurrador ainda estiver à solta, continua sendo uma ameaça.

— Já está terminando comigo? Sabe, quando nos conhecemos — provocou Marc, encontrando um apoio para as mãos nos escombros no escuro —, pensei que *você* era o desgraçado.

— Eu *sou* o desgraçado. — Venom continuou a rasgar a estrutura. Um tentáculo simbionte martelou, lascas de concreto caíram em camadas antes que uma única corrente de vento soprasse. Outro golpe e, finalmente, um pequeno indício de luar. — Não deixei isso claro?

Marc balançou a cabeça, sua risada provavelmente foi inaudível por baixo da máscara. Pelo menos conseguiam concordar nisso, dado que sua amizade — ou parceria, ou seja lá como isso era chamado — começou com Venom dando um soco nele em uma rua de Nova York. Mas ali Venom liderava o caminho, pegando a trilha incendiada pela energia do portal do Sussurrador e empurrando-a mais longe até que emergissem no telhado do edifício central da Roxxon. Estavam lado a lado, Cavaleiro da Lua e Venom, o mais improvável dos pares. Marc se virou para dizer algo, mas Venom já havia se lançado para o céu, numa massa de gota preta que pingava com uma cabeça de cobra em uma ponta.

Seguindo atrás dele, o simbionte arrastava um casulo escuro carregando o corpo de um amigo caído.

Venom desapareceu em direção ao céu sem deixar rastros, ou saudação, ou despedida amigável. Ele simplesmente *partiu*, rumo a algum outro lugar no espaço e no tempo.

— Só nós, hein, Khonshu? Poderíamos muito bem estar presos no deserto juntos.

Fora o ruído dos aparelhos de ar-condicionado nos telhados e as vozes de uma equipe de emergência no solo, não se ouvia nenhum som.

— Khonshu?

Nada.

Por um momento, o pulso de Marc acelerou, um pânico repentino por perder Khonshu logo após tê-lo de volta; e logo após perder Venom, e a incerteza com relação a seu Steven e Jake. Mas ele se acalmou, aterrando seu senso de peso e presença onde estava, e com isso a clareza de pensamento retornou. Khonshu ainda deveria estar se recuperando, principalmente depois de conceder a Marc aquela explosão final de força.

Khonshu voltaria. Quando? Marc não tinha certeza. E quanto a Steven e Jake?

Marc tentou não pensar nisso.

Agora, no topo do escritório da ala leste da Roxxon, Marc estava sozinho, realmente sozinho pela primeira vez em...

Bem, mais ou menos desde que era um garotinho.

Sem Venom. Sem Khonshu. Sem Steven ou Jake.

Ninguém.

Acima dele, a lua minguante aparecia entre as nuvens, com uma lasca de escuridão cortada do lado direito do corpo celeste. À sua frente, a paisagem do subúrbio próximo tinha escurecido, a vítima final da absorção de energia pelo psi-phon. Embora Marc ainda visse os vermelhos e azuis piscantes das luzes da polícia logo abaixo, sabia o que eles finalmente encontrariam: uma mistura de seguranças e funcionários inconscientes, com sorte não muito feridos.

Tudo levava à sala do transformador, onde a equipe forense teria que lidar com uma combinação de energia interdimensional, força bruta do simbionte e destroços, cortesia de um deus egípcio e de um traje feito de carbonadium.

Marc se levantou, com os ventos fortes da altitude sacudindo sua capa, e fechou os olhos.

Para sua surpresa, não entrou no habitual vazio cheio de fumaça. Às vezes, ele acabava em locais diferentes, mas isso exigia intenção, como na vez em que levou Steven, Jake e Khonshu para uma pescaria. Mas isso? Isso era diferente.

— Que diabos é isso? — falou Marc, enquanto seus passos ecoavam contra o azulejo. Ele virou o pescoço, depois girou, absorvendo os detalhes próximos e distantes.

Ladrilho xadrez. Uma grande tela na parede mais distante. Uma mesa de recepção, vitrines com exibições aparentemente retiradas de toda a sua vida. Aquilo era uma pilha de folhetos no balcão?

O Met. Do Steven Grant da outra realidade.

Aparentemente o psi-phon também transferiu algumas coisas inesperadas do corpo.

Marc andou de parede a parede, maravilhado com os detalhes criados pela mente de Steven, ou sua mente, ou talvez ambas, da estátua de uma figura de ouro segurando uma balança até as letras miúdas nos folhetos. Era assim que era o Met real ou essa era a versão no mundo de Steven? Ou era apenas a versão que Steven *desejava*? Independentemente da autenticidade, os detalhes ganharam vida; até mesmo o vídeo na parede exibia um trailer totalmente produzido com narração e música, enquanto as imagens se dissolviam umas nas outras. E no canto, bem na beira de um corredor, estava Khonshu, meio apagado, no que provavelmente era seu estado dormente e regenerador.

No entanto, enquanto Marc continuava examinando cada vitrine e placa, o espaço oferecia pouco consolo. Apesar da especificidade e nitidez de tudo no saguão, ainda não era nada mais do que uma sala apenas com ele.

Até que um *estrondo* sacudiu o espaço.

E outro. Seguido por uma pausa, e depois mais três em rápida sucessão.

Mas não era um estrondo ameaçador ou algo causando destruição de cima. Em vez disso, Marc percebeu: era uma batida na porta.

Ele se virou para as portas duplas da entrada do Met, e o brilho do sol forte de uma manhã de Nova York obscurecia as duas figuras na porta, com suas identidades recortadas em silhueta.

O que as pessoas faziam nessa situação? O Met não devia ter algum tipo de fechadura automatizada? Um dos maiores museus do mundo não teria uma fechadura de chave simples. Mas também ninguém nunca explicou as regras deste lugar.

Marc pigarreou e, então, olhou de novo para as duas figuras, uma em um terno bem cortado e a outra com uma silhueta mais desleixada enquanto ajeitava sua boina.

Poderia ser?

— Entrem — chamou, deixando sua voz o mais alta possível. E, com isso, as portas clicaram, as fechaduras aderiram a quaisquer mecanismos que pertencessem ao Espaço Mental. Elas se abriram, uma rajada de ar entrou, junto com o barulho das ruas da cidade que ele raramente havia percorrido na vida real.

Steven Grant e Jake Lockley entraram.

— Vocês são... — começou Marc, tentando pensar em uma maneira correta de formular a pergunta. Mas, pela maneira como eles pararam alguns metros depois de entrar e observaram o Met com espanto, Marc *soube*.

Essa não era a dupla que tinha saído em uma missão para recuperar o psi-phon e derrotar o Sussurrador. Esses eram *seus* irmãos, aqueles que foram escondidos assim que Venom invadiu sua vida. Se alguma dúvida permanecia, o sorriso de escárnio bigodudo de Jake desencadeou um impulso em Marc de socá-lo no rosto, e, como se tivesse detectado isso, Steven revirou os olhos.

Definitivamente eram eles.

— Vocês entendem o que aconteceu? — perguntou Marc.

Steven e Jake se entreolharam, depois avançaram em passos iguais para encontrar Marc. Steven pôs a mão no ombro de Marc, então falou:

— Nós vimos tudo — informou; e, diferentemente do Steven que tinha se enredado com Venom, essa voz carregava os tons familiares e confiantes que Marc tinha ouvido durante toda a sua vida.

Jake deu um aceno solene, com rouquidão em suas palavras.

— Nós lembramos *de tudo*.

Marc ficou parado, em silenciosa apreciação pelo fato de que aqueles dois, para o bem ou para o mal, eram parte dele.

CAPÍTULO 40
MARC

AMBULÂNCIAS E CAMINHÕES DE BOMBEIROS SE JUNTARAM AOS CARROS DE polícia nos portões da frente da Usina Elétrica Roxxon. Marc se moveu depressa, escalando a parte de trás do prédio de escritórios, e as luzes da propriedade estavam apagadas pela drenagem de energia do psi-phon. Galhos batiam em seus ombros, e seus pés levantavam terra e pedras, até que ele chegou à cerca dos fundos, onde pulou o ferro fundido e o arame farpado com um rápido movimento para cima e para baixo.

Ele pousou, com arbustos e sujeira estalando sob suas botas, e olhou para a frente: o luar mostrava um pedaço de lago através do matagal.

Para onde agora? Marc riu consigo mesmo, balançando a cabeça enquanto se perguntava *por que* não pediu carona de volta para Venom. Mesmo metade do caminho para casa, saindo da Roxxon, teria ajudado. Para alguém que constantemente considerava opções e planos, esse tinha passado despercebido. Então ele tirou um momento para considerar suas circunstâncias e entender o ambiente. Mesmo dessa distância, o ronco dos caminhões de bombeiros em espera persistia, uma buzina ocasional ainda era audível. E acima veio o chicotear familiar de hélices de helicóptero; ele considerou que essa era sua deixa para se afastar, principalmente se as equipes de emergência chamassem mais helicópteros médicos.

Só que esse helicóptero não ficou acima dos prédios da Roxxon nem pousou próximo da confusão de veículos perto do portão da frente. Ele chegou mais perto, suas lâminas giratórias foram ficando mais barulhentas, e, então, Marc olhou para o alto e o viu logo acima.

Na verdade, até começou a descer.

O helicóptero manobrou até a beira da linha da água, aterrissando os esquis de pouso na terra molhada, piscando e refletindo suas luzes de advertência vermelhas e brancas na água. A porta se abriu, e, embora Marc não conseguisse enxergar os detalhes do piloto, ele reconheceu a voz que o chamou:

— Marc! Entre!

Gena.

Sua silhueta estendeu a mão e acenou, então ela chamou novamente.

Marc correu para o veículo, já sabendo quem estava sentado na cabine.

É claro que o Francês estava pilotando aquela maldita coisa, mas onde diabos ele conseguiu um helicóptero?

— *Monsieur* — gritou o Francês por cima do barulho. Ele ajustou o fone de ouvido nas orelhas enquanto oferecia um aceno de cumplicidade. — Desculpe, não é o Luacóptero. Consegui em cima da hora.

Gena e o Francês foram atenciosos a ponto de trazer uma muda de roupas comuns — estratégico, pois provavelmente chamaria alguma atenção se o Cavaleiro da Lua fosse visto casualmente passeando por um campo de aviação. Também ficava mais confortável, sem dúvida, e a capa não atrapalharia.

O helicóptero ascendeu quando Marc se acomodou em seu assento, os cintos estalaram prendendo-o, então seus olhos captaram o sorriso radiante de Gena.

— Estávamos preocupados de nunca mais vermos você — disse ela.

O Francês se inclinou do *cockpit* dianteiro.

— É, depois que você sumiu do radar, nós olhamos em todos os lugares.

Esses dois sempre estavam lá quando Marc precisava deles.

Mas o que o Francês queria dizer com *sumiu do radar*? Apenas algumas horas se passaram desde a sala do transformador, e, antes disso, eles mesmos levaram Jake e Steven para a Roxxon.

— Você quer dizer, enquanto eu estava com Venom? E você estava ajudando Steven e Jake?

Gena e o Francês se viraram um para o outro em sincronia, uma confusão mútua entre eles. O helicóptero flutuou para a frente, as vibrações rítmicas do veículo sacudiam o fone de ouvido pendurado acima da porta. Marc o agarrou e o colocou, e era uma experiência totalmente diferente do psi-phon de formato similar.

— Steven e Jake? — o Francês perguntou, e sua voz agora saía pelo fone de ouvido.

— Você estava com quem? — Gena perguntou, inclinando a cabeça enquanto franzia a testa. Ela ajustou o microfone, aparentemente para esconder o olhar preocupado que lançou em direção ao assento do piloto. — Você falou *Venom*?

Talvez ela não conseguisse ouvi-lo por causa do barulho do helicóptero?

— Desculpe, foram alguns dias longos e estranhos — disse Marc devagar. Sua mente estava acostumada a juntar as coisas, pequenas dicas e pistas de vidas e sonhos diferentes, pelo menos até ter aprendido o delicado equilíbrio necessário para unificar uma vida. Ou vidas. Talvez seu tempo com Venom o tenha feito regredir? — Refresquem minha memória, quando foi a última vez que vocês me viram? Ou... hum... Steven ou Jake?

— Depois dos esgotos. Você nos tirou do Sanatório Retrógrado — respondeu Gena. — Os enfermeiros nos perseguiram, o Francês se machucou, você lutou contra eles e, então, desapareceu.

— Você foi fazer essa coisa de "venom"? — perguntou o Francês. — Devia ter me chamado para reforços. O Luacóptero ainda está quebrado, mas viu quão depressa consegui este.

Marc considerou suas próximas palavras, numa maneira estratégica de sondar sem parecer muito fora do comum, mesmo para ele.

— Vocês viram as notícias sobre o leilão de gala Pinkerton?

— A falha no elevador? Ninguém se machucou, felizmente — respondeu o Francês.

Falha no elevador — não uma capa enorme e preta lutando contra um sujeito mascarado de smoking branco? Marc olhou para os amigos, as peças foram se encaixando, e, embora *tudo* beirasse o suspeito depois do que tinha acabado de passar, ele estava inclinado a confiar nos amigos.

— E Marlene e a casa dela no subúrbio?

Gena fez um *tsc tsc* rápido antes de lançar um olhar feio por cima do ombro.

— Vamos, Marc. Você prometeu a ela que a deixaria em paz. Foi para lá que você foi?

— Não, eu estive aqui. Houve um incidente. Hum, Venom...

— Marc, vai ter que explicar o que é essa coisa de "venom" — pediu o Francês, enquanto inclinava o manche para mover o helicóptero para a frente. — É igual à s.h.i.e.l.d.?

Marc se recostou na cadeira, sua mente corria com as possibilidades que de repente se abriram — nenhuma delas era boa, mas algumas com certeza eram piores que outras.

— Como sabia que tinha que me pegar?

— Lá em Roxxon? — O Francês apontou com o polegar por cima do ombro para a usina de energia que agora diminuía na visão de Marc. — O rastreador no seu traje. Acabei de receber um sinal de que você estava aqui. Estamos procurando há dias.

Marc esfregou os dedos, pensando, com os detalhes do tempo de Jake e Steven com Gena e o Francês vindo à sua mente, memórias compartilhadas aparecendo como um livro que tinha acabado de ler. Ele estendeu a mão para o traje dobrado e abriu uma das bolsas do cinto.

— Logo antes de deixar Jake, você entregou um cantil para ele. Aquele que você roubou no Retrógrado. Lembra?

— Você deve ter levado uma pancada bem forte na cabeça. Estou guardando isso para o momento certo. É meu direito — O Francês enfiou a mão no bolso do casaco e, então, fez uma pausa. Ele deu um tapinha no outro bolso do casaco e depois nas calças. — Espera, onde está?

Muitos, muitos momentos aconteceram na vida de Marc em que ele questionou sua memória, sua sanidade, seu estado completo de existência. Mas, ao puxar o frasco do traje do Cavaleiro da Lua, ele sabia que tudo tinha acontecido. Era real. Venom era real. Steven e Jake de um universo paralelo, eles eram reais.

E o Sussurrador? *Ele* era real.

O próprio Khonshu dissera que algo havia mudado de novo. E Venom parecia certo de que o Sussurrador não havia sido derrotado, mas conseguira escapar antes que a explosão do psi-phon o incinerasse. O que era adequado para um ser tão poderoso, que até Venom temia sua habilidade de ameaçar a Mente-Colmeia.

Marc piscou, pensando na visão da Terra-113843 entrando em colapso. Venom havia compartilhado aquela visão catastrófica, as especificidades da destruição, vibrantes e aterrorizantes: o estalo de rochas e pavimentos, a queimadura repentina de explosões, os gritos penetrantes de pânico.

Mas isso?

Isso era quase pior.

Eles destruíram o psi-phon. Eles salvaram este universo.

Eles protegeram a Mente-Colmeia. No entanto, de alguma forma, o Sussurrador ainda tinha feito *algo* para afetar este lugar, fosse roubando memórias, fosse alterando percepções, fosse, de alguma forma, apenas fazendo as pessoas esquecerem que ele alguma vez mexeu os pauzinhos aqui.

Por quê? E isso levaria o Sussurrador a fazer coisas ainda piores?

Mais importante: havia algo que o Cavaleiro da Lua pudesse fazer a respeito?

Por enquanto, Marc sabia a resposta para isso — faria a única coisa que podia, que era proteger as pessoas e a comunidade que amava. Se o destino — ou o Multiverso — o colocasse em batalha contra o Sussurrador de novo, estaria preparado.

Marc levantou o frasco.

— Está procurando por isso?

O Francês se virou, o movimento puxou os cintos de segurança de seus ombros, e ele olhou de soslaio para a mão de Marc. Então olhou para baixo, batendo no bolso do paletó, depois se virou para Marc.

— Como conseguiu isso?

Do lado de fora da pequena janela, a luz da lua minguante fornecia um farol, um tom brilhante sobre uma paisagem escurecida pela falta de energia por causa do psi-phon. A distância, vermelhos e azuis ainda piscavam como manchas de luz, todas centradas em torno da instalação da Roxxon. Marc inspirou devagar, havia tantos pensamentos e explicações se unindo, que precisou de um momento para organizar tudo. Enquanto fazia isso, postes de luz e lâmpadas nas janelas piscaram, voltando à vida, primeiro nas imediações dos arredores rurais da Roxxon, depois quarteirão por quarteirão, e a eletricidade ia percorrendo os diferentes caminhos para trazer bairros e comunidades de volta à vida.

— É uma longa história — respondeu Marc, olhando para o traje dobrado do Cavaleiro da Lua em seu colo.

— Bem — falou Gena —, tenho certeza de que estamos todos morrendo de fome. Que tal você nos contar enquanto eu preparo umas panquecas depois que pousarmos?

CAPÍTULO 41
VENOM

ESTOU DESCONECTADO, MAS NÃO SOZINHO.

Eu espreito a Mente-Colmeia. Menos completamente enredado e mais envolvendo-os e conectando-os. É complicado. O reino simbionte metafísico não é exatamente tão simples quanto uma rede de rodovias terrestres.

Mas há uma razão para eu flutuar nesta forma. A Mente-Colmeia conecta simbiontes, mas também contém nossas camadas de existência: o espaço primário, o vazio, o Não Além. É uma espécie de armadilha para turistas para o multidimensional — e não vamos discutir a passagem de Eddie como pessoa responsável por este lugar. Nada disso me interessa agora.

Porque, em algum lugar no Multiverso, o Sussurrador ainda vive. Onde e quando... isso é desconhecido.

Por isso, eu fico de guarda. Eu observo.

É entediante, mas, nesse caso, entediante é bom. Entediante significa seguro.

Até que uma silhueta surge à vista.

Apesar de eu estar em uma dimensão não corpórea, meus dentes rangem e tentáculos se formam, todos os meus sentidos ficam em alerta.

Eu me preparo para lutar.

A silhueta entra em foco, e, embora eu não tenha descoberto a identidade do Sussurrador, percebi imediatamente que não era ele.

Por um lado, o zumbido não acompanha essa pessoa. Por outro, a pessoa usa uma jaqueta jeans desbotada e brincos de argola em vez de uma capa e armadura, não usa manoplas ou espinhos de adamantium. E, em volta do pescoço, fones de ouvido com protetores acolchoados.

Definitivamente não é o psi-phon.

A mulher se aproxima, com as mãos para o alto, aparece um indício de estrelas tatuadas em seus braços. Permaneço em guarda, com dentes ainda totalmente expostos, porém, em vez de atacar com gavinhas, eu espero.

— Eu sei o que você fez — declara ela, aproximando-se aos poucos. — Com Marc Spector na Terra.

— Corajoso de sua parte começar com isso. Em vez de dizer quem diabos você é.

O rosnado natural do meu tom a assusta a princípio, mas depois sua cabeça se inclina, e ela ri, seu sorriso desarmante me diz que ela concorda.

— Certo, certo. Sinto muito por isso — diz, batendo na testa. — Meu nome é América Chavez. Eu estive observando.

— Observando o quê? — pergunto, com um pouco de irritação se esgueirando na minha fala. Não estou com humor para declarações enigmáticas.

— Tudo. — Embora flutuemos neste reino metafísico, ela se endireita. — O Sussurrador deixou um rastro e tanto.

— O Sussurrador. — Gavinhas se retraem em meus ombros, e qualquer ameaça em meu rosto desaparece.

— Ele está fazendo todo tipo de experimento. — América cruza os braços, a testa agora está franzida. — Longa história. Mas para este, não consegui descobrir o propósito. Por que Marc Spector? Por que *aquele* Marc Spector? E ter um simbionte envolvido? Parece muito complicado só para conseguir um par de fones de ouvido. — Ela toca nos próprios fones de ouvido que descansam em volta do pescoço, com batidas suaves tocando neles, um ritmo mais lento e melódico no som, comparado ao barulho que Eddie preferia. — Quero dizer, estes custaram apenas vinte dólares e soam muito bem.

— O psi-phon transfere essências de um indivíduo. Mas ele não podia transferir diretamente entre Marc Spector e ele mesmo. O psi-phon precisava de um simbionte como conduíte. — Eu rio, uma risada baixa que provavelmente soa estranha para os não iniciados. — Steven Grant chamou de "caução".

— Eu... — A voz dela some em uma risada rápida. — Eu não sei o que isso significa.

— Nem eu — admito —, mas o que sei é que *aquele* Marc Spector era a chave. Não poderia ser nenhum outro Marc Spector. A essência da vida dele era específica apenas para aquele universo em particular.

— Mas o que era essa essência?

— Desconhecido. — Agora meus braços se cruzam, combinando com a pose de América. — Mas o Sussurrador precisava de um poder que ele não conseguia criar sozinho. Precisava roubá-lo de outra pessoa. Alguém especial. Ele precisava encontrá-lo e, então, identificar algum meio de transferi-lo.

— Alguém especial. — América fecha os olhos, agora em profunda reflexão.

Deixo-a em paz, esperando que ela junte as pistas e ofereça alguma epifania brilhante que possa facilmente resolver tudo. Em vez disso, ela sussurra para si mesma, tão baixo, que mal consigo ouvir.

— Igual a Loki. E Wanda. Um poder que se cruza infinitamente. — Os olhos de América se abrem de repente. — Um nexo? — Sua cabeça se inclina, e ela olha para mim com a nitidez da compreensão em seu olhar. — O poder. Ele chegou até você bem no final. Não foi? Com *três* seres, algo deve ter dado errado quando você e Marc tentaram transferi-lo para o outro corpo.

Agora inclino a cabeça, um gesto que devo ter adquirido por andar com humanos por tempo demais.

— Não me sinto diferente da época antes de Marc Spector. O que isso envolveria?

— Não importa. É só uma ideia. — América balança a cabeça, uma mudança repentina em sua postura. — De qualquer forma, tivemos sorte que o Sussurrador foi enganado... ou satisfeito. Você deveria se concentrar em sua tarefa aqui. — Ela agora olha ao redor, absorvendo a vastidão deste reino. — Eu costumava pensar que alguém estava tentando me atrair. Mas vai muito além disso. Há um propósito para os alvos do Sussurrador. — Um pequeno sorriso surge em seu rosto quando ela puxa as lapelas da jaqueta. — Eu não usava isso havia algum tempo. Esqueci o quanto eu gosto dela. — Ela então gesticula ao nosso redor, de volta para além da Mente-Colmeia. — Você tem alguma pista sobre a identidade dele?

Penso no que vi em Roxxon, no que Marc viu. Flashes de luz, sombras sobre a armadura, sua voz alterada por eletrônicos e seu rosto coberto por uma máscara.

— Ele continua escondido. Mesmo quando lutamos com ele de perto, não conseguimos decifrar sua verdadeira identidade. — Um momento, porém, se destaca, o instante em que ele percebeu que o havíamos enganado e sua fúria fez com que sua guarda baixasse. — Mas, quando me juntei ao Sussurrador, alguns de seus pensamentos surgiram. Ele era cuidadoso, evasivo. Não pude confirmar muito sobre ele, mas houve uma coisa que interceptei. — América se inclina para mais perto, estreitando seus olhos com um olhar intenso. — Uma única palavra, projetada claramente, como se fosse essencial para seu próprio ser:

Destino.

Segundos se passam enquanto América assimila essa informação, e a palavra faz tudo nela mudar: seus olhos, sua boca, seus braços cruzados apertando sua pose.

— Isso muda tudo.

Mais daquelas coisas enigmáticas.

— Como?

— Preciso ir. — Ela começa a recuar, seus olhos caem por um momento antes de se fixarem nos meus, uma nova certeza emerge em seu rosto. — Cuide da Mente-Colmeia.

E, então, ela desaparece.

AGRADECIMENTOS

Estou no ramo editorial há tempo suficiente para que o negócio dos livros raramente me surpreenda mais e, mesmo assim, ainda consigo me lembrar do momento em que meu agente Eric Smith me ligou com a notícia de que a Marvel queria que eu escrevesse um livro para sua nova série *E se...*. Ouvimos logo no começo que o Cavaleiro da Lua estaria envolvido na série, mas, quando soube que Marc Spector seria um hospedeiro de Venom, bem, foi um momento editorial genuinamente surpreendente. Tanto que eu falei: " P#!@ m$&da!" em voz alta e senti como se meu cérebro explodisse com possibilidades.

Claro, uma oferta para escrever um livro é uma coisa — ter uma proposta de fato aprovada é outra. E essa ideia realmente incrível veio com um pequeno problema logístico. Afinal, como escrever uma narrativa com Marc, Steven, Jake, Khonshu e Venom, todos em um só corpo?

A resposta: não escreva, separe-os. E, embora eu estivesse preocupado em lançar uma história do Multiverso, fazia mesmo mais sentido dividir essas vozes em personagens distintos que pudessem empurrar fisicamente uns aos outros de formas novas e interessantes.

Dito isso, agradeço muito a Gabriella Muñoz, da Random House Worlds, por liderar este projeto, com a assistência de Elizabeth Schaefer. Ambas foram fundamentais para ajudar a moldar a narrativa em uma história concentrada nos pares estranhos, ao mesmo tempo em que honrava as histórias tradicionais. A equipe da Marvel, formada por Sarah Singer, Jeremy West, Jeff Youngquist e Sven Larsen, respondeu a muitas perguntas sobre a história e os detalhes dos personagens. Talvez o mais importante é que aprovaram o uso que fiz de Layla El-Faouly, pelo que ainda estou meio incrédulo. Além disso, eles também aprovaram a aparição especial de Arthur Harrow, e eu espero muito mesmo que um de vocês leitores tenha entendido a piada com *Antes do amanhecer* que eu coloquei. Sim, eu fui um adolescente dos anos 1990, não tinha notado?

E SE... MARC SPECTOR FOSSE HOSPEDEIRO DO VENOM?

O tom, a estética e as caracterizações deste livro foram amplamente inspirados nas séries de quadrinhos *Cavaleiro da Lua* de 2016, roteirizada por Jeff Lemire com arte de Greg Smallwood, e na *Venom* de 2018, roteirizada por Donny Cates com arte de Ryan Stegman; e faço uma grande saudação a Oscar Isaac por ser um excelente Cavaleiro da Lua.

Kelly Knox e Alex Segara forneceram algumas respostas para perguntas sobre a história inicial. Wendy Heard e Diana Urban ajudaram com o lado não super-herói das coisas, com vocabulário prático de crime e suspense e procedimentos policiais. Fonda Lee, que escreve as melhores cenas de luta na literatura, conversou um pouco comigo sobre o seu processo e sobre logística de luta de verdade, posturas e pesos. Sierra Godfrey esteve disponível para discutir partes da trama quando eu sentia que não estavam fazendo sentido ou que os riscos não eram altos o bastante. Por fim, Peng Shepherd respondeu a muitas das minhas perguntas idiotas sobre locais, distâncias e táxis da cidade de Nova York.

Um salve para meu amigo Kamal Naran, que é o maior fã da Marvel que conheço e que, por isso, ganhou uma pequena participação aqui trabalhando no leilão. Kamal sabia que eu ia conseguir inserir algumas participações especiais, então sugeriu Random, Cyber e Arcade.

Por fim, agradeço à minha esposa, Mandy, que assistiu várias vezes à série *Cavaleiro da Lua* do MCU comigo e permitiu que eu testasse ideias com ela. É difícil ser esposa de um escritor, eu sei.

A VASTIDÃO DO ESPAÇO AMÉRICA

AMÉRICA CHAVEZ TINHA OBSERVADO.

Ela observou Loki lidando com a morte prematura — e não natural — de seu irmão.

Ela observou Wanda Maximoff sofrer perdas que nunca deveria ter enfrentado.

Ela até mesmo cutucou o arco do tempo, alcançando Peter Parker e Stephen Strange.

Isso irritou os Vigias. E então ela recuou.

Ela observou o Sussurrador se inserir, atravessando galáxias, atravessando realidades. E, em alguns casos, o Sussurrador as destruiu. Até mesmo com o simbionte Mente-Colmeia, algo tão vasto e poderoso que existia e não existia no reino físico, o Sussurrador conseguiu improvisar um dispositivo, levando-os a meros segundos do extermínio. O que ele usou para ameaçar a Mente-Colmeia? Uma broca sônica, com certeza, e algumas propriedades do Cristal M'Kraan, e provavelmente mais.

América não era engenheira ou cientista. Ela não conseguia entender o que exatamente o Sussurrador usara para aprimorar sua armadura e ferramentas de tal forma que pudessem ameaçar a Mente-Colmeia. Nem entendia como o psi-phon funcionava. Tudo o que sabia era que tudo isso envolvia universos e poderes diferentes — e a capacidade de transferir poder.

Por um tempo indefinido e sem forma, América viveu sob o título de Vigia. Mas faltava ação, propósito. Ela havia observado, uma janela cósmica rastreava enquanto Venom se unia a diferentes versões de Marc Spector para localizar e destruir o psi-phon, até para pôr fim aos planos do Sussurrador. Marc e suas diferentes identidades não costumavam enfrentar deuses, magia e ameaças galácticas, mesmo em diferentes versões do Cavaleiro da Lua pelo Multiverso. Não, Marc, Steven e Jake faziam a diferença em suas comunidades — agora mesmo, ela via que Marc havia deixado as consequências do Sussurrador para trás para estabelecer a Missão da Meia-Noite em uma das ruas esquecidas de Manhattan.

Porém, uma coisa muito pequena e sutil estava diferente:

Agora, Marc Spector recostava-se em uma cadeira verde aconchegante, há uma luz fraca por todo o pequeno cômodo. Uma mulher de pele escura passou, suas bochechas pensativas estavam emolduradas por cabelos pretos curtos e olhos vermelhos intensos. Marc assentiu para ela, depois, olhou para o objeto em suas mãos.

Um cantil.

Um objeto simples. Mas ele continha o conhecimento de que o equilíbrio da realidade estava em jogo. Quando? América não tinha certeza. Mas logo.

Marc não apenas observou. Ele *agiu*.

Ele *escolheu*.

Assim como Venom escolheu ficar de guarda sobre a Mente-Colmeia. O simbionte agora tem o poder cobiçado pelo Sussurrador... certo? América sentia isso, e parecia plausível, dado o caos do final da luta que envolveu Venom, os dois Marc Spectors e o psi-phon. Se ela voltasse para assistir à coisa toda de perto, provavelmente poderia identificar o momento exato em que aconteceu.

Assista. América riu da ironia desse pensamento. Talvez, em algum momento, retornasse àquele instante, caso precisasse confirmar seu palpite. Por enquanto, deixou para lá — Venom já tinha muito com que lidar com a Mente-Colmeia.

Quanto a América, ela tinha sua tarefa. E sua escolha. Agora, preparada com o conhecimento compartilhado por Venom, América entendia.

Para América Chavez, a não interferência, a observação, *assistir* não funcionava mais. Era hora de agir.

Ela parou por um momento, sentindo o peso da realidade, um número incontável de seres vivos, todos pesando neste momento — e a única palavra que Venom passou adiante. Ela se fixou nela, seus pensamentos alcançaram o Multiverso ao longo das linhas do tempo, as sombras, silhuetas e dicas de suas observações foram se unindo, até que sua cabeça se inclinou em compreensão.

Destino.

Destino não era um sentimento ou uma sensação.

Destino *era* o Sussurrador.

América se moveu rapidamente, irrompendo de realidade em realidade, ficando meros passos à frente dos Vigias, enquanto sentia o rastro *quebrado* deixado pelo Sussurrador, até que se centralizou — não apenas em um universo, mas em uma única pessoa que representava o próximo ponto de inflexão suscetível ao plano do Sussurrador: cabelo ruivo brilhante. Olhos verdes brilhantes.

E fogo em forma de fênix.

— Jean Grey — falou para si mesma, antes de fechar a mão em punho. Ele se inflamou com poder estelar, uma vibração que ondulou para cima e para baixo por seu braço, enquanto ela se preparava para o próximo passo. Tal ação irritaria os Vigias, possivelmente os levaria a perseguir e a punir. Mas não importava.

Algumas coisas precisavam ser corrigidas.

América socou o éter, liberando energia em uma centelha brilhante de todas as cores imagináveis. Ela bateu de novo e de novo até que as cores se dissiparam, deixando apenas um caminho para outra dimensão.

Hora de ir.

SOBRE O AUTOR

Mike Chen é autor best-seller do *The New York Times* de *Star Wars: Irmandade*, *Here and Now and Then*, *A Quantum Love Story* e de outros livros, bem como dos quadrinhos de *Star Trek: Deep Space Nine*. Ele já escreveu sobre cultura geek para sites como *Nerdist* e *The Mary Sue* e, em uma vida diferente, sobre a NHL. Membro da SFWA, Mike mora na região da baía de São Francisco com a esposa, a filha e muitos animais resgatados.

Siga-o em
X, Threads e Instagram:
@mikechenwriter

SIGA NAS REDES SOCIAIS:
- @EDITORAEXCELSIOR
- @EDITORAEXCELSIOR
- @EDEXCELSIOR
- @EDITORAEXCELSIOR

EDITORAEXCELSIOR.COM.BR